HEYNE

Das Buch

Charly hat nichts gegen Kinder. Aber sie hat etwas gegen die Tatsache, dass sie all ihre Freundinnen in den letzten Jahren ans Mutterdasein verloren hat: Sie gehen nicht mehr mit ihr aus, ziehen sich nicht mehr ordentlich an und hören ihr auch nicht mehr zu. Es ist, als hätten sie eine Gehirnwäsche durchgemacht, und das nervt Charly. Deshalb ist sie sicher, dass sie selber niemals ein Kind bekommen will. Doch als sie beschließt, sich wenigstens mal wieder einen Mann zu angeln, kommt ihr die Sache mit den Kindern plötzlich gefährlich nahe. Zu allem Überfluss wird auch noch ihre Hundedame Waltraud schwanger, und schließlich kommt es ihr vor, als sei rings herum endgültig alles nur noch Baby.

Die Autorin

Tina Wolf wurde 1973 in Norddeutschland geboren. Sie arbeitete zunächst als Fotografin, machte dann ein Volontariat als Redakteurin bei RTL, moderierte dort und arbeitete parallel als Autorin. Seit zehn Jahren steht sie für den NDR für verschiedene Sendungen vor der Kamera. Tina Wolf lebt mit ihrem Mann und ihrem Sohn in Hamburg. Sie läuft, praktiziert Yoga und isst leidenschaftlich gern alles, was ihr Mann kocht.

Tina Wolf

Kein Kind ist auch (k)eine Lösung

Roman

WILHELM HEYNE VERLAG
MÜNCHEN

MIX
Papier aus verantwortungsvollen Quellen
FSC® C014496

Verlagsgruppe Random House FSC-DEU-0100
Das für dieses Buch verwendete FSC®-zertifizierte
Papier *Holmen Book Cream* liefert
Holmen Paper, Hallstavik, Schweden.

Originalausgabe 12/2012

Printed in Germany 2012
Redaktion: Christine Wirtz
Umschlaggestaltung: Eisele Grafik Design, München
Umschlagabbildung: © Ocean/Corbis
Satz: KompetenzCenter, Mönchengladbach
Druck und Bindung: GGP Media GmbH, Pößneck
ISBN: 978-3-453-40932-3

www.heyne.de

Für dich, Mama

Ich hatte mich seit Tagen auf das Treffen an diesem Freitag gefreut. Nicht nur weil es mich von dem Gedanken ablenkte, dass wieder ein langweiliges Wochenende vor der Tür stand, an dem alle mit ihren Kindern und Männern beschäftigt waren, sondern auch weil man mit Birgit so herrlich quatschen und lästern konnte. Sie war eine Königin im Erzählen. Bis vor einem knappen Jahr hatte ich ihre persönlichen, oftmals brüllend komischen Berichterstattungen täglich genießen dürfen, denn wir hatten zusammen bei Hamburgs beliebtestem Radiosender »99,9« gearbeitet – sie als leitende Redakteurin der Sendung, ich als Moderatorin. Inzwischen war sie nicht nur eine meiner besten Freundinnen, sondern auch für die Klatsch- und Tratschseite der größten Tageszeitung Hamburgs zuständig, weshalb sie die gesamte High Society dieser schönen Stadt kannte.

Birgit zu treffen war besser als beim Friseur *Gala* zu lesen. Dabei sah sie selbst aus, als wäre sie gerade vom Laufsteg gehüpft, um sich zwischen zwei Kollektionen eben mal mit mir zu unterhalten. Um es kurz zu machen: Birgit hatte das, was wir alle gerne hätten – volles Haar, volle Brüste, volle Lippen, voll schöne Haut, ein volles Portemonnaie –, und war dabei auch noch voll nett.

Voll fies, wie ungerecht manche Dinge verteilt waren.

Außerdem wusste sie immer alles. Wer, wann, was mit wem hatte und wo. Letzteres war ein wichtiger Punkt.

Denn nicht selten lief es schließlich parallel … da musste manch einer gezwungenermaßen kreativ werden. Woher sie all diese internen und intimen Details hatte, hab ich sie nie gefragt. Es ging mich ja auch nichts an. Hauptsache, sie erzählte mir alles.

Wir trafen uns um 17 Uhr im bereits gut gefüllten Café Paris am Rathausmarkt. Ohne meine Tischreservierung hätten wir gleich rückwärts wieder rausgehen können oder wären vermutlich gar nicht erst reingekommen. Stimmengewirr empfing uns. Ein Kellner in weißem Hemd, schwarzer Fliege und schwarzer Schürze zeigte mit dem Finger Richtung Fenster. Ah, da waren unsere Plätze.

Eigentlich ein ganz normaler Freitagnachmittag – bis dahin. Uns war gerade der erste Prosecco serviert worden, da schrie Birgit auf. Sie warf ihre langen braunen Haare mit Schwung nach hinten, saß plötzlich da, als hätte sie einen Stock verschluckt – ein sicheres Zeichen dafür, dass sie nachdachte –, und hielt eine Sekunde inne. Dann machte es anscheinend »klick« bei ihr. Sie riss die Augenbrauen hoch, sodass ich auch bei ihr zum ersten Mal so etwas wie das Anfangsstadium einer Falte entdecken konnte, und stöhnte, als hätte sie Schmerzen: »Oh Gott!«

»Alors, ischt etwas mit die Prosecco, Madame?«, fragte der Kellner, an dem nicht nur der Dialekt sexy war. Der Arme war erschrocken stehen geblieben und zu uns zurückgekommen.

»Nein, nein, danke. Äh, merci. Charly, ich muss sofort los. Sorry. Das ist mir ja noch nie passiert. Moment, ich gebe dir Geld für den Prosecco. Ach, Mist. Ich muss mal schnell telefonieren. So eine Scheiße! Wie konnte ich das denn vergessen?« Alle drehten sich zu uns um. Alle.

Während sie in ihrer Geldbörse kramte und in regelmäßigen Abständen versuchte, ihre Haare daran zu hindern, immer wieder nach vorne zu fallen, drückte sie hektisch auf dem Display ihres iPhones herum. In solchen Momenten, wenn sie so steif und vor allem unbequem gerade dasaß, dass man schon vom Hinsehen Rückenschmerzen bekam, schien sie immer vergessen zu haben, dass der Ballettunterricht längst vorbei war.

»Ich bin's. Wo bist du? Auf dem Weg zum Flughafen? Heute? Das geht nicht. Du musst den Flug absagen und sofort nach Hause kommen. Du weißt schon … Ja! Heute. Also um genau zu sein: jetzt.« Pause.

»Nein, wir haben nur noch ein paar Stunden, du weißt doch. Kannst du denn Budapest nicht verschieben? Was ist dir denn nun wichtiger?«

Pause.

»Entweder du sagst dem Taxifahrer, er soll auf der Stelle umdrehen oder … oder …«

Absolute Stille im Raum. Alle warteten. Ich schaute sie fragend an.

»Oder du kannst die Reste deines neuen Flachbildschirms von der Straße aufkehren, wenn du zurückkommst!«

Ein Raunen ging durch das Café.

»Und deine Klamotten auch!«

Pause.

»Okay. Dann bis gleich.«

Sie legte ihr iPhone weg und lächelte mich an, als wäre nichts passiert. Inzwischen hatte *ich* meine Augenbrauen hochgezogen.

Birgit hätte fast den wichtigsten Termin des Monats vergessen: ihren Eisprung! Und wenn es erst mal gesprungen war, dann wollte dieses eigenwillige Ei innerhalb von circa sechs bis maximal zehn Stunden befruchtet werden, erklärte sie mir, während sie in ihre Jacke schlüpfte. Man lernte nie aus. Vielleicht sollte sie etwas weniger Sport treiben und etwas mehr Schokolade essen – so wie ich. Wer weiß, vielleicht würde das ja helfen.

Ich überlegte kurz. Also war eine Schwangerschaft beziehungsweise deren Beginn immer abhängig von absolut perfektem Timing. Was für ein Stress! Dass das Leben gleich so beginnen musste. Mein Gott!

Ich schaute mich im Café um. Alles Zufälle, die da an den anderen Tischen saßen, sich unterhielten oder aßen. Alles Zufälle, die innerhalb von sechs bis zehn Stunden nach dem Eisprung gezeugt worden waren. Wahnsinn.

»Er fühlt sich schon wie eine Zapfsäule, aber was soll ich denn machen? Ich habe nur einmal im Monat die Chance schwanger zu werden, und meist sitzt er dann gerade im Flieger, oder ich bin unterwegs. So wird das eben nie was. Da muss man etwas nachhelfen. Lass uns später noch mal telefonieren, okay?«

»Danach?«

»Klar!«

»Na, dann viel Spaß ...«

Sie gab mir einen Kuss links, einen rechts und huschte aus dem Café.

Seit Jahren wünschte sie sich schon ein Kind. Eigentlich seitdem ich sie kannte. Erst fand sie nicht den passenden Mann, der ihr gut genug war, dann hatte sie einen, der für diese wichtige Mission gut genug, aber leider auch an anderen interessiert war, wie sich bald herausstellte. Und als sie dann doch endlich den Richtigen gefunden hatte, klappte es nicht.

Aber Birgit war zielorientiert. Sie recherchierte und hatte schnell ein »So werden die Spermien meines Mannes besser«-Programm für ihn zusammengestellt. Der Arme wurde auf Diät gesetzt. Kein Alkohol, kein Kaffee, keine säurehaltigen Getränke, basisches Essen, dreimal die Woche Sport, vier Tage vor dem Eisprungsex keinen sonstigen Sex und einmal die Woche zur Akupunktur, damit seine kleinen Männer wieder »auf Trab« kamen, wie sie mir irgendwann mal erklärte. Ich hätte zu gern gewusst, wo dieser Akupunkturpunkt lag.

Und damit es nicht »umsonst« war, wenn sie miteinander schliefen, wandte sie nun also auch noch diese tolle neue Methode an, durch die sie ganz genau wusste, wann sie musste. Beziehungsweise wann *er* musste. In diesem Fall musste er seinen Flug verschieben. Er arbeitete für eine Bekleidungsfirma, die gerade expandierte. Aus dem Ziel Budapest wurde das Ziel Bett – oder wo auch immer. Ich wollte es gar nicht wissen.

Ich holte tief Luft, legte den Kopf in den Nacken und sah hoch. Mein Blick blieb am nackten Busen der Dame hängen, die aus unerfindlichen Gründen oben ohne mit ihrer Freundin und drei ebenso freizügigen kleinen Burschen unter einem Orangenbaum saß, die Sonne genoss, sich vermutlich gerade prächtig amüsierte und ganz nebenbei die gewölbte Decke des Cafés schmückte. Hätte ich auch gern getan. Nicht die Decke schmücken – mich prächtig amüsieren natürlich. Aber mir war ein kleines Ei in die Quere gekommen.

Ich kippte den Inhalt meines Glases runter, gab dem Kellner ein Zeichen, legte das Geld für die beiden Prosecchi inklusive Trinkgeld auf den Tisch, nahm Trenchcoat und Tasche und steuerte auf den Ausgang zu. Vermutlich war es Einbildung, aber ich hatte das Gefühl, mitleidige Blicke zu spüren, während ich mich zwischen den kleinen Bistrotischen hindurchschlängelte, ganz so als wäre ich es gewesen, die soeben etwa vierzig fremden Menschen in diesem Café mitgeteilt hatte, dass sie jetzt nach Hause gehen würde, um das zu tun, worüber man sonst eher selten vor Fremden sprach. In der Hoffnung, dass die meisten mich nicht sofort erkennen würden – denn gerade einen Tag zuvor war ein Artikel im *Hamburger Abendblatt* mit einem großen Foto von meinem gut durchbluteten Gesicht erschienen: »*99,9 – Aufwachen und Lachen! Hamburgs fröhlichster Radiosender sucht für die schöne Charly einen neuen Wetterfrosch zum Wachküssen*« –, verließ ich mit gesenktem Kopf das Café.

Mein Abend war also vorbei, bevor er überhaupt angefangen hatte. Und das nur, weil Birgit so darauf versessen war, schwanger zu werden.

Auf dem Weg zur S-Bahn überlegte ich, wann eigentlich *mein* Eisprung war. Gehörte das Wissen über den eigenen Eisprung zur Allgemeinbildung? Auf alle Fälle gehörte er zu den Dingen, über die ich noch nie nachgedacht hatte.

Warum auch?

Mir wäre es lieber gewesen, Birgit hätte ihren vergessen. Dann wäre nicht nur der Abend so verlaufen, wie ich ihn mir vorgestellt hatte, sondern mein ganzes Leben würde auch in Zukunft so bleiben, wie es war. Wenn sie rechtzeitig zu Hause ankäme – was ich nicht hoffte –, würde ich demnächst vermutlich allein in den Bars und Cafés dieser schönen Stadt sitzen. Und zwar in genau zehn Monaten.

Birgit und auch Ilka, die ich schon kannte, bevor ich wusste, dass Barbies doof waren, waren die letzten beiden, die noch keine »Zwerge« hatten. Ilka war noch nicht einmal mit dem Kindervirus infiziert. Dem Himmel sei Dank! Alle anderen waren es nämlich.

Die S3 Richtung Altona war überfüllt, wie jeden Freitagabend. Mir gegenüber hatte eine geistesabwesende Frau mit ihrem aufgeweckten Zweijährigen Platz genommen, der von ihr unbemerkt die Scheibe mit seiner Zunge ableckte. Ich versuchte nicht hinzugucken, tat es aber doch.

Wann hatte der Kindervirus sich eigentlich in meinem Freundeskreis ausgebreitet? Vermutlich fing alles mit Nina an. Sie war damals die Erste, die schwanger wurde.

Wir waren noch nicht einmal zwanzig, und damals dachte wirklich keiner an Kinder. Höchstens so: Wie bekomme ich sie *nicht*? Doch das war inzwischen – oh Gott – schon über fünfzehn Jahre her! Inzwischen waren wir knapp doppelt so alt, und die Frage lautete: Wie bekomme ich sie?

Zumindest fragten sich das alle anderen.

Nina und ich kannten uns seit der Einschulung, hatten alles zusammen durchgemacht: vom ersten Pickel bis zum ersten Freund. Letzteres wollte sie schon haben, bevor ich überhaupt einen Gedanken daran verschwendete, aber was sie bekam, war Ersteres. Und zwar nicht zu knapp. Was dann wiederum die Sache mit dem Freund nicht wirklich leichter machte.

Wir waren gerade zu Hause ausgezogen. Raus aus dem Dorf, rein in die Stadt: Kiel. Aufregung pur. Jedenfalls wenn man in dem Dorf aufgewachsen war, aus dem wir kamen. Da kannte man nur eine Aufregung: einen Ausflug nach Bad Segeberg mit Besuch bei Möbel-Kraft inklusive Kinderkino und – wenn es hoch kam – einer Eintrittskarte für die Karl-May-Festspiele auf dem Kalkberg.

Nina und ich zogen also in die Weltstadt an der Förde. Wir wohnten in einem sehr unspektakulären, tendenziell hässlichen Wohnblock in einem Stadtteil, der sich später als sehr uncool erwies. Aber zu dem Zeitpunkt hatten wir noch nicht den nötigen Durchblick. Nina wohnte im Souterrain. Ich unterm Dach. Beides war billiger als der Rest. Wir fühlten uns verdammt erwachsen und enorm reif.

Nina hatte meinen Wohnungstürschlüssel, ich ihren. Das gab uns ein Gefühl von Familie, die wir vermissten, ohne es zuzugeben, denn natürlich hatten wir Heimweh. Das hätten wir nur im Leben nicht zugegeben. Lieber hätten wir uns die Haare grün gefärbt! Innerhalb der Woche war das auch kein Thema. Aber die Wochenenden! Wenn man es samstagabends richtig anstellte, war die erste Hälfte des Sonntags schnell rum. Aber dann … Ich war einfach keine Freundin der Sonntage. Aber dafür war ich Ninas Freundin. Und die hatte von ihrem Vater einen alten roten VW-Käfer geschenkt bekommen, mit dem wir durch die Gegend fuhren. Wenn ich auf dem Beifahrersitz saß und mit den Füßen die Matte beiseiteschob, konnte ich auf die Straße gucken. Der Rost hatte ein Loch in den Boden gefressen, durch das man locker einen Fußball hätte stecken können. Deshalb musste man immer etwas breitbeinig sitzen. Um zur Tankstelle, zur Videothek und zurück zu fahren, reichte die Karre aber dicke.

Gemeinsam mit Nina hatte ich meinen ersten Filmriss und nahm meinen ersten Job an. Wir liefen als Kartoffeln verkleidet über die Kieler Woche und verteilten Flyer für ein Restaurant. Ein Albtraum. Ich kriege heute noch Schweißausbrüche bei dem Gedanken, dass mich damals eventuell irgendjemand fotografiert haben könnte. Warum Nina das über sich ergehen ließ, hatte ich nie verstanden. Sie kam schließlich »aus gutem Hause« und hatte es nicht nötig, neben dem Studium noch zu jobben, im Gegensatz zu mir.

Es war einer dieser trostlosen Sonntage, als ich mal wieder an ihre Tür klopfte, in der Hoffnung, sie könnte mir ein paar Stunden klauen, damit endlich wieder Montag war.

Nina saß auf ihrem Bett und weinte, als ginge die Welt unter, betonte aber immer wieder, dass es keinen Grund dafür gäbe. Aufhören funktionierte allerdings auch nicht. Umgeben von benutzten Taschentüchern fragte sie mich, ob ich ihre BHs haben wolle, weil sie ihr nicht mehr passten.

Ich beschloss, einen Kaffee zu kochen, denn mit einem Becher in der Hand ließ es sich besser reden. Ich ging in die Küche, warf die Kaffeemaschine an und öffnete den Kühlschrank, um Milch rauszuholen. Statt Milch fand ich drei große Schalen Wackelpudding in Gelb, Grün, Rot.

»Das ist das Einzige, was ich zurzeit runterbekomme.«

»Nina, du bist schwanger.«

»Schwanger? Du spinnst.«

Ein paar Wochen zuvor hatten wir mal wieder in der Videothek gestanden, auf der Suche nach leichter Unterhaltung. Die fanden wir damals auch in Gestalt eines Bekannten, mit dem ich – leider – einmal eine Nacht verbracht hatte. Ich entdeckte ihn, bevor er uns entdeckte.

»Du willst doch dringend mal wieder guten Sex, oder?«, fragte ich Nina.

»Sag bloß, du willst einen erotischen Film ausleihen und es mir zeigen?!«

»Keine Angst, das kann der da drüben übernehmen.«

»Ist das der, der so unglaublich lange kann? Oder der mit den Tiernamen?«

»Lass dich überraschen. Für das, was du brauchst, ist er der Richtige. All das andere, also eine lange, glückliche Beziehung und das ganze Drumherum, kannst du gleich vergessen. Denk gar nicht erst darüber nach!«

Sie hörte mir leider nicht zu.

Die Nacht war olympiareif, wie ich schon am nächsten Morgen erfuhr. Was im Grunde keine Neuigkeit für mich war. Und weil es so gut war, blieben die beiden dabei. Sie hatten Gefallen aneinander gefunden, und ich hatte auch etwas davon.

Da Sebastian Nina jetzt regelmäßig mit seinem 80er-Jahre-Suzuki-Geländewagen umherkutschierte, durfte ich mit ihrem alten VW-Käfer fahren. Eine Art Vermittlungsgebühr.

Ein paar Wochen später fuhr ich sie mit Heidrun, wie ich zwischenzeitlich ihren Wagen getauft hatte, zum Arzt. Er händigte ihr nach der Untersuchung den Mutterpass aus. Sie hatte die Anzeichen ihrer Schwangerschaft verdrängt, was ich bis heute nicht verstehen konnte.

Wie konnte man glauben, dass der Busen grundlos innerhalb von kurzer Zeit so an Umfang zulegte, dass kein einziger BH mehr passte? Wie konnte man verdrängen, dass man alles Essbare ekelerregend fand und sich nur noch von Wackelpudding ernährte? Warum kam es einem nicht komisch vor, dass man heulen musste, nur weil sich drittklassige Schauspieler in einer Soap irgendeines privaten Senders trennten?

Damit war jetzt jedenfalls Schluss. Nina war in der zwölften Woche.

Wahrscheinlich hätte sie es mir nie verziehen, wenn ich ihr gesagt hätte, dass ich ähnlich wie ihr Vater dachte. Als sie ihm die frohe Nachricht mitteilte, bekam er Schnappatmung, riss sich die Krawatte umständlich vom Hals und hielt ihr schließlich – nach dem ersten Schockmoment – eine Standpauke. Seine Gründe waren klar: Er hatte sich das Leben seiner einzigen Tochter anders vorgestellt, vielleicht mit Promotion und einem Banker als Schwiegersohn. Meine Gründe sahen etwas anders aus, denn ich wusste, dass sie schon vor der Geburt alleinerziehend sein würde. Schließlich kannte ich den Erzeuger. Ich dagegen würde nur allein sein. Aber das reichte ja auch.

Wie ich vorausgesehen hatte, zog Nina nach Süddeutschland zu ihrer Mutter, die dort seit Jahren mit einem neuen Mann lebte und sich um ihre Tochter und ihr Enkelkind kümmern wollte. Seitdem schrieben wir uns zweimal im Jahr.

Nach dem Nina-Schock war jahrelang Ruhe. Keiner wollte Kinder, keiner sprach darüber, keiner interessierte sich für sie.

Und plötzlich: PENG! Eine nach der anderen verschwand in Vorbereitungs- und Rückbildungskursen. Nur ich war weder vorbereitet, noch konnte ich irgendetwas rückgängig machen.

Hanne, mit der ich seit Jahren befreundet war und seit einem halben Jahr sogar in einem Haus lebte – jede in ihrer Wohnung –, war nach einem Jahrzehnt der Glückseligkeit, in dem keiner Kinder bekam, eine der Ersten, die komisch wurde. Das war vor knapp zwei Jahren. Sie, die nie die Grünen gewählt hatte und auch kein Problem damit hatte, die acht Meter zum Bäcker mit dem Auto zu fahren, fragte sich, wie es eigentlich um die Abgaswerte bei uns in der Straße stand und ob wir nicht mal Unterschriften für eine Tempo-30-Zone sammeln sollten. Außerdem war sie plötzlich dafür, die Mülltonnen aus dem

Hausflur unten zu verbannen, damit dort Platz für Fahrräder oder *Kinderwagen* wäre.

Bitte?! »Wer braucht denn einen Kinderwagen?«, fragte ich, als sie mir bei einer Tasse Kaffee auf meinem Balkon von dieser tollen Idee erzählte.

Es waren drei Buchstaben, die den Milchkaffee in hohem Bogen aus meinem Mund heraus und über die Balkonbrüstung in die Tiefe katapultierten.

»Ich!«, sagte Hanne, setzte ihren Becher ab und sah mich an wie ein Honigkuchenpferd, das jetzt bereit war, Gratulationen entgegenzunehmen.

Und als hätten sie sich abgesprochen, rief mich noch in der gleichen Woche Melli an.

Wir hatten uns kennengelernt, als ich vor sieben Jahren bei 99,9 anfing zu moderieren. Sie fiel mir gleich auf, weil sie überdurchschnittlich nett war – für eine Assistentin der Geschäftsführung. Vor solchen Frauen musste man sich normalerweise in Acht nehmen. Melli war anders. Sie war eine Frohnatur – und leider etwas zu gut in ihrem Job. Nach einem halben Jahr wechselte sie den Sender, die Gehaltsklasse und änderte damit schließlich ihr Leben. Wir arbeiteten nicht mehr zusammen in derselben Firma, aber dafür trafen wir uns regelmäßig. Bis zu diesem Anruf.

Ihr Freund war Pilot und lebte in den USA, und Melli hatte einen Plan: Sie wollte alle Sachen packen und zu ihm fliegen, bevor man ihr Bäuchlein am Airport entdecken und sie nicht einreisen lassen würde. Die Kündigungen für ihren Job und die Wohnung hatte sie schon geschrieben, jetzt war der Freundeskreis dran. Eine Frist hielt sie nicht ein. Sie nahm ihren gesamten Jahresurlaub und verschwand mit drei Koffern.

Irgendwann, als ich sie schon fast vergessen hatte, erhielt ich eine Mail von ihr. Sie habe jetzt einen Sohn und eine Greencard. Worauf sie stolzer war, blieb unklar. Ich gratulierte – zum Sohn – und fragte, wie es ihr so gehe.

Anscheinend war ich die Erste, die diese Frage ernsthaft gestellt hatte, seitdem sie da drüben war. Denn wer »How are you?« fragte, wollte in den seltensten Fällen eine detaillierte Antwort. Die bekam ich jetzt aber, und da hatte sich einiges angestaut. Unter anderem die bittere Wahrheit über die Risiken und Nebenwirkungen einer Schwangerschaft. Dazu gehöre, schrieb Melli, das Versagen jeglicher Hirnströme während der Stillzeit. Damit sie wusste, welche Brust sie dem kleinen Überflieger zuletzt gegeben hatte, wurde eine Wäscheklammer an die jeweilige Seite des Still-BHs geklemmt. Sah doof aus, half aber. Und dann fing das mit den gelben Zetteln an. Irgendwann waren im ganzen Haus Post-it-Zettel verteilt, und als sie schließlich auch im Bett klebten, bekam ihr Mann einen Anfall. Die Zettel hatte sie sich inzwischen abgewöhnt – ihren Mann übrigens auch. Der hatte sozusagen den Abflug gemacht.

Mein Gott, war ich froh, dass ich nicht stillte.

❀

Es gab Phasen im Leben, deren Ende absehbar war. In meinem Fall war kein Ende in Sicht. Es war die »Alle kriegen Kinder nur ich nicht«-Phase«. Dazu muss ich ergänzend sagen: Und das war auch gut so. Dass ich keines kriegte, meine ich. Im Moment. Und überhaupt. Davon abgesehen, dass es derzeit auch keinen Mann gab, den man ja dazu benötigte, hatte ich auch gar keine Lust, mich ununterbrochen mit den Problemen der Befruchtung, dem Verhindern von Schwangerschaftsstreifen und dem »Jedes Kind kann schlafen lernen«-Programm auseinanderzusetzen. Das Seltsame daran war nur: Ich hatte keine Wahl. Obwohl ich kein Kind bekam, machte ich doch letztendlich alles durch.

Fast immer war ich es, die als Erste von den Schwangerschaften erfuhr, weil die Männer in den meisten Fällen gerade nicht oder gar nicht mehr erreichbar waren. Ich war es auch, die die Schüssel ans Bett brachte, wenn nach der Phase der Freude die Phase der Übelkeit begann.

Und dank all dieser wundervollen Erfahrungen war mir eines klar: Ich wollte nicht komisch werden. Ich wollte nur eines: Charly Schönberg bleiben. Das fanden die anderen allerdings komisch.

Dabei war es nicht so, dass ich Kinder nicht mochte. Ganz im Gegenteil. Die armen Dinger konnten ja nichts dafür, dass ihre Erzeuger mutierten und merkwürdig wurden. Ich wollte einfach nicht mein komplettes Leben eintauschen, denn ich war eigentlich ganz zufrieden mit meinem Leben. Eigentlich.

Hinzu kam, dass ich keine große Freundin von Veränderungen war. Ich hatte gern alles so, wie es immer war. Das läge an meinem Aszendenten, hat meine Mutter mal gesagt. Ehrlich gesagt, war es mir egal, woran es lag. Ich mochte keine Überraschungen und probierte nicht gerne neue Sachen aus. Ich fuhr ja nicht ohne Grund seit zwölf Jahren in den gleichen Club, um Urlaub zu machen. Übrigens nahm ich auch immer das gleiche Zimmer. Es sprach doch nichts dagegen, wenn man wusste, was einen erwartete, oder?

Was einen erwartete, wenn man Kinder bekam, durfte ich ja zur Genüge studieren. Und daher konnte ich auch klar sagen, dass ich nicht so werden wollte, wie all die anderen im »Club der gebärenden Gesellschaft«, die vom

Erdball verschwanden, sich nicht mehr meldeten, die ihre Freunde vernachlässigten und deren Kosmos sich nur noch ums Kind drehte.

Ich wollte weiterhin Spaß haben. Das war zumindest der Plan. Auch wenn der manchmal anders aussah als früher: Zum Beispiel stand ich meinen Freundinnen nun als Stylingcoach zur Seite während der stundenlangen Anprobe von Schwangerschaftswäsche. Und ich fragte mich ernsthaft, was an halterlosen Stützstrümpfen und Unterhosen, die oberhalb des Bauchnabels aufhörten, noch sexy sein sollte. Spitze hin oder her.

Manchmal musste ich auch einfach nur mal zuhören, wenn die Hormone wieder verrücktspielten. So wie bei Hanne, als sie schließlich kugelrund auf meinem Sofa saß und völlig unvermittelt anfing zu weinen. Sie, die immer so tough tat und die noch nie in meiner Anwesenheit einen Anflug von Schwäche gezeigt hatte. Die Frage »Warum?« lag also eigentlich sehr nahe. Ihr Dekolleté allerdings auch. Der Anblick des Tattoos über ihrer Brust lenkte mich massiv ab. Es hatte sich in den letzten Wochen aufgrund der räumlichen Ausdehnung von einer Eidechse in einen Dinosaurier verwandelt. Faszinierend – wenn es nicht die eigene Brust war. Wie das wohl in ein paar Monaten aussehen würde? Oder nach dem Abstillen?

»Ich hab solche Angst …«

Hätte ich auch an deiner Stelle, dachte ich und drehte meinen Kopf unauffällig zum Kalender. Noch vier Wochen bis zum Stichtag. Falls sie nicht vorher platzte.

»Ich hab solche Angst, dass das Baby hässlich wird«, heulte sie los und stützte ihren Kopf in die Hände, sodass sie hinter einem wirren Vorhang aus dunkelblonden Locken verschwand.

»Hässlich? Wie kommst du denn darauf? Ich hab noch nie ein hässliches Baby gesehen!«, log ich.

»Und keiner traut sich, es mir zu sagen. Stattdessen schauen sie in den Stubenwagen und sagen alle: ›Ach, wie süüüüß!‹«

Aber all das war nichts gegen den Sonntagmorgen, an dem ich mit meinem Latte macchiato den Balkon betrat und mich gerade auf die Liege legen wollte, als ich im Hinterhof auf der kleinen Grünfläche, die von allen Bewohnern der umstehenden Häuser genutzt wurde, etwas Merkwürdiges beobachtete. Direkt unter dem Pflaumenbaum stand ein Paar, das schräg gegenüber von mir wohnte. Sie hielt ein kleines Bündel im Arm und schob den leeren Kinderwagen hin und her, als hätte sie vergessen, dass sich das Kind auf ihrem Arm befand. Er kniete am Boden und buddelte ein Loch. Dann nahm er eine Tüte, holte irgendwas heraus, legte es in das Erdloch, schaufelte es wieder zu und umarmte seine Frau. Danach fingen sie an zu singen. Den Text konnte ich nicht verstehen.

Als ich die drei ein paar Wochen später auf dem Bio-Wochenmarkt traf, musste ich einfach fragen. Meine Neugier war zu groß. Vorher schaute ich natürlich in den Wagen und sagte: »Ach, wie süüüüß!«

Als ich damit fertig war, outete ich mich als stille Beobachterin des Geschehens im Hinterhof. Die beiden strahlten mich an.

»Das war der Mutterkuchen von der Tamara, beziehungsweise ein Teil davon. Den anderen Teil haben wir zu einem Kuchen verarbeitet. Wussten Sie denn nicht, welche enorme Energie in so einem Mutterkuchen steckt?«

Nein, wusste ich nicht und wollte ich auch eigentlich gar nicht wissen. Ich spürte eine ganz andere Energie, und zwar in der Magengegend. Gott sei Dank hatten die beiden mich noch nie zum Kaffee eingeladen.

Ich wusste dafür anderes. Zum Beispiel: Kinderkriegen war nicht gleich Kinderkriegen. Wer Kinder bekam, war nicht mehr er selbst. Vielleicht war das in manchen Momenten auch besser so. Fakt war, dass es niemand, der sich ein Kind wünschte, hören wollte. Keiner wollte etwas davon wissen, dass sich sein Leben änderte, und zwar komplett. Die meisten dachten, sie bekämen mal kurz ein Kind, und danach ginge ihr Leben einfach so weiter, wie es war. Pustekuchen! Aus und vorbei.

Aber auf mich hörte ja keiner. Keiner wollte wahrhaben, dass die Größe 36/38 nicht mehr passen würde, langfristig. Dass man ein Sparbuch anlegen sollte für eventuell nötige Schönheitsoperationen im Bauchbereich. Keiner wollte wahrhaben, dass Schlafentzug eine gängige Foltermethode war.

Ich hätte Bücher darüber schreiben sollen. Zeit hätte ich ja gehabt. Leider. Stattdessen tat ich so, als würde ich mich freuen, und versuchte mir nicht anmerken zu lassen, was ich wirklich dachte: Mist. Denn jedes Kind hieß im Klartext: eine Freundin weniger. Zumindest bis zur Einschulung. Oder doch bis zum Auszug?

Was blieb mir auch anderes übrig, als gute Miene zum bösen Spiel zu machen? Seit ein paar Jahren war ich umgeben von Menschen, die nicht mehr richtig zuhören konnten, wenn man ihnen etwas erzählte, weil sie ununterbrochen nach ihren »Zwergen« gucken mussten. Statt in meiner Stammkneipe in der Sternschanze traf ich meine Freundinnen auf völlig überfüllten Kinderspielplätzen, wo ich von ihnen meist nur das Hinterteil sah, weil sie »mal kurz gucken müssen, was der Zwerg macht«. Nach zwei Stunden im Schatten, weil der Zwerg ja keine Sonnenstrahlen abkriegen durfte, verabschiedete ich mich dann meist, weil es langweilig war, allein am Rand einer Sandkiste zu sitzen.

Seit dieser Erfahrung wusste ich, wie sich Susi gefühlt haben musste, mit der früher bei uns im Dorf keiner spielen wollte, weil sie so roch. Vielleicht hätte ich es ihr einfach mal sagen sollen.

Es gab Zeiten, da dachte ich: Charly, das ist nur jetzt am Anfang so. Alles ist neu und aufregend.

Quatsch. Die Wahrheit war: Es hörte nie auf. Es wurde schlimmer!

Es wurden erstens immer mehr Freundinnen, bei denen »die Uhr tickte«, und zweitens immer mehr Kinder. Denn wer erst einmal auf den Geschmack gekommen war, der überlegte auch schnell, dass es ja superpraktisch wäre, wenn das Zweite fix hinterherkäme.

Der beste Beweis war meine Pinnwand! Früher hingen da Fotos von meinen Urlauben: Nina und ich auf Mallorca, nach bestandenem Abi, Hanne und ich in Norwegen, mit Ilka in Berlin auf Shoppingtour, mit Melli ein verlängertes Wochenende auf Rügen. Und nun?

Nun hing hier der Babyplan. Wer hatte welches Kind, und wie alt war es? Was konnte es inzwischen? Darauf sollte man unbedingt achten. Wenn man das vergaß, waren Eltern besonders gekränkt. Zugegeben, ich konnte es mir nicht merken und brachte regelmäßig durcheinander, wer schon krabbeln und brabbeln konnte und wer schon in der Lage war zu sagen, dass er einen schlichtweg doof fand. Und das Allerwichtigste: die Geburtstage!

Angelegt hatte ich den Plan nach meinem eigenen letzten Geburtstag, den ich mit all meinen Freunden feiern wollte. Aus dem Alter war ich nun auch raus – beziehungsweise aus meiner Wohnung. Denn nach der Feier kam die Kündigung.

Dass man die Anzahl der Freundinnen mal zwei nehmen musste, um auf die zu erwartende Gästezahl zu kommen, daran hatte ich gedacht, aber nicht daran, dass man sie mit der Zahl drei oder besser gleich vier zu multiplizieren hatte. Sie brachten selbstverständlich alle ihre Kinder mit.

Das Wohnzimmer verwandelte sich binnen Minuten in eine »Krabbelecke«. In der Mitte des Raumes wurde eine große Decke ausgebreitet für die null bis acht Monate jungen Kinder. Gewickelt wurde auf dem Wohnzimmertisch, zwischen Schwarzem Peter, Kaltem Hund und Käse-Igel. Im Flur fuhr ein mir unbekanntes Kind Skateboard. Und ich wagte nicht zu fragen, wem es gehörte – das wäre das Ende der Freundschaft gewesen. Ein kleiner Junge riss wie ein Roboter immer wieder die Tür zum Treppenhaus auf und schrie, so laut er konnte: »Hallo, hallo, hallo, hallo!« Genau vier Mal, dann knallte er mit voller Wucht die Tür zu, um sie sofort wieder aufzureißen und das Spiel von vorne zu beginnen. Ich mochte Kinder, die sich selbst beschäftigen konnten.

»Du hast ja gar kein KiKa!«, brach es entsetzt aus meiner Kollegin heraus, während sie mir völlig entgeistert die Fernbedienung entgegenhielt. »Emil guckt um diese Zeit immer KiKa!«

In meinem Schlafzimmer spielten die Ein- bis Fünfjährigen Kaufmannsladen mit meiner frisch gewaschenen Unterwäsche, die ich eigentlich noch hatte wegsortieren wollen. Am Esstisch saßen die Mütter der Kinder, die in dem Alter waren, in dem sie zwar noch Pampers brauchten, aber laut Aussage ihrer Mütter »alles, aber auch wirklich alles verstehen«. Leider, denn ich verstand nichts mehr.

»Gib mir doch bitte noch mal einen von diesen leckeren KA-E-KA-ES-E-EN!«

»Meinst du diese hier?«

»Ja, genau, die ...«

Während ich Minuten brauchte, bis ich verstand, wer hier was haben wollte, beherrschten meine Freundinnen ihre Buchstabier-Geheimsprache perfekt. Wie mir später erklärt wurde, hielt die Verschlüsselung der Dinge durch das Buchstabieren leider nicht allzu lange an. Irgendwann hatten die Kleinen es raus. Was aber auch einen Vorteil hatte: Diese Kinder konnten schon lesen und schreiben, bevor sie eingeschult wurden. Wie wunderbar.

Die Schwangeren standen in der Küche und gaben sich gegenseitig Tipps gegen und für irgendwas. Die Männer saßen auf dem Balkon und tranken Bier. Ordnung musste sein.

Ich zählte kurz durch und kam auf achtzehn Kinder und fünfundzwanzig Erwachsene. Auf neunundvierzig Quadratmetern.

Als alle weg waren, nahm ich die »Mitsinglieder für Kinder von 0–5 Jahren« raus und warf die »Mitsing-CD« für Erwachsene rein: Rosenstolz. Ich drehte die Lautstärke voll auf, öffnete den besten Wein, den ich hatte, und tanzte, bis ich nicht mehr stehen konnte. Danach kam dann der Brief von der Verwaltung.

Ich wollte ja eh eine größere Wohnung ...

❀

Das Klingeln meines Handys holte mich in die Gegenwart der S3 Richtung Altona zurück.

»Hey, Charly.«

»Ilka …« Sie war mit Birgit die letzte mir verbliebene Bastion der Kinderlosen.

Stille.

»Alles klar?«

»Ja, alles klar«, antwortete Ilka etwas zeitversetzt, und ich wusste: Nichts war klar. Stille passte nicht zu Ilka, die es selten länger als drei Sekunden am Stück aushielt, den Mund zu halten. Und jetzt das: Diese kleine, quirlige Frau schwieg. Das konnte nichts Gutes verheißen.

»Na, was gibt's?«

»Ach, ich wollte dir was sagen.«

Ich schmunzelte. »Dann tu das doch mal.«

»Ne, nicht am Telefon. Was machst du denn morgen früh? Lass uns doch ins Mary Sol gehen und frühstücken.«

Sie wusste genau, wie sie mich quälen konnte.

»Ilka?«

»Ja?«

»Was ist los?!«

»Ich erzähl es dir morgen.«

Morgen? Das stank zum Himmel.

Ihr war klar, dass ich vor Neugierde platzen und es nicht bis zum nächsten Tag aushalten würde, aber sie blieb hart und ging nicht auf mein Flehen ein, mir schon mal einen kleinen Hinweis zu geben, damit ich raten konnte. Es brachte nichts. Wir verabredeten uns für zehn Uhr im Mary Sol.

Bis ich zu Hause ankam, malte ich mir alles Mögliche und Unmögliche aus: dass sie fremdgegangen war, dass sie sich von ihrem »Hasen« getrennt hatte, mit ihrem Chef ins Bett ging, im Lotto gewonnen hatte und jetzt auswandern wollte, meinetwegen noch, dass sie eine Bank überfallen hatte – aber irgendetwas sagte mir: Das war es nicht. Das hätte sie dir doch alles am Telefon sagen können. Welchen Grund konnte es geben, dass sie mir etwas persönlich sagen wollte? War sie vielleicht krank? Hatte sie womöglich nur noch wenige Monate oder Wochen zu leben? Nein, dafür hatte sie zu fröhlich geklungen, trotz der akuten Wortkargheit. Eine anstehende Hochzeit? Oh Gott, das würde ich ihr morgen schön ausreden. Heiraten ja, aber nicht diesen Deppen.

Als ich meine Jacke ausgezogen hatte und den Haustürschlüssel auf das Sideboard im Flur legte, fiel mir auf, dass ich meine Post vom Vortag noch nicht geöffnet hatte.

Es waren einmal keine Rechnungen dabei, stattdessen ein »echter« Brief. Wer bekam heute noch Handgeschriebenes auf Papier? Das konnte nur bedeuten: Post zum Geburtstag – dafür war es zu früh, wir hatten schließlich erst März – oder Weihnachtsgrüße, wofür es definitiv zu spät war. Das Fest der Liebe hatte ich ja Gott sei Dank gerade überstanden. Wie jedes Jahr zu zweit mit meiner Mutter und viel zu viel Lametta.

Ich öffnete den Umschlag. Es war ein Bekennerschreiben meines Cousins und seiner Freundin, die mir »glücklich und total dankbar« mitteilten, dass ihr drittes Kind unterwegs sei. Ich rutschte mit dem Rücken an der Wand herunter und schaute mir im Hocken die Kopie des Ultraschallbildes an. Es sah ein wenig so aus wie die Schwarz-Weiß-Aufnahme eines Spiegeleis. Mehr konnte ich nicht erkennen. Je länger ich mir das Bild ansah, umso hungriger wurde ich.

Ich ging in die Küche und setzte Nudelwasser auf. Kaum hatte ich das getan, rief Birgit mich an. Ihr Mann war unter der Dusche. Er hatte seinen Flug zwar verschieben, aber den Termin nicht komplett absagen können und hatte es jetzt eilig.

»Warum klingst du bitte schön, als würde Robert dir gerade den Hals zudrücken? Du hörst dich an wie Kermit, der Frosch!«

»Ich liege auch gerade etwas unbequem, vielleicht deshalb.«

»Dann leg dich doch bequemer hin, das kann man ja nicht mit anhören.«

»Das geht nicht.«

»Warum geht das nicht? Ich kenne dein Bett. Das bietet allerhand Platz, um sich bequem auszubreiten. Oder bist du nicht in deinem Bett?«

»Doch, doch … Ich hab nur gerade meine Beine Richtung Decke gestreckt. Aber warte mal. Ich kann sie auch … Moment. Ah. So geht es auch. Jetzt habe ich sie an die Wand gelehnt.«

»Und wieso streckst du deine Beine an die Decke beziehungsweise lehnst sie an die Wand?«

»Na, warum wohl? Damit alles drinbleibt! Erst mach ich eine Kerze, und dann nimmt Robert meine Beine und schüttelt noch etwas, damit sich alles gut verteilt, und dann bleib ich noch ein bisschen so liegen. Das ist ein Tipp von meiner Schwiegermutter!«

Sollte ich jemals eine Schwiegermutter haben, wollte ich bitte schön ein schlechtes Verhältnis zu ihr haben. So schlecht, dass sie niemals auf die Idee käme, mir Tipps zur Befruchtung zu geben.

»Na, solange sie nicht selbst vorbeikommt und dir die Beine schüttelt.«

Birgit fand das nicht lustig.

Nachdem ich ihr noch viel Glück gewünscht hatte –

was ich natürlich nicht so meinte, weil ich inständig hoffte, sie würde mir erhalten bleiben –, rief ich Hanne an.

Ich hätte natürlich auch kurz durchs Treppenhaus gehen und bei ihr klingeln können, aber am Telefon abgewimmelt zu werden war immer noch besser als an der Tür. Da kam man sich wie ein unerwünschter Vertreter vor. War ich ja im Grunde auch. Ich vertrat schließlich etwas: Freizeit, Freiheit, Freundschaft.

Hanne ging tatsächlich ran, bevor die Mailbox ansprang. Allerdings flüsterte sie so leise, dass ich mir vorkam, als hätte ich vergessen mein Hörgerät anzustellen.

Aha, die Kleine war gerade eingeschlafen, soviel verstand ich. Na gut. Was? SMS schreiben wäre jetzt besser, sonst wacht die Kleine auf? Na, super.

Ich legte auf und tippte: *Huhu. Wollen wir es uns auf dem Sofa gemütlich machen? Hab dich so lange nicht gesehen. Gruß von oben!*

Ich wartete eine gefühlte halbe Stunde. SMS schreiben funktionierte also auch nicht.

Ich ging in mein Schlafzimmer und legte mich hin. Mit dem Hintern am Kopfende und den Beinen an der Wand versuchte ich über Kinder und deren Nebenwirkungen nachzudenken.

»Ich hätte doch Psychologie studieren sollen«, sagte ich zu mir selbst.

Zu wem auch sonst? War ja keiner da.

»Dann wäre ich nie mehr allein. Immer Menschen um mich rum, die mir ihr Leben und ihr Leid erzählen, und ich müsste nichts weiter tun, als ihnen zuhören, schön bräsig in einem gemütlichen alten Ohrensessel hocken, Schoko-Flakes knabbern und hin und wieder einen Rat geben.«

Ich überlegte.

»Warum? Letztendlich tue ich ja genau das.«

Meine Beine wurden langsam taub.

»Es gibt allerdings einen Unterschied: Ich höre meine Patienten nur, ich sehe sie nicht.« Und Schoko-Flakes machten sich während meiner morgendlichen Radiosendung auch nicht so gut.

Ich setzte mich wieder hin, denn inzwischen war sämtliches Blut aus meinen Beinen gewichen und befand sich vermutlich im Hirn. Auch nicht schön.

»So weit ist es also schon gekommen, dass ich im Bett liege und mit mir selbst spreche. Himmel hilf.«

Mit einem Ruck sprang ich vom Bett.

Das war Mist! Genau. Keiner hatte mehr Zeit.

»Spontaneität« fand weder im Wortschatz noch in der Realität Platz. Wollte man sich einfach mal kurz irgendwo treffen, musste erst mal bei »Mary Poppins« angerufen werden, einer Agentur, die Nannys vermittelte. Bis die dann eine passende Nanny gefunden hatte, kamen die ersten Zähnchen, oder es passierten andere Katastrophen, sodass das Treffen abgesagt wurde, bevor es richtig verabredet worden war. Früher war alles besser.

Ich ging zurück in die Küche, schaltete das Radio an, NDR2, um mal zu sehen, was die so trieben, und warf eine halbe Tüte Makkaroni in den Topf. Als das Gourmetmenü fertig war, legte ich mich auf die Couch und machte den Fernseher an. Dabei musste ich leider Gottes daran denken, wie oft ich mit *ihm* auf diesem Sofa gesessen hatte, als wir noch zusammen auf der anderen Seite der Alster gewohnt hatten. Dabei war das jetzt das Letzte, worüber ich nachdenken wollte – das Allerletzte. Ich hatte schon viel zu viel Zeit meines Lebens dafür verschwendet, und außerdem hatte ich mir geschworen, seinen Namen nie wieder zu nennen. Seit knapp achtzehn Monaten gelang es mir. Wahnsinn. Fast anderthalb Jahre. Anderthalb Jahre ohne ihn. Hätte mir das jemand vor diesem traumatischen Erlebnis, das mir die Augen öffnete, erzählt, ich hätte ihn gefragt, was er geraucht hatte. Schließlich waren wir doch das »perfekte Paar« gewesen, wie immer alle sagten.

Er war mein absoluter Schwarm gewesen, ein richtiger Charly-Typ: dunkle Haare, groß, muskulös und eroberungswürdig. Als ich ihn auf unserer Weihnachtsfeier entdeckte, stand er gerade auf einer Leiter und drehte an einem Punktstrahler. Er arbeitete für die Veranstaltungsfirma, die aus unserer Eingangshalle im Sender eine Tanzfläche zauberte – und aus mir eine Frau mit gut durchblutetem Gesicht, was man Gott sei Dank bei dem Licht nicht sah. Dass ich nicht die Einzige war, die ihn gerne mit nach Hause genommen hätte, sah ich den anderen an – den Vergebenen und Verheirateten. Tja, Pech.

Ich hatte ihn bekommen. Zumindest für knapp sechs Jahre. Immerhin. Die ersten drei Monate nach unserer Trennung beziehungsweise seinem Rausschmiss aus meinem Leben verbrachte ich mit einer kleinen, braunen, rechteckigen Fünfhundert-Kalorien-Ersatzbefriedigung. Mit Nuss, ohne Nuss, feinherb oder fair gehandelt. Egal. Und vor allem: nicht mit einer, mit *einigen*. Danach hatte ich einige Kilo mehr auf der Waage. Vor dem Verzehr von Schokolade sollte aber auch wirklich stärker gewarnt werden. Und dass sie als Ersatzbefriedigung diente, konnte auch nur jemand behaupten, der keine Ahnung davon hat.

Jedenfalls musste ich mir nach diesen ersten zwölf

Wochen nicht nur dringend meinen Freund – ich meine natürlich Exfreund – aus dem Hirn schlagen, ich musste mir außerdem noch meine Lust auf Schokolade abgewöhnen. Leichter gesagt als getan. Schließlich sollte der Genuss von Schokolade glücklich machen. Nur die Nebenwirkungen nicht. Pickel und ein Po wie ein Pferd. In diesem Zustand würde ich als Single sterben. Zu Recht.

Das Sofa war unsere Oase gewesen – an Freitagabenden wie diesem. Dann aßen wir als Hauptgang Pasta, nicht Schokolade, und zwar von Tellern, nicht aus Töpfen, so wie ich jetzt. Ich zündete Kerzen an, und wir erzählten uns, was während der Woche alles passiert war. Da er viel unterwegs war, kamen wir in der Woche kaum dazu, uns in Ruhe zu unterhalten. Er arbeitete abends oder nachts für seine Veranstaltungsfirma, ich tagsüber beim Radiosender. Irgendwann musste er immer öfter auch an den Wochenenden arbeiten, an Feiertagen, Geburtstagen. So liefen wir immer häufiger aneinander vorbei. Bis nichts mehr lief. Zumindest nicht zwischen uns. Dafür lief etwas, wovon ich lange nichts ahnte …

Mir war der Appetit vergangen. Erst stellte ich den Topf weg. Alleine essen schmeckte einfach nicht. Dann machte ich den Fernseher aus. Ich hatte eh nicht hingeschaut.

Ich versuchte, mich mit der Zukunft von der Vergangenheit abzulenken, und grübelte darüber nach, was Ilka mir am nächsten Morgen erzählen wollte. Weil mich der Gedanke daran so beschäftigte, dass ich später auch nicht einschlafen konnte, kramte ich meinen iPod unter dem Kissen hervor und hörte mir »Die drei Fragezeichen und die Botschaft von Geisterhand« an.

Der nächste Tag war ein Samstag. Aber obwohl die Sonne an einem makellos blauen, wolkenfreien Himmel schien, war es kein guter Samstag. Das hätte ich schon ahnen müssen, als ich mich nach meinen Strümpfen bückte und mir den Kopf an der geöffneten Schublade meiner Kommode stieß. Das musste man erst mal hinbekommen.

»Charly, ich … ich bin schwanger!«, platzte es um 10:03 Uhr aus Ilka heraus, noch bevor ich meine Jacke ausgezogen und meinen Hintern samt Hocker an einen der Bistrotische geschoben hatte.

Ich musste heulen, und zwar auf Knopfdruck.

Gott sei Dank drehten die drei Portugiesinnen hinter dem Tresen in diesem Moment ihre Lieblings-Salsa-CD auf volle Power und sangen lauthals mit Marc Anthony um die Wette. Ilka drehte sich, wie alle anderen, zu den gut gelaunten, hüpfenden Hüften um, und so konnte ich unbemerkt ein Taschentuch aus der Jackentasche ziehen. Mir liefen Tränen übers Gesicht, und ich hatte nicht einmal Zeit, darüber nachzudenken, ob ich vor einer halben Stunde im Badezimmer den wasserfesten Mascara benutzt hatte oder nicht, während ich sie wegwischte. Es war eine Mischung aus Weltschmerz und purer Verzweiflung, die mich erfüllte. Und trotz all der Menschen, die dicht an dicht in diesem kleinen Café um mich rumsaßen, fühlte ich mich wie Juri Gagarin im Weltall.

Bis vor zwei Minuten war Ilka im Grunde meine letzte Verbündete gewesen. Sie war meine Rettung, wenn ich jemanden suchte, der mit mir auf eine Party ging und nicht um 22 Uhr ins Bett wollte, sondern auch noch um 7 Uhr auf dem Fischmarkt stand, wenn der Rest meiner Freundinnen gerade das dritte Mal stillte. Sie war diejenige, mit der ich mich verabreden konnte – ohne Rücksicht nehmen zu müssen. Wir waren frei, konnten in jedes Café gehen, egal, ob da Platz für einen Kinderwagen war oder nicht. Egal, ob geraucht wurde und ob es auf dem Damenklo eine Wickelablage gab oder nicht. Egal, ob man entkoffeinierten Espresso und Sojamilch bekommen konnte oder nicht.

Mir wurde schwindelig.

»Hey, alles okay?«, hörte ich Ilka von weither fragen, dabei war sie nur ein paar Zentimeter entfernt.

»Alles gut«, antwortete ich wie benommen, nahm völlig ferngesteuert mein Telefon aus der Tasche und blätterte im Adressbuch. Zwischendurch schaute ich kurz zu ihr hoch.

Ilka lächelte. Ilka lächelte, seitdem ich sie kannte. Das gehörte zu ihr wie ihr Bubi-Haarschnitt, aber es war nicht mehr das alte Ilka-Lächeln. Früher hatte es etwas Verführerisches. Es war sexy. Jetzt war es sanft. Schrecklich sanft. Ein klares Symptom für den Virus – den Kindervirus. Und ich dachte, sie wäre immun. Innerhalb von Sekunden liefen unsere gemeinsamen Jahre, lief diese ganze wundervolle Freundschaft vor mir ab. So wie ich es mir vorstellte, wenn man starb. Alles noch mal im Schnelldurchlauf: wie wir uns kennenlernten, die Nächte auf dem Kiez, Urlaub auf Ibiza, Unterwäschekauf mit anschließendem Catwalk auf der Rolltreppe des Alsterhauses, bis der latent dumme, aber sehr attraktive Security-Typ vor uns stand, das Abführmittel für Pferde im Cocktailglas von diesem miesen …

»Charly?«

»Ja?«

»Wem willst du denn schreiben, dass ich Mama werde?«

»Eigentlich keinem. Ich wollte nur kurz etwas gucken.«

Ich wollte nur kurz mal nachsehen, ob es wirklich niemanden mehr gab – ohne Kind.

Kurze Zeit später stand fest, was ich schon geahnt hatte. Unter »Z« stand nur die Zeisehalle, und davor war auch nix mehr. Nix ohne »Bauch« oder »Zwerg«. Abgesehen von Leo, die inzwischen in der Hauptstadt wohnte, und Birgit. Aber irgendwas sagte mir, dass ich sie demnächst auch abschreiben konnte.

Ich sah Ilka an und überlegte, was es kosten würde, im *Hamburger Abendblatt* eine Anzeige aufzugeben:

Plötzlich und völlig unerwartet trennten sich unsere Wege.
Wir sollten nicht traurig sein, sondern glücklich und dankbar für die gemeinsame Zeit.
Wir nehmen Abschied von unserer Freundschaft.
geb. am 20. 6. 1973, gest. am 20. 3. 2010

Charly und Ilka
Wir werden uns nie vergessen.

»Komm. Lass uns anstoßen. Mit Prosecco geht es jetzt zwar nicht mehr, aber ein heißer Kakao reicht doch auch, oder?«

Klar. Lieber stoße ich mit Kakao an als mit Prosecco. Ist ja auch viel gesünder …

Ich wollte nicht mehr leben.

»Hast du eine Idee, wie ich es Max sagen soll? Ich habe überlegt, ob ich den Schwangerschaftstest in ein Kästchen lege und als Geschenk verpacke? Oder ich warte noch etwas und mische das erste Ultraschallbild unter unsere Urlaubsfotos, die ich noch nicht zum Entwickeln gebracht habe. Was denkst du?«

Ich dachte gar nichts. Zumindest nicht an Ultraschallbilder. Doch plötzlich funktionierte mein Hirn wieder.

»Der Hase weiß es noch nicht?«

»Nein. Bisher weißt nur du es.« Sie überlegte. »Und meine Mutter. Ach, ja und meiner Schwester habe ich es eben auf dem Weg hierher auch gesagt, sie rief gerade an. Aber sonst weiß es keiner.« Sie überlegte anscheinend weiter. »Na ja, Ursula, meine Nachbarin. Die hat nämlich auch gerade ein Kind bekommen, da dachte ich mir, sie freut sich sicherlich, wenn ich ihr sage, dass der Kleine bald schon jemanden zum Spielen hat.«

Wo es ja auch in einem Umkreis von dreißig Kilometern sonst keine Kinder gab. Sie tat ja, als lebten wir auf einer Hallig.

Vor uns am Tisch stand plötzlich ein etwa Dreijähriger, beugte sich über Ilkas Becher, sah ihren heißen Kakao, den man ihr inzwischen vor die Nase gestellt hatte, und schrie: »Kacka! Kacka!« Dabei zeigte er immer wieder lachend mit seinem kleinen Wurstfinger in den Becher. Er fand seine Entdeckung urkomisch und kriegte sich vor Lachen gar nicht mehr ein.

Ich mag fröhliche Kinder, dachte ich und sah mich in dem kleinen Café um, in dem es lediglich fünf Tische gab. Zu wem gehörte dieses Kind bitte?

»Nur der Hase weiß es noch nicht?«

Ich schaute Ilka ins Gesicht, die vergessen hatte mit dem Lächeln aufzuhören. Sie sah das Wurstfingerkind an, und dann hörte ich es leise aus ihrem Mund: »Süüüß.«

»Süß?! Ilka, wach mal auf. Wann willst du es ihm denn sagen? Noch vor der Einschulung?«

»Sei doch nicht so zickig. Wenn der richtige Moment gekommen ist.« Sie rührte mürrisch in ihrem Kakao. »Hast ja recht. Ich glaube, ich drück mich noch etwas. Was mach ich denn, wenn er kein Kind will?«

»Ihr habt doch sicher irgendwann mal über Kinder gesprochen. Da wird er dir doch gesagt haben, wie er zu eigenem Nachwuchs steht. Oder nicht?«

Ilka sagte nichts mehr, was sehr, sehr selten der Fall war. Sie schaute mit ihren großen braunen Knopfaugen in ihren Kakao und rührte unmotiviert weiter, dabei hatte sie sich gar keinen Zucker reingestreut. Diese Art des Rührens kannte ich nur zu gut. Ich hatte die richtige Frage gestellt, und das machte mir Sorgen. Ich nahm einen Schluck Galão, obwohl ich inzwischen mehr als wach war.

Plötzlich erschien eine voll bepackte Ilka vor meinem inneren Auge, wie sie inmitten von zig Taschen und Koffern vor meiner Tür stand, mit einem schreienden Baby auf dem Arm. Oder würden es Zwillinge werden? Himmel!

»Mir wird schon etwas einfallen, wie ich es ihm sage. Sei mir nicht böse, ich muss los. Ich habe noch einen Termin beim Zahnarzt. Die bieten ja mittlerweile Wochenendsprechstunden für alle Berufstätigen an.«

Ich war ihr nicht böse. »Dann drück ich dir die Daumen, dass es nicht so schlimm wird.«

»Das wird schon. Ich hab ja nichts.«

»Und warum gehst du dann hin? Sieht er so gut aus?«

»Nein, aber ich wollte noch mal alles durchchecken lassen. Lieber jetzt als mitten in der Schwangerschaft. Dann sollte man ja keine Medikamente mehr nehmen, also auch keine Spritzen mehr.«

Noch ein Grund mehr, kein Kind zu kriegen. Was für ein Horror. Wo ich doch sowieso vor jedem Zahnarztbesuch Schweißausbrüche bekam, bei denen jedes Deo versagte. Wie hielt man das denn bitte schön ohne Spritze aus? Ich wollte es gar nicht wissen.

Wir umarmten uns kurz, dann ging sie. Ich sah ihr nach, wie sie sich durch den engen, überfüllten Raum Richtung Ausgang kämpfte. Ilka sah auch mit Mitte dreißig manchmal noch aus wie ein kleiner Schuljunge mit ihrem streichholzkurzen Haar, ihrer schmalen, drahtigen Figur und den Klamotten, die alles andere als ladylike waren. Eher lässiglike. Statt Pumps trug sie Puma, Größe fünfunddreißig. In letzter Zeit auch gerne das Modell, das angeblich mit jedem Schritt den Po formte.

Sie musste selbst mit Mitte dreißig noch manchmal ihren Ausweis rauskramen, wenn wir einen Drink bestellten … wobei sich dieses Problem wohl auch gerade von selbst gelöst hatte. Kakao bekam man auch ohne Perso.

Ich stand kurz auf, kramte in meiner Jacke nach dem Portemonnaie. Plötzlich standen zwei junge Mütter dicht neben mir und fragten, ob ich gleich gehen würde. Ich sah sie an, setzte mich wieder hin, steckte das Geld weg und sagte laut: »Nein.« Dann bestellte ich mir einen Prosecco.

❀

Irgendwann raffte ich mich doch noch auf und ging in die Fußgängerzone. Der Plan, etwas einzukaufen, um am Sonntagmorgen nicht wieder zur Tankstelle laufen zu müssen, zerplatzte, als ich am Einkaufszentrum ankam: Es war brechend voll. Die Leute führten sich auf, als wäre gerade die Mauer geöffnet worden. Sie drängten und schubsten sich die Fußgängerwege entlang, belagerten die Wochenmarktstände, strömten ins Einkaufszentrum links rein und kamen rechts als Menschenwurst wieder heraus. Ich änderte meinen Plan.

Es war fast zwölf Uhr – eine Zeit, zu der man noch an den Elbstrand gehen konnte, ohne auf Scharen von Kinderwagen zu treffen. Die kauften jetzt alle ein, dann gab es Mittagessen, ein Schläfchen für die Kleinen, und erst am frühen Nachmittag erschienen sie alle wieder an der frischen Luft.

Unfassbar, dachte ich, als ich den Elbhang hinunterging. Jetzt richte ich schon meinen Tag nach dem Rhythmus irgendwelcher Kinder aus. Völlig gaga.

Es war das typische Erkältungswetter: sonniger als erwartet, aber dafür etwas kühler als vorhergesagt. Eine Falle, über die sich vermutlich nur Allgemeinärzte freuten, die volle Wartezimmer haben wollten, weil sich alle die Kleider vom Leib rissen, sobald die Frühlingssonne schien. Egal, was das Thermometer sagte. Typisch Hamburger.

Aber langsam konnte es wirklich gern wärmer werden. In zwei Wochen war es April, und da hatte ich immerhin im vergangenen Jahr schon im Bikini auf dem Balkon gelegen und versucht, unentdeckt weiße Stellen zu retuschieren.

Ich spazierte langsam am Strand entlang. Ein paar Kinder im Ganzkörpergummianzug, die im kalten Sand eine Burg bauten, warfen für mich die Frage auf, ob man vielleicht schon im Kindesalter erkennen konnte, wer später selbst einmal Kinder bekommen würde und wer nicht. Womöglich war der Puppenwagen schon der erste Test. Hier zeigte sich, wer zur Mutter taugte und wer nicht.

Während meine Freundinnen aus der Nachbarschaft damals fleißig ihre Puppenwagen samt Püppchen ausfuhren, langweilte ich mich schon bei ihrem Anblick und schloss mich den Jungs an, die weitaus Spannenderes zu bieten hatten: Kettcarfahren, auf Bäume klettern oder Mutproben jeglicher Art bestehen, wie zum Beispiel ungebremst mit dem Fahrrad die Kiesgrube runterbrettern. Tat weh, war aber definitiv erfolgreicher. Ich hatte die Wette gewonnen und bekam von allen anderen zwei Wochen lang das Taschengeld.

Kurz hinter dem Övelgönner Hafen kam mir ein Pärchen samt Anhang entgegen. Wie zwei Nordic-Walker ohne Stöcke marschierten sie im Stechschritt auf mich zu. Während er einen dieser Ergo-Carrier-Babybjörn-sonstwas-Tragetücher-Behälter inklusive Kind auf seinen Rücken geschnallt hatte, fütterte sie es aus einem Gläschen. Eins, zwei, happ. Eins, zwei, happ. Zwei Schritte, ein Löffelchen Brei. Als das Dreiergespann samt Marschmahlzeit an mir vorbeihetzte, drehte ich mich noch einmal irritiert zu ihnen um. Dabei vergaß ich leider, stehen zu bleiben. Ich verlor die Balance und landete direkt auf dem Sitzbrett des Gehwagens eines älteren Herrn.

Ups.

»Na, junge Frau. In Ihrem Alter muss man sich doch noch nicht schieben lassen, oder? Wie gut, dass ich dem Rudi heute einen Spaziergang und keine Spazierfahrt verordnet habe.«

Er sah zu seinen Füßen hinunter, wo ein kleiner dickbäuchiger Rauhaardackel stand, der mich anknurrte. Zu Recht, wie ich erfuhr: »Denn das ist eigentlich sein Platz.«

Ich sprang auf, entschuldigte mich, ging schnell weiter und sah mich noch einmal unauffällig um – in der Hoffnung, dass es niemand mitbekommen hatte. Das Dreiergespann war nicht mehr zu sehen.

❀

Als ich am späten Nachmittag nach Hause kam, empfing mich mein blinkender Anrufbeantworter. Immerhin.

Meine Mutter beschwerte sich, dass ich mich schon seit Wochen nicht mehr gemeldet hätte, irgendjemand hatte sich verwählt, und DER SPIEGEL wollte mir ein Probeabo schenken.

Ich schmierte mir eine dicke weiße Feuchtigkeitsmaske ins Gesicht, legte mich in die Wanne, hörte »Die drei Fragezeichen und die flüsternde Mumie« und dachte an meine Mutter. Das Schlimmste an Müttern ist, dass sie in den meisten Fällen recht haben.

So wie meine Mutter. Ich konnte gar nichts gegen all ihre tollen Ratschläge sagen. Sie hatte ja recht. Aber ich hatte sie nie gebeten, mir all diese schlauen Dinge ununterbrochen mitzuteilen, mich zum Beispiel anzurufen, mir zu mailen und noch eine SMS hinterherzuschicken, nur weil die Wetterfee vorhergesagt hatte, es würde am nächsten Tag regnen. Zu hundert Prozent.

Und dieses Informationsbombardement hagelte nicht nur bei Regenvorhersagen auf mich nieder. Das Leben war lebensgefährlich. Jawohl. Verdammt lebensgefährlich sogar. Und ich als ihre einzige Tochter und im Grunde einziges Familienmitglied musste diese täglichen Kämpfe gewinnen, musste überleben. Trotz Regen, trotz Sonne, Ozonloch und Handystrahlung.

»Können wir es schaffen?«

»Yes, we can«, würde Bob der Baumeister jetzt sagen – nicht Obama, der das eh nur kopiert hat!

Und das sagte ich ihr auch seit mehr als drei Jahrzehnten. Es brachte nur leider nichts.

Unser Verhältnis – wenn man davon überhaupt sprechen konnte – war vermutlich so schlecht, weil ich mich einfach nie meldete. Weil ich nicht wissen wollte, wie sich Worte und deren Wellen auf Wasser und dessen Kristalle auswirkten. Ich trank. Egal, welches Wasser, wenn ich Durst hatte. Kristalle hin oder her. Und das seit Jahren. Ohne Nebenwirkungen.

Erschwerend kam hinzu, dass ich mich ihr immer mehr entzog, je mehr sie es mir vorhielt. Um einen Vater musste ich mich nicht kümmern. Leider. Er hatte einen tödlichen Autounfall gehabt, kurz vor meiner Einschulung.

Es blieben also nur meine Mutter und ihr Lieblingsvorwurf: »Die ganze Stadt hört von Montag bis Freitag etwas von dir. Nur ich nicht.« Fast hätte ich ihr da gesagt: Dann schalte doch das Radio ein.

Wenn man mich fragen würde, warum ich mich so gegen sie sträubte, könnte ich vermutlich gar keine konkreten Gründe nennen. Der Unaussprechliche, mein Ex, meinte, meine Mutter habe in mir den fehlenden Partner gesucht und sich zu sehr an mich geklammert. Wer weiß? Vielleicht hätte ich doch eine Therapie machen sollen. *Er* hatte es mir ja oft genug geraten – der super Hobbypsychologe. Und er musste es ja wissen, wo er doch selbst so ein Händchen für Familienangelegenheiten hatte. Ich durfte regelmäßig am Telefon für ihn lügen, wenn seine Eltern bei uns anriefen. Heldenhaft.

Ganz zu schweigen von seinem generellen Kommunikationstalent. Er hätte doch mal etwas sagen können, was ihm an mir nicht passte. Ein vorsichtiger Hinweis, das hätte ja vielleicht geholfen. Oder woher sollte ich wissen, dass er gar nicht auf braunrote Locken, Sommersprossen und ein paar Rundungen stand? Stattdessen schwieg er lieber, lud seine Kollegin ein und hatte mit ihr seinen Spaß. Bis ich kam.

Die Kollegin – mit der er sich »nur so ganz gut versteht. Mehr nicht. Ehrenwort« – hatte, von dem knallroten Gesicht mal abgesehen, stoppelkurze blonde Haare, die fast an einen Jungenhaarschnitt erinnerten, und der Rest: Waschbrett mit Rosinen! Zumindest sah es so aus, als sie unter meiner Bettdecke hervorkam.

Die beiden waren so überrascht, als ich wegen Migräne viel zu früh vom Dienst kam, dass ich fast das Gefühl hatte, mich für die Störung entschuldigen zu müssen …

Das Klingeln an meiner Wohnungstür holte mich zurück in die Gegenwart. Das war auch besser so, denn das Wasser war inzwischen kalt. Die Gesichtsmaske hatte ich völlig vergessen und erschrak so sehr, als ich in den Spiegel schaute, dass ich nicht nur aufschrie, sondern mir auch noch den Kopf am Regal stieß, während ich einen Satz nach hinten machte. Die weiße Maske war angetrocknet und hing in kleinen Fetzen von meinem Gesicht. Eingerahmt von meinen Locken sah ich aus wie eine Mumie.

Ich schlüpfte in den Bademantel, zog die Kapuze über den Kopf und hielt mir ein Handtuch vors Gesicht, so dass man nur noch meine Augen sah. Manchmal war eine Burka durchaus praktisch.

Hanne stand vor der Tür. Ich hatte ganz vergessen, wie sie aussah – ohne Kind.

Auf meine SMS von gestern hatte sie bisher nicht geantwortet. Seit ich ihr einmal gesagt hatte, dass ich es schön fände, wenn sie auch mal ohne Klein-Emma vorbeischauen würde, schien sie zu schmollen. Phillip, ihr Freund, hatte seit Monaten keinen Job und war fast immer zu Hause. Da konnte sie doch einfach nach dem Windelnwechseln und Stillen mal auf einen milchbildenden Tee zu Besuch kommen, dachte ich mir. Nur wir beide. So wie früher. Ohne dass sie ununterbrochen mit Klein-Emma auf dem Arm durchs Wohnzimmer oder den Flur gehen musste, damit diese besser einschlafen konnte. Ich fand es einfach schön, wenn man im selben Raum war, während man sich unterhielt. Stattdessen lief sie meistens mit ihrer »süßen Nudel« auf dem Arm durch meine Wohnung. Einschlaf-Spaziergang nannte man das.

»Rede ruhig weiter, Charly. Ich hör dich. Das ist auch für die Emma ganz beruhigend, wenn sie Stimmen hört«, rief sie vom anderen Ende des Flures, während ich im Wohnzimmer saß und überlegte, ob sie es merken würde, wenn ich ihr erzählte, Amerika hätte Island angegriffen.

»Für mich ist das aber ganz und gar nicht beruhigend!«, dachte ich so für mich.

Nun stand sie vor meiner Tür. Ohne Kind und ohne Vorankündigung, anscheinend als Antwort auf meine gestrige SMS. Statt Emma hatte sie ein Babyfon in der einen und ihr Handy in der anderen Hand. Hätte Emma geschrien, hätten wir es mit ganz großer Sicherheit gehört. Schließlich war dieses Haus ein Altbau, in dem Geräusche einfach von Wohnung zu Wohnung wanderten. Und so hatte ich zum Glück zwar nicht an Emmas Zeugung und all den vorausgegangenen Versuchen teilhaben dürfen, aber nun durfte ich sie durch alle Schreiphasen begleiten. Erst Emmas Schreiphasen, dann Hannes'. Wozu also ein Babyfon?

»Ich dachte erst, du bist gar nicht da, weil ich vorhin, als ich vom Einkauf kam, bei dir kein Licht sah.«

»Ich habe mir die Pläne für den Banküberfall im Bett unter der Decke angesehen und bin alles noch einmal kurz durchgegangen, damit wirklich nichts schiefgeht. Da mach ich immer das Licht aus und nehme nur eine Taschenlampe, damit mich keiner beobachten kann.«

Stille.

»War ein Scherz! Ich habe mich eben mal kurz in der Wanne entspannt.«

»Soll ich lieber an einem anderen Tag wiederkommen?«

»Quatsch. Komm rein! Ich freu mich, dass du da bist! Geh schon mal ins Wohnzimmer. Ich wisch mir nur eben den Rest von der Maske aus dem Gesicht.«

Als ich im Bad fertig war, schaute ich kurz auf die Uhr über dem Regal im Flur. Es war keine Emma-Fütterzeit, keine Schlafenszeit, keine Was-weiß-ich-was-Wickelzeit. Also? Wie spät war es? Es war genau 17:17 Uhr.

Während ich mir vornahm, mir diese Zeit zu merken, um zu wissen, »wann es gerade passte« – denn meistens passte es nicht –, ging ich in die Küche, um zur Feier des Tages eine Flasche Wein zu holen. Beim Anblick meines Regals wurde mir klar, dass ich es gar nicht mehr gewohnt war, spontan Besuch zu bekommen. Ich musste dringend neue Vorräte ranschaffen. Vielleicht war Hanne ja soeben aus ihrem Mama-Koma erwacht und würde wieder die alte Hanne werden. Ich bekam schlagartig gute Laune.

Hanne marschierte derweil durch meine Wohnung. Auf der Suche nach einer günstigen Stelle mit optimalem Empfang für das Babyfon.

Ich mochte Hanne, seitdem ich sie das erste Mal auf einer der unzähligen Partys während des Studiums getroffen hatte. Und trotzdem musste ich in diesem Moment erkennen: Sie war der typische Fall von »Frau, die voll in ihrer Mutterrolle aufgeht«. Aber ich hatte sie nun mal so gern, dass ich über vieles hinwegsehen konnte: über ihr Haargummi, das ihre Hose zuhielt, weil der Knopf seit der Geburt nicht mehr zuging und es vermutlich auch in diesem Leben nicht mehr tun würde, über den trockenen

Brei, der auf der Rückseite ihres T-Shirts klebte, und über die Tatsache, dass ihr Haaransatz dringend blondiert werden müsste. Darüber konnte ich hinwegsehen. Das Babyfon konnte ich allerdings nicht ignorieren.

»Ist Emma allein?«

»Nee, Phillip ist da. Warum?«

Warum? Weil das Babyfon erfunden wurde für nicht anwesende Eltern, damit diese ihr Kind hören. Egal. Ich freute mich, sie zu sehen.

Wir setzten uns aufs Sofa. Hanne hatte inzwischen die optimale Empfangsstelle gefunden. Sie legte das Handy neben sich und erzählte mir unaufgefordert von ihrer neuen Bekannten aus der Kinder-Krabbel-Gruppe, die einen Sohn habe, der genauso alt sei wie Emma. »Stell dir vor: Sie ist für ein verlängertes Wochenende nach Mallorca geflogen und hat den Kleinen einfach zu Hause gelassen!«

»Ganz allein?!«

»Natürlich nicht ganz allein. Ihr Mann ist da.«

»Na, dann ist doch alles bestens. Sie kann endlich mal wieder ausschlafen, er weiß ihre Arbeit besser zu schätzen, und das Kind lernt, dass Papa nicht im Büro wohnt, sondern auch zur Familie gehört.«

In diesem Satz waren mindestens so viele Fehler wie Wörter, und was jetzt folgte, war absehbar. Ein Vortrag darüber, wie wichtig die Mutter-Kind-Beziehung im Alter von bis zu drei Jahren sei.

Ich hörte nicht zu. Ich ärgerte mich darüber, dass ich überhaupt etwas gesagt hatte. Regel Nummer eins: Niemals sagen, was man denkt. Zumindest nicht in Bezug auf Erziehung und ähnliche Dinge.

Hanne hatte alle Bücher gelesen, die mit »K« wie Kinder, »S« wie Schwangerschaft oder »E« wie Eizellen und

Erziehung zu tun hatten. Natürlich vor der Geburt. Jetzt hatte sie ja keine Zeit mehr. Nur »D« wie »Das Leben danach« hatte sie noch nicht entdeckt.

Ich gab mich geschlagen und hörte zu.

Eine Trennung über einen längeren Zeitraum, wozu ein paar Tage anscheinend auch gehörten, könne zu schwerwiegenden Problemen mit dem Kind führen, erklärte sie mir, ein Auge auf das Display des Handys gerichtet, das andere auf mich. So etwas konnten nur Mütter.

Ich schenkte ihr ein Glas Rotwein ein. Und siehe da, es wirkte. Es dauerte keine fünf Minuten (sie hatte seit zwei Jahren keinen Alkohol getrunken), da wusste ich wieder einmal, warum ich keine Kinder wollte: Egal, mit wie viel Liebe im Blick mir meine Freundin auch von ihrem Alltag erzählte, Liebe im Bett – oder wo auch immer – war für sie zu einem Fremdwort mutiert.

»*Wie bitte?* Ihr habt seit Beginn der Schwangerschaft nicht mehr miteinander … also, ich meine, komplett gar nicht?!«

Nein, tutti kompletti gar nicht.

Unfassbar.

Ich war in Mathe nicht besonders gut, aber dafür reichte es dann noch. Neun Monate Schwangerschaft (ich wusste, man zählte heutzutage zehn, aber wir wollten ja nicht den Teufel an die Wand malen und für sie hoffen, dass es wenigstens in den ersten Wochen noch ein wenig Spaß gegeben hatte), plus … wie alt war Emma noch gleich? Mist, da war er wieder: der Moment, in dem ich meinen Babyplan brauchte. Ach ja, neun Monate. Das machte summa summarum achtzehn Monate. Das waren eineinhalb Jahre!

Okay, ich musste zugeben, in letzter Zeit passierte bei

mir auch nicht viel, aber Hanne war für mich immer der Inbegriff der Leidenschaft gewesen! Von ihr hatte ich, was Sex anging, mehr gelernt als von allen Männern, die ich bis dahin hatte. Sie war es, die mit mir damals durch die dunkelsten Boutiquen der Reeperbahn gezogen war auf der Suche nach neuen Verführungsutensilien. Sie war es, die mir die besten Seiten im Internet gezeigt hatte, auf denen man sich austauschen konnte, ohne erkannt zu werden. Und schließlich war auch sie es, die mich mit in den Swingerclub genommen hatte. Zugegeben, ich hatte nur an der Bar gesessen und mich über meine eigene Naivität gewundert, aber spannend war es trotzdem gewesen. Seitdem wusste ich, dass in Wohnungen, wo »Schmidt« an der Klingel stand, nicht immer auch Schmidt drin war. Und ausgerechnet die Frau, die mir die Tür in die Welt der Verführung und Erotik geöffnet hatte, hielt ihre eigene anscheinend seit mehr als einem Jahr verschlossen.

»Wann denn, Charly?«

»Wie, wann denn? Nachts zum Beispiel?«

»Also hör mal, das geht ja nun überhaupt nicht. Die Kleine schläft doch bei uns im Zimmer.«

Aha, da hatten wir das Problem.

»Na, dann schläft sie halt mal nicht in eurem Zimmer.«

»Das geht erst recht nicht.«

»Warum geht das erst recht nicht?«

Nun folgte ein Vortrag darüber, wie wichtig es sei, Kinder in der Nähe der Eltern schlafen zu lassen. Um genau zu sein: zwischen ihnen. (Ganz wichtig, damit sie nicht aus dem Bett fielen!) Mit vier oder fünf Jahren kämen sie dann in eine Phase, in der sie von sich aus den Wunsch verspürten, im eigenen Bett zu schlafen.

Ich versuchte, mir nichts von dem, was ich dachte, anmerken zu lassen, und das kostete mich enorm viel Kraft. Ich war nicht ohne Grund aus der Theater-AG geflogen. Ich war einfach eine miserable Schauspielerin.

Außerdem, holte Hanne aus, sei es auch total praktisch, dass Emma mit in ihrem Bett schlafe, weil sie dann nicht aufstehen müsse, wenn Emma schrie und etwas trinken wolle. Dann müsse sie halt nur kurz mal ihr Nachthemd hochheben.

»Charly …?« Hanne schaute mich fragend an.

»Emma schläft also nicht nur in eurem Zimmer, sondern auch in eurem Bett. Weil du es praktisch findest? Ich glaube, es ist extrem unpraktisch. Es sei denn, du möchtest als vertrocknete Feige enden. Wie wäre es denn, wenn du deinen Süßen mal tagsüber verführst, und ich drehe so lange mit Emma eine Runde an der Elbe.«

Ich zwinkerte ihr auffordernd zu. Was für ein Angebot! Ich sah meine Freundin schon, wie sie sich die halterlosen Strümpfe anzog, und dieses super verführerische schwarze Kleid mit dem tiefen Rückenausschnitt – ohne Unterwäsche.

»Ach, Charly, das ist total lieb von dir, aber das verstehst du nicht. Mir reicht es ganz ehrlich, den ganzen Tag mit Emma zu schmusen, da muss ich nicht noch abends mit Phillip …«

Stimmt, das verstand ich nicht, aber ich verstand plötzlich, dass sie von etwas zu viel hatte, wovon ich schon zu lange zu wenig hatte. Komisch. Das war schon immer so. Sie hatte immer von allem mehr als ich. Sie hatte bei den meisten Klausuren mehr Punkte, sie hatte während des Studiums mehr Geld und während unserer ersten Jobsuche mehr Angebote. Nun hatte sie mehr Augenringe als ich.

»Ich weiß auch nicht, warum ich einfach keine Lust mehr habe. Vielleicht sollte ich es mal mit Ginkgo versuchen. Aber eines weiß ich: Ich bin damit nicht allein, Charly. Das ist echt ein Thema! Glaub mir. Darüber solltest du morgens mal in deiner Sendung was bringen, statt über Asphaltlöcher im Ring 2. Was glaubst du, wie viele Frauen da anrufen, die sich alle etwas Schöneres vorstellen könnten als *das*.«

Mir fiel nichts mehr ein – und das sollte etwas heißen.

»Ich hätte ja auch gern noch ein Kind«, sie sah müde aus dem Fenster, »wenn man dazu nicht diese lästige Sache machen müsste. Na ja … Ich muss los. Die Kleine muss gleich wieder gestillt werden. War echt schön bei dir. Tschüss!«

Ich war geschockt. Das war doch nicht meine Freundin Hanne, die das eben gesagt hatte, oder?

Nachdem sie gegangen war, starrte ich noch eine Weile ratlos vor mich hin. Meine Güte, es war doch gar nicht so lange her, da standen wir zusammen vor diesem Dessousladen auf dem Kiez. Man brauchte eine ordentliche Portion Selbstbewusstsein und ein bisschen Mut, um ihn zu betreten. Oder einen großen Hut. Den hatte ich zwar nicht, denn Hüte standen mir absolut nicht, und in dieser Situation hätte ich damit mehr Blicke auf mich gezogen als abgewendet, aber ich ging trotzdem mit Hanne rein, für die es nicht der erste Besuch war.

Jetzt saß ich hier mit meinem Wein. Er hatte einen längeren Atem als Hanne. Ich schenkte mir noch ein Glas ein.

Klar, konnte ich ihr Problem nicht verstehen. Ich hatte ja auch kein Kind. Dafür hatte ich Sex. Oder sagen wir mal: Ich hätte welchen haben können. Tagsüber, nachts, in meinem Bett, in der Küche oder wo auch immer! Unabhängig von Fütterzeiten, Zubettgehzeiten, Dreimonatskoliken, Erste-Zähne-kriegen-Zeiten. Und vor allem musste nicht erst ein Kind selbst auf die Idee kommen, dass es auch Spaß machte, alleine zu schlafen!

Und: Ich konnte mich verabreden mit wem, wo und wann ich wollte.

Ich könnte.

Ich könnte jederzeit zur nächstbesten Dildo-Fee-Party gehen, ableckbare Schoko-Bodylotion kaufen, stimulierende Öle, Plüschhandschellen und mal wieder eine neue Korsage. Im Grunde …

Was ich jedenfalls sagen wollte: Sex, weil man gerade Lust aufeinander hatte und sich vor Sehnsucht die Wäsche vom Leib riss, egal, ob von H&M oder La Perla, gab es nicht mehr. Übereinanderherfallen wie wilde Tiere und sich dann irgendwann schweißnass auf dem Boden irgendeines Zimmers wiederfinden? Vergiss es! Wer Kinder wollte, musste früh mit der Planung anfangen.

So wie Birgit. Während ich noch auf dem Sofa lag – die Weinflasche war mittlerweile leer – und vor mich hin grübelte, riss eine SMS von ihr mich aus meinen Gedanken.

Hallo Charly, habe dieses Mal ein gutes Gefühl! Weiß gar nicht, wie ich die nächsten zwei Wochen – bis zum Test – rumkriegen soll … Melde mich am besten gleich schon mal für einen Yogakurs für Schwangere an. Was meinst du? Schönes We! Lg, B.

Schönes Wochenende? Die hatte gut reden.

Ich sollte mal wieder für sie kochen. Am besten Mungbohneneintopf. Einer Studie zufolge bekamen Kühe, die auf Wiesen grasten, auf denen Mungbohnen wuchsen, seltener Kälber als andere Kühe.

Ich versuchte, mich mit einer Tüte Chips von meinem Singledasein abzulenken, und redete mir ein, wie toll so ein Sofa doch war und wie viele Vorteile es doch hatte, wenn man es sich darauf gemütlich machen konnte, statt es sich teilen zu müssen. Und wie dankbar man sein musste, dass man überhaupt ein Sofa besaß. Dankbarkeit hin oder her – es klappte nicht.

Und dann das: Im Fernsehen lief nichts, was man ertragen konnte. Mein Blick fiel auf mein Handy. Wenn wenigstens Günther, mein Chef, anrufen würde. Er hatte mir am Freitag, bevor ich ging, »angedroht«, mich am Wochenende anzurufen, falls Ole – ein neuer Kollege – sich bis dahin nicht von seiner Grippe erholt hatte und seine Radiosendung nicht moderieren konnte. Seitdem ich wieder alleine lebte, war Ole der erste Mann, der mich schon im ersten Moment, als wir einander in der Redaktion vorgestellt wurden, daran erinnerte, dass ich trotz allem irgendwo ganz tief in mir drin doch auch eine Frau war. Vielleicht sollte ich eine kleine Recherche starten, um herauszufinden, ob es sich lohnen würde, die bequeme Schlabberhose gegen eine eng sitzende Jeans einzutauschen.

Doch da ich in diesem Jahr, das gerade mal fast drei Monate jung war, schon mehr Überstunden hatte als alle anderen zusammen, lehnte Günther ab, als ich mich freiwillig anbot einzuspringen.

Ich sah aus dem Fenster. Es regnete. Spontane Melancholie überfiel mich. Ich kramte alte Briefe raus und fing an zu lesen. Natürlich nur die, in denen mein Ex mir noch einmal alles zu erklären versuchte, was letztendlich nichts erklärte. Oder gab es eine Erklärung dafür, warum man im eigenen Bett fremdgehen musste, statt die Kollegin in einem Hotel oder ihrer eigenen Wohnung zu … Ich holte tief Luft, und weil es mir noch nicht reichte, holte ich auch noch die Todesanzeigen meiner verstorbenen Verwandtschaft aus dem Schuhkarton. So etwas machte ich wirklich nicht oft. Höchstens einmal im Monat.

Die Trauer über diese Verluste überfiel mich, als hätten mich die Nachrichten erst in dieser Sekunde erreicht. Mit dem Schmerz, den nur jemand empfinden konnte, der gerade seine halbe Verwandtschaft und seine große Liebe auf einmal verloren hatte, schob ich eine DVD in den Rekorder, die mir meine Mutter zu Weihnachten geschenkt hatte. »Titanic«. Als ich den Film Weihnachten ausgepackt hatte, hatte ich danach auf den Anhänger mit meinem Namen am Geschenkpapier gestarrt. Obwohl es ja niemanden sonst gab, für den es hätte sein können, schließlich waren wir zu zweit. Doch ich hatte sichergehen wollen, dass es kein Versehen war. Dann hatte ich meine Mutter angestarrt. Warum in aller Welt hatte sie mir diese Schnulze geschenkt?

Jetzt wusste ich es: für Abende wie diesen!

Die Titanic war gerade untergegangen, und Leonardo und Kate blieb wirklich nicht mehr viel Zeit, da fingen die beiden über mir an, das zu tun, was die beiden auf dem Bildschirm nie wieder tun würden. Ein Jammer. Nicht nur für Kate und Leonardo. Auch für mich!

Ich wusste nicht, an welcher Stelle des Films es nun passierte, aber ich schlief ein. Daraufhin hatte ich einen dieser Träume, die so real waren, dass man überzeugt war: Das Ganze passierte wirklich. Ganz bestimmt. Man war hinterher wie betäubt, schleppte das Gefühl dieses Traumes den halben Tag mit sich herum und musste sich immer wieder sagen: Es war doch nur ein Traum!

In diesem Fall hatte ich geträumt, ich hätte eines dieser Babytragetücher um den Oberkörper gewickelt und würde darin ein relativ schweres, aber anscheinend schlafendes Wesen mit mir herumtragen, während ich an der Alster spazieren ging. Ich war auf Höhe der Alsterperle, als es plötzlich, durch irgendetwas geweckt, seinen behaarten Kopf aus dem Tuch steckte und mich anbellte!

Ich konnte mich nicht daran erinnern, zuvor schon einmal schreiend aufgewacht zu sein.

Ich hätte ausgehen sollen, mich betrinken. Dann hätte ich zwar einen reellen Kater gehabt, aber nicht – wie im Traum – einen Hund vor der Brust.

❀

Der Plan, mir selbst einen Latte macchiato ans Bett zu bringen und das Frühstück zwischen Krimis und Kissen einzunehmen, platzte, als ich am nächsten Morgen vor meinem leeren Kühlschrank stand und lediglich ein Glas Gewürzgurken und etwas alten Käse entdeckte.

Ich schlüpfte in meine Wohlfühlhose, von der *er* immer gesagt hatte, ich sähe darin aus wie eine Camping-Uschi, und machte mich auf den Weg zum Café Knuth. Dort konnte man getrost wie Uschi aufschlagen, denn Individualismus war hipp. Dass ich auch so herumlief, wenn es nicht hipp war, musste ja keiner wissen.

Vor ein paar Jahren war es das erste Café gewesen, das einem den Weg zur Schanze ersparte, weil es genau das bot, was fehlte: Man konnte hier frühstücken, zu Mittag essen, sich abends betrinken, und zwar unabhängig vom Wochentag. Und obwohl es schon lange eine immer größer werdende Auswahl an schönen Cafés in Ottensen gab, war das Knuth nach wie vor eines meiner Lieblingscafés. Leider nicht nur meines. Es war voll. Morgens, mittags, abends. So wie heute. Mütter, Muslime, Metrosexuelle, Möchtegernmanager, Randgruppen jeder Art. So wie ich. Frau ohne Freunde.

Ein Stimmengewirr prasselte auf mich ein, als ich die Tür aufdrückte. Das Knuth, das sich genau an einer Hausecke befand, hatte rechts und links große Fensterfronten, durch die man auf der einen Seite direkt auf den Hintereingang und die Rückseite des Einkaufszentrums sah. Dieser riesige Gelbklinker förderte den Charme dieses schönen Stadtteils, der ursprünglich einmal für seinen Individualismus bekannt gewesen war, nicht unbedingt.

Und um beim Thema zu bleiben: Auf dem Dach gab es keinen Platz für Autos, aber für einen Kindergarten! Platz zum Parken gab es hier grundsätzlich nicht. Das Problem wurde, genau wie das andere, stetig größer.

Ottensen war schon lange kein Geheimtipp mehr. Es war beliebt, nicht nur bei Autobesitzern und jungen Familien. Wobei das eine das andere natürlich nicht ausschloss.

Blickte man zur anderen Seite des Cafés aus dem Fenster sah man Mehrfamilienaltbauten. Die waren übrigens auch beliebt.

Im Grunde war Ottensen kein Stadtteil. Es war ein Lebensgefühl, und nach ein paar Jahren eine große Familie. Und zu dieser Familie gehörten sie alle: die Kinderwagenschieber, Turbanträger, Tangotänzer, Filmedreher, Yuppies, Yogalehrer und Bioobstverkäufer. Ottensen ließ sich in keine Schublade stecken, noch nicht. Hier gab es keine Perlenohrringe, die verrieten, dass man aus Blankenese kam, keine Rastas oder Irokesen-Haarschnitte, die zeigten, dass man gegen den Abriss der Flora war und für den Erhalt der Bauwagenplätze. Und genau diese Menschenmischung saß auf Hockern, Stühlen und Bänken verteilt vor mir im Café.

Ich scannte den Raum, und da – hinten links, drei Stufen rauf – war noch ein kleiner Tisch am Fenster in der Ecke frei. Glück gehabt.

Nachdem ich mir den zweiten Latte macchiato bestellt und das *Abendblatt* durchgeblättert hatte, blickte ich mit dem Rücken zur Wand in den Raum hinunter – was besser für das Qi, die Energie, war, wie meine Mutter immer wieder betont. Als ich all die jungen Menschen in Gespräche vertieft beobachtete, realisierte ich langsam, dass ich trotz Qi keine einzige Verabredung für diesen Tag hatte, nicht einmal zum Tee bei irgendeiner Oma. Als Oma Trude vor zehn Jahren noch lebte, war ich um keine Ausrede verlegen gewesen, nicht mit hingehen zu müssen. Jetzt hätte ich sie gerne besucht. Zu dumm. Vielleicht sollte ich mich im Altenheim melden und hin und wieder mal irgendwem aus irgendeinem Buch vorlesen.

Es war Sonntag, und das war schon schlimm genug. Aber ein Sonntag Ende März ohne einen Ansatz von Plan, ohne Verabredung, das war noch schlimmer.

Gott sei Dank klingelte in dem Moment wenigstens mein Handy. Es war Ilka. Super, ich war sowieso neugierig, wie ihr »Hase« auf die Neuigkeit reagiert hatte. So wie ich ihn kannte, überhaupt nicht. Denn Max war auf dem Männer-FF-Trip hängen geblieben: Freiheit und Freizeit. Dafür hatte er mit seinen Freunden extra ein »Männerwohnzimmer« angemietet. Ein Proberaum für eine Band, die nie irgendwo auftrat, weil es inzwischen auch nicht mehr darum ging, irgendwo aufzutreten. Es ging um etwas anderes: das Gefühl. Das Gefühl, in einer Band zu spielen, unter Männern, Bier zu trinken oder alte Platten zu hören und die bunten Donuts zu beobachten, die die Discokugel an die Wände warf.

Ein paar Wochen zuvor hätte ich vermutlich noch gedacht: Gott sei Dank hatte ich solche Probleme nicht! Jetzt ertappte ich mich dabei, fast neidisch auf ihr Problem zu sein. Nicht auf die Schwangerschaft, aber auf den Freund, den man anrufen konnte, selbst wenn es nur darum ging zu fragen, wann er gedachte, mal wieder nach Hause zu kommen. Wie lange war das her? Eineinhalb Jahre. Fühlte sich aber an wie drei.

Wie sich schnell herausstellte, war Ilka froh, dass sie mich gleich erreichte. Sie brauchte jemanden zum Reden. Das passte gut. Ich brauchte jemanden, der mir Zeit stahl. Was ich mir schon gedacht hatte, als ich von ihren neuen »Umständen« erfuhr, dämmerte ihr inzwischen wohl auch: Max war sicher ein klasse Samenspender, aber ob er ein qualifizierter Vater werden würde, war zu bezweifeln. Seine Prioritäten waren klar verteilt: Männerfreundschaften, Marihuana, Mai Tai und irgendwann Ilka.

»Ich … ich … ich habe ihm den Test als Geschenk verpackt, etwas gekocht und gewartet, aber er kam nicht nach Hause. Dabei hatte er mir doch versprochen, spätestens um 19 Uhr zu Hause zu sein. Ich habe ihm auch gesagt, dass ich eine Überraschung für ihn hätte. Aber … aber er kam einfach nicht.«

Anscheinend nahm sie ein neues Taschentuch, dann schniefte sie in den Hörer. Warum kenne ich die Männer meiner Freundinnen immer besser als sie selbst?

»Hast du ihn gefragt, an welchem Tag um 19 Uhr?«

Sie sagte nichts.

»Ilka, wenn Max sagt, er komme um 19 Uhr, dann heißt das nichts anderes, als dass er vielleicht um Mitternacht zu Hause ist. Das müsstest du doch inzwischen wissen. Wann war er denn bitte schon mal pünktlich? Das wird er sicher erst zu seiner Beerdigung sein.«

Ilka, die sich gerade ein wenig beruhigt hatte, fing wieder an, laut zu schluchzen.

»Sorry. Du weißt schon, wie ich es gemeint habe.«

»Ja, so wie du es gesagt hast. Und wahrscheinlich hast du ja auch recht. Aber auch auf die Gefahr hin, dass gleich Funkstille zwischen uns herrscht, muss ich dir sagen, dass ich das Gefühl habe, dir täte ein Mann auch mal wieder gut. Vielleicht würdest du mich dann besser verstehen.«

»Ilka, ich verstehe dich besser, als dir lieb ist. Und weil ich dich nicht nur verstehe, sondern auch kenne, bin ich mir sicher, dass es gut wäre, wenn du dich langfristig von dem Gedanken verabschieden würdest, dass du Max ändern kannst. Du hast dich in ihn verliebt, weil er so ist, wie er ist: ein cooler Typ, ein bisschen Musiker, ein bisschen Surfer, ein bisschen Abenteurer. Und jetzt willst du einen Familienvater aus ihm machen, der sich am besten noch verbeamten lässt!«

Stille.

»Und wann kam er nun nach Hause?«

»Gar nicht.« Noch ein herzzerreißender Schluchzer. »Was soll ich denn machen?«

Ich starrte den Rest meines Croissants an, als wartete ich darauf, dass es mir gleich die Antwort flüstern würde.

»Ach, Charly, ich hatte es mir so romantisch vorgestellt.«

»Was? Kinder großzuziehen? Das ist doch nicht dein Ernst, oder?«

Die Cafétür wurde aufgeschoben. Eine junge, coole Mutter mit einem uncoolen Kind, das hysterisch schrie, kam herein.

»Nein, ich meine den Abend! Ich hatte überall Kerzen aufgestellt, Kuschelrock angemacht, den Tisch schön gedeckt, Nasi Goreng gekocht.« Sie holte hörbar tief Luft. »Weil man das so gut wieder aufwärmen kann.«

Wir lachten beide los.

Als wir uns beruhigt hatten, hörte ich, dass jemand an Ilkas Haustür klingelte.

»Oh, ich muss an die Tür. Tschüss!«, hörte ich sie noch rufen, dann hatte sie auch schon aufgelegt.

Die Frau mit dem hysterischen Kind hatte ihre Karre geparkt, sich anscheinend etwas am Tresen bestellt und war – ohne Kind – Richtung Toilette verschwunden. Das hätte sie nicht tun sollen. Ihre immer noch tobende Tochter hatte anscheinend starkes Verlangen nach ihr, lief nun auch zu den Toiletten, öffnete erst die Tür des Damen-WCs – auf die man von meinem Platz aus eine gute Sicht hatte – und anschließend die der ersten Toilette, auf die man schaute, wenn man das WC betrat. Aus unerfindlichen Gründen hatte die Arme die Tür nicht von innen verriegelt, wie sich jetzt herausstellte. Zu spät. Die beiden tauschten spontan die Rollen.

Die Mutter – ich konnte sehr gut erkennen, wie sie sich den Rock hochhob und dabei das Toilettenbecken anpeilte – wurde plötzlich hysterisch und schrie ihre Tochter an: »Wilhelmine, mach *sofort* die Tür zu!« Erst nicht ganz so laut, damit es niemand mitbekam. Es war eher ein leises Zischen, das sich bald zu einem bundeswehrähnlichen Befehlston steigerte. »Du machst *auf der Stelle* die Tür zu!!!«

Wilhelmine dachte nicht im Traum daran, bekam plötzlich richtig gute Laune und fing an zu singen: »Mama macht *Pipi*! Mama macht *Pipi*!«

Bei dem Namen würde ich auch nicht gehorchen.

Schade, dass Ilka das nicht sehen konnte. Vielleicht würde sie sich das mit dem Kind dann doch noch mal überlegen. Obwohl? Sie würde es vermutlich »süß« finden. Das beste Indiz dafür, dass alles zu spät war.

❀

Es war erst zwölf Uhr. Ich musste noch den ganzen Sonntagnachmittag rumkriegen, bis ich endlich wieder arbeiten gehen konnte. Es hatte Zeiten gegeben, in denen die Wochenenden nicht genug Stunden haben konnten, und jeder, die verging, wurde hinterhergetrauert. Aber das war lange vorbei.

Meine Laune sank. Damit es mir niemand ansah und mich erst recht niemand erkannte und eventuell auch noch darauf ansprach, setzte ich meine große dunkle Sonnenbrille auf, die fast das gesamte Gesicht abdeckte. Das Gute daran: Keiner sah mich. Das Schlechte: Ich sah alle anderen.

Ich zahlte und ging. Nur wohin?

Hafenrundfahrt? Hafencity? Ich war zu faul und beschloss, eine Runde im Elbpark zu spazieren, um das Gefühl zu haben, ich hätte mich bewegt. Es sollte ja Leute geben, die behaupteten, das sei gesund. Eine Unmenge Kinderwagen mit Anhang fuhren in den knappen fünfzehn Minuten, die ich bis zum Elbpark brauchte, an mir vorbei. Ich wollte ja nicht hinsehen, aber was sollte ich denn tun?

Irgendetwas schiebt man immer, dachte ich. Den Puppenwagen, den Kinderwagen, den Einkaufswagen, den Hackenporsche, die Gehhilfe.

Ich schob nichts und stellte dabei auch schnell einen weiteren Unterschied fest: Kinderwagenschieber waren so gut wie nie allein. Sie trafen sich gern in kleinen Gruppen zu zweit oder zu dritt, mehr allerdings auch nicht. Drei passten gerade noch knapp nebeneinander auf den Fußweg, vier nicht. Das Schieben des Kinderwagens, das hatte ich begriffen, war das beste Zeichen dafür, dass der Schieber oder die Schieberin die Phase des Freundeskreis-Tauschprozesses schon hinter sich hatte. Alte Freunde wurden gegen neue Freunde eingetauscht. Der erste Kontakt entstand bei Geburtsvorbereitungskursen, weiter ging es dann im Krankenhaus. Und wer hier noch niemanden gefunden hatte, mit dem er sich treffen und austauschen konnte, der fand dann spätestens beim Rückbildungskurs oder auf dem Spielplatz jemanden. Der Spielplatz war eine Art Suchmaschine, eben nicht nur für die Kleinen.

Eine Suchmaschine für die »Hinterbliebenen« der frisch gebackenen Eltern gab es noch nicht. Wahrlich eine Marktlücke, denn für die Mitglieder des alten Freundeskreises boten sich nicht ganz so viele Möglichkeiten, oder ich hatte sie bisher noch nicht entdeckt.

Traf man seine Freunde irgendwann nach der Geburt des »Muckelchen« wieder, passierte etwas Seltsames: Während früher ausschließlich von Leuten geredet wurde, die beide Gesprächspartner kannten, da es gemeinsame Freunde oder Bekannte waren, wurde jetzt plötzlich von Leuten berichtet, die man gar nicht kannte. Woher denn auch?

»Ach, sorry. Kannst du ja nicht kennen. Die Petra, das

ist die, die ich aus dem Meditationskurs für Schwangere kenne. Die ihren Sohn hier im Geburtshaus bekommen wollte, wo der Mann zu spät kam und der Arzt dann …«

»Ach, *die* Petra! Aber wer war noch mal Olga?«

»Olga ist die mit den Zwillingen, die mit der künstlichen Befruchtung. Wo der Mann keine guten Spermien hat, weil er mal beim Fußball …«

»Ach, das ist Olga. Ah, ja.«

Da alle neuen Mütter und Väter automatisch mit den neuen Umständen auch so viele neue Freunde hatten, konnte ich mir all die Namen nicht merken. Am besten nickte man immer mit dem Kopf, als wüsste man, von wem die Rede war, und fragte nicht nach.

Auch die Gesprächsthemen änderten sich. Es ging nicht mehr um Männer, um Schuhe oder um Klamotten. Es ging um den Schlafentzug, die ersten Zähnchen, Nächte in der Notaufnahme, weil das Kind einen Radiergummi verschluckt hatte. Der kam übrigens wieder raus, wollte dann aber nicht mehr radieren. Selbst der Versuch, das Gespräch in eine andere Richtung zu lenken, war in der Regel zum Scheitern verurteilt. Auf die Frage »Wie geht es dir?« erhielt man eine minutenlange Auskunft darüber, wie es dem Kleinen gerade ging, wie lange er am Stück nachts schlief und wie der Verdauungstrakt funktionierte. Oder eben nicht.

Mit Sicherheit gab es Ausnahmen, ich kannte nur keine.

Im Elbpark angekommen betrachtete ich die Scharen von Eltern mit ihren Kindern. Vielleicht sollte ich mich einfach mal mit einer Flasche Zwergensaft, ein paar Vollkornkeksen und einer *Eltern*-Zeitschrift auf eine der Bänke zu den anderen setzen. Womöglich würde ich tatsächlich

Leute treffen, die schon in der Phase waren, wo sie sich an die Vorzüge des Ohne-Kind-abends-unterwegs-Seins erinnerten und einen Babysitter organisierten, ohne den Schlechtes-Gewissen-Tod zu sterben. Am besten Eltern mit Au-pair! Die waren noch flexibler.

Hier war es ja noch frustrierender als alleine im Café. Ich beschloss, mich nicht auf eine Bank zu setzen, sondern nach Hause zu gehen.

Kaum betrat ich die Wohnung, da klingelte mein Handy. Mensch, es passierte ja doch noch etwas, wie wunderbar.

»Vivien« stand auf dem Display. Ich drückte auf den kleinen grünen Hörer und überlegte, wann wir das letzte Mal telefoniert oder uns gesehen hatten ... Früher war das fast jeden Tag der Fall gewesen. Ich freute mich riesig, dass sie anrief.

»Hey, Vivien! Das ist ja eine Überraschung! Wie geht's?«

Das Geröchel war eindeutig nicht von ihr. Das wurde mir klar, als ich ihre Stimme im Hintergrund hörte. »Na, mein kleiner Schnuller-Hase. Spielst du wieder mit dem Phoni rum? Das sollst du doch nicht, du kleiner Pupsi. Sonst ist das Phoni nachher wieder putti-putti!«

Vivien hatte anscheinend ihre Tastensperre nicht aktiviert. Ich gab ihr noch eine Chance und schrie laut in den Hörer: »Hallo! Hörst du mich?«

Sie hörte mich nicht. Stattdessen hörte ich, wie sie auflegte.

Ich wollte nicht mehr, wollte keine Schnuller-Hasis mehr, kein Gestöhne, kein Geschrei, keine Bobbycars. Ich wollte keine schwangere Freundinnen mehr, die sich im Café alle fünf Minuten umsetzen mussten, weil es irgendwo nach Rauch stank, die ich später nur noch von hinten sah, weil sie ihrem Kind hinterherrannten, die sich nicht mehr meldeten und die einem ganz direkt sagten, dass man störte, wenn man sich bei ihnen meldete.

Irgendetwas lief schief in meinem Leben. Es gab nur zwei Möglichkeiten: Entweder war ich nicht normal, oder all die anderen waren es nicht.

Ich setzte mich aufs Sofa und schloss die Augen. Ich sah eine Frau Mitte dreißig, die vor ein paar Jahren einen großen Freundeskreis hatte. Jede freie Speicherkapazität des Handykalenders hatte sie damals genutzt. Nun wusste sie gar nicht mehr, welche Funktion sie in ihrem Handykalender anwählen musste, um einen Termin einzutragen. Ihre Freunde waren noch da, aber sie hatten Entdeckungen gemacht. Sie hatten entdeckt, dass es nicht nur Spaß machte, Sex zu haben, um des Sexes willen, sondern sie hatten nun auch Sex des eigentlichen Zwecks wegen: ihrer Fortpflanzung. Sie waren mit der Aufzucht des Nachwuchses beschäftigt, fingen an, ein Nest zu bauen, am besten mit Garten, im Grünen, zogen weg. Und weil irgendetwas daran schön war, was diese Frau, die hier auf dem Bett lag, noch nicht erkannt hatte, machten sie das Spielchen noch einmal. Und manchmal noch einmal.

Es gab nur zwei Möglichkeiten: Sie konnte mitspielen oder am Spielfeldrand stehen bleiben.

Allein.

Ich merkte, wie mir die Tränen kamen. Jetzt reichte es! Ich sprang mit einem Satz hoch. Es musste etwas passieren. Und zwar sofort! Schluss mit dem Hinter-den-Freundinnen-her-Trauern, Schluss mit dem Warten, dass es wieder so werden würde, wie es irgendwann mal war! Schluss mit dem Alleinsein!

Ich nahm das Telefon und wählte die Nummer der

Taxizentrale. »Hallo, ich brauche einen Wagen in die Arnoldstraße 67. Bei Schönberg klingeln, bitte.«

Dann zog ich mich an. Auf dem Weg nach unten hoffte ich, dass das Tierheim auch am Sonntag geöffnet hatte.

❀

Das Tierheim hatte zwar geöffnet, man wollte mir aber nicht auf der Stelle einen Hund aushändigen. So etwas solle man auf keinen Fall spontan entscheiden, riet man mir und schickte mich mit dem Hinweis, es handele sich hierbei schließlich um ein Lebewesen, um das man sich kümmern müsse, wieder weg.

Schon als Kind hatte ich mir einen Hund gewünscht. Erst war es meine Mutter, die sich sträubte, dann *er*, der keine Tiere in der Wohnung haben wollte und dem ich – in dem Irrglauben, wir würden ein Leben lang zusammen sein – androhte, wir bekämen im Altenheim getrennte Zimmer, damit ich endlich meinen Hund haben könne. Und jetzt, wo ich Single war, kam diese schlecht blondierte Tante daher und klärte mich über Verantwortungsbewusstsein auf, als wäre ich drei Jahre alt. Dabei brachte ich doch die besten Voraussetzungen mit. Ich hatte Zeit und Platz.

Statt mit einem Gefährten nach Hause zu gehen, hatte ich Hausaufgaben bekommen. Ich sollte darüber nachdenken, was ich machen würde, wenn ich arbeiten ging, wenn ich in Urlaub fuhr und wenn ich mal krank war. Ob es dann jemanden gäbe, der sich um den Hund kümmern könnte?

Hallo? Sah man mir mein Singledasein jetzt schon an? Und wenn ja, war das ein Grund, mich zu mobben?

Gerne dürfte ich mal wieder kommen und einen Hund »zur Probe ausführen«.

Na prima.

❀

»Ein Lebewesen, um das man sich kümmern müsse« – dieser Satz kam mir am übernächsten Sonntag wieder in den Sinn. Weder hatte ich in den beiden vergangenen Wochen – wie all die anderen Mittdreißiger, die solo waren – im Fitnesscenter geackert und gebaggert, noch hatte ich mir eine Massage gegönnt, mir einen neuen Kinofilm angesehen, geschweige denn geshoppt oder meine Parkbank an der Elbe angewärmt. Ich hatte mal wieder nur gearbeitet.

Selbst schuld, klar. Aber es war die einzige Möglichkeit, nicht nachdenken zu müssen. Zumindest nicht über mein eigenes Leben. Das Leben der anderen war da doch eine super Ablenkung, und die bekam ich immerhin jeden Morgen in meiner Sendung.

Gleich nach dem ersten Kaffee stellte ich mich an diesem Sonntag vor den großen Spiegel in meinem Flur und betrachtete mich. War doch eigentlich alles okay – bis auf die Tatsache, dass ich dringend ein abschwellend wirkendes Augengel kaufen sollte.

Ich drehte mich, hob das T-Shirt an, zog den Bauch etwas ein – was man leider kaum bemerkte –, streckte den Rücken gerade und betrachtete mich von der Seite. Vielleicht sollte ich doch langfristig mal an Sport denken, und etwas Sonne könnte auch nicht schaden, aber sonst?

Ich kniff die Augen zusammen und trat ganz nah an den Spiegel heran. Hmm. Eine Augencreme wäre wirklich dringend angebracht. Oder doch Botox?

Ich musste hier raus. Ich schnappte mir das Nötigste – Sonnenbrille und Portemonnaie –, ging durch die Ottenser Hauptstraße zum S-Bahnhof Altona und setzte mich in die nächste Bahn, die einfuhr. Zwei Stationen später stieg ich wieder aus.

Am Schulterblatt hatten sich, wie immer bei Sonnenschein, entspannte Menschen unter wolkenfreiem Himmel mit viel zu großen Sonnenbrillen an viel zu kleinen Tischen zu einem viel zu späten Frühstück versammelt. Im Grunde genommen war es aussichtslos, hier noch einen Platz zu finden, obwohl ... Es gab noch einen freien Stuhl, und der wurde mir mit einem freundlichen Lächeln gern überlassen.

Er hieß Marc.

Seine blonden Haare waren von Meersalz und Sonne ausgeblichen. Entweder surfte oder segelte er oder beides. Die Haut auf der Nase ließ mich vermuten, dass er gerade im Urlaub gewesen war und es mit dem Eincremen nicht so genau nahm. Von den paar Sonnenstrahlen hier im April konnte das jedenfalls nicht stammen. Er war nicht der Typ, der einen Bausparvertrag in der Schublade hatte, und sicher auch nicht scharf darauf, sein Fahrrad gegen einen Kombi einzutauschen, aber das war es ja auch nicht, was ich brauchte. Marc war sympathisch. Er hatte etwas. Und das reichte ja, um sich einen Tisch zu teilen. Dabei blieb es allerdings nicht. Wir teilten erst die Tageszeitung, dann verbrachten wir den Tag gemeinsam.

Es gab ja Menschen, die zu einem passten wie ein Paar bequeme, ausgelatschte Schuhe. So jemand war Marc. »Eine Wellenlänge« würde in diesem Zusammenhang gut passen, denn er surfte wirklich. Auf Fuerteventura und Fehmarn. Und weil es ohne Brett unter den Füßen nicht ging, fuhr er auch Skateboard. Heute allerdings nicht. Und das war auch gut so, denn sonst hätte er mich nicht so einfach mitnehmen können.

Aus einem herrlich amüsanten Gespräch wurde eine Fahrt mit seinem Rad, das vorne eine Tragefläche hatte, auf die ich mich setzte. Darauf folgte ein weiterer Kaffee an der Elbe, eine weitere Fahrt, ein alberner Besuch auf dem Dom, ein Essen im Karoviertel, ein Drink, noch ein Drink und noch einer. Wir versuchten die Tatsache, dass der Tag irgendwann zu Ende gehen würde, zu verleugnen, und zogen ihn in die Länge. Wir suchten immer wieder neue Gründe, uns noch nicht voneinander zu verabschieden – ohne dass es zu offensichtlich wurde.

Ich fühlte mich wie die 15-Jährige, die ich mal gewesen war: unbeschwert, zu allen Schandtaten bereit und mit einem gut durchbluteten Gesicht. Es war längst klar, dass es mehr war als nur ein schöner Tag und ein schöner Abend zu zweit, trotzdem blieb es dabei.

Während unseres Ausflugs quer durch die Stadt hatten wir in einem Bistro am Pferdemarkt eine Bekannte von ihm getroffen. Sie hatte mich mit diesem gewissen Blick angeschaut, den nur Frauen draufhaben und den auch nur Frauen zu interpretieren wissen. Erstens: Wer bist du? Und zweitens: Hat er dir etwa nicht erzählt, dass er eine Freundin hat?

Sie stellte die entscheidende Frage, die alles andere beantwortete: »Ist Sophie dieses Wochenende gar nicht da?«

Danke. Das reichte. Aber ich wollte mir die schöne Stimmung dieser Stunden nicht vermiesen lassen und entschied mich, es zu überhören. Zumindest, bis der Abend vorüber war.

Ich tat uninteressiert und schaute aus dem Fenster auf

den Pferdemarkt, spürte aber Marcs Blick. Es war ihm unangenehm. Er versuchte, das Thema zu wechseln. Ungeschickt. Ich nahm mir die *Gala*, während die beiden ihr Gespräch beendeten.

Sophie. Wo war Sophie? Anscheinend hatten die beiden eine Fernbeziehung. Ich wollte es gar nicht wissen. Er war vergeben. Die Information genügte.

Knappe zwölf Stunden nachdem er mir den freien Stuhl an seinem Tisch überlassen hatte, setzte er mich mit seinem Rad zu Hause ab. Während der Fahrt wurde mir klar, dass ich mir den letzten Mojito auch hätte schenken können.

Vor der Haustür nahmen wir uns noch kurz in den Arm und tauschten unsere Nummern aus. Dann gab er mir einen Kuss, beziehungsweise er versuchte es. Er landete nicht auf meinen Lippen, sondern auf meiner Wange, denn ich drehte den Kopf schnell zur Seite. Er verstand.

»Gute Nacht«, flüsterte ich und verschwand. Ich konnte aber nicht verhindern, dass meine Hand zuvor noch über seine wunderbar stoppelige Wange strich.

Und so kam es, dass ich erst kurz nach Mitternacht, nicht mehr ganz Herr meiner Sinne, zurück in meine Wohnung kam. Ich stellte mich wieder vor den Spiegel.

»Geht doch, Charly Schönberg!«

Okay, ich hatte nicht den Mann fürs Leben gefunden, aber immerhin den Beweis erbracht, dass es Interesse an meiner Person gab. Von einem durchaus attraktiven Mann. 1:0!

Ich griff in meine Tasche, holte den Lippenstift raus, nahm den Deckel ab und malte einen kleinen Strich oben rechts in die Ecke des Spiegels. So. Mal sehen, wie viele da noch folgen würden. Das wäre doch gelacht.

Marc war der erste Mann, in den ich mich hätte verlieben können, nach dem Unaussprechlichen. Immerhin ein Anfang.

Ich war zwar hundemüde, aber auch noch so aufgedreht, dass an einschlafen nicht zu denken war. Also setzte ich mich erst mal aufrecht ins Bett. Auf »Die drei Fragezeichen« hatte ich ausnahmsweise keine Lust, obwohl die eigentlich immer halfen, selbst bei den schlimmsten Einschlafproblemen.

Mit dem Rücken an die Wand gelehnt sah ich mich im Raum um. Eigentlich war alles wie immer. Weiß der Henker, ob mich der letzte Mojito weitsichtig gemacht hatte, auf alle Fälle sah ich es in diesem Moment.

Ja, das war es! Dieser Platz, dieser leere Platz im Bett. Diese Stille, diese Stunden alleine, die Wochenenden, das Telefon, das nicht klingelte, das Sofa, auf dem keiner wartete, das alles – diese Langeweile. Das war es, was mich störte.

Schluss damit! Ich sollte den soeben verbrachten Tag zum Anlass nehmen, die Trauerphase offiziell für beendet zu erklären und mich nach einem Kerl umzusehen. Jawohl. Achtzehn Monate reichten wirklich, um einem Mann nachzutrauern. Schade um die schöne Zeit …

Nachdem ich damit fertig war, mich über die vergeudete Zeit zu ärgern, verbrachte ich den Rest der Nacht damit, über einen optimalen Kandidaten für meine ganz persönliche Herzblattaktion nachzudenken. Für Schlaf blieb da kaum noch Zeit.

❀

Der Wecker klingelte am nächsten Morgen leider trotzdem. Dabei hätte ich schwören können, dass ich erst ein paar Minuten geschlafen hatte. So fühlte ich mich zumindest. Ich rollte mich herum, bis ich mich im Vierfüßlerstand neben dem Bett befand. Doch kurz bevor ich in dieser Stellung wieder einschlafen und zur Seite kippen konnte, schaffte ich es wie durch Geisterhand in den Zweifüßlerstand.

Es war einer dieser Tage, an denen ich mir selbst dankbar war für meine Berufswahl. Ein Glück, dass ich beim Radio moderierte und nicht beim Fernsehen, sonst wäre dies vermutlich mein letzter Arbeitstag gewesen. Keine Maskenbildnerin der Welt hätte die letzte Nacht wegschminken können.

Auch wenn man es mir nicht ansah, war etwas mit mir geschehen. Ich spürte etwas, das man mit Frühlingsgefühlen vergleichen konnte, wenn auch etwas verspätet. Mit Aufbruchstimmung. Mit einem Energieschub, von dem man gar nicht wusste, wo er plötzlich herkam. Ich konnte gar nicht mehr sagen, ob es die Sonne war, die neues Leben in mir weckte, oder mein Vorsatz, demnächst meinen Mann zu finden.

Hatte Marc mich »wachgeküsst«? Vielleicht hatte mich ja die Begegnung mit ihm aus dem Tiefschlaf gerissen. Ich wusste nicht, was der ausschlaggebende Punkt war. Es war ja letztendlich auch egal. Jedenfalls fühlte ich mich bereit für einen Neustart. Jetzt sofort.

Sobald ich an diesem denkwürdigen Sonntag von der Arbeit heimkam, riss ich meine Kleiderschränke und Schubladen auf, holte alles raus, was ich mindestens vier Monate nicht getragen hatte, und stopfte es in blaue Säcke. Dann nahm ich mir Kartons aus dem Keller und warf jedes Buch hinein, das ich nie geschenkt bekommen wollte, und als ich in meiner Wohnung nichts mehr fand, von dem ich mich trennen wollte, machte ich auf dem Dachboden weiter.

Als ich fertig war, hatte ich das Gefühl, eine Fastenkur gemacht zu haben. Entschlackt, entgiftet. Gefühlt zehn Kilo leichter. Gefühlt.

Und ich hatte Platz!

Wer weiß, wofür …

Ich stellte mich auf den Balkon und trank eine Bionade. Da sah ich es. Alles blühte: die japanischen Kirschen im Innenhof, die Narzissen gegenüber, die Stiefmütterchen auf dem Balkon neben mir, der Apfelbaum zwischen den Häuserblocks rechts.

Wow! Warum war mir das nicht schon früher aufgefallen? Oder war das alles eben erst passiert, als ich auf dem Klo war?

Ich bestaunte alles eine Weile, dann packte mich die Sehnsucht, etwas zu bewegen, und wenn es nur die Kisten und Kartons in meiner Wohnung waren.

Frühling! Aufbruch! Neues Leben! Ich komme!

Symbolisch stieß ich zur Besiegelung der neuen Pläne mit mir selbst an.

❀

Ich beschloss, am nächsten Wochenende auf den Flohmarkt zu gehen. Eine Alternative dazu gab es beim Anblick der acht blauen Säcke und drei Kartons im Hausflur kaum.

Ilka war nicht begeistert, als ich sie fragte, ob sie mitmachen würde, schließlich dürfe sie ja auch nichts mehr heben, wie sie entschuldigend erklärte.

Immerhin lieh sie mir nicht nur ihr Auto für den Transport, sondern versprach auch, mit einer Kaffeekanne am Schlachthof vorbeizuschauen, wo ich mir einen Stand reserviert hatte. Mit entkoffeiniertem Getreidekaffee, vermutete ich, aber auch das war egal.

Der Platz, den ich mir ausgesucht hatte, lag direkt am Eingang, dort wo die Fluktuation am größten war. Er war zwar teurer als eine Stellfläche in irgendwelchen Parkgaragen, in denen es garantiert nicht regnete, dafür bekam man hier aber eine andere Garantie: Man wurde alles los. Denn auf diesem Flohmarkt schlenderten sie *alle* zwischen den Tapeziertischen auf und ab. Da waren die Nervbacken, die schon nach Preisen für ganze – geschlossene – Kisten fragten, wenn diese noch im Auto auf der Rückbank standen, weil man gerade – um 5:10 Uhr – dabei war, den kaputten Tapeziertisch irgendwie doch noch so aufzubauen, dass er den Tag über halten würde. Außerdem gab es die verschleierten Frauen, die auf der Suche waren nach allem, was sie noch tragen konnten, und natürlich coole Kiezbewohner, die zwar aussahen, als hätten sie keinen Geschmack, von sich selbst jedoch genau das Gegenteil dachten, denn sie hatten ihren eigenen Modeblog und suchten Klamotten, für die sich andere vermutlich fremdschämen würden.

Am späten Sonntagnachmittag war ich um fünf Säcke Müll und drei Kartons überflüssiger Bildung ärmer und um zweihundertfünfzig Euro und einen Hund reicher.

Seit wann dieser kleine gefleckte Hund an meinem Tapeziertisch gesessen hatte, konnten weder Ilka noch ich sagen. Es fragte ja auch niemand nach.

Er sah irgendwie lustig aus, wie ein etwas zu groß geratener Jack Russel mit dem Fell eines Pudels. Er ging mir knapp bis zum Knie und hatte helles Fell mit braunen und schwarzen Flecken – einer direkt auf dem rechten Schlappohr und einer an der Schwanzspitze. Sein Fell sah aus, als hätte es noch nie eine Bürste gesehen. Er legte den Kopf leicht schräg und sah mich an, als erwartete er von mir, dass ich aus meiner Tasche eine Wurst zaubern würde. Weil ich das nicht tat, hob er die Pfote. Half aber auch nicht.

»Na, der weiß aber auch, wie man Frauen rumkriegt«, meinte ich, während ich nach einem der Aufseher Ausschau hielt.

Ilka bückte sich und guckte aus unerklärlichen Gründen unter den Hund, als läge da die Antwort, wem er gehörte.

»Sie«, sagte sie.

»Wie? Sie?«

»Es ist eine Hündin, kein Hund.«

Männchen oder Weibchen, der Hund blieb. Warum auch immer. Ich fand schließlich doch noch zwei Standgebühreintreiber, wedelte wild mit den Armen und bat sie, einen Ausruf zu machen.

Aber so etwas war nicht möglich, erklärten sie mir. »Bring ihn doch ins Tierheim«, war ihr einziger Rat.

Doch das wollte ich nicht. Ich gab den beiden wenigstens meine Visitenkarte. Die kleine Hundedame tat so, als wäre ich das Erste gewesen, was sie nach ihrer Geburt erblickt hatte. Sie ging bei Fuß, setzte sich, wenn ich stehen blieb, schaute an mir hoch und machte Männchen. Ein komischer Hund.

»Der passt zu dir, Charly. Er steht dir. Ich meine, *sie* steht dir«, ergänzte Ilka, die mir beim Aufräumen half.

»Das ist doch keine neue Handtasche. Das ist ein Lebewesen.«

»Ein Lebewesen ohne Namen.«

»Genau, aber das können wir ja ändern. So, wie sie dich

anhimmelt, könntest du sicher auch Dosenöffner zu ihr sagen, und sie würde auf dich hören!«

»Sehr komisch. Und was soll ich bitte schön jetzt machen?«

»Was du machen sollst? Gar nichts sollst du machen.«

»Wie, gar nichts?«

»Wer war denn vor Kurzem im Tierheim und wollte unbedingt einen Hund haben, na? Das war ja wohl eine *Bestellung beim Universum*.«

»*Das* Buch habe ich gerade für fünfzig Cent verkauft, weil meine bisherigen Bestellungen leider nicht eingetroffen sind. Daran wird es also sicher nicht liegen. Außerdem war der Besuch im Tierheim nur so eine … so eine Idee. Nimm du sie doch mit, als eine Art Vorbereitungskurs fürs Kind.«

»Ich habe eine Tierhaarallergie. Das weißt du doch! Die eine Nacht werdet ihr beiden Weiber doch wohl zusammen überleben, oder nicht?

Ich schaute mich um. Alle Tische waren schon abgebaut. Nur wir standen noch vor dem ehemaligen Schlachthof. Es hatte keinen Sinn.

Wir tauften sie mit dem Rest der Wasserflasche auf den Namen Waltraud. Irgendwie erinnerte mich ihre Frisur an meine alte Großtante. Gott hab sie selig.

Waltraud überlegte es sich nicht anders. Sie wich auch weiterhin nicht von meiner Seite. Wir fuhren am nächsten Morgen zusammen U-Bahn, tranken Milchkaffee beim Portugiesen und gingen Seite an Seite in den Sender, als wäre es nie anders gewesen.

Ich wollte einfach abwarten, bis mich jemand ansprach. Eine Bitte am Montagmorgen war nicht angebracht. So gut kannte ich meinen Günther inzwischen. Die Strategie lautete, sich unauffällig zu verhalten.

Meine Argumente hatte ich mir aber vorsichtshalber paratgelegt.

1. Im Gegensatz zu vielen anderen Kollegen rauchte ich nicht, dementsprechend musste ich auch nicht ständig Rauchpausen einlegen. Diese Zeit konnte ich zum Gassigehen nutzen.
2. Studien bewiesen, dass Hunde für ein besseres Klima in Büros sorgten.
3. Sie war ja gar nicht mein Hund. In wenigen Tagen würde sie wieder bei ihrem Besitzer auf dem Sofa sitzen.

Die erste und schlimmste Hürde, vor der ich ernsthaft Angst hatte, war die neue Empfangsdame, die leider etwas übermotiviert war. Es muss an der *Bunten* gelegen haben, in der sie blätterte, dass sie nichts sagte.

Bis auf diese Ausnahme waren es vor allem die Damen der Abteilung, die Waltraud nicht nur bemerkten, sondern auch sofort als Redaktionsmitglied ansahen. Statt sich die Fingernägel zu lackieren, kraulten sie Waltraud, die nichts dagegen hatte und in regelmäßigen Abständen neue Körperteile zur Verfügung stellte. Am liebsten hatte sie es kurz vorm Po. Und manch einer vergaß sogar, seine Zigarette zu rauchen. Hunde machten glücklich und gesund!

Tag drei verging, ohne dass Günther etwas sagte oder ohne dass er etwas merkte. Was mich allerdings auch nicht wunderte.

Wir hatten Anfang des Jahres zwei Praktikantinnen gehabt, beide mit schulterlangen braunen Haaren. Das war aber auch schon alles, was sie gemeinsam hatten. Mein Chef bekam nach genau vier Wochen mit, dass es *zwei*

Praktikantinnen waren! Bis zu diesem Zeitpunkt hatte er gedacht, die beiden wären ein und dieselbe Person. »Aufgeflogen« war das Ganze erst, als er sich fragte, wie eine Person an einem Tag zwei Nachrichten an unterschiedlichen Orten der Stadt einholen und zwei Reportagen machen konnte. Seit diesem Tag schaute er sich alle Neuen etwas genauer an – behauptete er jedenfalls.

Bis auf Waltraud. Vielleicht hatte sie zu wenig Oberweite.

Mein neuer Kollege, Ole, kam an meinem Schreibtisch vorbei. Waltraud benahm sich, als würde sie ihn kennen. Sie sprang an ihm hoch, schnüffelte interessiert und leckte ihn ab. Es war mir unangenehm, aber im Grunde konnte ich meinen Hund verstehen. Ole kraulte sie.

Ich beobachtete die beiden einen Augenblick lang und erwischte mich, wie ich seine Hände anstarrte und *ihn* suchte. Aber es gab *ihn* nicht: den goldenen Ring.

❀

Auch am vierten Tag meldete sich der Besitzer nicht bei mir. Ich rief alle Tierheime dieser Stadt an, um zu fragen, ob sich jemand nach einer kleinen, gefleckten Hundedame erkundigt hatte. Ich machte es von meinem Diensttelefon aus, da ich wusste, dass die Rufnummer nicht angezeigt wurde. Vorbeifahren wollte ich nicht. Ich hatte Angst, man würde mir Waltraud wegnehmen. Ich war sogar kurz davor, ihr eine meiner Tönungen zu verpassen, damit man sie im Falle eines Falles nicht wiedererkennen würde.

Dann tat ich das, woran ich im Grunde nicht glaubte: Ich bestellte beim Universum, dass Waltraud mich nie wieder verlassen möge. Anschließend ging ich mit ihr in den nächstbesten Großhandel für Tierbedarf und verließ diesen erst, als man mich darauf hinwies, dass das Geschäft in wenigen Minuten schließen würde.

Ja, und wer würde mir das jetzt alles nach Hause tragen? Mein Wagen war randvoll, mehr ging nicht rein. Wer Hundefutter kaufen wollte, musste eigentlich vorher promovieren. Dabei wollte ich doch einfach nur Hundefutter. Mehr nicht. Ganz einfach Hundefutter. Das gab es allerdings in hundertfacher Ausführung. Mit und ohne irgendwelche Stoffe, die für und gegen irgendetwas waren. Mit und ohne Liebe gekocht. Mit und ohne Bio, Gentechnik und Vollmondabfüllung. Mit fünf Tüten beladen und einem Hundekorb, den ich mir – falsch rum – auf den Kopf packte, sodass er mir wie eine Kapuze den Nacken runterhing, watschelte ich Richtung Arnoldstraße.

Innerhalb kürzester Zeit benahmen wir uns wie ein altes Ehepaar. Und ich musste zugeben, dass diese kleine, komische Hundedame etwas in mein Leben brachte, was ich nicht mehr missen wollte. Bei ihr hatte ich nicht das Gefühl, ich müsste Angst haben, dass sie eines Tages Kinder bekommen und sich nicht mehr melden würde. Vielleicht war es das.

Ich änderte meinen Anrufbeantworterspruch: »Hallo, schön, dass ihr anruft. Dies ist der Anschluss von Charly und Waltraud. Sagt uns, was ihr wollt, und wir rufen gern zurück.«

Ab Tag Nummer fünf hoffte ich, dass der ehemalige Besitzer Waltraud absichtlich bei mir abgesetzt hatte, weil ich so nett aussah und er gedacht hatte, sein Hund würde es gut bei mir haben. Hatte sie ja auch.

Am nächsten Montag riss ich die Glastür der Redaktion etwas zu heftig auf, oder vielleicht lag es auch daran, dass ich die Sonnenbrille nicht abgenommen hatte, als ich den

Sender betrat, jedenfalls bewies ich mal wieder, dass meine Tollpatschigkeit auch mit dem Alter nicht abnahm. Ich knallte frontal mit Ole zusammen. Beziehungsweise wir. Waltraud und ich.

»Na, ihr beiden Unzertrennlichen. Geht ihr eigentlich auch zusammen laufen?«

Und dann bekam ich den Beweis geliefert, dass es Vorteile hatte, wenn man erst dachte und dann redete.

»Laufen? Ja, klar. Regelmäßig.«

Ich spürte, wie meine Nase langsam, aber schmerzhaft länger wurde. Ich war in meinem ganzen Leben noch nie joggen gegangen. Es sei denn, der Bus fuhr gerade los. Ohne mich.

»Dann lasst uns doch mal zusammen laufen. Wie wär's?«

»Total gern. Es ist nur im Moment schlecht, weil ich diese Woche schon zum Laufen verabredet bin. Aber vielleicht nächste Woche? Oder besser übernächste?«

Ole war sofort einverstanden. Ich nicht. Warum konnte man nicht wie jeder normale Mensch einen Wein oder ein Bier trinken gehen? Warum musste man um einen zu groß geratenen Teich laufen, ächzen, schwitzen und unangenehm riechen? Und wie bitte schön sollte ich dabei mit ihm flirten? Er wollte mich anscheinend kennenlernen. Bitte. Aber das musste doch nicht zwingend im Laufen sein. Im Sitzen ginge das doch auch. Fürs Erste.

Im Newsroom angekommen gab ich noch vor der ersten Konferenz, die zwei Minuten später anfangen sollte, bei Google »Kondition Joggen Hamburg« ein.

Es gab 1500 Einträge. Ich entschied mich für Robin. Robin war Personal Trainer. Der Auftrag war klar: »Sie müssen mich so schnell wie möglich so fit machen, dass ich um die Alster laufen und mich entspannt unterhalten kann, und dabei auch noch gut aussehe.«

Nachdem er mir vorgerechnet hatte, was es kosten würde, dieses Ziel zu erreichen – nicht nur finanziell, sondern auch zeitlich –, war mir klar, dass ich es ohne Robin schaffen musste. Egal wie. Ich zog in Erwägung, ehrlich zu Ole zu sein und ihm zu sagen, dass ich noch nie gelaufen war, verwarf den Gedanken aber sofort wieder.

❀

»Auf welchem Untergrund laufen Sie?«, fragte mich am selben Abend ein übermotivierter Verkäufer.

»Welcher Untergrund?«

»Ja, der Boden. Auf was für einem Boden laufen Sie, Lady?«

»Ja. Also. Ich laufe auf… Ist das denn so wichtig? Ich will doch keine Profischuhe. Mir reichen einfache Turnschuhe. Hauptsache, sie passen.«

»So einfach ist das leider nicht, Lady. Es gibt Schuhe für Asphalt, für Waldläufe, für die …«

»Alster. Ich laufe an der Alster. Und zwar genau in zwei Wochen, also sagen Sie mir jetzt bitte schnell, welche Schuhe die richtigen sind, denn ich muss noch üben.«

»Also laufen Sie zum ersten Mal?«

»Ja. Zum ersten und vermutlich letzten Mal, weil im Anschluss meine Seebestattung auf der Alster stattfinden wird.«

»Also, Lady. Bevor Sie 7,5 Kilometer laufen, sollten Sie erst mal langsam …«

»Das ›Lady‹ können Sie weglassen. Ich brauche Schuhe für die Alster. Größe 38. Das kann doch nicht so schwierig sein, oder? Waren Sie da schon mal laufen?«

Er lächelte mich an, als würde ich gerade eingeschult werden und bekäme meinen Ranzen nicht allein auf den Rücken.

»Ich laufe da jeden Abend.«

So genau wollte ich es gar nicht wissen.

»Na gut. Dann holen Sie mir bitte Schuhe, mit denen ich um die Alster laufen kann. Sie können auch gern gut aussehen.«

Damit ich sie dann später auch mal zum Shoppen anziehen könnte …

Ich hätte es wissen müssen. Es wurde nicht einfacher. Es wurde immer schlimmer. Es gab keine Laufsachen, die aus mir ein Busenwunder zauberten, meinen etwas pummeligen Po retuschierten und sich eventuell später auch zu anderen Zwecken umfunktionieren ließen. Ich hasste diesen Sport schon, bevor ich den ersten Schritt getan hatte.

Ich streckte dem Verkäufer meine Kreditkarte entgegen und fing an zu schwitzen, als er mir den Bon und meine Karte zurückgab. Dreihundertachtzig Euro.

Das kommt davon, wenn man nicht ehrlich ist, Charly, dachte ich. Das war die Strafe. Die Einzige, die mit Ole um die Alster laufen würde, war Waltraud. Und der passten meine Sachen nicht. Anrufen, absagen. Das konnte doch nicht so schwer sein. Stattdessen schleppte ich meine drei Einkaufstüten in die U-Bahn und fuhr nach Hause.

Kaum hatte ich die Bahn verlassen, wurde mir durch dreiundfünfzig Buchstaben mitgeteilt, dass nicht nur mein Handy wieder Empfang hatte.

Hei, Charly, ruf mich mal an. Ich hab eine wunderschöne Neuigkeit! B.

Birgit. Welche wunderschöne Neuigkeit das sein würde, war klar. Ich rief nicht an.

Während ich mit Waltraud und einem Glas Rhabarbersaftschorle auf dem Sofa saß, betrachtete ich meine Laufausrüstung, die ich auf einem Kleiderbügel an die Wohnzimmertür gehängt hatte. Das Telefon schrillte. Ich hatte keine Lust ranzugehen. Nach achtmal Klingeln übernahm mein Anrufbeantworter diese Aufgabe.

Birgit. »Hallo? Lebst du noch? Hast du meine SMS nicht bekommen? Und wer ist bitte schön Waltraud? Meld dich mal!«

Ich quälte mich vom Sofa hoch, wählte Birgits Nummer und wurde überrascht. Es ging weder um einen Schwangerschaftstest noch um einen Geburtsvorbereitungskurs. Birgit brauchte mich für etwas anderes: als Lockvogel oder so etwas in der Art. So ganz verstand ich es nicht.

Das wurde allerdings auch nicht besser, als wir uns zwei Tage später am Mittwochabend in der Amphore trafen. Die wenigen Plätze draußen auf dem Fußgängerweg vor dem Haus, von denen aus man direkten Hafenblick hatte, waren schon von in Wolldecken gewickelten Menschen besetzt. Das liebte ich so an Hamburg, denn mal ehrlich: Welcher Italiener oder Spanier würde auf die Idee kommen, sich bei diesen Temperaturen rauszusetzen? Tagsüber, klar, da hatten wir ja inzwischen auch mal siebzehn oder zwanzig Grad, aber nicht abends, bei gefühlten sechs Grad im Schatten.

So gingen wir die Stufen runter ins Souterrain. Der relativ kleine Raum war erstaunlicherweise nicht besonders gut gefüllt. Es waren lediglich zwei Tische besetzt und ein Barhocker. Na, der Abend hatte ja auch gerade erst begonnen. Gleich rechts in der Ecke an dem großen Spiegel, der sich über die Hälfte der Wand zog, setzten wir uns an einen der quadratischen Holztische. So hatten wir zwar keinen Hafenblick, dafür aber einen 1A-Kontrollblick auf die Stuhl- und sonstigen Beine derjenigen, die draußen direkt vor der Fensterscheibe saßen, und hätten jederzeit aufspringen können, wenn etwas frei geworden wäre.

»Sorry, Birgit. In Wahrheit habe ich noch nicht ganz verstanden, was der Plan ist.«

»Der Plan ist ganz einfach: Du sollst Udo, den Freund meiner Cousine Juliane, zufälligerweise bei der ›Nacht der Nächte‹ auf dem Süllberg treffen, wo er zufälligerweise allein erscheinen wird, weil der Babysitter zufälligerweise kurzfristig abgesagt hat und Juliane daher zu Hause bleiben muss. Zufälligerweise wirst du an diesem Abend umwerfend aussehen und zufälligerweise allein kommen. Dann wirst du ihn an der Bar kennenlernen …«

»Wie bitte schön soll das denn funktionieren? Weißt du eigentlich, wie viele Leute da hingehen? Ganz Hamburg!«

»Meinetwegen kannst du ihn auch woanders treffen. Hauptsache, du triffst ihn. Ist doch egal, wo. Das ergibt sich schon. Dann werdet ihr kurz miteinander sprechen, euch im Laufe des Abends immer wieder über den Weg laufen, und wenn er dann allen, die er kennt und die ihn kennen, ›Hallo, wie schön, Sie wiederzusehen, ja, danke, bestens, Ihnen auch, wie wunderbar, ja, sicher sehen wir uns später noch einmal, tschüss!‹ gesagt hat und ihm die Interviewpartner langsam ausgehen, dann wirst du ihm zufälligerweise wieder über den Weg laufen und dich mit ihm unterhalten. Dann werdet ihr noch einmal an die Bar gehen, dort, wo alles begann, wovon er denken wird, es wäre zufällig. Du wirst dafür sorgen, dass er den Gedanken verwirft, mit dem Auto zurück in die Stadt zu fahren, und dann werdet ihr weitertrinken, euch darüber freuen, dass ihr euch getroffen habt …«

»Stopp mal eben. Wann hast du dir dieses Drehbuch denn bitte ausgedacht? Woher willst du denn wissen, dass er überhaupt Lust hat, sich mit mir zu unterhalten?«

»Glaub mir, ich kenne ihn. Also …« Birgit holte kurz Luft und fuhr fort. »Dann werdet ihr feststellen, wie viele Gemeinsamkeiten ihr habt und euch schließlich gemeinsam in ein Taxi setzen, weil ihr ja *zufälligerweise* fast den gleichen Weg habt.«

»Birgit?«

»Ja?«

»Komm bitte mal auf den Punkt. Warum soll ich mit ihm in die Stadt fahren?«

»Nun warte doch, ich bin ja gleich fertig.«

Birgit meinte, ich könne doch auf der Rückbank des Taxis zufälligerweise so tollpatschig sein und meinen Lippenstift fallen lassen, am Boden suchen, er würde – wie er halt so sei – helfen wollen, und dann würden unsere Köpfe zusammenstoßen. Wir würden darüber lachen, angetrunken wie wir wären, würden uns dann tief in die Augen schauen, und ich würde ihn küssen. Nicht zufällig. So einfach sei das.

Meinte Birgit.

»Bitte? Ich soll einen wildfremden Mann einfach küssen? Ich weiß ja noch nicht einmal, wie er aussieht! Nachher ist das so ein …«

»Keine Angst. Der wird dir gefallen. Ich schick dir ein Foto.«

Wenn wir dann bei meiner Wohnung ankämen, würde

Birgit uns auflauern und gegebenenfalls das alles entscheidende Foto schießen …

Ich hätte gleich Nein sagen sollen, als sie mich bat, ihr einen extrem wichtigen Gefallen zu tun. Birgit drückte sich immer so aus, dass einem eigentlich nichts anderes übrigblieb, als Ja zu sagen. Sie war einfach die diplomatischere von uns beiden. Jedenfalls wollte sie Juliane helfen, weil die bei ihr noch etwas guthatte. Juliane wollte wissen, ob ihr Freund ihr noch treu war. In letzter Zeit meinte sie, beobachtet zu haben, dass er jede Chance nutzte zu flirten – allerdings nicht mit ihr.

»Und wie kann *ich* ihr da bitte schön helfen?«, fragte ich schließlich.

»Ganz einfach. Du baggerst ihn an, und wir schauen mal, wie weit der Gute geht!«

»Erstens: Warum fragt sie ihn nicht einfach mal, was los ist? Zweitens: Was hat sie für dich getan, dass du ihr diesen Gefallen tun musst? Und außerdem gibt es doch bei jedem zweiten Radiosender – außer bei uns – inzwischen einen Treuetest.«

»Nun sieh das doch nicht so verbissen. So wie ich dich kenne, wird es für dich auf alle Fälle ein toller Abend. Und mal ehrlich, es täte dir doch auch mal wieder gut, ordentlich zu feiern, unter Menschen zu kommen und mit einem Mann …«

Sie schaute mich nicht an, sondern nahm schnell einen Schluck aus ihrem Proseccoglas.

Besser so, sonst hätte sie gesehen, dass bei mir eine kurzfristige Stimmungsschwankung eintrat. Hätte das eine andere Person gesagt, wäre der Rest des Proseccos jetzt in deren Gesicht und nicht in deren Magen gelandet. Aber Birgit durfte das. Sie war schließlich eine meiner besten Freundinnen, und das seit gefühlten zweihundert Jahren.

Ich machte also den Eindruck, als wäre es an der Zeit, mal wieder einen Mann zu haben. Aha. Ich drehte mich um und schaute in den großen Spiegel, der hinter uns hing. Mir fiel nichts auf. Ich drehte mich wieder zurück und nahm einen Schluck aus meinem Glas.

»Wie lange muss man zusammen sein, um an solch einen Punkt zu kommen?«

»Sechs Jahre.«

Ich sah aus dem Fenster, und plötzlich vergaß ich alle Udos dieser Stadt.

Marc ging am Fenster vorbei, die Stufen zum Eingang hinunter und stand keine zwei Meter von mir entfernt. Mit ihr. Als er mich sah, lächelte er verlegen, ließ ihre Hand unauffällig los und tat, als suchte er einen Platz. Natürlich nahmen sie nicht den freien neben uns, sondern einen Tisch schräg gegenüber auf der anderen Seite. Was für ein Zufall.

Das war sie also. Sophie. Ganz anders, als ich sie mir vorgestellt hatte. Obwohl … Hatte ich sie mir überhaupt vorgestellt? Jedenfalls war ich überrascht. Sie war das Gegenteil von mir: klein, zierlich, sehr sogar, dunkle, glatte, lange Haare. Nicht so ein Wirrwarr von Locken auf dem Kopf wie bei mir. Feine Gesichtszüge, die an eine Porzellanpuppe erinnerten. Irgendwie zerbrechlich, so als müsste man sie beschützen, vor was auch immer. Unterschiedlicher hätten wir nicht sein können. Sophie und ich. Ich schüttelte den Kopf, was Birgit falsch interpretierte.

»Mensch«, fing sie an. »Ist doch ganz normal, dass nach so vielen Jahren mal die Luft rausgeht. Das kennt man doch.«

Nein, das kannte ich nicht. Ich kannte nur Männer,

denen ganz und gar nicht die Luft ausging, nach Frischfleisch zu suchen und die Beute dann im eigenen Bett zu vernaschen. Aber ich konnte flirten, und daran konnte sich Birgit noch erinnern, auch wenn im Moment erschwerte Bedingungen herrschten.

Marc hatte sich mit dem Rücken zum Raum gesetzt. Er sah gut aus. Auch von hinten. So durchtrainiert hatte ich ihn gar nicht in Erinnerung. Vielleicht war es auch nur das schummrige Licht oder der Inhalt des Glases, das jetzt leer vor mir stand. Alkohol weckte manchmal Sehnsüchte, die keiner brauchte.

Ich kramte mein Handy aus der Tasche und schickte ihm eine SMS: *Hatte ich dir eigentlich gesagt, wie attraktiv ich dich finde?* Sollte er doch puterrot werden.

»Bist du noch verabredet?«, fragte Birgit.

»Nein, ich war«, antwortete ich knapp und hätte wissen müssen, dass das Birgit nicht reichte.

»Klingt ja spannend. Erzähl doch mal.« Sie rückte ein Stück an mich heran.

Nach ihrer Bemerkung kam mir diese Situation gerade recht.

»Siehst du den blonden Typen da vorne mit der Brünetten?«, sagte ich extra leise, obwohl die Musik laut genug war, und kippte lediglich den Kopf leicht zur Seite, sodass sie wusste, wen ich meinte.

Birgit drehte nicht nur den Kopf, sondern ihren ganzen Oberkörper und hätte dabei fast den Tisch samt Gläsern umgerissen. Ich konnte sie gerade noch vor dem freien Fall retten. Bei der Stasi hätte sie die Probezeit vermutlich nicht überstanden.

»Den da?«, fragte sie und zeigte auch noch auf ihn, was Sophie Gott sei Dank nicht bemerkte.

»Birgit!«, zischte ich, so leise und ausdrucksstark es ging.

»Was ist denn mit dem?«

»Er ist der Beweis, dass deine Analyse bezüglich meiner Männerwelt nicht ganz zutrifft.«

»Du warst mit ihm im Bett?«

Ich drehte mich zum Fenster, nur für den Fall, dass Marc es gehört hätte. Hilfe! Wieso musste ich das auch erzählen?

»Nein, wir hatten einen schönen Tag zusammen.«

»Und du teilst ihn schwesterlich mit ihr, oder wer ist die Frau da?«

»Sophie. Vermutlich seine Freundin.«

»Aha. Du tagsüber, Sophie nachts?«

»Die beiden haben eine Fernbeziehung, und wir haben uns kennengelernt, als sie nicht da war.«

»Und dann hattet ihr einen schönen Tag? Aha. Das klingt ja spannend, aber ich meinte eigentlich etwas anderes, um ehrlich zu sein. Unterhalten kannst du dich auch mit deinem Nachbarn. Oder dem da.« Sie winkte dem Barkeeper und zeigte bestimmt auf unsere leeren Gläser. »Also, vielleicht bringt dich *das* ja etwas näher ans Ziel: In zweieinhalb Wochen ist auf dem Süllberg wieder ›Sehen und gesehen werden‹ der B- und C-Prominenz dieser schönen Stadt. Du bekommst meine Einladung und machst dich nett zurecht. Der Rest läuft von selbst. Ich kenn dich doch. Vorher bekommst du noch eine Mail von mir mit den wichtigsten Gesprächsthemen, bei denen er sofort anbeißt. Und …«

»Und?«

»Und natürlich seine Vita.«

»Seine Vita. Sag mal, das hört sich ja fast so an, als würde ich für einen Escortservice arbeiten. Ich frage mich gerade, was für mich dabei rausspringt.«

»Für dich? Überleg doch mal. Die ganze High Society ist da. Kontakte ohne Ende.«

»High Society. Eben war es noch B- und C- Prominenz.«

»Ich weiß von einer Kollegin, dass Till Schweiger auch hingeht. Na?«

Ich sagte zu.

Als ich mich von Birgit verabschiedet hatte und Richtung U-Bahn ging, kam Marcs Antwort. Vermutlich war Sophie gerade auf dem Klo, oder er war frecher, als ich gedacht hatte.

Das kann ich nur zurückgeben. Wie schade, dass wir beide so vergesslich sind und es uns nicht gleich am Sonntag gesagt haben.

Männer …

Auf dem Heimweg dachte ich über Birgits absurden Plan nach. Irgendwie hatte ich Lust, diese Rolle zu spielen. Till Schweiger war ein Lockmittel, aber nicht der einzige Grund, diesen Quatsch mitzumachen, der sicher nicht so funktionieren würde, wie Birgit es sich hübsch ausgedacht hatte. Es klang nach einem interessanten Abend. Und den hatte ich dringend nötig.

❀

Es hatte das ganze Wochenende fantastisch geklappt: das »an den Laufsachen vorbeigehen, ohne sie wahrzunehmen, statt hart zu trainieren«. Lediglich eine Runde durch den Fischers Park hatte ich geschafft. Schließlich war jetzt Mai, und die Sonne schien so was von auffordernd, dass selbst Menschen wie ich gar nicht anders konnten, als rauszugehen. Wobei gehen übertrieben war, eher stehen, und zwar an jedem zweiten Baum – Waltraud zuliebe. So bekam man keine Kondition.

Statt meinen Körper zu stählen, lenkte ich mich lieber mit der Suche nach *dem* Fummel ab, der aus mir in null Komma nichts eine verführerische, geheimnisvolle Schönheit machte. Zumindest für ein paar Stunden. Klang unerreichbar, war es auch. Ein Blick in meinen Kleiderschrank genügte: Mit dem, was dort auf den Bügeln hing, würde ich nicht einmal unseren Hausmeister um irgendeinen Finger wickeln können, und der war wirklich nicht wählerisch. Shoppen war eigentlich auch nicht drin. Meine Ersparnisse hingen – nach der missglückten Trainingseinheit – ebenfalls schon auf dem Kleiderbügel und bestanden aus atmungsaktivem Nylon. Schwarz mit lila Nähten.

Wen hätte ich also fragen können, ob er mir etwas lieh? Mir fiel niemand mit meinen Proportionen ein. Ich suchte bei eBay, bis ich ausgerechnet hatte, dass der Fummel – sofern ich die Höchstbietende sein sollte – wohl nicht pünktlich ankommen würde. Ach, irgendetwas würde sich schon noch ergeben. Notfalls würde ich eben doch mein blaues Jeans-Mini-Kleid anziehen – sofern es noch passte.

❀

»Bleibt es beim nächsten Freitagabend?«

Diese Frage am frühen Montagmorgen beförderte mit einem Schwung mein schlechtes Gewissen an die Oberfläche. Ole lächelte mich an.

»Ja, klar.«

Anstatt mir darüber den Kopf zu zerbrechen, warum dieser attraktive Kerl ausgerechnet mit mir joggen gehen wollte, hatte ich andere Probleme zu lösen, denn zwei Sekunden erhielt ich eine SMS von Ilka: *Ich bin alleinerziehend.*

Das war ein Hilferuf.

Halt durch, ich bin nach der Arbeit bei dir, tippte ich zurück.

Ich musste abends dreimal klingeln, bevor sie mir aufmachte, was besonders unangenehm war, da es in Strömen goss und es keine Möglichkeit gab, sich vor der Haustür unterzustellen, weder mich selbst noch Waltraud. Die sah mich an, als wäre ich für das Wetter in dieser Stadt verantwortlich. Dabei hatte ich von uns beiden wirklich das schlimmere Los gezogen, denn ich war es, die sich nachher die Nase zuhalten musste, nicht sie. Der Geruch nach nassem Hund gehörte definitiv zu denjenigen Düften, die die Welt nicht brauchte und die eher als Strafe anzusehen waren.

Es tat sich nichts. Ich klingelte noch mal und noch mal. Da ich ein großer Tatort-Fan war, sah ich sie schon nach dem zweiten Klingeln blutüberströmt, mit aufgeschnittenen Pulsadern auf dem Boden ihres winzigen Badezimmers. Mit Blut hatte sie seinen Namen an die Fliesen geschrieben, den Namen ihres Exliebhabers. So stellte ich mir das Szenario vor, das mich gleich erwarten würde, nachdem ich die Tür eingetreten hätte. Aber das musste ich nicht. Der Türsummer wurde betätigt.

Als ich keuchend im vierten Stock vor ihrer Tür stand, war diese angelehnt. Aus der Wohnung kamen Geräusche, die nichts Gutes ahnen ließen.

Ich hatte richtig getippt. Sie war wirklich im Bad, allerdings lag sie nicht dort, sondern sie kniete – vor der Kloschüssel. Ein Ort, den sie seit Tagen kaum noch verließ. Morgens musste sie aufs Klo, weil ihr übel war, im Laufe des Tages mindestens tausendmal, weil sie das Gefühl hatte, inkontinent zu sein, und abends wieder, weil ihr übel wurde. So etwas nannte man im Journalismus »Klammer«. Aber dies war das echte Leben. Obwohl man über ihr Leben auch einen prima Roman hätte schreiben können, bei dem, was dieser verrückten Nudel ständig passierte. Oder vielleicht eher einen Krimi, denn ihre augenblicklichen Gefühle gingen nicht nur in Richtung Gurke mit Nutella, sondern auch in Richtung Totschlag.

»Ich könnte ihn umbringen, weiß nur noch nicht genau wie. Hast du eine Idee?«

»Bevor wir uns da etwas Hübsches überlegen, sag mir mal, was überhaupt passiert ist.«

»Es ist nichts passiert. Das ist es ja. Egal, wann ich anrufe, er geht nicht ran. Bei seinem Bruder ist auch niemand. Ich habe keine Ahnung, wo er steckt, und, ehrlich gesagt, will ich es auch langsam nicht mehr wissen.«

»Wann hast du Max das letzte Mal auf seinem Handy angerufen?«

»Vor einer Stunde.«

»Ich ruf ihn mal an. Meine Nummer hat er sicher nicht gespeichert. Gib mir mal seine …«

Mein Versuch brachte uns nicht weiter. Das Handy war ausgestellt, und *the person you have called* war augenblicklich nicht erreichbar.

»Da stimmt was nicht. Ich spür das.«

»Was soll denn da nicht stimmen? Er will mich nicht mehr sehen, weil es ihm unangenehm ist, er nicht weiß, was er will oder sonst was. Wahrscheinlich ist er in Dänemark und hat seinen besten Freund Holger gerade geheiratet. Womit habe ich das verdient? Ich versteh das einfach nicht! Charly, kommst du mit in den Kreißsaal?«

Meine Motivation, Max zu finden, verzehnfachte sich.

»Gib mir mal bitte dein Festnetztelefon. Ein Mensch

kann nicht einfach so verschwinden. Es sei denn, man löst ihn in Salzsäure auf. Und da du die Einzige bist, die eventuell einen Grund dazu hätte, lebt er noch, und wir werden ihn finden.«

»Du liest definitiv zu viele Krimis.«

»Ich lese nicht. Ich höre. Und zwar ›Die drei Fragezeichen‹. Und ich gucke Tatort.«

»Schlimm genug.«

»Wenn das hier so weitergeht, schreibe ich demnächst ein Drehbuch. Hast du mal ein Telefonbuch?«

Ilka sah mich verwirrt an. »Nein, aber du hast ein iPhone in der Hand …«

Meine Abneigung gegen Kreißsäle ließ mich glatt vergessen, wie weit fortgeschritten die Technik inzwischen war.

Ich rief alle Krankenhäuser der Freien und Hansestadt Hamburg an. Ilka zeigte mir einen Vogel und war davon überzeugt, dass ich dringend mal ordentliche Literatur lesen sollte, und den Fernseher wollte sie mir auch wegnehmen – bis die Stationsschwester des Marienkrankenhauses mich am Telefon freundlich begrüßte und nicht gleich wieder abwimmelte.

»Herr Martin ist bei uns. Ich darf Ihnen allerdings keine Auskünfte geben.«

»Na, Sie könnten mir aber wenigstens sagen, ob er es überleben wird, wenn Sie mir schon nicht sagen, was er hat.«

Am anderen Ende wurde gelacht. »Das wird er mit Sicherheit überleben.«

Ich wünschte noch einen schönen Tag.

»Er liegt im Marienkrankenhaus, und darum ist das Telefon vermutlich abgestellt. Warum er dich nicht angerufen hat, kann ich dir allerdings nicht sagen. Aber es klang nicht so, als wäre er schwer verletzt.«

Ilka machte sich sofort auf den Weg zu ihm und versprach, sich zu melden, sobald sie wüsste, was passiert war. Bevor sie verschwand, drückte sie mir noch einen Kuss auf die Wange und einen Regenschirm in die Hand.

Zum Glück hörte es am nächsten Tag auf zu regnen. Mit heißer Schokolade bewaffnet ging ich in der Mittagspause mit Waltraud Richtung Hundebesitzerhimmel: ein Grünstreifen, auf dem man den warmen Hundehaufen nicht mit dem Plastiktütchen, das man selbstverständlich in der Handtasche neben Lippen- und Abdeckstift immer dabeihatte, aufheben musste.

Wer hier pinkeln und spielen ließ, der hinterließ auch gern mal selbst seine Duftmarken. Schließlich war ein Hund besser als jede Kontaktadresse, wie sich schnell herausstellte. So war ich entweder damit beschäftigt zu verhindern, dass Waltraud bestiegen wurde oder man mich selbst ins Visier nahm. Selten gingen wir beide leer aus.

Die letzte Telefonnummer, die ich zugesteckt bekommen hatte, »weil sich unsere Hunde so gut verstehen, da könnten wir doch mal …«, hatte ich drei Minuten in der Hand gehalten. Danach war sie im Mülleimer gelandet, was nicht daran lag, dass ich schon vergeben war, aber der Besitzer des Boxers, mit dem meine Hundedame sich so gut verstanden hatte, sah seinem Hund sehr ähnlich. Alle anderen »Angebote« waren bislang aber auch nicht besser gewesen.

Immerhin, Waltraud amüsierte sich köstlich – mit drei

Rüden. Ich setzte mich auf die letzte freie Bank und sah ihr zu. Als mal wieder eine Dreierkolonne Latte-Ladys mit Designerkinderwagen an mir vorbeizog, beschloss ich unwillkürlich, Waltraud sterilisieren zu lassen, damit ich nicht Oma werden würde, ohne jemals Mutter gewesen zu sein.

Was wohl aus Ilka und Max geworden war? Ob sie sich am Krankenbett versöhnt hatten? Mir fiel Ilkas Hinweis wieder ein, mal etwas zu lesen, und so marschierte ich nach der Arbeit mit Waltraud in die nächstbeste Buchhandlung.

Ich betrachtete die Bücher auf dem Tisch vor mir. Allan Pease/Barbara Pease: *Warum Männer immer Sex wollen und Frauen von der Liebe träumen*. Wirklich keine neue Erkenntnis. Michael Mittermeier: *Achtung Baby!* Vielleicht die richtige Literatur für Max, sobald er von seinem Glück erfuhr. Eckart von Hirschhausen: *Glück kommt selten allein*. Mein Buch.

Waltraud hatte sich beleidigt unter die Sitzbank verzogen und guckte, als hätte ich sie ausgesetzt. Sie hatte wohl völlig vergessen, dass ich diejenige war, die sie eingesammelt hatte. Dafür sollte sie mir ihr Leben lang dankbar sein.

»Die Mutter des kleinen Benjamin möchte sich bitte im ersten Stock bei der Information melden. Die Mutter des …«

Ich beachtete die Ansage erst, als die »Mutter des kleinen Benjamin« zum vierten oder fünften Mal ausgerufen wurde und eine ältere Frau neben mir bemerkte: »Also so was. Es kann doch nicht angehen, dass eine Mutter nicht bemerkt, dass ihr Sohn weg ist. Also wirklich. Und so eine darf Kinder bekommen.«

Und so eine darf auch mal ein paar Minuten am Tag ohne ihr Kind in Ruhe in den Büchern stöbern, dachte ich. Ich konnte die Mutter verstehen. Sie hätte es natürlich auch zur Oma oder in den Kindergarten geben können. Dann hätte sie jetzt keinen Ärger. Ein Findelkind reichte mir völlig, und so weckte ich die beleidigte Waltraud, nahm das Buch und ging zur Kasse.

Als ich gerade versuchte, den Schlüssel ins Türschloss zu stecken, und Waltraud an der Leine zog, weil sie wusste, dass es jetzt etwas zu fressen gab, klingelte mein Handy. Handys haben ein Gespür für ungünstige Momente – davon war ich überzeugt.

»Ich bin's. Ilka.«

Ach ne, dachte ich. Das hatte ich schon auf dem Display gesehen.

»Und? Wie geht es ihm?«

»Oh, Mann. Charly. Wenn du nicht alle Krankenhäuser angerufen hättest …«

»Was hat der Hase denn nun?«

»Er war in der Innenstadt und hat mir Dessous gekauft …«

Ich versuchte mir vorzustellen, wie eine schwangere Ilka mit Stützstrümpfen und Spitze aussah.

»Er wollte sich bei mir entschuldigen, weil er mich so oft versetzt hat. Er hatte mal wieder mit den anderen Jungs aus seiner Band etwas zu viel gefeiert und dabei Zeit und Raum vergessen. Und dann wollte er es halt wiedergutmachen. Auf dem Weg die Rolltreppe runter ist jemand von hinten angelaufen gekommen, der es sehr eilig hatte, und dabei ist Max die Rolltreppe runtergefallen.

Mit den Tüten in der Hand konnte er sich natürlich nicht festhalten.«

»Oh Gott. Aber warum hat er denn nicht mal angerufen, dann hättest du ihn besucht.«

»Er hat sich den Kiefer gebrochen und kann nicht sprechen. Außerdem sind der linke Unterarm und die rechte Mittelhand gebrochen. SMS tippen ging also auch nicht.«

»Ach, etwas Gutes hat das Ganze doch auch: Er wird wohl fürs Erste nicht unpünktlich zum Essen erscheinen, schließlich wirst du ihn füttern müssen.«

Ilka konnte darüber nicht lachen. Sie hatte es eilig. Sie wollte ein paar Sachen für Max einpacken und zurück ins Krankenhaus fahren.

❀

Mein Laufoutfit hing immer noch drohend an der Tür und schaute vorwurfsvoll auf mich herab.

Drei Tage noch, dann habe ich ein Problem, dachte ich. Es sei denn, ich sage Ole die Wahrheit – die ganze.

Ich stellte mich vor den Spiegel und versuchte es. »Ole, ich bin die Letzte, mit der du eine Runde um die Alster laufen kannst, aber dafür bist du der Erste seit … jedenfalls der Erste, mit dem ich es mir vorstellen könnte … nicht das mit dem Laufen …«

Ich rutschte mit dem Po an der Wand im Flur runter und blieb in der Hocke sitzen. Selbst wenn ich es schaffen würde, ihm im Schneckentempo um die Alster hinterherzuhinken, was würde das bringen? Ich sollte die Klamotten bei eBay einstellen und das Ganze vergessen oder einfach im Laden zurückgeben, den Bon hatte ich ja schließlich noch. Dann hätte ich auch genug Geld für meinen Um-den-Finger-Wickeln-Fummel.

Ach Gott, das waren ja auch nur noch eineinhalb Wochen, ganz genau … Moment, einen im Sinn, macht: Elf Tage! Egal, ich werde schon noch etwas finden. Vielleicht doch das Konto überziehen? Gleich nach der Arbeit. Guter Plan!

Also, ein Problem weniger. Da blieb aber noch das andere. Das in drei Tagen. Ich versuchte es auf die rationale Weise: Ole war neu im Sender und wollte Kontakt zu Arbeitskollegen knüpfen. Bitte. Konnte man ja verstehen. Aber warum gerade ich? Es gab doch ausreichend Männer in der Abteilung, eine Fußballmannschaft unter der Leitung unseres Archivchefs, die sich immer dienstags traf, und eine Skatgruppe.

Warum wollte er also mit *mir* laufen gehen? Mit der einzigen Kollegin, die alles andere als sportlich war. Vielleicht hatte er an dem Tag, als er mich gefragt hatte, einfach morgens vergessen, seine Kontaktlinsen einzusetzen, und nicht sehen können, dass ich nicht die geborene Triathletin war. Und am nächsten Tag, als er die Kontaktlinsen wieder drinhatte und mich sah, traute er sich nicht mehr, die Einladung zurückzuziehen. So wird es gewesen sein.

Da saß ich nun und wünschte mir einen Gipsfuß. Oder Gipsarm. Ein Finger hätte auch gereicht. Damit hätte ich auf keinen Fall laufen können.

Marcs Anruf rettete mich vor weiteren Lauf-Outfit-und-Ausreden-Überlegungen.

»Na, was machst du gerade?«, fragte er.

»Ich sitze vor einem Jogginganzug und überlege, wie ich es anstelle, ihn nicht anziehen zu müssen.«

»Ich wüsste, wie.«

»Aha.«

»Indem du zu mir kommst. Ohne Jogginganzug«, sagte er. Es klang aber wie: ohne Kleidung.

»Dafür mit Zahnbürste?«, fragte ich frech.

»Zum Beispiel.«

»Marc, das würde ich auf der Stelle tun. Ich würde Waltraud bei meiner Freundin abgeben, meinen Trenchcoat anziehen, ohne Jogginganzug darunter, und in einer halben Stunde vor deiner Tür stehen. In der rechten Hand meine Zahnbürste, in der linken einen Prosecco und beides fallen lassen, wenn du öffnest, um dich besser küssen zu können.«

»Aber?«

Aber du hast Sophie, und ich habe unseren Sonntag. Und dabei wird es wohl bleiben, wollte ich kontern, tat es aber nicht.

Stattdessen hörte ich mich sagen: »Aber ich weiß nicht, wo du wohnst.«

Oh Gott, das hatte ich jetzt nicht gesagt. Oder doch? Ich hielt mir vor Schreck die Hand vor den Mund und hielt die Luft an.

Gute Mädchen kommen in den Himmel, böse überallhin. In diesem Fall war es die Waidenallee. Vorher gab ich allerdings eine eingeschnappte Waltraud bei einer überforderten Hanne ab. Half nichts. Da mussten die beiden durch. Eine Augenzeugin konnte ich jetzt wirklich nicht auch noch gebrauchen, bei dem, was ich vermutlich gleich tun würde.

Ich konnte es nicht fassen. Was war denn mit mir los? Der Frühling war schuld. Oder nagte Birgits Bemerkung, »mir täte ein Mann auch mal wieder gut«, doch unterbewusst an mir? Die Argumente, die gegen diesen Blödsinn sprachen, waren klar. Also überlegte ich während der

Taxifahrt lieber, wie ich es rechtfertigen könnte – mir selbst gegenüber.

Also. Erstens: Sophie war nicht meine Busenfreundin. Zweitens: Die beiden waren weder verheiratet noch hatten sie Kinder. Zumindest ging ich der Einfachheit halber davon aus. Drittens: Sie wohnten offenbar nicht zusammen. Und viertens: Wären sie wirklich glücklich, würde er sie nicht in zehn Minuten mit mir betrügen. So. Das musste reichen. Zumindest um mein Gewissen zu beruhigen. Der Rest von mir war nicht mehr zu beruhigen.

Marc war ein Mann, so viel stand schon mal fest. Kein normaler, aber ein echter Mann. Und ein nackter Mann. Nicht nachdem ich ihn entblättert hatte, sondern davor. Als er die Tür aufmachte. Er kannte meinen Humor nicht, das war es vermutlich. Vielleicht hätte ich sagen sollen, dass ich es nicht ganz ernst meinte, als ich etwas von einem Trenchcoat und nichts darunter erwähnte. Das hatte ich jetzt davon. Vermutlich dachte er, ich stünde darauf, und wollte mir einen Gefallen tun.

Ich starrte ihn an, versuchte, mich dabei auf die Augenpartie zu konzentrieren, und tat, als wäre nichts. Als wäre es das Normalste der Welt, dass ein nackter, durchtrainierter, gut proportionierter – überall gut proportionierter – Mann vor mir stand. Und dann passierte es – eine Art Reflex vermutlich. Ich machte die Augen zu. Nicht entspannt geschlossen, ich kniff sie zu. Wie die Jungfrau Maria.

»Alles okay?!«, hörte ich ihn fragen.

»Ja, alles … alles bestens!«

Stille.

»Willst du reinkommen?«

»Ja, gern«, antwortete ich und fragte mich gleichzeitig, wie das funktioniere sollte, mit geschlossenen Augen in eine fremde Wohnung zu gehen. Wäre es meine gewesen, wäre es ja kein Problem gewesen, da kannte ich den Weg zum Bett. Bei dem Gedanken fragte ich mich, ob er auch nackt zu mir gekommen wäre. Mit Mantel, nichts drunter?

»Dann … komm doch rein«, hörte ich ihn sagen und stellte mir vor, wie er einen Schritt zur Seite machte, um mich reinzulassen.

Oh Gott, wie peinlich. Ich stand mit zugekniffenen Augen vor einem nackten Mann und bewegte mich nicht einen Zentimeter. Wenn ich nicht auf der Stelle etwas tat, würde er die Tür gleich wieder zumachen. Von innen.

Ich rieb mir mit der Hand übers Auge.

»Sorry, ich habe etwas im Auge. Moment, gleich …«, stotterte ich und rieb und rieb, bis mir einfiel, dass ich Mascara aufgetragen, aber keinen Augen-Make-up-Entferner eingepackt hatte. Anfängerfehler. Wahrscheinlich sah ich jetzt aus wie einer von den Panzerknackern.

Dann öffnete ich die Augen wieder, mit gesenktem Blick, und ging in die Wohnung. Holzfußboden. Echter. Pitchpine. Kein Laminat. Das war das Erste, was ich dachte, als ich endlich drin war.

Er reichte mir ein Glas Prosecco, das ich dringend brauchte und in einem Zug runterkippte. Er schenkte – Gott sei Dank – nach. Zack, wieder leer. Danach ging es mir besser.

Der Rest war so, dass man es unter »Aha, interessant, ach, so kann man das auch machen« abhaken konnte. Für den Moment und unter Alkoholeinfluss durchaus genießbar, aber nicht zwingend wiederholungsbedürftig. Es war, sagen wir mal, anders. Das trifft es wohl am ehesten.

Das mit dem schlechten Gewissen klappte jedenfalls

einwandfrei. Zumindest bis zum nächsten Morgen im Bad. Auf der Suche nach einem Handtuch, das größer war als der kleine Lappen am Waschbecken, der eventuell reichte, um meinen linken Fuß abzutrocknen, öffnete ich nackt und nass den alten Blechschrank, der direkt neben der Dusche in der Ecke stand.

Sophie sah mir direkt in die Augen. Sie hatte einen Strohhut auf und machte einen entspannten Eindruck, trotz der prekären Situation. Vermutlich hatte Marc das Bild während eines gemeinsamen Urlaubes aufgenommen.

Ich griff nach einem der großen Handtücher in dem Fach unter ihr und schloss die Schranktür wieder. Sie musste mir ja nicht unbedingt zusehen, wie ich mich abtrocknete. Wer hier die bessere Figur hatte, war sowieso klar.

Meine gute Laune reichte trotzdem den ganzen Tag für mindestens zwei. Ich wusste gar nicht, wohin damit. Der Frau neben mir in der Bahn sagte ich, wie super die Bluse bei ihr aussehe, einer älteren Dame half ich die Treppen zur S-Bahn hoch, was ich natürlich auch mit schlechter Laune getan hätte, und schließlich gab ich dem Hinz-&-Kunz-Verkäufer zehn Euro – ohne eine Zeitung zu nehmen.

Ich hätte jeden abknutschen können. Nicht weil ich das Gefühl hatte, den Mann meines Lebens gefunden zu haben – danach sah es nicht aus –, sondern weil ich solch eine ungeheure Energie in mir spürte, eine Energie, die vermutlich sogar gereicht hätte, um einmal um die Alster zu laufen. Mein Gott tat das gut. Hätte ich schon viel früher machen sollen …

❀

Als ich Mittwochnachmittag eine beleidigte Waltraud abgeholt hatte und wir in die Wohnung gingen, hing der Jogginganzug immer noch – was hatte ich anderes erwartet – an der gleichen Stelle und erinnerte mich an meine nächste Verabredung, die genauso schweißtreibend werden würde wie die letzte. Allerdings würde ich mich danach sicher nicht halb so gut fühlen.

Jetzt reicht's, dachte ich, nahm den Bügel samt Joggingjacke und -hose und knüllte alles in die dazugehörige Plastiktüte, die noch neben dem Sofa lag.

Ich holte tief Luft. Das wär geschafft. Weiß der Henker, was ich Ole erzählen würde, Hauptsache dieser Anzug hing hier nicht mehr.

Kopfzerbrechen bereitete mir da schon eher ein Problem größeren Ausmaßes: mein Outfit für den Auftrag bei der Sehen-und-gesehen-werden-Party auf dem Süllberg. Nur noch eineinhalb Wochen.

Es musste dringend etwas Neues her. Aber wer würde mit mir shoppen gehen? Ilka war mit Max beschäftigt, Hanne mit ihrem Haushalt und allen Personen, die dazugehörten, und Birgit, die mir das alles eingebrockt hatte, ging zwar ans Telefon, flüsterte aber in den Hörer, sie sei gerade bei einer Untersuchung und könne nicht, dann legte sie auf. Also zog ich mit Waltraud los.

Auf dem Weg in die Stadt dachte ich über Birgits Untersuchung nach und fragte per SMS, ob bei ihr alles okay sei. Normalerweise brauchte man bei ihr nur bis acht zu zählen und hatte eine Antwort. Birgit konnte, wenn es darauf ankam, mit geschlossenen Augen SMS schreiben.

Doch jetzt kam nichts. Was für eine Untersuchung konnte das sein? War sie etwa schwanger? Ab wann konnte man so etwas denn »untersuchen«?

Eineinhalb Stunden später stand ich bei Hugo Boss in der Umkleidekabine und betrachtete mich kritisch im Spiegel. Die Sportsachen hatte ich theatralisch humpelnd zurückgegeben. Die Ausrede, ich hätte akute Knieprobleme, und der Arzt hätte mir von jeglicher Bewegung abgeraten, war so glaubwürdig, dass man mir sofort einen Stuhl anbot und ein netter junger Mann mich unterhakte, um mich zurück zur Tür zu begleiten, nachdem man mir das Geld wieder ausgehändigt hatte. Hundert Meter weiter hatten sich die Knieprobleme in Luft aufgelöst. Wunder gab es immer wieder.

Allerdings musste ich einsehen, dass man sich mit Geld nicht zwingend eine bessere Figur erkaufen konnte – zumindest nicht auf die Schnelle. Das Kleid hing an mir herab wie ein Lappen, und ich war mir sicher, dass Hugo sich das anders vorgestellt hatte, als er das teure Stück entworfen hatte.

»Vielleicht versuchen Sie es mal mit einem Push-up«, hörte ich eine Verkäuferin hinter mir sagen, die ich nicht um Rat gebeten hatte.

»Vielen Dank. Das ist sehr liebenswürdig von Ihnen. Da gibt es nur ein Problem«, sagte ich zu ihr, während ich versuchte, mich daran zu erinnern, wie man sein süßestes Lächeln lächelt, selbst wenn man würgen musste. »Ich habe bereits einen an.«

Ich zog das Kleid hastig wieder aus und verließ den Laden ohne Ergebnis, als auch schon mein Handy klingelte: Birgit.

»Hey, alles gut bei dir? Muss ich mir Sorgen machen?«, platzte es aus mir heraus.

»Ano … Ich hab eine … Ano…« Sie zog hörbar die Nase hoch.

»Birgit?«

»Eine Anomalie.«

In Bruchteilen von Sekunden scannte ich Birgit vor meinem inneren Auge von oben bis unten durch und versuchte mir vorzustellen, wo es an dieser perfekten Frau eine Anomalie geben könnte, die mir in all den Jahren nicht aufgefallen war.

»Wer hat dir denn den Blödsinn eingeredet? Wo warst du denn nur?«

»Das ist kein Blödsinn, sonst wäre ich ja längst schwanger.«

Jetzt putzte sie sich gut hörbar die Nase.

»Okay. Du sagst mir jetzt, wo du bist, und ich komme, und dann wird alles gut.«

»Nichts wird gut.«

»Einverstanden. Nichts wird gut. Und wo bist du?«

»In der Hafencity. Am Steg, unten neben der Elbphilharmonie, Kaiserkai oder so … keine Ahnung. Sieht ja eh alles gleich aus hier.«

»Du bleibst da sitzen und rührst dich nicht vom Fleck, verstanden?«

Nach fünfzehn Minuten war ich um zwei Erkenntnisse reicher: Ich wusste, dass mein Deo nichts taugte und warum mir ihre Anomalie nicht aufgefallen war. Sie saß nämlich im Eierstock, um genau zu sein, betraf sie die Eizellen an sich. Die hatte ich mir wirklich noch nicht genauer angesehen.

Jedenfalls war sie nicht mehr sie selbst. Die Karrierefrau, der alles gelang, die immer bekommen hatte, was sie wollte, saß wie ein kleines Mädchen, das gerade sein Zeugnis erhalten hatte und nicht versetzt werden würde, neben mir, den Kopf auf meinen Schoß gelegt und heulte.

Premiere. Der Arzt hatte ihr für die wenigen vorhandenen Eizellen eine glatte Sechs gegeben. Was sollte man da sagen? Am besten nichts.

»Ich dachte immer, es liegt an ihm«, sagte sie irgendwann, mit schwarzen Balken unter den Augen. Das war kein wasserfester Mascara, so viel stand fest.

Aber sie wollte nicht aufgeben. Eine Chance gebe es noch, erklärte sie mir. Künstliche Befruchtung. »Da rührt dann irgendein Mediziner mein Kind in einem Reagenzschälchen zusammen. Wer hätte das gedacht, dass es mal so weit kommen würde?«

Drei Taschentuchpackungen später nahm sie mich noch einmal in den Arm, diesmal allerdings zum Abschied, denn in ihrem Timer gab es noch mehr Termine außer »Kinderwunsch«.

Waltraud und ich saßen noch eine Weile am Hafen, dann wackelten wir nach Hause – immer noch ohne passendes Kleid. Zehn Tage noch und in dieser wunderschönen großen Stadt gab es weit und breit nichts, was mir gefiel, bezahlbar war und mich in eine Traumfrau verwandelte.

Und dann auch noch das Treffen mit Ole. Ich durfte gar nicht daran denken ... Das war schließlich nicht in zehn Tagen, sondern übermorgen!

❀

Ole sah mich irritiert an, als wir uns am Freitag pünktlich um 17 Uhr an der großen Wiese schräg gegenüber vom Kliff trafen. Da er vormittags nicht im Sender gewesen war, hatten wir zum Glück nicht mehr über unsere Verabredung sprechen können. Das hätte gerade noch gefehlt, dass er mich nach meinem Tempo, meiner Zeit, meinem

Was-weiß-ich fragte und mit mir fachsimpeln wollte, bevor es losging.

Es war – meiner Meinung nach – viel zu warm zum Laufen, so viel stand schon mal fest. Mindestens zweiundzwanzig Grad, wenn nicht noch mehr. Auf alle Fälle fühlte es sich so an – unter meinen Achseln. Das schrie ja geradezu nach einem Kreislaufzusammenbruch.

Aber ich hatte einen besseren Grund gefunden, mich nicht um dieses schöne Gewässer bewegen zu müssen.

»Was ist denn das?«, fragte er überrascht.

»Wonach sieht es denn aus?«

»Zumindest nicht nach einer Transportmöglichkeit für Laufschuhe, Jogginghose und Schweißband.«

»Richtig. Es ist ein Picknickkorb, und er ist nicht leer.«

Waltraud freute sich, ich war mir aber nicht sicher, ob es dieses Mal wirklich an Ole lag oder an dem Inhalt des Korbes.

Ich entschied mich für die Wahrheit. Zumindest für einen Teil davon. Ich sei etwas angeschlagen – nichts Ernstes –, aber doch immerhin so, dass meine restliche Energie nicht reichte, um auch nur ein einziges Mal um die Alster zu laufen.

Ole trug uns zwei der weißen Holzstühle, die auf der Wiese standen, unter einen Baum, wobei sich sein kurzärmliges T-Shirt automatisch etwas hochschob und seine muskulösen Oberarme freilegte. Das weckte in mir das Interesse an dem Rest, der sich unter dem Shirt befand.

Die Sonne schien uns direkt ins Gesicht. Fast wie Urlaub, wenn er nicht mein Kollege wäre und wir nicht gerade in ein Gespräch vertieft wären, das sich um unseren wahnsinnigen Chef drehte, den alle nur noch Grusel-Günther nannten.

Mein Handy teilte mir durch ein kurzes, aber unüberhörbares Piepen die Ankunft einer SMS mit. Ich sah kurz nach, von wem sie war. Marc. *Was machst du?*

Eigentlich lautete die Frage: Kommst du zu mir? Aber ich wollte jetzt nicht darauf eingehen. Er schon. Zehn Minuten später rief er an. Ich sah seinen Namen auf dem Display.

»Willst du nicht rangehen?«, fragte Ole.

»Nein.«

Einmal fremdgehen, darüber konnte man reden, aber mit System? Das war doch etwas zu frech. Ich kannte Sophie nicht weiter, aber das wollte ich ihr nicht antun.

Außerdem war ich kein Lückenfüller, den man jederzeit zu sich bestellen konnte, wenn es still um einen wurde. Von der Tatsache, dass er eben doch etwas anders war, mal ganz zu schweigen.

Es klingelte weiter. Mist. Warum hatte ich denn keine Mailbox, die nach achtmal klingeln anging.

»Bist du sicher?«

»Ja, sehr.«

»Deine Mutter?«

»Nein, ein … ein Bekannter.«

»Aha.«

Es klingelte immer noch.

»Er scheint es aber ernst zu meinen – dein Bekannter.«

»Ja, das Gefühl habe ich auch gerade. Leider.«

Endlich hörte es auf.

Zwei Stunden später war die Weinflasche leer, der Korb auch, und Waltraud schnarchte, was uns zum Lachen brachte.

»Wo musst du lang? Bist du mit dem Auto?«

»Nein, ich hab gar keins. Wir gehen gleich zum Dammtor und nehmen die S-Bahn.«

»Ich kann euch auch kurz fahren. Ich wohne ja fast um die Ecke.«

Um die Ecke?

Ich hörte mich »Oh, ja, danke« sagen, dachte aber: »Oh, je!« Denn vor meinem inneren Auge sah ich uns schon in seinem Wagen vor meiner Tür halten. Dieser schreckliche Moment, in dem man nie wusste, was zu tun war. Sollte man fragen, ob er mit hochkommt, sich einfach bedanken und gehen oder … Ein einziger Moment, der die letzten drei schönen Stunden in wenigen Sekunden kaputtmachen könnte, sofern man die Situation falsch einschätzte.

Beim Anblick seines durchtrainierten Oberkörpers, der sich jetzt unter dem Stoff abzeichnete, hätte ich ihn am liebsten gefragt, ob er mit hochkäme. Aber das war doch etwas zu plump, und noch ein One-Night-Stand musste nicht sein. Denn mit Ole konnte ich mir weitaus mehr vorstellen, jetzt wo ich ihn hier sitzen sah.

Um gar nicht erst Gefahr zu laufen, etwas kaputtzumachen, bedankte ich mich, so kurz es ging, vor meiner Haustür bei Ole und stieg, so schnell es ging, aus.

❀

Ablenkung war das beste Verdrängungsmittel, und deshalb war ich heilfroh, als Hanne mich für den nächsten Tag spontan zum Essen einlud. Damit war immerhin der Samstagabend schon mal verplant. Sie habe ein paar Freunde eingeladen und wolle die »asoziale Phase« beenden. Sie und Phillip müssten dringend wieder ein normales Leben führen – was auch immer sie darunter verstand. Ich gehörte anscheinend zu einem normalen Leben dazu.

Früher hatten wir, wie gesagt, nur dieselben Freunde gehabt, heute kamen nur Leute, die ich nicht kannte: Judith, eine Bekannte aus irgendeiner Krabbelgruppe, samt erneuter Kugel vorm Bauch und dazugehörigem Mann, und Martin, den Phillip vom Kicken kannte, mit seiner Freundin Marie. Sie hatten gemeinsam drei Töchter, was mir gleich mitgeteilt wurde, nachdem man mir ihren Namen genannt hatte, als wäre diese Tatsache Teil des Namens. Martin und Marie Weißmann-Dreitöchter. Nun wusste ich es.

Ich sag doch auch nicht: Angenehm, Charly Schönberg-Einhund.

Und dann war da noch jemand, den ich noch nie gesehen hatte.

»Und hier ist dein Platz, Charly.«

Hanne deutete auf einen leeren Stuhl zwischen Marie und dem einzigen Mann, der hier heute Abend ohne sofort erkennbaren Anhang erschienen war. Ich spürte meine Gesichtsdurchblutung schon, bevor ich ihm meine Hand reichte. Er sah umwerfend gut aus. Zu gut. Mit etwas Fantasie hatte er etwas von Brad Pitt in jungen Jahren.

»Darf ich vorstellen: Das ist Charly, meine beste Freundin, und das ist Andreas, ein Cousin von Phillip.«

Aha. Ein Cousin. Und warum wird er mir bitte schön erst jetzt vorgestellt? Ich konnte es nicht fassen, dass Hanne mir so einen Typen vorenthalten hatte. Jahrelang! Wie konnte sie nur? Aber das war nicht das Einzige, was mich beschäftigte.

Die gesamte Situation war so eindeutig, dass sie an Peinlichkeit kaum zu überbieten war. Man hatte anscheinend das Gefühl, den Richtigen für mich gefunden zu haben, und wollte mich hier heute Abend zwangsverkuppeln.

Ich folgte Hanne ungefragt in die Küche, aus der sie die Vorspeise holen wollte.

»Das hast du dir ja fein ausgedacht. Diskreter ging es wohl nicht? Fehlte ja nur noch ein Tischkärtchen mit der Aufschrift: *Noch zu haben*! Außerdem wusste ich gar nicht, dass Phillip einen Cousin hat.«

Hanne lachte laut auf. »Er ist beruflich gerade in der Nähe gewesen und da …«

»Da dachtest du, du könntest mal das Praktische mit dem Guten verbinden und uns verkuppeln? Was auch immer du dir gedacht hast, es ist nicht zu übersehen und daher total peinlich.«

»Wie lange ist es jetzt her, dass du … dass du *ihn* rausgeschmissen hast? Meinst du nicht, es wäre mal wieder an der Zeit, dich nach einer Alternative umzusehen?«

»Woher willst du denn wissen, dass es nicht schon eine Alternative gibt?«, fragte ich schnippisch, nahm mir zwei Glasschälchen mit Salat und ging zurück ins Esszimmer, bevor sie nachhaken konnte.

Die Idee, die »asoziale Phase« mit einem kinderlosen Abendessen einzuläuten, war gut. Der Haken war nur, dass Eltern die Angewohnheit hatten, diese Chance, sich mal über etwas anderes zu unterhalten, nicht nutzten! Und so versuchte ich es zwar hin und wieder mit einer kleinen Hundeanekdote, kam aber gegen die niedlichen Sprüche der Kleinen nicht an.

»Aber noch besser war Maximes Schnack, als er meiner Freundin beim Stillen zusah«, gab Judith zum Besten. »Das war echt klasse. Er schaute sich das Ganze eine Weile an und fragte mich dann: Mama, ist das jetzt eigentlich Biomilch?«

Alle lachten.

»Ich hab das dann bei der *Eltern*-Zeitschrift eingereicht. Ihr wisst doch, hinten auf der letzten Seite werden immer die süßesten Sprüche veröffentlicht. Und schwups – fünfundzwanzig Euro verdient!«

Und schwups – schenkte ich mir Prosecco nach. Trank ja hier sonst eh kaum einer. Außer »Brad«. Der hatte vergeblich versucht, das Gespräch mal auf das Thema Fußball zu lenken, aber da gab es nicht sehr viel zu berichten. Sein Verein verlor ununterbrochen. Dann bot er Politik an, den Einfluss der EU auf nationale Entscheidungen, womit er am Tisch auch niemanden vom Hocker riss, und schließlich dachte er, er hätte ein Thema für alle gefunden: die Familienpolitik. Aber damit konnte er an diesem Abend auch nicht punkten.

Nach dieser Erkenntnis kümmerte er sich nur noch um das Öffnen der Flaschen. Irgendwie tat er mir richtig leid. Ich beobachtete ihn, wie er aufstand, sich an das Sideboard stellte, die Rotweinflasche in die Hand nahm. Er hielt sie wie ein wertvolles Kunststück, las das Etikett, drehte sie. Er hatte schöne Hände. Mein Blick wanderte etwas tiefer seinen Rücken runter. Auch gut, dachte ich und sah zu den anderen am Tisch hinüber, bevor es jemand merkte. »Brad« kam zurück und schenkte mir ein. Er war aufmerksam, hörte zu, war an mir interessiert. Eine Freundin oder Frau schien er nicht zu haben, sonst hätte Hanne ihn mir nicht vorgestellt. Fast zu perfekt.

»Schatz, kannst du mir bitte noch etwas von dem leckeren Rehrücken geben?«, fragte Marie, während sie sich mit der Hand über den Rücken fuhr und das Gesicht vor Schmerz verzog.

»Alles okay?«, fragte ich höflich.

»Ja, danke, ich hab nur etwas Rückenschmerzen, weil

ich die letzten drei Monate jeden Vormittag auf einer Steintreppe gesessen habe.«

Ich überlegte, ob es mir einleuchten müsste, warum sie das getan hatte, aber es war nicht selbsterklärend, also wagte ich nachzufragen: »Und warum hast du das gemacht?«

»Unsere Lütte, Lilly, ist in die Kita gekommen, und die Eingewöhnung war etwas schwieriger, als ich es mir vorgestellt hatte. Es bricht einem ja schon das Herz, wenn die Kleinen so unglücklich sind. Ich hab sie abgegeben und mich dann im Flur vor der Tür ihres Gruppenraums auf die Treppe gesetzt, um zu hören, ob und wann sie sich beruhigt. Na ja, und dabei muss ich wohl Zug bekommen haben.«

»Ich glaube ja, Kindergarteneingewöhnungszeiten sind in erster Linie für Mütter erfunden worden«, meinte Judith. »Die Kleinen gewöhnen sich da schneller dran als die Großen. Unser Sohn heult schon lange nicht mehr, wenn ich ihn hinbringe, aber ich muss regelmäßig drauf achten, dass er es mir nicht ansieht, dass ich nasse Augen bekomme. Jetzt ist er schon so groß, irgendwann kommt er in die Schule … will nicht mehr mit mir schmusen … Ich mag gar nicht dran denken.«

Alle holten tief Luft, nickten synchron und stimmten ihr mit einem bedrückten »Hmm« zu. Ich goss nach.

Und dann lernte ich mit meinen fast sechsunddreißig Jahren noch etwas sehr Wichtiges. Es gab etwas, was alle Eltern dieser Welt in zwei Lager teilte und was man daher niemals in einer entspannten Runde ansprechen sollte. Es sei denn, man wollte den Abend vorzeitig beenden. Das Tabuthema Nummer eins: Wie hältst du es mit dem *Impfen* deines Kindes?

Nie, nie, nie ansprechen! Das ist schlimmer, als mit dem

Mann der besten Freundin ins Bett zu gehen, schlimmer als einfach alles.

Am besten klärte man die Fronten ab, bevor man eine Einladung aussprach. Damit ersparte man sich viel Ärger. Denn es gab nur Pro oder Kontra. Und beide Seiten waren alles andere als liberal. Dieses Thema bedeutete Krieg, und der war gerade ausgebrochen.

Brad ging auf den Balkon. Eine gute Idee. Ich folgte ihm.

»Und du?«

»Was, und ich? Ich bin geimpft. Bei Waltraud bin ich mir nicht sicher.« Ich zwinkerte ihm zu.

Er lächelte.

Huch. Flirtete ich gerade?

»Ich meine, ob du Kinder hast? Kein Mann?«

Ich sah mich um. »Ne.«

»Wo ist der Haken?«

»Warum muss es zwingend einen Haken geben?«, fragte ich cool und in einem Ton, den ich so noch nie bei mir gehört hatte. Fast schon weltmännisch. »Ich genieße das Leben. Außerdem bin ich ja auch nicht ganz allein. Waltraud und ich leben in einer Frauen-WG.«

Wir schauten beide nach unten. Sie war mir hinterhergelaufen und sah uns jetzt mit ihren großen Knopfaugen an. Die Geräusche des Hafens drangen zu uns herüber. Es war zwar schon nach 22 Uhr, aber für einen frühen Maiabend immer noch recht warm.

Wir unterhielten uns noch eine Weile. Er arbeitete für ein Einrichtungshaus und war viel unterwegs, auf Messen, im Ausland, immer auf der Suche nach dem neuesten Trend.

»Nur bei *dem* Trend – da drinnen«, er nickte in Richtung

Wohnzimmer, wo man es sich inzwischen auf der Couch bequem gemacht hatte, »da mach ich nicht mit!«

»Und warum nicht?«

»Eine schwangere Frau, schau dir das doch mal an!« Er wies mit dem Glas in seiner Hand auf Judith, die im Schneidersitz auf dem Teppich saß und immer noch recht unentspannt wirkte – schließlich war sie gegen das Impfen. »Findest du das schön? Die kommt doch nie wieder richtig in Form. Und dann ist es auch noch ihre zweite Schwangerschaft! Mit ihrem Kerl möchte ich nicht tauschen. Danke.«

Schade, ich wollte gerade anfangen, dich mehr als nur etwas sympathisch zu finden, dachte ich und schwieg. Doch dann kam es noch schlimmer.

»Ich sag es mal ganz ehrlich. Sex ist einfach wichtig für mich, und mit einer schwangeren Frau kann man schon lange vor der Geburt und was weiß ich wie lange hinterher nicht mehr schlafen. Also, nicht so richtig.«

Wie schlief man denn richtig miteinander?

Ich schaute in mein leeres Glas und wollte die Chance nutzen hineinzugehen, aber er war noch nicht am Ende.

»Und wenn wir schon dabei sind: Weißt du, wie es sein soll, mit einer Frau zu schlafen, die ein Kind bekommen hat?« Er schaute mich an und unterdrückte ein Lachen. Es würde nur noch wenige Sekunde dauern, und er würde losprusten.

»Nein, da muss ich passen. In solch einer Situation war ich bisher noch nicht.«

»Dann sag ich es dir mal. Das ist so, als ob man eine Wurst in die Turnhalle wirft!« Er hielt sich an der Balkonbrüstung fest und lachte schallend los.

Das hatte er jetzt nicht gesagt, oder? Ich hatte das Gefühl, gerade eine Ladung kaltes Wasser abbekommen zu haben. Was für ein A …

Hanne schien Phillips Cousin nicht gut zu kennen. Obwohl ich weder schwanger war noch den Plan hatte, es demnächst zu werden, fühlte ich mich in diesem Moment mit allen Frauen auf diesem wundervollen Erdball solidarisch, die ein Kind erwarteten! Ich war in meiner Geschlechtsehre gekränkt, stellte mein Glas auf das Beistelltischchen und ging.

Drinnen wurde statt mit der Friedenspfeife mit Mousse au Chocolat über die Differenzen beim Thema Impfung hinweggelöffelt. Mir war nicht nach Süßem.

Hanne sagte ich nichts von dem Inhalt des Gesprächs auf dem Balkon und schob meine Müdigkeit als Grund vor zu gehen.

Als ich kurze Zeit später frisch geduscht in meinem Bett lag und in meinem iPod nach einer »Drei Fragezeichen«-Folge suchte, stand ich immer noch etwas neben mir, beziehungsweise lag neben mir.

Ich sollte Andreas dankbar sein für sein frühes Outing als Kotzbrocken. Wer weiß, was sonst passiert wäre. Schlimmstenfalls hätte er sich wochenlang verstellt, ich hätte mich in ihn verliebt, und dann wäre das Erwachen um einiges dramatischer ausgefallen. Danke, Andreas, dass du mir das erspart hast.

Ich nahm die Kopfhörer und lenkte mich mit dem »Schatten über Hollywood« ab.

Ganz und gar ausgeschöpft waren meine Männermöglichkeiten ja auch noch nicht. Es gab schließlich noch Marc, der mir zwischenzeitlich auf den Anrufbeantworter gesprochen hatte, nachdem sein Versuch, mich auf dem Handy zu erreichen, erfolglos geblieben war.

Und es gab Ole, der mir über die Startschwierigkeiten am Montagmorgen hinweghalf. Ich wusste nicht, woran es lag, aber nach unserem Picknick am Freitag gewann Ole von Tag zu Tag. Entweder löste sich langsam ein Schleier von meinen Augen, oder er wurde wirklich auf wundersame Weise jeden Tag ein bisschen interessanter – und attraktiver.

Es war keine Einbildung, dass er zufälligerweise zum Kaffeeautomaten ging, wenn ich dort stand, oder dass er zu mir kam und fragte, ob ich mit der Zeitung schon durch sei, anstatt sich eine neue vom Haufen im Flur zu nehmen, nur um sich mit mir zu unterhalten. Er lächelte, flirtete, wieselte um mich rum. Mehr tat er nicht. Aber das reichte. Es reichte für ein Herzklopfen und für plötzliche Aussetzer, die einen daran hinderten sich wie ein Mensch mit einem durchschnittlichen IQ zu artikulieren.

Durch dieses Knistern in der Luft war ich kurz davor, ihn am Freitagnachmittag, als er gerade seine Sachen auf dem Schreibtisch zusammenpackte, zu fragen, was er am Wochenende vorhabe.

Aber tatsächlich auch nur kurz davor, denn ich war keine Königin im Ersten-Schritt-Machen. War das Angst vor einer Abfuhr? Vermutlich. Denn in solchen Momenten fiel mir – wie ein Warnhinweis – immer wieder der Moment der Erkenntnis ein.

Ich war Teenie, wochenlang verliebt und hatte wochenlang gedacht, er – der Sohn einer Freundin meiner Mutter – wäre es auch. War er aber nicht. Wir standen im Stau mitten auf der B75, weil eine Ampel ausgefallen war. Er hatte mich zurückfahren wollen, nachdem er mir in der Schule nach der letzten Stunde Mathenachhilfe gegeben hatte – was ich als klares, eindeutiges Zeichen interpretiert hatte. Das Angebot mit der Nachhilfe und das mit dem Auto natürlich auch.

Im Wagen fragte er schließlich: »Und jetzt?«

Und ich antwortete: »Ist das so eine Zu-mir-oder-zu-dir-Frage?«

Worauf er sagte: »Nein. Das ist so eine Kennst-du-einen-anderen-Weg-Frage!«

Ich lief dunkelrot an, wollte mich in Luft auflösen oder alternativ aussteigen. Seitdem machte ich nicht mehr den ersten Schritt, oder sagen wir mal, sehr selten.

❀

Knistern hin oder her, ich hatte ja auch schon etwas vor am Wochenende. Jedenfalls machte ich mich wie geplant Samstagabend auf den Weg zum Süllberg. Im Jeansminikleid, was zwar so nicht geplant war, aber überraschenderweise passte. Wie angegossen sozusagen. Ja, okay, es war ein Kraftakt gewesen hineinzukommen, aber letztendlich hatte ich gewonnen. Die Frage, wie ich jemals wieder aus dieser Wurstpelle rauskommen sollte, würde eventuell der Griff zur Schere beantworten, oder man würde mich in diesem Ding beerdigen müssen, wenn es so weit war.

Ich besaß tatsächlich kein einziges Highlight. Vielleicht hatte mein Ex das an mir vermisst? Vielleicht hätte ich mich mal in Schale werfen müssen, statt abends in der Gemütlichkeitshose auf dem Sofa zu liegen. Vielleicht.

Jedenfalls musste ich auf dem Süllberg schneller als gewünscht feststellen, was ich eigentlich schon wusste: Alleine auf Veranstaltungen zu gehen war wie alleine auf dem Schulhof stehen. Es war doof.

Da Birgits Einladung nur einer Person galt, blieb mir nichts anderes übrig, als mich an die Bar zu stellen. Natürlich nur, um zu verhindern, dass man mich mit dem Personal verwechselte. Und natürlich weil man dort allein nicht so auffiel. Oder wie sollte man sonst in dieser Masse von Paaren und Pärchen, Männern und Machos, Freundinnen und Feindinnen so tun, als wäre es das Normalste der Welt, ohne Begleitung hier zu sein? Es sollte ja auf keinen Fall so aussehen, als wäre ich auf der Suche.

Gegenüber dem Eingang, wo es jetzt immer voller wurde und sich die Reporter auf Menschen stürzten, die ich noch nie gesehen hatte, stand die Flügeltür offen. Ich ging hindurch und flanierte erhobenen Hauptes über die Terrasse, auf der inzwischen immer mehr Champagnergläser von immer mehr schönen Händen mit noch schönerem Schmuck gehalten, aneinandergestoßen und zu schönen Mündern geführt wurden.

Mir fiel auf, dass es auch jetzt, um acht Uhr abends, für Mitte Mai immer noch traumhaft warm war. Die Damen trugen, wonach ich verzweifelt gesucht hatte: sexy Kleider, lang, kurz, bunt, uni. Aber eines hatten die Damen alle gemeinsam: den Ausschnitt und den Schönheitschirurgen. Vermutlich war er ein steinreicher Mensch, so wie das hier aussah.

Ich schlenderte einmal quer über die Terrasse, ein paar Stufen runter, bis ans Geländer. Von hier aus hatte man einen faszinierenden Blick über die Elbe, mindestens zwanzig Kilometer weit, schätzte ich, bei so klarer Sicht wie an diesem Tag.

Ich war bereits beim dritten Drink, wofür ich letztendlich nichts konnte. Man hatte mir in regelmäßigen Abständen Tabletts unter die Nase gehalten. Anscheinend machte ich den Eindruck, als bräuchte ich dringend den ein oder anderen Drink.

Jedenfalls fiel mir plötzlich auf, dass ich bisher so gut wie nichts gegessen hatte. Ich! Wo mein persönlicher Rekord im Nicht-Essen bisher bei zwei Stunden und dreizehn Minuten lag. Den ganzen Tag über hatte ich lediglich ein paar Schokomüsliriegel reingeschoben, und von Luft allein konnte der Mensch ja nicht leben. Mittags war keine Zeit dafür gewesen, und am Abend wartete ja ein grandioses Büfett auf mich – sobald es endlich eröffnet werden würde. Langsam empfand ich es als Tierquälerei, all das Gute da oben riechen zu müssen, aber nichts essen zu dürfen. Wer hatte sich denn das ausgedacht?

In dem Moment sah ich es: Drinnen liefen junge Mädchen in weißen Blusen und kurzen schwarzen Röcken mit Tabletts umher, auf denen keine Gläser standen! Sie servierten anscheinend den ersten Gruß aus der Küche oder was auch immer. Ich stellte mein Glas auf den Gartentisch und ging zurück Richtung Flügeltür, durch die ich vor ein paar Minuten so elegant hinausgeschritten war. Leider gelang mir das kein zweites Mal.

Ich hatte gerade den rechten Fuß auf die Matte vor der Tür gesetzt, und ein Herr blieb freundlich stehen, um mich durchzulassen, da wusste ich plötzlich, was sich unter der Matte befand: ein metallenes Gitter. Leider extrem unpraktisch, wenn man auf Pfennigabsätzen unterwegs war.

Ich blieb mit dem Absatz stecken. Da mein Oberkörper diese Information allerdings nicht schnell genug erhalten hatte, tat er, was er vorhatte: Er bewegte sich weiter Richtung Empfangsbereich. Ohne den Rest.

Das Nächste, was ich dachte, nachdem das Wort aus meinem Mund geschossen war, das man kleinen Kindern als Erstes abgewöhnte, sobald sie sprechen konnten, war:

Da hätte sich Birgit bei der Auswahl des Schnappschusses wirklich etwas mehr Mühe geben können.

Das Bild, das sie mir von Udo geschickt hatte, aufgenommen bei irgendeiner Grillparty im Stadtpark, im Gegenlicht, entsprach nicht der Realität.

Was für ein Mann, dachte ich, als Udo – Julianes Freund, der angeblich derzeit keine Treuepunkte bei ihr sammelte – vor mir in die Knie ging, um mir wieder hoch- beziehungsweise rauszuhelfen. Da konnte Herr Schweiger einpacken. Ich allerdings auch, so dämlich, wie ich aussehen musste.

Ich griff mir reflexartig an den Hintern, nicht weil ich das Gefühl hatte, meine Hüfte einrenken zu müssen, sondern weil ich überprüfen wollte, ob die Naht geplatzt war. Wie durch ein Wunder war sie noch völlig intakt.

Ich hatte mir meinen komplett ruinierten Schuh gerade wieder angezogen und mich mit dunkelrotem Gesicht tausendmal bedankt, als der smart lächelnde Udo wieder verschwand.

Hilfe. Hätte mir das nicht vor der Toilettentür passieren können? Aber doch nicht hier! Tausendfünfhundert geladene Gäste, und wer musste mir hochhelfen? Ich konnte es nicht fassen. Das konnte auch nur mir passieren.

Reinhold Beckmann kam, samt Frau, und lenkte mich kurzzeitig von meinem Hacken und meinem Hintern ab, der sich doch auf einmal anfühlte, als hätte ich mir bei dem Sturz eine Zerrung geholt. Auch das noch.

Ich winkte einem der Mädchen, die alle gleich aussahen. Zwanzig Sekunden später hielt sie mir ein Tablett mit winzig kleinen weißen Untertassen vor die Nase, auf denen jeweils eine Zuckerschote, ein brauner Wackelpuddingwürfel und drei Erbsen in einer Reihe lagen. Ob sie ein Problem damit hätte, wenn ich ihr einfach das Tablett abnehmen und mich damit in eine Ecke verziehen würde? Ich nahm mir artig ein Minitellerchen und eine Gabel. Wenn das ein Gruß aus der Küche war, brauchte sie nicht zurückzugrüßen. Ich war am Verhungern.

Während ich mit Gabel, Erbse und Mund Minigolf spielte und verzweifelt versuchte, mit Ersterem Zweites in den Mund zu schieben, nachdem mir die ersten beiden Erbsen runtergefallen waren, ging eine angestrengt grinsende TV-Moderatorin an mir vorbei. Mir drängte sich unweigerlich die Frage auf, wie dieser Busen in diesem weiten Ausschnitt hielt, ohne rauszuplumpsen. Da gab es doch bestimmt einen Trick.

Nach ihr kam noch Tim Mälzer samt seiner Freundin, die auch – wie alle anderen – besser aussah als ich. Was die beiden wohl zu den drei Erbsen sagen würden? Danach kam jedenfalls lange nichts mehr. Nichts, was mich interessiert hätte, geschweige denn Herr Schweiger.

Aber auf den konnte ich ja auch getrost verzichten, denn als ich meinen Kopf von der Tür wegdrehte, sah ich ihm direkt in die Augen: Udo. Er hatte sich – ohne dass ich es bemerkt hatte – neben mich gestellt. Was im Grunde nicht von Bedeutung war, denn es war inzwischen so voll, dass jeder neben irgendjemandem stand, ob man wollte oder nicht. Das ließ sich nicht vermeiden. Der höfliche Abstand nach dem Prinzip »Das hier ist mein Kreis, und da fängt dein Kreis an« war hier nicht mehr einzuhalten.

Aber es war gar nicht die Nähe, die mich umhaute, sondern das Timing. Das ging mir alles eine Spur zu schnell. Am liebsten hätte ich eine Fernbedienung genommen und alles noch einmal auf »Anfang« gespult.

Ich hatte mich noch nicht einmal von meinem Hackenschreck erholt, außerdem knurrte mein Magen inzwischen so, dass es vermutlich alle Gäste hören konnten, auch die draußen auf der Terrasse. Und ich musste aufs Klo – dringend. Außerdem war mein Mund plötzlich trockener als die Sahara. Nichts kam heraus. Ein kurzes »Hey« wäre nett, kam aber nicht. Oder ein bisschen Smalltalk über den Gebrauch unpraktischer Frauenschuhe wäre eine Möglichkeit. Ein »Danke noch mal« wäre auch denkbar gewesen.

»Na, kommt er noch?«, fragte Udo dafür.

»Er?«

»Ja. Er. Sie starren die ganze Zeit zur Tür. Oder warten Sie auf eine Frau?« Er musterte mich kurz. »Das hätte ich jetzt auf den ersten Blick bei Ihnen nicht erwartet, aber Anne Will sieht man es ja schließlich auch nicht an.«

»Nein. Also. Ich meine, es kommt keine … Frau.«

Hilfe.

»Na, da bin ich aber beruhigt«, sagte er, nahm sich ein Glas, das ihm eines der Erbsenmädchen vor die Nase gehalten hatte, und war wieder weg.

»Ich auch«, murmelte ich noch hinterher. Mist.

In dem Moment piepste auch noch mein Handy. Eine SMS. *Na, wie läuft es?*

Hallo? Ich war noch keine dreißig Minuten hier. Wenn überhaupt.

Ich tippte kurz zurück. *Alles super!* Das war zwar nicht die ganze Wahrheit, aber die passte jetzt auch nicht in eine SMS. *Ich kann Julianes Bedenken verstehen,* schickte ich noch hinterher.

Ich schaute aus dem Fenster auf die Terrasse. Am Horizont zog sich ein pinkfarbener Streifen entlang, der daran erinnerte, dass die Natur es war, die den Kitsch erfunden hatte. Langsam sollte ich mich wirklich mal Richtung Damen-WC bewegen.

Dabei musste ich feststellen, dass ich mich hier leider nicht gut auskannte. Das durfte natürlich niemand merken. Ich hielt mich links und landete in einem Saal, der vermutlich für eine Konferenz oder Ähnliches vorbereitet wurde. Am Ende des Raumes war eine weiße Wand, davor ein Beamer, mehrere Stühle und Tischreihen.

Wie aus dem Nichts schoss plötzlich ein etwas klein geratener Mann mit offensichtlich zu hohem Blutdruck vor meine Linse und strahlte über das ganze kugelrunde Gesicht, als er mich entdeckte. Ich drehte mich um und verschwand, so schnell es ging. Keine Ahnung, was er von mir wollte, ich wollte jedenfalls etwas anderes. Die Toilette. Jetzt.

In meinem Zustand hätte ich besser Birkenstocksandalen getragen und keine angeknacksten High Heels. Erschwerend kam hinzu, dass sich die Treppe in einer Art Turm nach unten drehte. Eine große Herausforderung, vor allem bei diesem Gegenverkehr.

Anscheinend sah man mir meine Konzentration an. Alle, die mir entgegenkamen, wichen freundlicherweise mit verständnisvollem Blick aus.

Geschafft. Das Damen-WC lud zum Bleiben ein, denn es war so, wie ich mir das eigene wünschen würde. Vor allem gab es einem das Gefühl: Es ist total in Ordnung, dass du leicht angetrunken bist und deine Handtasche oben vergessen hast, denn hier ist alles, was du brauchst, um gleich wieder frisch und fröhlich bei den anderen zu erscheinen.

Es gab kaum etwas, was es nicht gab. Außerdem duftete

es so wunderbar, dass man am liebsten dageblieben wäre. Hier fühlte man sich reich und schön. Hier fühlte ich mich wie ein besserer Mensch – bis zu dem Moment, in dem ich in den Spiegel sah. Eine kleine Wölbung links in Höhe meiner Taille irritierte mich. Ich hob den linken Arm und drehte mich seitlich zum Spiegel.

Heilige Dreifaltigkeit! Das durfte nicht wahr sein. Der Reißverschluss! Er stand offen und bewies nicht nur, dass ich es eilig gehabt hatte, nachdem ich ja eine knappe Stunde gebraucht hatte, um in das Kleid hineinzukommen, sondern auch, dass ich ein ordentlicher Mensch war. Das Unterhemd steckte in der Perlonstrumpfhose, als hätte meine Mutter mich persönlich angezogen. Die Strumpfhose hatte ich mir bis unter die Brust gezogen, damit es nicht auffiel, dass sie leider etwas zu groß war. Ein Traum. Ich durfte gar nicht darüber nachdenken, wie viele Menschen das gesehen hatten. Dagegen war Cindy aus Marzahn eine Modeikone, sozusagen Lagerfelds rechte Hand.

Ich wollte sterben. Auf der Stelle. Aber dazu war dieser Ort zu schön. Im Mülleimer verschwinden ging auch nicht – zu klein. Also half nur eins: unauffällig weiterleben und den Reißverschluss schließen. Beziehungsweise erst mal ordentlich ausatmen, sonst würde das Ding noch offen stehen, wenn hier morgen früh aufgeräumt und gewischt werden würde.

Gefühlte zehn Minuten später war die Welt wieder in Ordnung. Wenn es nur keiner gesehen hatte! Aber es half alles nichts, ich musste zurück.

Zum Glück war das Büfett anscheinend ohne lange Reden eröffnet worden, denn vor lauter Hunger bahnte sich bei mir ein Kreislaufkollaps an. Vermutlich war mein

Hirn einfach nicht richtig durchblutet, jedenfalls stellte ich mich von links an, als wäre es mein erstes Mal an einem Büfett. Peinlich. Aber das Verlangen nach etwas Salzigem war größer als der Wille zur Contenance.

Also entschuldigte ich mich flüchtig bei mindestens fünf Leuten dafür, dass ich sie versehentlich angerempelt hatte, dann nahm ich meinen viel zu vollen Teller und setzte mich draußen an einen der Tische, die direkt am Geländer standen und von denen man diesen traumhaften Blick über die Elbe genießen konnte. Ich scannte mit meinem Blick noch einmal alle Anwesenden. Kein Udo weit und breit.

Dann war der Teller leer, ich voll, und die Laune stieg. Ich schaute noch einmal kurz in die Menschenmenge, dann stöckelte ich – für meine Verhältnisse – elegant wieder rein.

Links vom Eingang gab es einen kleineren Raum, in dem sich Zigarrenraucher über den Polosport und die Immobilienpreise zu unterhalten schienen, rechts lag ein großer Saal, in dem es sicher etwas lustiger zugehen würde. Schließlich hatten die Ersten schon angefangen, zwischen pinkfarbenen Punktstrahlern das Tanzbein zu schwingen.

Es war kein leichtes Unterfangen, sich durch die Menschenmenge zu wühlen, aber schließlich stand ich doch an der Tanzfläche, die von Säulen umgeben war. Udo hatte ich schon von Weitem an der Bar entdeckt, allerdings blieb er dort nicht lange. Kaum hatte ich mich an die Säule gelehnt, stand er schon in meiner Nähe. War das Einbildung?

Ich lächelte ihn mit diesem gewissen Blick an, den Juliane besser nicht sehen sollte, und überlegte, wann ich die Bettwäsche eigentlich das letzte Mal gewechselt hatte. Parallel wunderte ich mich über mich selbst.

So etwas ging, zumindest bei Frauen. Die konnten an sieben Sachen gleichzeitig denken, schrieb mal ein Yogameister in einer dieser zig Frauenzeitschriften, die beim Arzt rumlagen. Die wenigsten Frauen, schrieb er, würden beim Sex an Sex denken. Die meisten würden darüber nachdenken, ob es sich eher lohnen würde, Bunt- oder Weißwäsche beim nächsten Mal zu waschen und ob der Friseur eigentlich montags oder samstags zuhat und wie lange man den Pulli noch umtauschen könnte, wenn der Bon verschwunden war.

Ich dagegen dachte an Sex. Ohne Buntwäsche. Das mochte damit zu tun haben, dass ich weder am Ziel war noch dahin gelangen sollte – wenn es nach Juliane ging. Mir fiel ein, dass ich ja gar nicht wissen durfte, wie er hieß, und fragte nach ein paar Minuten, freundlich nach.

»U…«, war alles, was ich verstand, weil in dem Moment der Erste Bürgermeister der Stadt mit einem Mikro in der Hand auf der Bühne am anderen Ende des Saales stand und persönlich all diejenigen begrüßen wollte, die täglich über ihn und seinen Senat berichteten. Wie nett.

»Und du?«, schrie Udo mir ins Ohr.

Ich schrie zurück, was aber anscheinend genauso wenig bei ihm ankam, wie sein Name bei mir. Da ich ja wusste, wie er hieß, war das weniger schlimm. Er schüttelte jedenfalls Kopf und Schultern, um zu zeigen, dass er nichts verstand. Wir warteten die Rede ab, holten uns in der Zeit noch etwas zu trinken und hatten die Frage nach den Namen dabei wieder vergessen.

Kaum hatte Herr Scholz das Mikro wieder weggelegt und das erste Lied begonnen, riss mir Udo das bis dahin fast leere Glas aus der Hand und zog mich auf die Tanzfläche.

»Meine Hacke!«, rief ich und zeigte nach unten, aber die interessierte ihn nicht – im Gegensatz zu mir. Die ganze Zeit hatte ich Panik, sie würde sekündlich abbrechen und ich wie eine Flunder vor ihm liegen.

Grundsätzlich sprach bei diesem Mann ja nichts dagegen, bei den Augen, diesem Hintern … vom Rest mal ganz abgesehen. Es mussten nur nicht Hundertschaften von Journalisten anwesend sein.

Der pinkfarbene Streifen war verschwunden, als wir ein oder zwei Stunden später, völlig erledigt von unseren eigenen Tanzkünsten – beziehungsweise seinen – zusammen auf die Terrasse gingen.

Wann hatte ich zuletzt so einen Spaß gehabt? Und das in Verbindung mit Bewegung. Obwohl ich gestehen musste, dass ich eher bewegt wurde, als dass ich mich selbst bewegte.

Okay, ich gehörte nicht zu den Mädchen, die Ballettunterricht gehabt hatten, aber das musste ich doch nicht jedem gleich auf die Nase binden. Dass Udo jetzt nicht schnaufte und triefte, versetzte mich ins Staunen. Schließlich kannte zumindest ich mein Gewicht, und mich so über die Tanzfläche zu wirbeln, dass es auch noch einigermaßen elegant aussah, dazu gehörten Mut und Muskeln. Aber Gott sei Dank gab es ja keine Jury, die Punkte vergab.

Udo, der Charmeur, legte mir nun sein Jackett über die Schultern, nachdem ich es dreimal dankend abgelehnt hatte, weil es so schrecklich klischeehaft war. Er schaute an sich hinunter.

»Tanzschulen gehörten wohl bisher nicht zu den Orten, an denen du dich gern aufgehalten hast, oder?«, fragte er lachend.

Ich sah ebenfalls nach unten. Seine Schuhe waren nicht nur dreckig, sondern auch an der Spitze eingeknickt.

»Oh Gott, Entschuldigung. Du hast recht, ich habe tatsächlich noch nie eine Tanzschule von innen gesehen. Obwohl, das stimmt nicht. Einmal war ich in einer … ungefähr zwei Minuten lang, dann bin ich rückwärts wieder rausgestolpert. Meine Verabredung hat es mir bis heute nicht verziehen. Kürzlich hab ich ihn bei Xing wiedergefunden, aber er reagiert nicht auf meine Kontaktanfrage.«

Wir lachten.

Udo sah mich an. Mit einem Strahlen in den Augen, über das ich mich eigentlich hätte freuen müssen. Wäre da nicht dieser Grund gewesen, weshalb ich überhaupt hier war. Und wäre da nicht plötzlich Ole gewesen. Er kam mit einem Glas Weißwein in der Hand auf die Terrasse und sah sich um. Ich drehte mich, so schnell ich konnte, mit dem Rücken zu ihm.

Zu spät.

»Das gibt's doch nicht. Was machst du denn hier?«, hörte ich ihn hinter mir sagen. Ich drehte mich zu ihm um. »Warum hast du denn nicht erzählt, dass du auch heute Abend hier bist?«

»Ach, was für eine Überraschung«, sagte ich und dachte nur: Scheiße.

Ole sah Udo an, dann das Jackett über meinen Schultern, dann mich.

»Ich bin gleich wieder da«, sagte Udo, zeigte kurz Richtung Terrassentür und ging. »Ich hol uns mal eine Erfrischung.«

Uns.

Mist.

»Dein Freund?«, fragte Ole.

»Nein. Das ist der … Also der von Birgits Freundin, der Freund. Beziehungsweise von ihrer Cousine, um genau zu sein. Ich kenne sie nicht«, stammelte ich.

Oh Gott.

»Aha. Dafür ihn aber umso besser?«

»Ach, nein, das sieht nur so aus.«

Ich sah an dem Jackett runter.

Eine Frau mit langen roten Haaren in einem grünen Kleid kam auf uns zu. Was für eine Kombination.

»Ole, komm! Das ist mein Lied!«, strahlte sie, griff nach seinem Arm und verschwand mit ihm.

»Sorry«, sagte er noch kurz und war weg.

Na prima. Was für ein Abend! Jetzt konnte ich mir auch noch den Rest der Sektflasche holen. Hatte ich Oles Gewiesel um mich herum also doch falsch interpretiert? Wie blöd konnte man nur sein? Gott sei Dank hatte ich ihn nicht gefragt, ob er etwas mit mir unternehmen würde. Da hätte ich ja vermutlich gleich eine kalte Dusche bekommen. Was für ein vermasseltes Wiedersehen, das hatte ich mir wahrlich anders vorgestellt.

Und was, wenn ich sein Gewiesel doch richtig verstanden hatte und er jetzt dachte, *ich* hätte kein Interesse an *ihm*? Wenn er jetzt dachte, ich hätte bereits einen Freund? Na, super, Frau Schönberg. Das hast du ja prima hinbekommen.

Ich zog das Jackett aus und ging rein.

Es war erst elf Uhr, aber im Saal war nicht mehr viel los. Der BILD-Fotograf stand am Büfett und nahm sich die letzten Sushiröllchen. An den Tischen saß kaum noch jemand, und die wenigen Gäste, die sich neben Ole und seiner heißen Hexe noch auf der Tanzfläche herumtrieben, waren anscheinend nur dort, weil sie nicht alleine nach Hause gehen wollten.

Marc hatte Sophie, Udo Juliane und Ole war, wie es aussah, auch in festen Händen. Und selbst wenn sie nicht seine Freundin war, was sollte er jetzt von mir denken, wo ich hier mit fremden Jacketts rumstand? Sicher nicht, dass ich lieber seines zum Lüften nach draußen geführt hätte. Gott, war ich dumm, mich auf so einen Blödsinn einzulassen.

Irgendwas lief gerade mal wieder völlig schief.

Ein Mann mit zurückgegelten schwarzen Haaren sah mich musternd an. Ich drehte mich schnell weg und versuchte, den Barkeeper auf mich aufmerksam zu machen, der wie ein Roboter Gläser abtrocknete, sie gegen das Licht hielt, polierte, wegstellte und wieder von vorne begann.

»Ich hätte gern irgendetwas Fruchtiges.«

Er sah mich an, sagte etwas, was ich nicht verstand, und ich nickte. Bei meinem Pegel war es inzwischen auch egal, wie die Drinks hießen. Ich schaute aus dem Fenster und sah Udo telefonieren. Vermutlich war es Juliane, die so tat, als wäre sie sauer, weil er so lange wegblieb.

Der Alkohol rief plötzlich in meinem Kopf das Verlangen nach Ehrlichkeit auf den Plan. Warum war man nicht einfach ehrlich zueinander? Warum ging Marc mit mir ins Bett? Warum picknickte Ole mit mir an der Alster und fuhr mich nach Hause? Und warum fragte Juliane Udo nicht einfach, was mit ihm los war? Mein Gott, war das denn so schwer?

Das fragte hier gerade die Richtige. Fiel mir in dem Moment auf …

»Na, hier ist ja wohl auch nichts mehr los. Fahren wir

noch in die Stadt?« Udo lehnte neben mir am Tresen. »Oder möchtest du lieber dableiben?«

Er grinste mich an, und ich musste mich beherrschen, den letzten Schluck meines fruchtigen Cocktails, den ich gerade zu mir genommen hatte, nicht wieder von mir zu geben. Eine große Herausforderung.

Unten auf der Straße mussten wir nicht lange auf ein Taxi warten. Wir stiegen beide hinten ein.

»Wohin soll es denn gehen, die Herrschaften?«

»In die Lange Reihe bitte«, sagte Udo, leicht vorgebeugt, dem Fahrer.

»Ich ... ich würde gern in die Arnoldstraße«, warf ich ein.

Udo schaute mich an. »Kein Drink mehr?«

»Doch. In der Arnoldstraße«, erwiderte ich.

Läuft doch super, dachte ich bei mir und versuchte, mich zumindest mit diesem kleinen Erfolg über manch andere Erkenntnisse dieses Abends hinwegzutrösten. Doch gegen das plötzlich aufkommende schlechte Gewissen kam ich nicht an. Ich war wirklich kein guter Mensch. Zumindest heute Abend nicht.

Und es gab noch ein Problem: Wie sollte ich Birgit unbemerkt eine SMS schicken, dass wir auf dem Weg waren? Ich hätte es tun müssen, als wir uns auf die Suche nach einem Taxi gemacht hatten. Oder ich hätte noch schnell aufs Klo gehen und dort eine Nachricht an Birgit tippen müssen, aber auf diese Idee kam ich leider zu spät. Es half nichts.

Doch auch wenn sonst bei mir nicht mehr viel funktionierte, eines klappte immerhin noch: die Telepathie zwischen meiner besten Freundin und mir. Mein Handy piepte.

»Sorry.«

Ich griff umständlich in meine Tasche. Eine SMS von Birgit.

Hast du mich vergessen? Ich würde gern auch irgendwann mal schlafen gehen. Mein Auto sieht nur so aus, als wäre es bequem. Meld dich mal.

Sind auf dem Weg. Gerade Höhe Hirschpark, tippte ich, ohne genau hinzusehen. Übung macht den Meister.

Ich legte das Telefon wieder weg. Udo schaute mich an.

»Wirst du vermisst?«

»Nicht wirklich«, war meine Antwort, ganz knapp, um ihn davon abzuhalten, weitere Fragen zu stellen.

Die Fahrt von der Elbchaussee bis zu mir kam mir vor wie eine Weltreise. Auf alle Fälle viel zu lang. Als wir von der Bernadottestraße schräg links abbogen und ich den Fahrer bat zu halten, hatte ich ein derart schlechtes Gewissen, dass mir übel wurde. Während Udo zahlte und von mir nichts annehmen wollte, schaute ich mich unauffällig nach Birgit und ihrem Fotoapparat oder ihrem neuen Mini Cooper um. Nichts zu sehen. Meinetwegen musste sie jetzt auch nicht erscheinen …

Wir stiegen aus und gingen zwischen den parkenden Autos zu meinem Hauseingang. Als ich gerade nach dem Schlüssel suchte, stand Birgit plötzlich neben uns.

»Was machst *du* denn hier?«

Sie starrte Udo an, als würde er normalerweise am Nordpol leben und wäre ohne Ankündigung nach Deutschland eingereist.

Ich kam ihm zuvor. »Was Udo hier macht? Das müsstest du ja wohl am besten wissen.«

Jetzt starrte Birgit mich an. »Das ist doch nicht Udo!«

»Natürlich bin ich nicht Udo«, mischte Udo sich ein.

»Kann mir eine von euch beiden mal kurz sagen, was hier los ist?«

»Du bist nicht Udo?«

Ich schaute erst ihn, dann Birgit an, die mit ihrem Finger auf ihn deutete, und sagte: »Das ist Ulrich, unser neuer Nachbar, von dem ich dir sicher schon mal erzählt habe. Er arbeitet in der Presseabteilung bei …«

»Ulrich?!«

»Ja«, sagte Ulrich und schoss schnell die nächste Frage hinterher, um dem Moment etwas von seiner Peinlichkeit zu nehmen. »Und wer ist bitte schön dieser andere Typ?«

»*Udo!*«, schoss es Birgit und mir gleichzeitig aus dem Mund.

»Mist!« Sie sah mich an. »Hab ich dir etwa das falsche Foto gemailt? Das gibt es doch nicht!«

Birgit fing schallend an zu lachen, im Gegensatz zu uns.

Ihre Tasche klingelte. Sie wühlte kurz, kramte den Fotoapparat raus und drückte ihn mir in die Hand, dann noch Taschentücher, einen Ovulationstest, Tampons. Ich sah Udo-Ulrich an, Udo-Ulrich sah mich an und zog fragend die Schultern hoch.

Dann murmelte sie: »Ich hab's gleich«, und zog ihr Handy raus.

»Ja?«, fragte sie in den Hörer.

»Bitte, *was*?«

Stille.

Udo – ich meine natürlich Ulrich – und ich schauten uns kurz fragend an. Er zuckte die Achseln, ich tat es ihm nach.

»Nein. Du Arme. Natürlich. Ich komme gleich. Klar, kein Problem. Wozu hat man schließlich Freunde?«

Das fragte ich mich auch gerade.

Birgit beendete das Gespräch.

»Das ist doch nicht zu fassen. Ich zaubere einen super Plan aus der Kiste, engagiere dich als Unterstützung, verzichte auf einen schönen Abend, und jetzt das.«

»Was denn?«, fragte ich und gab zu verstehen, dass ich den Ovulationstest und die Tampons gern wieder loswerden würde. »Nun sag schon!«

»Was denn für ein Plan?«, fragte Ulrich, bekam aber keine Antwort. »Und was für ein Foto?«, fragte er weiter und sah mich an, als hätte er mich gerade als I.M. entlarvt.

Birgit ging nicht darauf ein, vermutlich hatte sie Angst um ihre gute Nachbarschaft.

»Juliane wollte es sich auf der Couch bequem machen, da entdeckte sie in der Ritze zwischen der Rückenlehne und dem Polster etwas, was da nichts zu suchen hatte: einen String! Und der gehörte nicht ihr!«

Udo hatte anscheinend schon seit Wochen ein Verhältnis mit der Babysitterin, wie er nach stundenlangen Vorwürfen und Diskussionen endlich zugab. Auf den Süllberg war er dementsprechend gar nicht gefahren. Stattdessen war er jetzt auf dem Weg ins nächste Hotel oder zum Babysitter. Jedenfalls hatte Juliane kurzen Prozess gemacht und ihn vor die Tür gesetzt.

»So sind wir halt«, grinste Ulrich komplizenhaft. »Immer auf der Suche nach Freiwild!«

Es schien fast so, als wäre er stolz auf Udo.

»Freiwild?!«, kam es zeitgleich aus Birgits und meinem Mund.

❀

Die Vögel zwitscherten, ansonsten war es fast still. Ulrich hatte sich nach einer kurzen, heftigen Diskussion vom

Acker gemacht. Ich hatte ihm vorgeschlagen, Udo bei sich aufzunehmen, dann würde der das Hotelzimmer sparen, und sie könnten noch ein bisschen ihre Freiwilderfahrungen austauschen.

Birgit dagegen war so entsetzt über die Freiwildansage, dass sie ausplauderte, was der eigentliche Plan gewesen war. Daraufhin war Ulrich so entsetzt, dass er leicht eingeschnappt ging. Irgendetwas mit »Frauen ...!« hörten wir ihn noch fluchen, dann waren wir allein – wir Frauen. Offenbar fühlte er sich etwas ausgenutzt, was ich ihm nicht verübeln konnte. Am liebsten wäre ich hinterhergelaufen, aber da schaltete sich mein Verstand plötzlich ein und gab Birgit recht. Seinen Spruch hätte er sich echt sparen können, zumindest bis nach dem Frühstück.

Vielleicht war es auch besser so.

»Was für ein Wahnsinnsabend. Ich hab Ole mit einer anderen Frau gesehen, habe der Hamburger High Society gezeigt, wie man es schafft, innerhalb kürzester Zeit die Schuhe des Tanzpartners zu ruinieren, nachdem man die eigenen ins Abtretgitter manövriert hat. Und ich habe bewiesen, dass es Sinn macht, noch einmal in den Spiegel zu schauen, bevor man die Wohnung verlässt und sich auf den Weg macht. Zum krönenden Abschluss habe ich den falschen Mann angebaggert, aber: Ich hatte Spaß! In den letzten sechs Stunden zumindest mehr als in den letzten sechs Monaten. Da kann man ja schon von Erfolg sprechen.«

»Guck«, lachte Birgit, »wusste ich es doch.« Wir hielten uns die Bäuche vor Lachen.

Dann umarmte sie mich kurz und verschwand – zu Juliane. Ich saß noch ein paar Minuten auf der Stufe vor meinem Hauseingang. Auf der Bernadottestraße fuhr ein

Auto viel zu schnell, die Sonne ging irgendwo hinterm Fischers Park auf und wies sanft darauf hin, dass in diesem Moment ein neuer Tag begann. Ein warmer Frühlingstag, von dem ich vermutlich nicht viel sehen würde außer meiner Decke und meinem Kissen.

❀

Ein Sonntag. Und wie vermutet schien tatsächlich die Sonne. Kein Wölkchen, nichts. Alles blau und hell. Leider, denn mein Kopf drohte zu platzen. Drei Aspirin hatte ich schon genommen, aber sie befreiten mich nicht von dem Schmerz, noch verhalfen sie mir zu der Erinnerung, wann ich ins Bett gegangen war. Jetzt war es halb eins, und Waltraud jaulte inzwischen nicht mehr in Intervallen, sondern am Stück. Sie wollte raus, und das war ja auch ihr gutes Recht.

Hätte sie nicht so an der Leine gezogen, wäre ich vermutlich einfach irgendwo stehen geblieben und im Stehen wieder eingeschlafen. Ganz einfach. Das konnte ich schon immer gut.

Sie zog mich ins Mary Sol. Zumindest bildete ich mir das ein. Die Mädels hinterm Tresen hatten gute Laune, verdammt gute Laune, und das hieß: Sie sangen. Ich hob den Arm und grüßte kurz, doch mir war klar: Ich musste hier ganz schnell wieder raus.

»Wie immer?«, fragte die Chefin.

Ich nickte, schleppte mich raus auf die kleine Holzbank vor dem Fenster und starrte auf den Fußgängerweg, zu etwas anderem war ich nicht in der Lage. Füße und Kinderwagenräder durchquerten meinen starren Blick von links nach rechts und rechts nach links.

Es war ein schwarzer Volvo-Kombi, der mich um Punkt

14:35 Uhr aus meinem Halbschlaf riss. Er sah aus wie ein Sarg. Dieser Sarg wurde gerade von Ole eingeparkt, und dessen Anblick war schlimmer als jeder Kopfschmerz dieser Welt. Denn dagegen konnte man immerhin etwas einnehmen, gegen diese schmerzhaften Fakten wohl eher nicht: Auf der Rücksitzbank saßen zwei kleine Mädchen. Also war das gestern Abend nicht nur seine Freundin gewesen, sondern vermutlich seine Frau.

Ich konnte nicht mehr. Mir wurde übel.

Ein schlechter Charakter wäre okay gewesen, damit kannte ich mich aus. Aber eine Frau und zwei Kinder, dagegen war ich machtlos. Allein mit diesem Anblick fertigzuwerden war schon eine schwere Aufgabe, aber es kam noch schlimmer. Sie kamen – alle drei – Richtung Mary Sol.

Ich sprang von der Bank hoch, zerrte Waltraud hinter mir her ins Café und sah mich schnell nach einem freien Platz um, wo man mich nicht sofort durch die Scheibe sah. Glück gehabt, rechts an der Wand, kurz vor dem Gang zu den Toiletten, war noch ein Platz frei. Ich setzte mich, und das war besser so, denn die drei waren mir gefolgt und kamen jetzt auch rein.

Eines der Mädchen war so groß, dass sie ihm bis zur Gürtelschnalle ging, die andere war ein ganzes Stück größer. Ich versuchte erst gar nicht, ihr Alter zu schätzen, darin war ich schon immer schlecht gewesen.

Ole entdeckte mich, winkte, machte die Glastür hinter sich wieder zu und kam an meinen Tisch. Er wirkte etwas verunsichert. Kein Wunder nach unserer seltsamen Begegnung gestern Abend.

»Na, schon wieder fit?«, strahlte er mich an.

»Ne, aber hoffentlich gleich«, ich sah den Galão an, der

mir in diesem Moment vor die Nase geschoben wurde. Wahrscheinlich bekam ich gleich Herzrhythmusstörungen, immerhin war das mein vierter. Die Dinger machten satt, aber irgendwie nicht wach.

Ole drehte sich zu den Mädchen um. »Das sind Frederike und Johanna – Jo und Fred. Meine Töchter. Und das ist Charly. Wir arbeiten zusammen.«

Es war kaum hörbar, aber synchron, und galt mir: »Hallo.«

Sechs Prozent aller Deutschen litten unter Herzschmerzen, obwohl sie gesund waren. Ich gehörte ab jetzt dazu.

»Setzt euch doch«, sagte ich und tat mit letzter Kraft locker und cool, als wäre dies eine ganz alltägliche Situation. Er war mein Kollege, sie waren seine Töchter, das war's. Nicht mehr und nicht weniger.

Immerhin reichte meine Kraft für eine kurze Reflektion, und ich fand, ich war nett. Trotz des akuten Herzleidens. Von den Kopfschmerzen ganz zu schweigen.

»Oh ja, danke. Wir wollten eigentlich nur etwas von diesen kleinen süßen Törtchen …«

»Natas.«

»Ja, genau, ein paar Natas wollten wir holen, aber ein Espresso würde mir vermutlich auch guttun.«

Für einen Moment schaffte ich es tatsächlich, die näheren Umstände und Hintergründe zu vergessen. Für einen Moment fühlte ich mich wie früher, als ich mit meinen Freundinnen »Vater, Mutter, Kind« gespielt hatte. Ich war meist der Vater, weil sonst niemand diese Rolle übernehmen wollte. Und obwohl es zu dieser Zeit schon keinen Vater mehr in meinem Leben gab, den ich hätte nachahmen können, hatte niemand etwas an mir auszusetzen gehabt.

Vielleicht auch weil ich es nicht zuließ. Denn ich war ein strenger Vater.

Ole war es nicht. Er versuchte es auf die Kumpeltour. Ob er es nur spielte, konnte ich nicht sagen. Wenn ja, dann spielte er es verdammt gut, und beide Töchter kannten ihren Part in dieser Szene.

Ich musterte Jo und Fred und versuchte Ähnlichkeiten mit dem roten Tanzteufel zu finden. Jo hatte einen blassen Teint, blonde Haare und vereinzelt Sommersprossen, Fred wirkte dagegen fast südländisch mit ihren dunklen Haaren und der leicht braunen Haut. Ich konnte mir keinen Reim darauf machen, so unterschiedlich sahen die beiden aus.

Doch eines hatten sie gemeinsam: Man sah ihnen an, was für hübsche Frauen sie werden würden. Und sie hatten Geschmack, oder ihre Mutter. Jedenfalls liefen sie nicht in schlabberiger Jeans herum, deren Reißverschluss nicht mehr zuging und von einer Sicherheitsnadel unterstützt wurde. So wie ich.

Jo hatte eine lila Leggings unter einem knielangen Jeansrock an, dazu knöchelhohe blaue Chucks und einen bunten, geringelten Pullover. Fast vergessen: die roten, glitzernden Haarspangen rechts und links hinter den Ohren. Mehr Farbe, auf einem Meter fünfzig verteilt, war kaum möglich.

Fred war dagegen fast unscheinbar. Sie trug eine gestrickte graue Weste über einem langärmligen weißen T-Shirt, dazu eine blaue Jeans im Boyfriend-Schnitt, die ihre mollige Figur leider auch noch betonte, statt sie zu kaschieren.

Aber sie hatten noch etwas gemeinsam: Sie waren beide sofort in Waltraud vernarrt.

Das hielt allerdings nur eine knappe halbe Stunde an, dann war das Vater-Mutter-Kind-Spiel beendet. Fred und Jo wollten nach Hause, ihr neues Hörspiel zu Ende hören. Waltraud sprang auf, legte den Kopf schief und sah ein wenig beleidigt aus, weil das Kraulprogramm so abrupt beendet worden war. Zwei Hände vorne, zwei hinten – das hatte sie in der Form schließlich noch nie gehabt.

»Ich höre am liebsten ›Die drei Fragezeichen‹«, sagte ich und überraschte Fred und Jo damit.

Ich erntete ungläubige Blicke. »Du? Echt? Das ist doch was für …«

»Kinder? Warum?«

Die beiden überlegten. Eine Antwort bekam ich nicht, und auch keine Erklärung, warum Ole mir nicht schon früher von seinen Töchtern erzählt hatte. Der Abschied fiel ziemlich kurz aus.

❀

Auf dem Weg nach Hause kramte ich meinen iPod raus und hörte mir »Die drei Fragezeichen und die falsche Fährte« an. Plötzlich blieb Waltraud stehen, sie musste mal. Ich sah diskret weg und einem frisch verliebten Pärchen direkt in die Gesichter. Die beiden sahen übertrieben fröhlich von ihrem Werbeplakat zu mir runter. »NEU.DE« stand in großen roten Buchstaben neben den Grinsenden.

Mein Handy klingelte. Marc.

»Warum meldest du dich denn nicht? Alles okay? Oder war die Nacht *so* schlimm?«

»Nein, sie war gut.«

»Jetzt verstehe ich gar nichts mehr.«

»Marc, du hast Sophie, und ich … ich hab Waltraud. Ich hab keine Lust, dein Lückenfüller zu sein. Sorry.«

Ich legte auf, was nicht meine Art war und eher auf meinen Gesamtzustand als auf Marc zurückzuführen war. Aber das konnte er ja nicht wissen.

Ich sollte Marc anrufen und mich entschuldigen. Oder doch nicht? Warum verbrachte ich eine Nacht mit ihm und meldete mich dann nicht mehr? Dass er vergeben war, hatte ich doch vorher gewusst. Das war doch kein Grund, unhöflich zu werden.

Wahrscheinlich lag es nur an der Sache mit Ole. Jetzt hätte man eine gute Freundin gebrauchen können, aber die waren ja alle mit anderen Dingen beschäftigt.

Das, was vom Wochenende noch übrig blieb, verbrachte ich in der Wohnung zwischen Brötchenhälften, Balkonliege und Bett – bis auf einige weitere Spaziergänge mit Waltraud. Außerdem rief meine Mutter an und erzählte mir, dass sie nächsten Monat nach Indien fliegen würde, in ein Ashram, um ihre Mitte zu finden. Das tue mir sicher auch gut, meinte sie.

Ich wollte nicht meine Mitte finden, nur einen Mann. Mir hätte auch ein schwuler Freund gereicht. Erst einmal.

Ich sah Waltraud an, die neben dem Sofa lag und schmatzte. »Das, was ich jetzt machen werde, bleibt unser Geheimnis, verstanden?«

Sie drehte den Kopf weg. Ich nahm meinen Rechner auf den Schoß und machte ihn an.

Elitepartner.de, Neu.de, New-in-town.de, Rent-a-friend.de … Er sucht sie, sie sucht ihn, sie sucht sie, er sucht ihn, alle suchen einen – Partner. Die Partnersuche im Netz erweckte den Eindruck, als wäre nichts leichter als den Richtigen für die nächsten – na, sagen wir mal – fünfundvierzig Jahre zu finden.

Eines hatten sie hier alle gemeinsam: Sie waren solo

oder taten zumindest so, und sie waren kreativ. Wer wollte, konnte sich auch direkt zum Fremdgehen verabreden. Das war doch mal eine ehrliche Ansage. Sie hießen Nixversteher, Normaltyp, Wahrerwohlklang, Balu und Mogli oder auch Lovekillsslowly, wobei ich mir um Letzteren ernsthaft Sorgen machte, denn er sah wirklich so aus, als ginge es bald mit ihm zu Ende.

Lediglich auf der Seite von »New in town« fühlte ich mich nicht wie im Ganz-Körper-Scanner am Airport. Hier wurden nette Abende angeboten, an denen man zusammen kochte oder Cocktails trank. So sah es zumindest aus. Vielleicht war ich auch einfach zu naiv. De facto war ich alles andere als *new in town*, aber einen neuen Freundeskreis hatte ich wirklich dringend nötig. Vielleicht würde es auch erst mal ein neuer Mann tun.

Aber hier würde ich vermutlich nicht fündig werden, sagte ich mir selbst und fuhr den Rechner wieder runter. »Tja, Waltraud. Vielleicht sollten wir doch mal wieder zur Hundewiese gehen, was?«

❀

Ole hatte meine Verwunderung bei unserem letzten Treffen anscheinend gespürt. Ich ging ihm am Montagmorgen kontinuierlich im Büro aus dem Weg, ohne unhöflich zu sein, aber warum sollte ich mich länger als nötig quälen? Auch das blieb ihm nicht verborgen.

»Alles okay mit dir?«, fragte er mich schließlich kurz vor der Sendung, als ich meine Zettel gerade sortierte.

Ich nickte kurz.

»Passt dir heute Abend 20 Uhr?«

»Wofür?«

»Nicht zum Joggen, keine Angst. Zum Essen. Ich habe uns einen Tisch in der Galerie Tolerance bestellt.«

Die Galerie Tolerance war Hamburgs erster und meiner Meinung nach bester Thailänder. Der Laden war klein, unscheinbar und saulecker. Aber woher wusste er, was ich gern aß und vor allem, wo? Meine Verwunderung hätte nicht größer sein können, aber meine Neugierde war es auch, also ging ich, frisch geföhnt, essen.

Ole saß schon am Tisch, obwohl ich selbst fünf Minuten zu früh war.

»Na, alles gut?«, wiederholte er seine morgendliche Frage.

»Bestens, danke.«

»Und warum habe ich das Gefühl, du gehst mir aus dem Weg?«

»Weil ich es tue.«

»Und warum tust du es?«

»Weil … weil ich denke, es ist besser so. Du hast Familie, deine Töchter, ich meine Waltraud …«

»Aha. Hab ich's mir doch gedacht.«

»Was hast du dir gedacht?«

»Dass du denkst, ich wäre ein Familienvater mit Frau, Kindern und einem kleinen Mittelreihenhaus am Stadtrand.«

»Bist du nicht?«

»Nein, bin ich nicht. Ich habe zwar zwei Töchter, aber die leben bei ihren Müttern.«

»Müttern?«

»Ja.«

Ole lebte allein in einer Dreizimmerwohnung auf der Schanze. Er war nie verheiratet gewesen und hatte es auch nicht vor. Seine Töchter waren beide »Unfälle«. Auch wenn er sie über alles liebte, sie waren nicht geplant. Zumindest nicht von ihm. Die »Mütter« waren Affären, die ihn – seiner Meinung nach – durch eine Schwangerschaft und ein Kind an sich binden wollten, was nicht geklappt hatte.

Er wollte das nicht. Das wollte er noch nie. Nicht mit Mitte zwanzig, nicht mit Mitte dreißig und auch jetzt nicht, mit vierzig. Und die schöne Rothaarige war seine Schwester gewesen. Sie lebte in Brüssel und war übers Wochenende nach Hamburg gekommen.

Wir unterhielten uns darüber, was er *nicht* wollte. Wir sprachen jedoch nicht darüber, *was* er wollte. Aber das mussten wir auch nicht, wie sich ein paar Stunden später in der Bar Rossi zeigte.

Wir fanden draußen noch zwei Plätze auf einer der langen Holzbänke vor den großen Fensterfronten, von wo aus man so prima das Treiben auf der Kreuzung beobachten konnte. Dann nahm er mich ungefragt in den Arm, und ich wusste, ich war mindestens so rot wie die Ampel fünf Meter weiter, aber es war mir egal.

Ole zeigte mir, was er wollte, und ich war froh, dass wir beide den Fisch gewählt hatten – den mit den ganzen Knoblauchzehen.

Er war ein Mann, ein echter Mann. Einer, der einem das Gefühl gab, bisher zu viel Zeit mit den falschen Männern verbracht zu haben. Zumindest im Bett. Aber nicht nur dort. Er besaß eine ansteckende Leichtigkeit, manchmal auch etwas Spitzbübisches. Er war belesen. Seine Bücherregale bedeckten jeden Quadratzentimeter der Wände in seiner Wohnung. Sogar über der Wanne hing ein langes Brett, auf dem – neben Shampoo und Badesalz – Bücher standen.

Ich war fasziniert und verliebt, in ihn und seine Art, mich anzuschauen, mich anzufassen. Weiß der Henker, was er mit seinen Händen tat, schließlich hatte auch er nur zwei davon mit je fünf Fingern, wie jeder andere Mann. Aber er war nicht wie jeder andere. Er fasste mich so an, wie mich noch nie jemand angefasst hatte. Ich wollte nicht, dass er jemals damit aufhörte.

Doch genau das tat er. Er berührte mich, wann er wollte, und er ging, wann er wollte. Er machte, was er wollte.

Ob ich wollte oder nicht. Ich musste einsehen, dass er nicht meine »Sophie« war. Weder das, noch war er der Mann, mit dem ich überhaupt irgendeine Beziehung führen und auf den ich mich einlassen konnte. Der Mann, der alles wiedergutmachte, was in den letzten Jahren schiefgelaufen war. Leider.

Wir trafen uns in den beiden letzten Maiwochen und dann fast den ganzen Juni über noch mal und noch mal und noch mal, bis ich endlich verstanden hatte, was er mir schon bei unserem ersten Date klargemacht hatte. Er wollte im Grunde nur eines: seine Freiheit bewahren. Und hin und wieder Sex.

Dabei hätte er viel mehr von mir haben können. Mein Herz, meinen Hund, mein Alles.

Immerhin bekam er einen Strich an meinem Spiegel.

❀

»Dass er hin und wieder seinen Spaß haben will, dagegen ist ja auch grundsätzlich nichts einzuwenden«, meinte einige Ole-Wochenenden später eine Ilka, die inzwischen kugelrund war und aussah wie ein Kastanienmännchen.

Es war Ende Juni, und es war heiß für Hamburger Verhältnisse. Wir saßen auf ihrem Balkon und grübelten über das Phänomen des anderen Geschlechts nach. Meines anderen Geschlechts, ihres war nicht da. Damit hatte ich auch nicht gerechnet. Max' Brüche waren gut verheilt, also gab es ja keinen Grund mehr, zu Hause bei der schwangeren Freundin zu bleiben.

»Er ist einfach nicht der Richtige.«

»Das erzähl ich dir seit Jahren.«

Sie ließ den Strohhalm ihres antialkoholischen Gurkencocktails los und sah mich an. »Nicht Max. Ole!« Dann steckte sie ihn wieder in den Mund und trank erneut. »Er passt einfach nicht in dein Suchprofil«, meinte sie und rührte mit dem Strohhalm das Eis im Cocktailglas um, als wäre es ein Mojito. Dabei war es irgendein nach Seife schmeckender Tee mit Gurkenstückchen.

Und ich dachte immer, die Geschmacksnerven von Schwangeren wären besonders stark ausgeprägt. Pustekuchen.

Mein Suchprofil. Was war denn mein Suchprofil? Diese Frage konnte ich ja nicht einmal selbst beantworten. Dafür wusste ausgerechnet Ilka, dass Ole nicht ins Raster passte. Ausgerechnet sie musste mir hier und jetzt die Augen öffnen. Sie, der ich wie eine Mutter seit Jahren versuchte, den Freund auszureden. Nun hatten wir die Rollen getauscht. Eins zu eins. Sie saß mir gegenüber und redete auf mich ein, während ich mein Glas betrachtete und überlegte, ob es halb voll oder doch halb leer war.

»Ich verstehe gar nicht, warum er sich nur noch so selten meldet, beziehungsweise gar nicht mehr. Dabei war es doch echt der Hammer.«

Ilka sah mich skeptisch an.

»Seine Worte«, ergänzte ich.

Ilka stellte ihren kalten Gurkensalat weg und strich mit

der Hand über ihre Kugel, was eine gewisse Unruhe in mir auslöste. Schließlich war ich davon überzeugt, zumindest einen Kerl richtig einzuschätzen – ihren! Und von dem würde hundertprozentig überhaupt nichts mehr zu sehen sein, sobald ihre ersten Wehen einsetzten. Vermutlich schon viel früher, auch wenn sie ihn immer noch in Schutz nahm, was nur durch Hormone zu erklären war.

Nach seiner Entlassung aus dem Krankenhaus hatte sie ihm noch ein paar Tage »Schonfrist« gegeben, bevor sie ihm dann offenbarte, wie seine Zukunft aussehen würde. Nicht seine Zukunft als Musiker, sondern als Vater. Der Schock war so groß, dass er sich in sein »Männerwohnzimmer« verzog und nicht mehr reagierte. Zumindest nicht auf Ilkas Anrufe oder das Klopfen und Hämmern gegen die Tür.

Nach drei Tagen rückte die Feuerwehr an, weil Ilka Panik gehabt hatte, er würde sich etwas antun. Natürlich war das nicht der Fall gewesen. Nachdem er die frohe Botschaft empfangen hatte, hatte er erwartungsgemäß so viel gekifft, dass er im Rausch eingeschlafen war und jegliches Gefühl für Raum, Zeit oder seine eigene Person verloren hatte, als er schließlich aus dieser alten Garage rausgeholt wurde. Gott sah er aus. Man hätte ihn auch direkt zur Einäscherung bringen können.

Also, wann war noch der Stichtag? Mitte September, oder? Gut, dann konnte ich mich ja noch entspannen. Ihr Bauch sah schon aus, als hätte sie einen Medizinball verschluckt – vollständig –, dabei war es ja noch eine ganze Weile bis zur Geburt. Knapp drei Monate, wenn ich mich nicht verrechnet hatte. Oder hatte der Arzt übersehen, dass es Drillinge werden würden?

Ich sollte unbedingt eine Reise buchen – zufälligerweise im September. Mitte September oder besser gleich Anfang des Monats, dann konnte nichts schiefgehen, und mein Albtraum würde auf keinen Fall wahr werden: ich, schweißnass, stöhnend und am Ende meiner körperlichen und geistigen Kräfte mit Ilka im Kreißsaal, der ich die Hand hielt, während ich alle Wehen mitpresste, als wären es meine. Am besten noch die Nabelschnur durchschneiden. Gott behüte! Dabei wurde mir schon ganz anders, wenn ich mir selbst mal ein Pflaster irgendwo hinkleben musste. Nein, irgendwas musste mir bis dahin noch einfallen.

Ich trank mein Glas aus. Leer.

»Und im Sender tut er auch so, als wären wir nur gute Freunde. Immerhin streichelt er noch Waltraud …«

»Was kann denn der Grund sein? Hast du eine Idee?«

»Keine Ahnung. Jedenfalls muss er sich jetzt auf einmal entweder um seine Kinder kümmern, joggen gehen, oder irgendwas anderes kommt ihm in die Quere.«

Oder war es vielleicht doch die neue Kollegin aus der Dokumentation? Immerhin waren die beiden auch schon zusammen um die Alster gelaufen. Sie konnte anscheinend mit ihm mithalten. Im Gegensatz zu mir.

Ilka schenkte mir noch einmal Limo nach. Sie sah mir anscheinend an, dass ich von dem Gurkensaft genug hatte. Gruselig.

»Du drehst den Spieß um. Wenn er sich das nächste Mal meldet, sagst du ihm, du hättest keine Zeit.«

»Ich hab keine Lust auf Spielchen.«

»Gut. Noch besser. Dann sag ihm das.«

»Genau so?«

»Genau so!«

Ich hätte mir nicht so viel Mühe geben und überlegen müssen, wann der richtige Zeitpunkt war, es ihm zu sagen – reine Zeitverschwendung. Am nächsten Montag war er nicht mehr da. Einfach weg. Er hatte eine Stelle bei einem öffentlich-rechtlichen Sender bekommen und vor Antritt des neuen Jobs seinen gesamten Rest- und Jahresurlaub genommen.

Das nahm ich persönlich. Kein gemeinsames Leben mit mir leben zu wollen war eine Sache, sich davonzuschleichen eine andere. Er hatte mir tatsächlich nichts gesagt. Niente! Null! Sein Tisch war einfach von heute auf morgen leer. Wo gab's denn so was? Noch nicht einmal ein Ausstand für die Kollegen.

Ich überlegte, ob es sich um einen Aprilscherz handeln könnte. Nein. Dafür war es eindeutig zu spät. Heute war der – ich sah auf den Stapel Zeitungen auf meinem Schreibtisch – 28. Juni. Das Datum würde ich so schnell nicht vergessen.

War es denn so schlimm mit mir gewesen, dass man sich gleich in Luft auflösen musste? Hatte er mich mit seiner »Ich bin dann mal eben weg«-Art langsam darauf vorbereiten wollen, dass er verschwinden würde? War es sein Plan gewesen, mich zu entwöhnen, damit es kein kalter Entzug war, wenn er ging? Was war denn passiert? Hatte ich ihm einen Schwangerschaftstest unters Kissen gelegt mit rosa Schleife drum? Nein, hatte ich nicht. Hatte ich gesagt, ich fände Mittelreihenhäuser doch ganz gut? Nein, hatte ich nicht. Also? Eine kleine, klitzekleine Ankündigung hätte doch gereicht. Das machten Eltern doch auch so mit ihren Kindern, bevor sie nach Hause gingen und den Spielplatz verließen. »Nur noch einmal rutschen, dann gehen wir«, hieß es dann. »Nur noch einmal küssen, dann gehe ich«, oder so was in der Art wäre doch nett gewesen.

Ich war derart wütend, dass ich mich nicht mehr beherrschen konnte und mit voller Wucht gegen seinen Schreibtischstuhl trat, der daraufhin zurückrollte und gegen die Heizung knallte. Alle drehten sich zu mir um.

»Ist was?«, fragte ich, sodass sie sich alle wieder ihren Computerbildschirmen zuwandten und vereinzelt den Kopf schüttelten.

Ich nahm den Telefonhörer und wählte seine Nummer. Die Mailbox. Ich knallte den Hörer auf.

Was war denn bitte so schiefgelaufen, dass man jetzt nicht einmal mehr miteinander redete? Hatte ich irgendetwas nicht mitbekommen? Das war ja schlimmer als in jeder Kinoschnulze. Da visualisiere ich seit Monaten, dass meiner schwangeren Freundin der Typ abhaut, und was passiert? Meiner haut ab.

Im Grunde war ich arbeitsunfähig. Ich war weder in der Lage, lustig zu sein, noch war ich fähig, die richtigen Knöpfe zu drücken. Das fiel sogar Grusel-Günther auf, der immer wieder am Studiofenster vorbeikam und den Kopf schüttelte.

Während ich »Still« von Jupiter Jones spielte, vergaß ich leider, mein Mikro runterzuziehen, sodass man meine Kommentare live on air hören konnte.

»Ich sollte dir einen Heiratsantrag machen, Waltraud. Dann bin ich auf der sicheren Seite!«

Da keiner der Zuschauer wusste, dass ich a) einen Hund hatte, der b) Waltraud hieß, dachten jetzt vermutlich alle, ich würde auf Frauen stehen. Auf alte.

Prima. Das erleichterte mir die Suche sicher.

Und dann kam der krönende Abschluss meiner »Aufwachen und lachen«-Morningshow«. Ich heulte. Allerdings nicht während Musik lief, nein, während der Wettervorhersage! Dabei gab es sicher schlimmere Schicksale als Regenwetter. Es war auch kein reines Heulen, eher ein Mix aus Heulen und hysterischem Lachanfall.

»Tja, Leute, das war es mit dem schönen Wetter. Hier kommen die Aussichten für morgen: Es wird regnen ... und es hört so schnell nicht auf.«

Da fiel mir die Strophe von Rosenstolz ein: *Ich weiß nur, es wird regnen, und es hört so schnell nicht auf. Es wird kälter. Wann hört das wieder auf?*«

Geistesabwesend fing ich an zu summen, dann kamen die Tränen, und dann fiel mir wieder ein, was ich ursprünglich tun wollte: das Wetter ankündigen. Regen. Und zumindest der sollte uns ein paar Tage treu bleiben. Bei dem Gedanken fing ich an zu lachen, und zwar laut. Ich gab mir trotzdem noch ein wenig Mühe, diese letzte Botschaft des Tages über den Sender zu bringen, um dann endlich verschwinden zu können.

»Vormittags ist es nass bei immerhin vierundzwanzig Grad, mittags bleibt es regnerisch.«

Ich zog die Nase hoch, lachte, hielt mir den Bauch und bekam keinen Ton mehr heraus. Oder sagen wir mal: keinen Ton, den man verstanden hätte. Es hörte sich an, als bräuchte ich dringend mal eine Ladung Öl, so quietschte ich.

Das meinte zumindest Grusel-Günther, der mit panischem Gesichtsausdruck und einem Golfschläger in der Hand ins Studio gelaufen kam. Nicht weil er mich auf der Stelle damit erschlagen wollte, sondern weil er sich bei den eBay-Kleinanzeigen eine »Golf fürs Büro«-Anlage gekauft hatte, um den Abschlag zu üben. Sollte er doch.

»Abends zwanzig Grad, und wer hätte es gedacht: Regen!«

Ich zog die Nase wieder hoch. Es war kein Taschentuch in Reichweite, und ich versuchte, mich zusammenzureißen. So komisch war das Wetter ja nun auch nicht. Aber es hatte keinen Sinn.

»So, ihr lieben Leute, das war eure ›Aufwachen und lachen‹-Morningshow. Ich hoffe, zumindest ihr habt einen amüsanten Tag. Jetzt kommen die Nachrichten und der Verkehr mit ...«

Sicher etwas spätpubertär und definitiv albern, aber ich musste wieder loslachen.

»Mit Ole jedenfalls nicht. Der hat sich gerade in Luft aufgelöst. An dieser Stelle noch mal kurz ein persönlicher Gruß. Ole, falls es dich beruhigt: Ich wollte *kein* Kind von dir, du Depp!«

Ich wischte mir die Tränen aus den Augen, um wieder annähernd klar sehen zu können, holte tief Luft und wünschte allen noch einen tollen Tag. Dann nahm ich meine Tasche, meine Jacke und ging an meinem kopfschüttelnden Chef vorbei Richtung Ausgang. Draußen schien die Sonne. Noch.

Wenn er mir jetzt kündigen würde, bekäme ich vermutlich keine Abfindung. Schade.

Puh. Luft! Ich legte den Kopf in den Nacken und atmete mehrmals tief ein und aus. Das half. Dann vibrierte es in meiner Jackentasche. Eine SMS.

Hast du vielleicht Lust, mit mir zum Geburtsvorbereitungskurs zu kommen? Max kann nicht.

LG, Ilka.

Nein! Habe ich nicht, dachte ich!

Hellsehen war also doch meine Stärke. Geburtsvorbereitungskurse waren nichts, wo man nicht alleine hingehen konnte.

Ich schrieb ihr – auch wenn ich mich dabei zugegebenermaßen nicht wirklich gut fühlte –, dass ich schon etwas vorhätte. Es war eher eine ganze Ausrede als eine halbe Lüge.

Ich musste mich ablenken. Dringend. Mir fiel nichts Besseres ein, als mich zum Cocktailabend von »New in town« anzumelden. Und der nächste Termin war, wie mein iPhone mir mitteilte: heute! Bingo!

❀

Das Treffen sollte um 19 Uhr im hinteren Teil der Dual Bar stattfinden. Um kurz vor 20 Uhr saß ich immer noch, zusammen mit Egon, dem einzigen anderen Neumitglied von »New in town«, und dem Barkeeper allein am Tresen. Das hatte ich mir etwas anders vorgestellt. Egon vermutlich auch. Es nützte nichts. Wir mussten uns miteinander unterhalten. Sonst war ja auch keiner da außer dem Barkeeper.

Egon erzählte, ohne dass ich etwas fragte. Er hatte offensichtlich nicht allzu oft Gesprächspartner und wies erste Merkmale eines Kommunikationsdefizits auf. Nach fünf Minuten wusste ich mehr, als mir lieb war. Egon hatte Maschinenbau studiert und kam aus Eidelstedt. Klang nicht wirklich aufregend, und war es auch nicht. Wir hatten trotzdem etwas gemeinsam: Wir waren beide nicht *new in town* und nicht »new solo«, wie er mir bereitwillig berichtete. Das wundert mich bei ihm auch nicht.

Er musterte mich, als wäre ich ein Gaul auf dem Pferdemarkt. Hätte er mich gebeten, kurz mal den Mund aufzumachen, damit er sehen könne, wie es so um mein Gebiss steht, hätte es mich nicht verwundert.

»Wie groß bist du?«, fragte er mich schon, kurz nachdem wir uns knapp vorgestellt hatten.

»Einen Meter siebzig ungefähr«, sagte ich anstatt zu fragen: Warum?

»Gute Größe«, sagte er und trank mit einem Schluck den Rest aus der Bierflasche, die man ihm gerade erst vor die Nase gestellt hatte. Jetzt interessierte es mich doch.

»Wozu?«

Egon brummte irgendwas Unverständliches, wich mir aus und bestellte sich noch ein Bier. Astra. Das einzig Coole an diesem Mann, der ansonsten so gar nicht in diese Bar passte. Hätte man jetzt ein Foto von ihm geschossen, wie er hier saß, hätte man gut darunter schreiben können: In diesem Bild ist ein Fehler eingebaut, bitte finden Sie ihn!

Egon hatte sich gut vorbereitet auf diesen Abend. Er hatte allerdings nicht ganz verstanden, worum es ging. Seine Selbstdarstellung klang ein wenig zu auffällig nach Bewerbungsgespräch. War es ja im Grunde auch. Er wusste nur noch nicht, dass er die Stelle nicht bekommen würde.

Ich tat so, als hörte ich ihm weiter zu, und überlegte, was es war, was mich davon abhielt, ihn attraktiv zu finden. War es seine nicht vorhandene Körperspannung? Diese weiße, weiche Haut? Der Bübchenausdruck im Gesicht? Oder doch die Karohose und das karierte Flanellhemd? Ich war mir nicht sicher.

»Und du?«, fragte er und ertappte mich dabei, dass ich nicht zugehört hatte.

»Ich?«

»Ja, du. Was fährst du für ein Auto?«

»Gar keins.«

»Kein Geld?«

»Nein, kein Auto. Wozu soll ich mir eines anschaffen? Damit ich abends eine Stunde um den Block fahren und einen Parkplatz suchen muss?«

»Hmm, also ich könnte gar nicht ohne. Zur Arbeit vielleicht noch, aber am Wochenende zum Fußball – ne, also das ginge nicht ohne meinen Astra.«

Flaschen klirrten. Der Barkeeper, der unter dem Tresen herumhantierte, kam kurz mit dem Kopf hoch und sah uns an.

»Eins oder zwei?«, fragte er.

»Hä?«, fragte Egon.

»Keins, danke«, erklärte ich. »Er *fährt* Astra. Opel Astra.«

Wir sahen uns an, der Barkeeper und ich, und dachten das Gleiche: Wir waren nicht füreinander bestimmt. Egon und ich.

Ich wollte trotzdem nett sein und gab ihm noch einen Tipp. »Vielleicht schaffst du dir einfach einen Hund an. So wie ich. Das ist wirklich besser als jede Kontaktanzeige.«

»Ich habe eine Tierhaarallergie.«

Der Wasserhahn tropfte.

Es hatte keinen Sinn. Ich zahlte und ging.

Kaum hatte ich die Tür geöffnet und war raus aus diesem schlechten Film, musste ich unwillkürlich den Kopf schütteln. Was tat ich hier eigentlich? Ich wunderte mich über mich selbst. Was war nur geschehen? Früher kam ich mit mindestens ein oder zwei neuen Telefonnummern nach einem Barbesuch nach Hause. Oder gleich mit der dazugehörigen Person. Und heute? War das reiner Pessimismus oder Realität, dass es weniger Männer gab, die mich interessierten? Und wo bitte waren die anderen geblieben? Sie können sich doch nicht in Luft aufgelöst haben.

Ich war frustriert. Den perfekten Typen gab es nicht. Nicht mehr. Es gab sie noch, als wir alle zehn Jahre jünger waren, aber jetzt traf man nur noch Secondhand-Männer, getrennt oder geschieden, die man sich dann am besten noch jedes zweite Wochenende mit dem ein oder anderen Kind beziehungsweise sonstigem Anhang teilen musste. Davon gab es einen Haufen – aus gutem Grund. Wer wollte schon so einen haben? Daneben existierte ein zweiter nicht unbeträchtlicher Haufen von Männern, die allesamt noch eine andere Macke besaßen: Sie wollten sich nicht binden. Noch schlimmer war die Kombination aus beidem: ungezügelter Freiheitsdrang inklusive Hinterlassenschaften früherer Beziehungen.

Einen Mann, Mitte/Ende dreißig, intelligent, attraktiv, frei und von dem Gedanken besessen, eine Frau fürs Leben und nicht nur für die Waagerechte zu finden – das war vermutlich eine Illusion.

Zu Hause war es still. Zu still. Nicht einmal die Französin aus dem Haus neben mir übte Geige.

Mein Handy klingelte. Birgit.

»Hey, was machst du?«

»Ich wundere mich.«

»Das soll vorkommen. Was ist der Anlass?«

»Die globale Abwesenheit attraktiver, intelligenter Männer, die nicht minderjährig sind, vergeben oder unter Bindungsängsten leiden.«

»Erstens: Warum fällt dir das gerade jetzt auf? Und zweitens: Was ist mit Ole?«

»Erstens und zweitens: keine Ahnung.«

»Das klingt nicht gut. Da hilft nur eins: Du kommst zu

uns. Wir sitzen am Elbstrand, kurz vor der Strandperle und grillen. Dann können wir uns zusammen wundern. Das ist sicher besser als allein.«

Ich schlüpfte in meine Flip-Flops, schnappte mir meine Tasche, Waltrauds Leine samt Waltraud und ging los. Fünfzehn Minuten später saß ich neben Birgit auf einer rot karierten Wolldecke. Der Himmel war strahlend blau – von Regen keine Spur.

Birgit, Robert, irgendwelche Nachbarn – nicht Ulrich – und ein paar Arbeitskollegen scharten sich um das Feuer. Ich grüßte kurz mit einem möglichst freundlichen »Hallo« in die Runde, was mir nicht leichtfiel.

Birgit sah mir sofort an, wie ernst die Lage war. Ich lehnte meinen Kopf an ihre Schulter und erzählte von der Ole-Misere und dem Astramann ohne Astralkörper. Obwohl sie mir im analytischen Denken weit voraus war, fiel ihr dazu auch nichts mehr ein. Also wunderten wir uns zusammen. Fühlte sich gleich viel besser an, zumindest für den Moment.

»Willst du 'ne Wurst?«

Ich schüttelte den Kopf. »Ne, 'nen Mann«, seufzte ich. »Aber den gibt es leider nicht.«

»Klar, gibt es ihn«, konterte Birgit.

»Es gibt ihn nicht.«

»Doch.«

»Nein.«

»Natürlich gibt es ihn.«

»Und wo bitte schön?«

Ich setzte mich wieder aufrecht hin und sah mich um. Überall saßen leicht bekleidete junge und weniger junge Leute in Gruppen um einen Grill oder ein Lagerfeuer, nebeneinander, Arm in Arm, knutschend, Händchen haltend. Etwas anderes sah ich nicht. Flirthochsaison. Herrlich. So sehr war mir das noch nie aufgefallen.

Warum auch immer, nun musste ich zu allem Überfluss auch noch an *ihn* denken, meinen Ex. Um das möglichst schnell abzubrechen, dachte ich an Udo, der nicht Udo war, und schließlich an Marc, der Sophies Marc war. Dann sah ich zu Birgit. Meiner Birgit.

Sie war inzwischen aufgestanden, um ihre Wurst umzudrehen und versuchte dabei, den Qualm nicht ins Gesicht zu bekommen, was bei der Anzahl der Grillstationen auf diesem schmalen Stück Strand kaum zu vermeiden war. Vermutlich roch ich wie geräucherter Schinken, wenn ich nach Hause kam. Immerhin würde es keinen stören. Man musste die Dinge positiv sehen.

Mit einem Pappteller und einer schrumpeligen, viel zu dunklen Wurst kam sie zurück.

»Am besten melde ich mich bei ›Essen auf Rädern‹ an und hoffe, dass mir in den nächsten Jahren zumindest einmal am Tag ein attraktiver junger Mann etwas Leckeres vor die Tür stellt. Vielleicht kommt er ja hin und wieder auch mal rein. Oder ich melde mich doch bei gebraucht.de an.«

»In irgendeinem Internetportal findest du ihn sicher nicht. Das sind doch eh alles schwer vermittelbare Fälle. Neben dem Beweis dafür hast du ja gerade in der Dual Bar gesessen«, meinte Birgit, während sie mir ihren Teller hinhielt.

Ich nahm ihn, ohne zu wissen, was ich damit sollte. Birgit griff nach dem Ketchup und schüttelte ihn.

»Bin *ich* ja auch«, sagte ich mit Blick auf die schrumpelige Wurst vor mir.

»Du bist alles andere als schwer vermittelbar. Du steckst

offenbar gerade in einer schweren Krise, und in diesem Zustand findest du sicher nicht den richtigen Mann.«

Sie schüttelte die Ketchupflasche und versuchte, den Rest herauszudrücken, was nicht schön klang.

Ich nahm schließlich doch noch eine Wurst – mit Senf – und konnte die Krise vorübergehend vergessen. Zumindest die eine. Die nächste kam geradewegs auf mich zu.

»Ich wundere mich übrigens auch«, hörte ich plötzlich Birgit sagen, die wie hypnotisiert ins Feuer starrte.

»Worüber wunderst *du* dich?«

»Darüber, was man alles in Kauf nehmen muss, damit die einfachste Sache der Welt klappt.«

Ich dachte kurz nach. Die einfachste Sache der Welt?

Birgit war in einer Kinderwunschpraxis gewesen. Sie erzählte mir irgendwas von Eizellen, Hormonen und davon, dass das kein Sonntagsspaziergang sei. Und dann erzählte sie von der Erkenntnis, dass alle Menschen gleich seien – vor dem Reproduktionsmediziner.

Ich versuchte, ihr zu folgen und auch ein wenig interessiert zu wirken, während ich beobachtete, wie auf der anderen Seite der Elbe ein Kran Container von einem Frachter hob. Was da wohl drin war?

»Jetzt soll ich morgens und abends Nasenspray benutzen, das meinen Hormonhaushalt komplett runterfährt, und Pillen schlucken, dann jeden Morgen Spritzen in den Bauch setzen, die den ausgeschalteten Hormonhaushalt wieder anschalten. Und alle drei Tage muss ich zum Ultraschall. Alles nur, um an die fünfundzwanzigprozentige Wahrscheinlichkeit, schwanger zu werden, ranzukommen, die jede normale Frau hat – ohne diesen Wahnsinn.«

Ich sah sie fragend an. Was hatte sie gesagt?

»Ich hab mir das mal in Ruhe alles durchgelesen. Die

ganzen Packungsbeilagen, meine ich. Hätte ich vermutlich lieber lassen sollen. Ich bin nämlich demnächst biologisch tot, falls ich nicht vorher eine Lungenembolie bekomme.«

»Wie? Tot?«

»Ich werde künstlich in die Wechseljahre versetzt. Und dann«, Birgit hob langsam und theatralisch ihren rechten Arm gen Himmel, »und dann wird alles wieder durch die Hormonspritzen künstlich hochgefahren.« Sie schüttelte den Kopf. »Wer hätte das gedacht? Ausgerechnet ich. Erst fliegt einem alles zu und dann? Schluss. Als wären die Wünsche alle aufgebraucht.«

Ich holte kurz Luft und überlegte, ihr das zu sagen, was man in solchen Momenten als Freundin vermutlich sagen sollte.

Ach, Birgit. Wie lange versucht ihr es denn schon? Vier Monate? Ein halbes Jahr? Da muss man doch nicht gleich verzweifeln. Das wird schon. Da bin ich ganz sicher.

Ich sagte es nicht.

Ich sagte etwas anderes.

Und das war auch nicht besser, wie sich schnell herausstellte.

»Ich habe mal gehört, dass Kinder sich ihre Eltern aussuchen, und …«

Ich hatte den Satz noch nicht zu Ende gesprochen, da drehte sie sich ruckartig zu mir um und sah mich an, als hätte ich ihr gerade gesagt, dass ich mit ihrem Mann im Bett gewesen sei. Ich wollte ihr eigentlich nur Mut machen. Dazu kam es aber nicht mehr. Ich hatte ihren wunden Punkt erwischt.

»Aha«, fiel sie mir ins Wort, »und die logische Schlussfolgerung ist wohl, dass kein Kind zu mir will, oder wie?«

Hilfe! Setzte sie sich etwa schon diese Spritzen? Und wenn ja, waren sie vielleicht persönlichkeitsverändernd?

»So hab ich das doch gar nicht gemeint. Ich denke nur, dass man Kinder nicht planen kann wie eine Karriere oder was auch immer. Die kommen eben, wann sie wollen oder … oder wenn die Zeit dafür da ist.«

Himmel. Wo hatte ich den Mist nur gelesen? Vermutlich in der Apotheken-Umschau.

Es wurde frisch. Hätte ich bloß nicht die Flip-Flops angezogen. Ich fing an zu frieren.

»Wenn die Zeit dafür da ist? Die Zeit ist demnächst abgelaufen, Charly. Auch wenn dich das kaltlässt.«

Sie schaute wieder ins Feuer.

Moment. Meinte sie, dass mich meine Zeit kaltließe, oder ihre?

»Schließlich möchte ich im Altenheim auch mal am Wochenende Besuch von meinen Kindern bekommen und mich da nicht zu Tode langweilen.«

»Du willst ein Kind, damit du später nicht allein im Altenheim sitzt?«

»Ja, unter anderem auch deswegen.«

Sie nahm ihre Bionade und trank den Rest in einem Zug aus.

»Wir können uns ja im Heim ein Doppelzimmer nehmen, dann bist du nie allein. Das wird doch sicher lustig.«

Gar nicht lustig sah sie ins Feuer.

Ich lächelte sie an, aber der Versuch war vergebens. Sie reagierte nicht.

»Versuch doch einfach mal, nicht daran zu denken. Vielleicht …«

»Nicht daran denken? Ich würde liebend gerne mal

nicht daran denken. Aber wie soll das bitte bei *dem* Plan gehen, an den ich mich halten muss?«

»Warum machst du dir denn so einen Druck? Du bist doch nicht fünfundvierzig. Andere Frauen bekommen auch Kinder nach ihrem neununddreißigsten Geburtstag. Sieh es doch positiv. Du kannst hier mit mir am Strand sitzen und Bier trinken, den Blick über den Hafen genießen …«

»Wer sagt dir denn, dass ich das will?«

»Was?«

»Hier sitzen und Bier oder Bionade oder was auch immer trinken.«

Ich musste schlucken. »Aha, und was möchtest du denn stattdessen lieber machen? Alleine im Wohnzimmer sitzen mit einem Baby, das seit Stunden schreit, weil es entweder Hunger hat, die Windel voll ist, es Zähnchen bekommt oder Blähungen hat oder Schnupfen, oder weil es einfach nicht einsieht, dass Schlaf eine Sache ist, die man am besten nachts erledigt? Dein Mann ist gerade wieder auf irgendeiner Geschäftsreise, hat den Flieger verpasst und kommt leider erst morgen an oder nächste Woche, weil die Fluglotsen streiken. Meinst du wirklich, es ist alles wunderbar, wenn man ein Baby hat? Weißt du was? Ich freue mich jede Nacht, wenn ich das Baby aus dem Nebenhaus durch zwei dicke Hauswände und Hannes Gör von unten durch die Decke höre, dass ich meine Ohropax nehmen und mich einfach umdrehen und weiterschlafen kann.«

Gör? Gar nicht gut.

»Meinetwegen kannst du auch gern weiterhin kinderlos bleiben. Bei dir scheint ja irgendetwas anders zu ticken – beziehungsweise gar nicht –, aber ich möchte ein Kind haben, bevor es zu spät ist.«

Ups. Ich tickte anders? Oder meinte sie eher, ich tickte nicht richtig? Langsam wurde ich auch sauer.

»Du hast recht. Ich ticke anders. Ich habe nämlich keine Torschlusspanik. Und ja: Kinder sind nicht meine erste Priorität. Mir ist es wichtiger, mit guten Freunden mal am Strand sitzen zu können. Aber wenn das für dich so eine Qual ist, dann gehe ich lieber.«

Ich nahm meine Tasche und marschierte Richtung Övelgönner Museumshafen, ohne mich noch einmal umzudrehen. Waltraud trottete hinter mir her.

Diese hormongesteuerte Diskussion war so sinnlos und überflüssig wie ein Kropf. Als ich kurz darauf zu Hause war, dauerte es zweieinhalb Tafeln Schokolade, bis ich mich einigermaßen beruhigt hatte. Aber auch nur einigermaßen. Ich saß mampfend auf dem Sofa und grübelte, was jetzt eigentlich genau falschgelaufen war.

Es war aber auch nicht irgendein Streit. Es fühlte sich so an, als würde er länger dauern. Doch das Allerschlimmste war: Birgit hatte vermutlich sogar recht. Ein Kind zu bekommen war wahrscheinlich mit nichts anderem, was es sonst noch auf diesem Erdball zu erleben gab, zu vergleichen. Jedenfalls nicht mit einem Blick über die Elbe – okay.

Aber warum sollte ich mich für das Thema interessieren? Ich verspürte weder dieses gewisse Ticken, noch hatte ich einen Typen. Also? Wieso konnte Birgit nicht akzeptieren, dass es auch eine andere Sicht auf die Dinge gab, nämlich meine?

Ich stopfte das letzte Stück Schokolade in den Mund.

Mir war schlecht.

Ich lief in der Wohnung hin und her wie ein streunender Kater und holte mir dicke Wollsocken aus dem Schrank.

Meine Füße waren immer noch kalt. Dann überlegte ich, ob ich Birgit noch mal anrufen oder lieber eine E-Mail schreiben sollte. Stattdessen kochte ich Tee, ging auf den Balkon, in die Küche, aufs Klo, ins Schlafzimmer.

Ich nahm mein Telefon und rief Birgit an. Sie ging nicht ran. Das war doch albern. Ich wusste ganz genau, dass ihr Handy immer direkt in ihrer Nähe lag.

Dass sämtliche Freunde sich nach der Einnistung der befruchteten Eizelle mit dem Gedanken an neue Gesprächsthemen anfreunden mussten, war mir ja schon lange klar, aber dass man schon vor diesem Zeitpunkt gar nicht mehr miteinander sprach, war neu.

Gut, abwarten, Tee trinken, und in ein paar Tagen noch mal versuchen, dachte ich. Aber es ärgerte mich kolossal, dass Birgit nicht ans Telefon gegangen war.

❀

Zwei SMS und eine Mail schrieb ich ihr in den folgenden zwei Wochen noch, aber es kam keine Reaktion. Die erste SMS war noch nachsichtig und versöhnlich, die zweite ein bisschen weniger und die Mail schließlich gar nicht mehr. Ich fand ihr Verhalten so was von pubertär – was ich ihr auch genau so schrieb.

Hätte ich vielleicht nicht tun sollen.

Danach passierte jedenfalls wochenlang nichts. Zumindest meldeten sich weder Birgit noch mein Traummann bei mir. Ole übrigens auch nicht, was ja zu erwarten war. Mich hätte ja mal interessiert, ob er meinen On-air-Gruß gehört hatte. Tja, und Marc hatte ich wohl auch erfolgreich vergrault.

❀

Der Rest des Sommers fand auf meinem Balkon statt. Ich hatte mich häuslich eingerichtet, samt Hängematte, Palme und den »Drei Fragezeichen« und mutierte langsam zu einer Insulanerin, die sich selbst genügte.

Die Ich-tu-mir-selber-leid-Zeit war vorbei. Dafür befand ich mich jetzt in der Ich-tu-mir-selber-was-Gutes-Phase und genoss es beinahe schon – das Leben mit mir allein. Und mit Waltraud natürlich.

Ich kaufte, was mir gefiel, ohne Sinn und Verstand. Was sollte das schöne Geld auch auf dem Konto rumliegen? Auch Waltraud wurde verwöhnt. Sie bekam eine neue Leine, ein Körbchen, Futternapf und einen Freund – aus Stoff. Ohne den verließ sie nun das Haus nicht mehr. Wenigstens eine von uns war also glücklich liiert.

Und dann passierte doch noch etwas Aufregendes. Ende August meldete sich – drei Wochen und mindestens eine Stunde zu früh – Ilkas Bauch! Also, ich meine natürlich, ihr Kind.

Fünfzig Minuten später hätte ich Feierabend gehabt, und der Tag wäre etwas anders verlaufen. Aber nein, die Lütte hatte es eilig.

Es lief gerade »Ich will mehr Schiffsverkehr« von Herbert Grönemeyer, was ich nutzte, um mir schnell den neunten Eiskaffee aus dem Kühlschrank zu holen. Anders waren die Temperaturen kaum noch zu ertragen, denn die Klimaanlage war zu allem Überfluss auch noch ausgefallen. Ausgerechnet jetzt, wo es draußen gefühlte fünfunddreißig Grad waren und drinnen mehr als vierzig – mindestens. Morgen würde ich mein Saunalaken mitbringen.

Während ich am Strohhalm sog, vibrierte plötzlich mein stumm geschaltetes Handy. Ilka.

Die Frage, warum ich in diesem Moment ranging, war

berechtigt. Schließlich lief gerade meine Sendung, Herbert würde jeden Moment fertig sein mit seinem Wunsch nach mehr Verkehr, und ich sollte in einer Minute und knapp dreißig Sekunden die Nachrichten ankündigen.

»Hey, was gibt's? Ich bin gleich wieder auf Sendung.«

Ilka schmatzte und schniefte. Das war im ersten Moment alles, was ich hörte. Sofort war ich in Alarmbereitschaft. Ich tippte auf Max. Vermutlich musste ich ihn doch noch eigenhändig umbringen.

Gerade, als ich fragen wollte, was er denn dieses Mal gemacht bzw. eben nicht gemacht hatte, sagte sie stotternd: »Ich … ich wollte dir nur kurz sagen, dass ich«, sie schluckte, dann zog sie die Nase hoch, »im Marienkrankenhaus bin. Die Fruchtblase ist heute Morgen geplatzt.« Sie heulte los, sodass ich reflexartig nach einem Taschentuch in meiner Hose suchte, was ihr natürlich auch nicht weitergeholfen hätte. Dann biss sie von irgendwas ab, während sie versuchte, ihre Atmung wieder in den Griff zu bekommen, und kaute. »Und jetzt darf ich hier warten.« Sie fing wieder an zu weinen.

»Wo ist denn der Hase?«

Falsche Frage. Sie schniefte so laut, dass ich das Telefon kurzzeitig ein Stück von meinem Ohr weghalten musste.

»Ich … ich weiß es nicht. Ich erreiche ihn nicht«, sagte sie mit gepresster Stimme, hielt immer wieder kurz die Luft an und kaute dann weiter. »Sag jetzt bitte nichts, Charly. Scheiße, jetzt kommen sie immer häufiger. Oh, Mann … aua. Ich glaub, ich lass das mal mit dem Essen. Mist.«

Jetzt fiel mir wieder ein, was ich noch gemacht haben wollte: meinen Jahresurlaub einreichen. Verdammt.

Wahrscheinlich waren die Temperaturen schuld, dass

Ilkas Wurm es so eilig hatte, da rauszukommen. Da drin schwamm er vermutlich inzwischen in einer Art Whirlpool.

»Wo bist du denn?«

»Im Bistro.«

»Im Bistro?«

»Ja, eigentlich soll ich den Gang hoch und runter gehen, aber das war mir irgendwann echt zu blöd. Ahhh! Mist, tut das weh.«

Was sagte man in so einem Moment? Gute Besserung, das wird schon wieder? Ein Indianer kennt keinen Schmerz? Na dann, viel Erfolg? Alles Gute? Toi, toi, toi?

Nein. Man fährt hin.

Auch wenn das alles anders vereinbart gewesen war. Jetzt war ich mir ganz sicher, dass ich Max umbringen musste. Aber erst nach der Geburt, es half ja alles nichts.

Ich kündigte meine Kollegin an, die die Nachrichten lesen würde, und zwar die gleichen, die sie schon vor einer Stunde gelesen hatte und in der Stunde davor. Denn leider passierte an diesem Tag rein gar nichts. Abgesehen von einer anstehenden Niederkunft.

Ich nutzte die fünfeineinhalb Minuten, die es dauern würde, bis ich wieder dran war, und gab Günther durch die Glasscheibe ein Zeichen, dass er zu mir kommen sollte. Sofort.

Als er hörte, warum ich die Sendung leider nicht zu Ende moderieren konnte, war er zuerst geschockt, dann begeistert, was mich wiederum schockte. Und dann kam er auf die glorreiche Idee, ich könne doch eine Live-Schalte in die Sendung machen und mich direkt aus dem Kreißsaal melden. 99,9 würde auch die Pampers für das erste Jahr übernehmen, und überhaupt, so ein Kind sei doch der Knaller. Das könne dann unser Maskottchen werden, und in regelmäßigen Abständen – erste Zähne, erste Schritte, erste Worte – würden wir darüber berichten.

Als wäre es das erste Kind, das in der Freien und Hansestadt Hamburg das Licht der Welt erblickte! Also wirklich.

Vermutlich erinnerte er sich gerade an die gestrige Nachricht, dass in Deutschland immer noch zu wenig Kinder geboren würden. Da nahm er einfach Ilkas Situation zum Anlass, die Werbetrommel zu rühren – die eigene natürlich auch. Anders war das alles nicht zu erklären, was er da von sich gab. Fragwürdige Ideen hatte er ja schon immer, aber das … Er war wie im Rausch, und es schwappten immer neue Ideen aus seinem viel zu großen Mund.

Ich unterbrach ihn.

»Mit Sicherheit werde ich genau das nicht tun. Ich werde nur eines tun: Die nächsten drei Lieder ankündigen und dann im Taxi Richtung Krankenhaus sitzen. Seien Sie doch so gut, und überlegen Sie in der Zeit, wer meinen Job übernehmen kann, oder moderieren Sie am besten gleich den Rest der Sendung selbst – sind ja eh nur noch«, ich sah auf meine Uhr, »fünfundvierzig Minuten. Ach, und bitte seien Sie so gut, und passen Sie so lange auf Waltraud auf. Die ist vermutlich im Kreißsaal nicht willkommen«.

Ich drückte ihm die Leine in die Hand und ging zur Garderobe. Waltraud, die bis dahin wie immer unter dem Schreibtisch gelegen hatte, sprang auf, in der Hoffnung es ginge jetzt los. Das tat es ja auch, nur nicht für sie.

Ich wandte mich wieder an meinen Chef. »Danke.«

Mein Handy, das auf dem Regal zwischen Günther und mir lag, vibrierte. »Ilka« stand auf dem Display.

Er sah es, ich sah es, wir sahen uns an. Und als könnte ich Gedanken lesen, griff ich blitzschnell nach meinem Telefon. Zu spät. Er hatte es schon genommen, und trotz strenger Blicke und des Versuchs, es ihm zu entreißen, begrüßte er Ilka, als wäre sie eine alte Busenfreundin.

Die Nachrichten waren zu Ende, und die Kollegin wedelte hinter dem Panzerglas mit ihren Zetteln. Nicht weil sie schwitzte, sondern weil sie wollte, dass ich schleunigst wieder übernahm.

Ich wedelte zurück und gab ihr zu verstehen, dass sie sich etwas ausdenken sollte, schließlich konnte ich gerade nicht. Sie schüttelte genervt den Kopf, wurde dunkelrot vor Wut und zeigte mir durch ihre Gestik, dass sie mit der Situation völlig überfordert war und überhaupt nicht darauf vorbereitet. Da hatten wir ja ausnahmsweise etwas gemeinsam.

»In welchen Abständen kommen die Wehen jetzt?«

Ich wusste gar nicht, dass er sich mit so etwas auskannte. Wein, das war sein Spezialgebiet, aber Wehen?

»Kein Problem, Ilka.« Seit wann duzte er meine Freunde?

»Charly ist schon auf dem Weg. Ganz ruhig, schön einatmen, ja genau, das machst du sehr gut. Weiter so! Charly kommt, und sie kommt mit einem Geschenk: Wir sponsern das komplette erste Jahr die Windeln!«

Ich riss ihm das Telefon aus der Hand, sagte nur kurz: »Halt durch, ich bin auf dem Weg!«, dann legte ich auf und ging ins Studio zurück, wo die arme Nachrichtenfrau inzwischen »Road to hell« spielte, was ich sehr passend fand.

Sie war mehr als erleichtert, als ich die schwere Studiotür öffnete, allerdings nur für einen kurzen Moment, denn ich packte meine Sachen und verschwand sofort wieder.

Draußen stand Grusel-Günther mit verschränkten Armen und Schmollmund, aber das änderte nichts.

»Noch einmal kurz zum Mitschreiben: Ich bin jetzt weg, und es folgt mir auch kein Übertragungswagen. Okay?«

Er verzog das Gesicht, was nicht zwingend als Zustimmung zu interpretieren war, dann ging ich.

Der Taxifahrer, dem ich gesagt hatte, er solle auf dem schnellsten Weg zum Marienkrankenhaus fahren, sah kurz zu mir in den Rückspiegel und fragte: »Schlimm? Haben Sie Schmerzen?«

»Ja, ganz fürchterliche«, stöhnte ich und hielt die Nase aus dem geöffneten Fenster. Ein Ansatz von frischer Brise.

Acht Minuten später hielt er mit quietschenden Reifen an. Ich gab ihm, ohne zu fragen, was die Fahrt kostete, zwanzig Euro und sprang aus dem Wagen.

Er kurbelte das Fenster runter und rief mir hinterher: »Fräulein, die Notaufnahme ist rechts!«

»Danke, ich suche das Bistro«, rief ich zurück und lief in das Gebäude.

Das Bistro fand ich zwar nach mehrfacher Nachfrage, nur keine Ilka. Ich sah mich um. Schilder mit Hinweisen gab es reichlich, nur keines, auf dem stand: *Ihre Freundin ist gerade diesen Flur entlanggegangen, um genau zu sein, geschoben worden, und befindet sich jetzt im Kreißsaal. Einfach dem Gang folgen, mit dem Fahrstuhl in die dritte Etage und dann die erste Tür links. Kittel und Klopfen nicht vergessen. Danke.*

Im Stechschritt ging ich zur Infozentrale, die nicht besetzt war. Na prima. Und nun?

Ich blieb einen Moment ratlos stehen, dann hörte ich ihn: Grusel-Günther höchstpersönlich. Blitzartig drehte ich mich um.

Das Radio stand in einem Regal in der Infozentrale, an deren halbkreisförmigen Tresen ich mich gerade angelehnt hatte, um einen Moment Luft zu holen und nachzudenken. Das war jetzt natürlich nicht mehr möglich. Das Radio befand sich mindestens drei Meter vom Tresen entfernt, und leider hatte die Person, die nicht anwesend war, ordnungsgemäß die kleine Holztür verschlossen, sodass ich nicht reinkam.

»Charly musste – wie schon berichtet – kurzfristig das 99,9-Studio verlassen und in den Kreißsaal. So etwas hat es noch nicht gegeben. Das ist eine Premiere. Das gibt es nur hier bei ›Aufwachen und lachen!‹. Wie es Charly geht, erfahren Sie natürlich bei uns. Sobald das Baby da ist, hören Sie es hier, bei 99,9. Und wenn Sie eine Idee haben, wie das Kind heißen soll, dann mailen Sie uns über 99,9-radio.de. Jetzt aber erst einmal Musik von Mariah Carey, und zwar der Titel, der gespielt wurde, als ihre Zwillinge geboren wurden. Vielleicht hilft das ja. Charly, wir denken an dich und drücken die Daumen!«

»Spinnt der jetzt völlig? Das klingt ja, als würde *ich* in den Wehen liegen. Das gibt's doch nicht! Dieser Vollidiot.«

Ein Pfleger blieb stehen, sah mir erst auf den Bauch, dann in die Augen und fragte, ob er helfen könne.

»Allerdings. Zuerst können Sie mir bitte zeigen, wo hier der Kreißsaal ist, und dann können Sie meinen Chef lynchen. Die Anschrift kann ich Ihnen gleich geben, falls Sie Zeit haben.«

»Der Kreißsaal befindet sich in Haus B, und das andere würde ich eher einem Auftragskiller überlassen. Ich rette lieber Leben statt sie zu beenden.«

Er dachte, ich würde Spaß machen. Süß. Musste ich mich wohl doch selbst drum kümmern.

»Und wo ist Haus B, bitte?«

»Sie gehen einfach wieder raus, links, und dann sehen Sie es gleich.«

Ich ging raus und gleich links und sah alles Mögliche, aber kein Haus B. Wenn es sich hier wirklich um meine eigenen Wehen handeln würde, käme das Kind vermutlich zwischen zwei Blumenbeeten auf einem grau gepflasterten Weg zur Welt. Auch nicht schön. Was sollte man denn tun, wenn es ernst wäre? Um Hilfe schreien?

Ich rannte ein Stück, dann ging ich wieder. Für einen Dauerlauf war es einfach zu heiß. Ich entschied mich dann, einfach geradeaus weiterzugehen, und tatsächlich stand ich kurze Zeit später vor einem Gebäude. Haus C.

Eine ältere Dame in einem weißen Sommerkleid aus Spitze, die mich unweigerlich daran zweifeln ließ, ob Inge Meisel schon tot war, kam mit einem Gehwagen aus dem Eingang und steuerte auf mich zu.

»Entschuldigung. Wissen Sie eventuell, wo Haus B ist?«

»Haus B, ne. Was soll denn da sein?«, krächzte sie mit unfassbar hoher Quietschstimme, und ich erkannte, dass es sich doch nicht um Inge Meisel handelte. Beruhigend.

»Der Kreißsaal.«

»Ach Gottchen, Liebes. Das ist siebzig Jahre her, dass ich da lag. Das weiß ich doch heute nicht mehr. Aber ich glaube, es könnte da sein.« Sie zeigte mit zittriger Hand in die Richtung, aus der ich gekommen war. »Sicher bin ich mir aber nicht.« Sie schüttelte den Kopf, dann schob sie ihren Wagen weiter.

Ich bedankte mich, wischte mir den Schweiß von der Stirn, fragte mich, wo der nächste Getränkeautomat war, und lief zurück. Verflixt und zugenäht, wenn ich noch lange suchte, käme ich mit etwas Glück pünktlich zur Taufe.

Gerade als ich um die Ecke zum Hauptgebäude laufen wollte, knallte ich frontal mit irgendwem oder irgendwas zusammen. Danach war alles schwarz.

❀

Bevor ich das grelle Licht durch einen schmalen Schlitz meiner ansonsten geschlossenen Augen bemerkte, stellte ich etwas anderes fest. Schmerzen. Ich war mir sicher, der Countdownn würde bereits laufen und mein Schädel jeden Moment platzen. Ich griff mit der Hand an meinen Kopf, der sich irgendwie taub anfühlte, zumindest von außen. Von innen leider ganz und gar nicht.

»Sie kommt zu sich«, hörte ich eine Stimme aus dem Nichts sagen und versuchte, die Augen ein Stück weiter zu öffnen. Nachdem mich die ersten fiesen Lichtstrahlen wie Pfeile trafen, ließ ich es sofort wieder.

»Was ist denn los?«, stammelte ich.

»Sie sind mit einem unserer Lieferanten zusammengestoßen, beziehungsweise mit seinem metallenen Rollwagen.«

Metall. Allein das Wort verschlimmerte meinen Allgemeinzustand sofort. Ich fühlte noch mal nach meinem Kopf und ertastete einen Verband oder ein riesiges Pflaster.

»Wo bin ich denn?«

»Oh, dann ist es doch etwas schlimmer als befürchtet. Woran erinnern Sie sich denn noch?«

Ich gab mir größte Mühe, mein Resthirn, das noch funktionierte, zu mobilisieren. Irgendwas mit Günther. Er hatte irgendwas gesagt, was mich aufgeregt hatte. Wo war er denn? Ach, richtig.

»Ich wollte meinen Chef lynchen, aber Ihr Mitarbeiter wollte mir nicht dabei helfen, das weiß ich noch. Er … er sagte, er würde an meiner Stelle einen Auftragskiller nehmen … aber warum ich das wollte …«

Stille.

Oh Gott, jetzt rufen die gleich in der Psychiatrie an und lassen mich abtransportieren. Verdammt noch mal. Was wollte ich denn hier?

»Gute Frau, wissen Sie denn, wie Sie heißen?«

Kreißsaal! Ich wollte in den Kreißsaal. Ja! Jetzt kam es langsam alles wieder.

»Ilka!« Ich öffnete die Augen und sah mich im Raum um. »Ich muss in den Kreißsaal.«

Ein junger Arzt in einem weißen Kittel, in dessen Taschen er seine Hände gesteckt hatte, sah mich skeptisch an. Rechts und links zwei Krankenschwestern, die mindestens doppelt so alt und doppelt so schwer waren wie er. Die drei sahen aus, als hätten sie einen Termin beim Fotografen.

Ich versuchte, mich aufzusetzen, was nicht beim ersten Versuch klappte. Eine der beiden Schwergewichtigen beförderte mich sanft, aber bestimmt zurück in die Waagerechte, indem sie einfach meine Schulter runterdrückte.

»Sie müssen sicher einiges, aber nicht in den Kreißsaal«, sagte eine der beiden.

»Doch, ich muss. Wirklich. Glauben Sie mir.«

Hilfe, mein Kopf.

»Sie nehmen jetzt erst einmal diese Tabletten hier, und dann bleiben Sie schön artig liegen. Haben wir uns da verstanden?«

Nein, haben wir nicht.

»Hier ist ein Becher Wasser, ich bin gleich zurück.«

Sie stellte einen weißen Plastikbecher und ein kleines durchsichtiges Minibecherchen mit verschiedenfarbigen

Tabletten auf den Tisch neben meiner harten Liege, die vermutlich zum Restbestand des vorletzten Jahrhunderts gehörte. Dann nickte sie den anderen zu, und sie verließen alle drei den Raum. Vermutlich wollten sie sich beratschlagen.

Nach ein paar Minuten kam eine der beiden Schwestern zurück. Die, die mich runtergedrückt hatte. Sie hielt einen DIN-A4-Block und einen Stift in den Händen.

»So, Ilka, dann sagen Sie mir doch bitte noch mal Ihren ganzen Namen, die Anschrift und die Krankenkasse – falls Sie sich erinnern.«

Das klang ja beinahe so, als würde sie mir nicht glauben.

»Ich heiße Charly«, setzte ich gerade an, als sie mich unterbrach.

»Sind Sie sicher? Sie haben doch gerade gesagt …«

Jetzt unterbrach ich sie. »Ich bin mir ziemlich sicher, wie ich heiße. Ich heiße Charly Schönberg, und meine Freundin heißt Ilka. Ilka Krüger. Das können Sie sicher im Computer nachsehen, denn sie bekommt hier gerade ihr Kind. Ohne mich.«

Eine große Hilfe wäre ich ja eh nicht gewesen, aber dass sie jetzt dachte, ich ließe sie im Stich, war nicht gut.

Wie lange dauerte denn so eine Geburt überhaupt? Und seit wann lag ich hier?

Ich sah mich um. Keine Uhr an der kahlen, sterilen Wand. Die Drückerin kniff ihre Augen zu schmalen Schlitzen zusammen, zog die Augenbrauen hoch und sah über den Rand ihrer Lesebrille hinweg, die sie kein Stück intelligenter aussehen ließ.

»Okay, Charly Schönberg. Dann schauen wir doch einfach mal nach«, sagte sie und verließ wieder den Raum.

Drei Minuten später öffnete sich die Tür wieder, und sie kam zurück. Allerdings nicht allein. Sie schob einen Rollstuhl.

»So, Frau Schönberg. Dann hat sich ja doch noch alles aufgeklärt. Ihre Freundin erwartet Sie schon.« Zum ersten Mal sah ich ein Lächeln in ihrem Gesicht. »Allerdings muss ich Ihnen noch etwas sagen, damit Sie gleich nicht enttäuscht sind.« Sie machte eine traurige Miene. Oh Gott, was war los? »Die Geburt haben Sie verpasst. Das Baby ist schon da.«

»Schon da?« Ich tat zu Tode betrübt und spürte, wie mir ein Fels vom Herzen fiel. Mindestens einer.

Keine Nabelschnur, kein Händchenhalten und Mitpressen, keine kalten Lappen auf eine verschwitzte Stirn legen. Ich hätte jetzt nach Geschlecht, Gewicht oder Größe fragen können, weil man das vermutlich so machte, tat es aber nicht. Ich war nur froh, dass ich hier wegkam, dass Ilka noch lebte – so klang es zumindest – und dass ich mir weder etwas über ihren Muttermund noch ihren Geburtskanal anhören musste. Von alldem ganz zu schweigen, was meinen Augen erspart geblieben war. Da hatte wohl doch noch jemand Erbarmen mit mir gehabt.

Ich setzte mich kurz hin, stellte fest, dass es besser funktionierte, als ich angenommen hatte, und wollte den Raum verlassen, was wiederum nicht funktionierte. Ich wurde in den Rollstuhl gedrückt. Für einen Protest war es zu spät. Willenlos schloss ich die Augen – mir wurde übel. Mein Fahrstil im Auto, wenn ich denn mal fuhr, war schon eine Anklage wert, aber dieser …

Ich hielt meinen Kopf fest, in der Hoffnung, er würde nicht während der rasanten Fahrt durch die Gänge spätestens in der nächsten Kurve runterfallen und wegrollen.

Der Rollstuhl hielt.

»Da wären wir«, hörte ich es hinter mir, dann wurde wie von Geisterhand die grüne Tür geöffnet und ich hineingeschoben. Auf einem großen, bequemen Bett lag Ilka mit schweißnassem Haar und Tränen in den Augen.

»Oh Gott, was ist denn passiert? Wie siehst du denn aus?«, fragte sie, und ich hätte die Frage gern zurückgegeben.

»Alles gut.«

Ich stand langsam auf und ging zu ihrem Bett. Sie schob die Decke etwas zur Seite und klopfte auf die Matratze.

»Komm setz dich.« Dann drehte sie sich zur Seite und strahlte glückselig in Richtung ihrer Achselhöhle.

Da lag sie. Karlotta. Wobei ich anmerken musste, dass ihr Name irgendwie nicht zu ihr passte. Sie war so klein und schrumpelig, mit einer undefinierbaren Gesichtsfarbe – irgendetwas zwischen beige, grau und rot. Und sie sah ihrer Mutter jetzt schon ähnlich: Beide hatten klebrige, am Kopf anliegende, nasse Haare.

»Oh Gott, bin ich froh!«, sagte ich zu den beiden und meinte es auch so.

»Ich …« Ilka kullerten Tränen über die Wangen. »Ich bin auch froh, Charly. Guck doch mal, wie süß sie ist. Ich kann es noch gar nicht fassen. Und die hab *ich* gemacht!«

Wer in Biologie aufgepasst hatte, wusste, die Rechnung stimmte nicht ganz. Aber das Thema lassen wir hier jetzt mal, dachte ich. Außerdem wollte ich ihr die Illusion in diesem Moment nicht nehmen.

»Ein echter Senkrechtstarter, hat die Hebamme gesagt. Eine Blitzgeburt. Muss ich aber, ehrlich gesagt, auch so schnell nicht noch mal haben.«

Jetzt musste ich auch weinen, warum auch immer. Die

Kleine hatte irgendwas, dass einem ganz anders wurde – trotz der Tatsache, dass ich bei ihrem Anblick auf alles Mögliche gekommen wäre, nur nicht auf »süß«. Dieser Winzmensch war so … so … so rührend. Mich überkamen Gefühle, von denen ich immer angenommen hatte, dass ich sie nie haben würde.

Max gegenüber erwähnte ich all das jedoch nicht, als ich ihn schließlich doch noch erreichte. Ihn umzubringen verschob ich aufgrund meiner Gesamtsituation auf einen späteren Zeitpunkt. Stattdessen riet ich dem frischgebackenen Vater nicht selbst zum Krankenhaus zu fahren, da er so aufgeregt war, sondern den Bus zu nehmen oder was auch immer, und verdammt noch mal Blumen zu besorgen, nicht irgendwelche, sondern einen ordentlichen Strauß, sonst bekäme er es mit mir zu tun – wo doch ich schon keine dabeigehabt hatte. Aber das musste er ja nicht wissen.

Drei Stunden später hielt das Taxi vor meiner Haustür. Waltraud hatte die große Ehre, bei Grusel-Günther zu nächtigen, was er mir inzwischen neben allen möglichen Informationen zu seiner Supersendung auf den Anrufbeantworter gequatscht hatte. Das Zuhörertelefon habe ununterbrochen geklingelt und ach ja, so wundervolle Namen, ganze Listen hätten sie gesammelt.

Mein Schädel brummte immer noch, und ich war froh, einfach nur ins Bett fallen zu können. Vorher nahm ich zur Sicherheit aber noch drei Aspirin. Wozu waren die Dinger schließlich erfunden worden?

So eine Geburt war aber auch anstrengend!

❀

Nachdem ich mich von alldem ein paar Tage später einigermaßen erholt hatte, schwebte ich ein klein wenig auf Wolke sieben. Oder sagen wir mal sechseinhalb. Mir war ja immer klar, dass kleine Babys gefährlich waren und normale, gebildete Menschen in Volltrottel verwandeln konnten. Bisher war ich allerdings davon ausgegangen, dass ich immun dagegen war.

War ich ja auch – im Grunde. Jedenfalls hatten mich diese 3480 Gramm doch ein klitzekleines bisschen verzaubert. Aber das hielt nicht lange an.

Ilka selbst war es, die mich schon nach vierzehn Tagen entzauberte. Sie hatte nicht nur den Babyblues, sondern zu allem Überfluss auch eine Brustentzündung. Jetzt lag sie mit Quark- und Kohlblättern umwickelten Brüsten im Bett. Auch nicht schön.

Ich fragte sie, was ich für sie tun könne, aber sie versicherte, rein gar nichts. Quark und Kohl gab es in ganz Altona nicht mehr. Max hatte jegliche Vorräte der Freien und Hansestadt aufgekauft, ebenso alle Taschentücher.

»Bitte ruf mich an, wenn ich irgendetwas tun kann. Okay?«

Ilkas Antwort hörte ich nicht mehr, dafür Karlottas Stimme, die der Meinung war, jetzt mal an der Reihe zu sein. Dann wurde aufgelegt. Oh je.

Ich war erleichtert, dass meine Brüste nicht brannten und ich Karlotta als Bildschirmschoner genießen konnte. Dabei fiel mir immer wieder auf, dass man der Kleinen nur wünschen konnte, dass ihre Nase nicht so groß werden würde wie die ihres Vaters, sonst bekäme sie später Probleme beim Küssen.

Aber bis dahin war ja noch Zeit. Meine kleine Nase war schließlich auch kein Garant für problemloses Küssen. Immerhin brauchte man dazu noch etwas anderes: einen

Mund. Am besten einen anderen, den eines Gegenübers. Und der fehlte mir nach wie vor.

Kein Guten-Morgen-Kuss, kein Gute-Nacht-Kuss. Wäre es anatomisch möglich, ganz ehrlich, dann hätte ich ihn mir allein aus lauter Selbstmitleid selbst gegeben.

Der einzige Mann, der mich auf Trab hielt, war Günther. Denn nachdem er *live on air* den Geburtsreporter gegeben hatte, kamen haufenweise Glückwunschkarten, Lätzchen und Strampler bei uns an. Sie wurden per Post geschickt oder von Hörern gleich persönlich vorbeigebracht, wofür ich mich anständig bedankte und dabei auch gleich richtigstellte, dass nicht *ich* die glückliche Mutter war. Welche Frau würde auch am Tag nach der Geburt weitermoderieren?

Die gesamte Post leitete ich umgehend an Ilka weiter.

Ganze vier Wochen hielt die Aufregung an. Ende September war alles wieder vorbei. Grusel-Günther hatte tatsächlich noch eine große Geburtsanzeige im *Hamburger Abendblatt* geschaltet. Eine halbe Seite!

Willkommen, Karlotta! Jetzt heißt es auch für dich: aaufwachen und lachen! Wir freuen uns über deine Ankunft auf diesem Planeten. Das Team von Hamburgs fröhlichstem Sender ***99,9***.

Da der Name des Senders allerdings dreimal so dick und viermal so groß war wie der Name der Kleinen, war jedem Menschen, egal, ob mit oder ohne Schulabschluss, klar, dass es sich um eine Werbeanzeige handelte.

❀

Es war Ende Oktober geworden. Womöglich lag es daran. Die Blätter fielen von den Bäumen, und ich verfiel wieder meinem liebsten Hobby: Grübeln.

Hatte ich mir nicht im Frühling etwas vorgenommen? Ach ja, ich wollte mein Leben umkrempeln. Und? Jetzt war Herbst, und ich stopfte die einzige legale Gute-Laune-Droge in mich rein, die nicht rezeptpflichtig war: hoch dosierte Johanniskrauttabletten.

Ja, vielleicht war auch das Wetter schuld. Meine Balkoninsel lag eingepackt in blauen Plastiksäcken auf dem Boden. Es regnete, als wollte es in diesem Leben nicht mehr aufhören. Man brauchte gar nicht mehr darüber nachzudenken, was man anzog, aber irgendeinem lustigen Menschen sei Dank, waren Gummistiefel ja gerade total hipp.

Am schlimmsten war es abends, wenn ich mit Waltraud noch eine Runde drehte und an den beleuchteten Fenstern vorbeizog. Dann war ich mir ziemlich sicher, die Einzige auf der Welt zu sein, auf die niemand wartete. Außer mein Hund. Ich konnte nicht anders. Ich tat mir selbst leid. Schon wieder.

Und diese trostlose Phase ging reibungslos in die schlimmste Jahreszeit über, die es für Singles gab: die Vorweihnachtszeit. Wochenlange Idyllenfolter. Das Fest der Liebe. So ein Schwachsinn.

Es war Ende November, und der Wahnsinn begann: Kekse backen, Kerzen ziehen, Adventskränze basteln, Serviettenringe häkeln, wichteln. Postkarten mit Fotos von kleinen Kindern trudelten ein, die scheinbar alle die gleiche Mütze besaßen: eine rote Zipfelmütze mit weißem Rand und Glocke am Ende. Ganz Verrückte hatten in ein blinkendes Modell investiert.

Aber das Allerschlimmste waren die ganzen glücklichen Menschen. Wo man hinsah! Zum Verrücktwerden. Die reinste Pärchenparanoia überfiel mich. Ich nahm mir vor, im kommenden Jahr in den Süden zu fliegen, sobald die ersten Spekulatiuskekse in den Regalen auftauchten.

Überall knutschten, küssten und leckten sie sich ab: in der S-Bahn, am Geldautomaten, sogar im Sender! Aus mir völlig unerklärlichen Gründen hatte sich eine unserer Praktikantinnen in Grusel-Günther verliebt. Er war doppelt so alt wie sie und doppelt so schwer. Allein die Vorstellung …

Aber dann passierte doch noch ein Wunder – genau am 24. Dezember!

Ich hatte mich samt all meiner Geschenke – für mich und für meine Mutter – in den Zug gesetzt und war nach Dänemark gefahren, wo sie ein Ferienhaus gemietet hatte. Sie wollte sichergehen, dass ich ihr nicht gleich bei der nächstbesten Meinungsverschiedenheit davonlaufen würde. Wie denn auch, wenn der nächste Ort fünfzehn Kilometer entfernt lag. Weihnachten und Silvester zusammen mit meiner Mutter auf sechzig Quadratmetern in der einsamen Steppe.

Mein Gott, damit habe ich meine Pflichten für die nächsten zehn Jahre im Voraus erfüllt, dachte ich.

Ich hatte eine Platzreservierung für ein Abteil, in dem nur ein Platz besetzt war. Von Michael. Michael Möller, wie ich dem Namensschild an seinem Koffer entnehmen konnte, als ich meinen direkt neben seinen auf die Ablage hievte.

Zugegeben, wären weitere Personen mit uns im Abteil gewesen, ich wüsste nicht, ob ich ihn so wahrgenommen hätte, wie ich es jetzt tat. Was blieb mir auch anderes übrig. Er saß mir ja gegenüber, beziehungsweise uns. Waltraud und mir.

Wo sollte man hinschauen, außer aus dem Fenster, wo

man nichts sah, weil es Schneematsch regnete, oder in ein Buch, das ich schon nach Seite eins langweilig fand und nur eingesteckt hatte, falls meine Mutter mich später fragen würde, wie ich es fand. Sie hatte es mir bei unserem letzten Treffen geschenkt. Vor einem Jahr.

Es hieß ja, man wüsste nach drei Sekunden, ob man eine Person attraktiv fand oder nicht. In diesem Fall reichten die drei Sekunden nicht aus. Er hatte etwas. Auf alle Fälle. Aber er war auch nicht der typische CT (Charly Typ). Es war nicht so, dass ich mir sofort überlegte, ob mein Haar richtig saß – was bei meinen Locken zu neunundneunzig Prozent sowieso nicht der Fall war, da sie ein Eigenleben besaßen – oder wie ich meine Beine übereinanderschlug.

Erika Berger hatte einmal in einer Talkshow gesagt, sie würde immer etwas Luft zwischen den Beinen lassen, wenn sie sie übereinanderschlug. Das sähe eleganter aus, und dazu hätte ihr schon ihre Mutter geraten – damals.

Ich versuchte es. Nicht weil ich ihm gefallen wollte, sondern einfach nur, weil es mir einfiel und mir langweilig war. Der Versuch endete nach dreißig Sekunden schmerzhaft. Ich bekam einen Krampf im rechten Oberschenkel.

Reflexartig streckte ich das Bein aus – das sollte man ja so machen – und haute ihm den Absatz meines Schuhs mit voller Wucht gegen das Schienbein. Das sollte man nicht so machen. Zumindest nicht beim ersten Treffen.

Jetzt stöhnten wir beide, wobei er sich aber schneller wieder erholte als ich.

»Alles okay?«, fragte er, während er sich immer wieder mit der Hand übers Schienbein strich.

»Oh Gott, das tut mir so leid. Tut es sehr weh?«, fragte ich zurück, während ich meinen Oberschenkel massierte.

»Nein, nein, alles gut. Und bei Ihnen? Ein Krampf?«

»Ja, das kann man wohl so sagen.«

Gott sei Dank fragte er nicht nach, wie das im Sitzen passieren konnte.

Nach ein paar Minuten hatten wir uns von dem Schreck erholt. Ich griff wieder nach meinem öden Buch und er nach seinem Laptop, den er aus irgendwelchen Gründen nicht auf den Tisch zwischen uns, sondern ganz lässig auf seine übereinandergekreuzten Beine gelegt hatte – ohne einen Krampf zu bekommen.

Hin und wieder tippte er kurz etwas, dann überlegte er – was man an seinen Lippen erkannte, die er dann leicht spitzte, wie einen Kussmund, und schließlich erst nach links und dann nach rechts bewegte –, bevor er erneut seinen Zeigefinger über die Tastatur gleiten ließ. Vermutlich spielte er etwas.

Seine Haare waren dunkelblond und gingen ihm bis zu den Ohren. Er strich sie immer wieder dahinter zurück, da ihm ständig einzelne Haarsträhnen in sein leicht nach vorne gebeugtes Gesicht fielen.

»Spannend?«, fragte er mich nach einer halben Stunde Fahrt, in der ich nicht eine Seite meines Buches umgeblättert hatte.

»Ja, total«, sagte ich und sah mir das Cover meines Buches an, als wüsste ich nicht, was ich überhaupt las. Sicher gab es Momente in meinem Leben, in denen ich einen intelligenteren Eindruck hinterlassen hatte.

»Und worum geht es?«

»Um … ja, also … um …« Ich sah auf die Rückseite. »Um eine Frau, die auf der Suche nach dem richtigen Mann ist – glaube ich.«

Ich musste lachen. Oh Gott, wie peinlich. Was sollte er denn jetzt von mir denken?

»Ah, und was glauben Sie? Trifft sie ihn noch, oder wird sie als alte Jungfer allein im Altenheim sitzen und sich zu Tode langweilen?«

Im Altenheim sitzen und sich zu Tode langweilen. Das hatte ich doch schon einmal gehört. Vielleicht hätte ich Birgit wenigstens zu Weihnachten eine Karte schicken sollen. Zu spät.

»Ich bin mir nicht sicher, aber ich glaube, das Buch endet, bevor sie ins Altenheim kommt. Und so wie ich meine Mutter kenne, gibt es auch noch ›die Moral von der Geschicht‹.«

»Ah, Sie haben sich das gute Stück also nicht selbst gekauft. Da bin ich ja beruhigt.«

Sein Lächeln war besonders. So unaufdringlich. Eine Mischung aus smart, sanft, wissend und irgendetwas anderem, auf das ich in diesem Moment nicht kam.

Wir unterhielten uns bis Aarhus, und hätte er mich nicht im letzten Moment darauf aufmerksam gemacht, dass der Zug seit Minuten schon in meinem Zielbahnhof stand und vermutlich gleich weiterfahren würde, hätte das Gespräch nicht so ein rasantes Ende genommen. Ich gab ihm noch schnell meine Visitenkarte, ganz unromantisch, und stürzte mit meinem Koffer in der einen Hand und Waltraud an der Leine an der anderen aus dem Zug.

Kaum stand ich auf dem Bahnsteig, schlossen sich die Türen hinter mir, der Zug rollte an, und irgendwo vor mir – noch nicht erkennbar zwischen all den anderen Reisenden – schrie meine Mutter meinen Namen. »Chaaaarlotte! Chaaaarlotte!«

Ich drängelte mich, so schnell ich konnte, zu ihr durch, nur damit sie aufhörte zu rufen.

»Mama, du weißt doch, dass ich den Namen nicht mag.

Kannst du mich nicht wenigstens an Heiligabend Charly nennen? Bitte!«

»Ist das alles?«, fragte sie mich.

»Entschuldige bitte. Frohe Weihnachten, Mama. Und ja, ansonsten ist das alles, was ich mir heute von dir wünsche.«

»Ich meine, ob das alles an Gepäck ist, was du dabeihast?«

Ich sah mich um. Rechts neben mir stand mein Koffer, links Waltraud.

Oh Gott! Die Tasche mit den Weihnachtsgeschenken! Meine selbst gemachten Porträtfotos, weil mir nichts Besseres eingefallen war! Der gute Wein und die Lederhandschuhe, die sie sich gewünscht hatte!

Mein Handy klingelte.

Michael.

Mein Retter.

Eine Stunde später stand er mit meinen Taschen am Bahngleis und lächelte mich an. Er war an der nächsten Station ausgestiegen und wieder zurückgefahren.

Zu mir.

Nach zwei Bechern löslichem Pulverkaffee zwischen wackeligen Tischen, die mit Plastikfolie überzogen waren, und blinkenden Sternen im Fenster des Bahnhofbistros verabschiedete er sich, was nicht am Kaffee lag, der wirklich nur zum Händeaufwärmen gut war. Sein Zug fuhr, und den musste er unbedingt bekommen. Sonst würde ihm das seine Familie übelnehmen, die eine gute Stunde entfernt auch ein Haus für die Feiertage gemietet habe und ihn schon erwarte, erklärte er fast entschuldigend.

Ich bedankte mich noch einmal und wollte ihm gerade

die Hand geben, als er mich in den Arm nahm. Meine Mutter, die sitzen geblieben war, zeigte mit dem Daumen nach oben und zwinkerte mir zu.

Ich drehte mich ruckartig – mit ihm im Arm – ein paar Grad um die eigene Achse, damit er es bloß nicht sah.

»Ups, alles gut?«

»Ja, sorry …«

»Oder schon wieder ein Krampf?«

Oh Gott, der Mann musste ja denken, ich wäre ein Pflegefall. Aber lieber das, als dass er noch meine Mutter mit erhobenem Daumen sah.

»Nein, alles bestens, ich wollte nur auf die Uhr sehen, um sicherzugehen, dass du deinen Zug nicht verpasst!«, stammelte ich und zeigte auf die große runde Plastikuhr über dem Eingang des Bistros.

»Vielleicht … also vielleicht können wir ja mal einen richtigen Kaffee trinken. Ich glaube, ehrlich gesagt, ich kriege das etwas besser hin, als …« Ich zeigte mit dem Kinn in Richtung Tresen, hinter dem eine schlecht blondierte Brünette stand, die einen Zehn-Zentimeter-Haaransatz hatte und Brötchenhälften mit irgendwas beschmierte.

Er lachte. »Klar, das glaube ich sofort.«

»Also …«

»Ja, also, ich melde mich einfach. Dann hab ich einen Grund, mal das Haus zu verlassen, und muss nicht die ganze Zeit beim Abwaschen helfen.«

Er zwinkerte mir zu, nahm seine Sachen und stapfte durch den Schneematsch. Ich sah ihm noch einen Moment hinterher.

Michael Möller, mein Geschenkezurückbringer.

❀

Weiß der Henker, was Hanne sich dabei dachte, mich in der ersten Januarwoche zum Stollen einzuladen. Ich war doch kein Resteverwerter. Nach gefühlten fünf Gänsebraten an Weihnachten und den Tagen danach, einer ganzen Kiste Niederegger und mindestens zehn Litern Glühwein hatte ich nur noch ein Bedürfnis: entgiftender Tee. Und ein Personal Trainer. Ein netter.

Ich setzte mich auf ihr Sofa zwischen »Nunis« (für alle Nichteltern: Schnuller) und Feuchttücherpackungen. Mann und Kind waren mit den Schwiegereltern spazieren.

»Wie war's denn?«, fragte mich Hanne.

»Wie es war? Meine Mutter hat Silvester fast ein ganzes Ferienhausdorf in die Luft gesprengt mit ihren Böllern, dann eine Überschwemmung beziehungsweise Überschäumung in unserem Whirlpool verursacht, weil sie erst den Badeschaum in den Pool ließ und dann den Hahn voll aufdrehte. Und ich durfte dann mit der Schneeschippe die Schaumberge aus dem Fenster kippen. Am Schluss hat sie sich noch zur Feindin sämtlicher Ehefrauen der Gegend gemacht. Oder sagen wir mal: Nochehefrauen. So war's.«

»Wie hat sie denn das nun wieder angestellt?«

»Ganz einfach. Sie musste unbedingt in der einzigen Dorfkneipe, in die wir gehen konnten – bis zu diesem Abend, danach sind wir zu Hause geblieben –, den Wirt überreden die Torfrock-Weihnachts-CD rauszunehmen und stattdessen ihre neue Salsa-CD einzulegen.«

»Klingt erst mal nicht so schlimm.«

»Ne, wäre es dabei geblieben. Aber sie musste ja irgendwelchen wildfremden Männern zeigen, wie man die Hüften schwingt, mitten in Dänemark. Männern, die vermutlich noch nicht einmal das richtige Taktgefühl für ihren

Traktor haben. Du kennst sie ja. Steht einfach auf, spricht irgendwen an, anstatt wie angekündigt aufs Klo zu gehen, schiebt im nächsten Moment Stühle und Tische beiseite und behauptet auch noch, es hätte den Männern gefallen. Ach ne.«

Den Frauen allerdings weniger …

Apropos Männer. Da gab es ja noch etwas, was ich noch nicht erzählt hatte.

»Na ja, etwas Gutes hatte der Urlaub aber auch.«

Hanne stellte sofort ihr Glas ab, setzte sich kerzengerade hin, als würde ich die Lottozahlen ansagen, und wartete auf das, was ich verkünden würde.

»Lass mich raten. Du hast jemanden kennengelernt?«

»Wie kommst du denn darauf?« Ich tat völlig überrascht.

»Weil du schon die ganze Zeit grinst, als hättest du im Wald Pilze gefunden und dir in den Mund gesteckt.«

Ich grinste also. War mir gar nicht aufgefallen.

»Erzähl mal. Wie heißt er? Was macht er?«

»Er heißt Michael Möller, wohnt in Hannover, hat Schuhgröße 43 und kann ziemlich gut küssen. Und kochen – zumindest behauptet er das.«

»Und?«, bohrte sie weiter.

»Was? Und?«

»Charly, jetzt lass dir doch nicht alles aus der Nase ziehen. Das ist ja nicht zum Aushalten!«

»Was willst du denn hören?«

»Alles!«

Also erzählte ich alles. Von Michael Möller, dem Geschenkezurückbringer und Weihnachtsfestretter. Von seinem ersten Anruf, Silvester, als ich schon gar nicht mehr daran geglaubt hatte, dass er sich melden würde. Von meiner Mutter, die sich am liebsten auf meinen Schoß gesetzt hätte, um alles mithören zu können, und wie ich mich schließlich in den einzigen Raum zurückgezogen hatte, in dem ich wirklich ungestört war: die Sauna – die natürlich nicht an war. Wie ich eineinhalb Stunden auf der harten Holzbank gesessen hatte, während meine Mutter draußen vorm Haus mit ihren Böllern beinahe für eine Katastrophe gesorgt hätte.

Ich erzählte vom nächsten Morgen, Neujahr, als er plötzlich mit Brötchen vor der Tür stand. Er hatte sich von seinem Schwager den Wagen geliehen, ihr Ferienhaus lag ja nur eine knappe Stunde von uns entfernt. Ich erzählte von unserem Strandspaziergang in der Eiseskälte und von dem Moment, als er wieder wegfuhr und wir uns umarmten und er mich küsste. Mit Eiszapfen an den Lippen, zumindest fühlte es sich so an. Mir war so kalt, dass ich die ganze Zeit Angst hatte, ihm auf die Zunge zu beißen oder gleich die Zähne auszuschlagen, weil ich weder meine Hände spürte, noch irgendein Gefühlsnerv in der Kopfregion funktionierte, von den Füßen mal ganz abgesehen. Dafür spürte ich etwas, was schon lange nicht mehr da war: Herzklopfen.

Und ich erzählte Hanne von seinen SMS und seinen Fotos, die er mir per iPhone schickte, auf denen ich sehen konnte, wo er gerade war oder was er machte. Und von der Frage, die er mit einem Stock in den Schnee geschrieben hatte: Wann sehe ich dich wieder?

»Und?«, fragte Hanne und sah dabei aus, als hätte ich ihr gerade aus einem Roman vorgelesen und das Ende vorenthalten. »Wann seht ihr euch wieder?«

»In zwei Wochen«, grinste ich. »Bis dahin werde ich vermutlich einen Präsentekorb von der Telekom erhalten, als beste Kundin. Meine Telefonrechnung ist inzwischen höher als die Ausgaben für Schuhe, und das will schon was heißen. Vielleicht sollte ich einfach mal den Anbieter wechseln. Jedenfalls habe ich das Gefühl, dass es mit ihm was werden könnte.«

Hanne erwachte langsam aus ihrem Trancezustand und mutierte wieder zu der besorgten Mutter.

»Und was macht er so?«

»Er arbeitet in einem Feinkostgeschäft und ist da für den Vertrieb zuständig. Also beste Kontakte zu Champagner und belgischer Schokolade. Der perfekte Mann.«

»Versteh mich nicht falsch, ich finde, du hast wirklich mal einen ordentlichen Typen verdient, aber …«

»Ja?«

»Ich meine nur, ich … möchte nicht, dass du nachher vielleicht wieder enttäuscht bist. Woher willst du wissen, dass dein Gefühl stimmt? Ihr hattet eine gemeinsame Zugfahrt und Zeit für zwei schlechte Kaffee in einem mehr als unromantischen Bistro – in Anwesenheit deiner Mutter – und einen Spaziergang bei minus elf Grad. Na ja, gut, und einen Kuss.«

»Intuition.« Ich überlegte. Musste man denn immer alles begründen können?

»Aha.«

Hanne hielt nicht viel von Wörtern wie Intuition. Alles Übersinnliche war nichts für sie. Es sei denn, es handelte sich um eine Bernsteinkette, die ihrem Kind beim Zahnen helfen sollte. Das war natürlich etwas ganz anderes.

Ich überlegte angestrengt, wie sie ihren Mann kennengelernt hatte und kam nicht mehr drauf. Oh Gott, die mussten schon so lange zusammen sein …

»Jedenfalls macht es Spaß, sich mit ihm zu unterhalten.

Es wird nie langweilig. Im Grunde genommen könnte ich den ganzen Tag mit ihm telefonieren. Wären da nicht noch ein paar andere Dinge wie zum Beispiel mein Job. Egal. Er ist jedenfalls … ich weiß auch nicht … nicht so verkopft. Vielleicht ist es das. Er macht auch mal etwas, was man von einem knapp Vierzigjährigen nicht erwartet.«

Herrjemine. Ich klang ja wie Klementine aus der Waschmittelwerbung.

»Und was?«

Ich überlegte. »Er ist für mich auf seinen Boden gegangen und hat aus irgendwelchen alten Kartons ›Die Brüder Löwenherz‹ gekramt und sie mir abends am Telefon vorgelesen, weil ich erzählt habe, dass ich Astrid Lindgren als Kind geliebt habe.«

»Die Brüder Löwenherz?«

»Ja.«

»Okay, du bist verliebt.«

❀

Zwei Wochen später saß ich mit Michael im überfüllten Café Engel an der Elbe, und er zeigte mir den blauen Fleck an seinem Schienbein, der inzwischen leicht ins Braun-Violette gegangen war. Mein Blick fiel jedoch trotz der unglaublichen Größe des Fleckes auf etwas anderes: seine durchtrainierten, harten Waden.

Ich benahm mich, als wäre es mein erstes Treffen mit einem Vertreter des anderen Geschlechts. Drei Stunden war ich durch die Stadt geirrt, um etwas zu finden, was aus mir eine attraktive Frau machte, ohne dass es auffiel.

Irgendetwas musste es doch geben, dachte ich, und ging schließlich ohne eine einzige Tüte wieder nach Hause. Entscheidungen zu treffen gehörte ja noch nie zu meinen

Lieblingsbeschäftigungen. Wie sollte man außerdem in einem Daunenmantel sexy aussehen? Man wirkte doch immer eher wie eine Leberwurst auf zwei Beinen. Draußen war es schließlich kälter als am Nordpol.

An dem kleinen Stückchen Strand, das man von unserm Tisch aus sehen konnte, lagen Eisschollen. Mit jedem Containerschiff, das an uns vorbeifuhr, wurden es mehr.

»Lass mich raten: Du gehst regelmäßig joggen«, fragte ich, als er sein Hosenbein hochgezogen hatte, um mir zu zeigen, dass man dem Schienbein meinen Tritt kaum noch ansah. Was maßlos untertrieben war.

»Ja, aber nicht so oft. Meistens schaffe ich es nur so zwei- bis dreimal die Woche«, antwortete er gelassen und zog die Jeans wieder über sein Bein.

»Nur.«

»Ja, wieso?«

»Ich war bisher in meinem ganzen Leben ungefähr zwei- bis dreimal joggen. Und aus dem letzten Mal wurde ein spontanes Picknick.«

»Klingt auch gut. Wie sieht's aus? Wollen wir was essen gehen?«

Im Eisenstein, das sich in einer alten Fabrikhalle befand, waren hinter dem großen Schornstein in der Mitte des Raums noch genau zwei Plätze frei. Vor allem war es hier muckelig warm.

Mit einem Caesar Salad und einer ordentlichen Pizza im Bauch landeten wir schließlich auf meinem Sofa. Ich holte Wein- und Wassergläser aus der Küche, und als ich zurückkam, lag Waltrauds Schnauze auf Michas Schoß und genoss eine Krauleinheit.

Meine liebe Waltraud, so war das, ehrlich gesagt, nicht geplant. Der Gute soll mich kraulen, nicht dich, dachte ich, als ich die beiden sah. Na warte, du bekommst gleich einen schönen harten Knochen, mit dem du die nächsten Stunden beschäftigt sein wirst.

❀

»Und wie war das Wochenende?« Ilka rutschte unruhig auf dem Sofa hin und her, als müsste sie mal.

Genau da hatte er auch gesessen – Micha. Bis halb fünf hatten wir uns unterhalten.

Sie trank ihre Apfelschorle und sah dabei aus, als würden ihr die Augäpfel gleich aus dem Kopf kullern. Vermutlich kullerten vorher aber ihre Brüste irgendwo raus, denn die sahen inzwischen so aus, als hätte sie ihre gesamten Ersparnisse in sie investiert.

Dann stellte sie das Glas ab. »Wie? Ihr habt nicht …?«, platzte es viel zu laut aus ihr heraus.

»Psst!«

Ich zeigte auf die schlafende Karlotta, die auf einer Decke zwischen uns schlummerte. Wessen Kind war das hier eigentlich?

»Nein. Haben wir nicht«, antwortete ich beinahe flüsternd.

»Hast du dich bei Hanne angesteckt?«

»Oh Gott, pssst!« Ich legte den Zeigefinger an den Mund und drehte meinen Kopf in Richtung Etagentür. In Altbauwohnungen gab es keine Geheimnisse, dafür war es zu hellhörig.

»Wenn sie wüsste, dass ich dir *das* erzählt habe …«

»Also, ihr habt euch nur unterhalten? Das ist ja, wie wenn man ein neues Auto hat und es sich nur anguckt, statt eine Runde damit zu drehen.«

»Was für ein schöner Vergleich.« Ich schüttelte den

Kopf. »Ich würde eher sagen, es ist wie eine Praline, die man sich für später aufhebt und nicht gleich in den Mund stopft.«

Ich nahm mir ein Stück Schokolade, die auf dem Tisch lag, und biss ab. Zartbitter mit Chili.

Ilka konnte es nicht fassen. »Sag mal, ist er bei den Zeugen Jehovas oder irgendeiner anderen Sekte, wo man Wert darauf legt erst nach der Eheschließung …?«

»Wie kommst du denn jetzt darauf?«

»Weil ich Angst habe, dass ich deine Stimme demnächst nicht mehr im Radio höre und dich dafür mit bunten Heftchen in der Fußgängerzone stehen sehe.«

Bei dem Gedanken musste ich lachen und verschluckte mich prompt an der Schokolade. Ilka klopfte mir auf den Rücken und schob mir mein Glas näher ran.

»Du solltest möglichst bald mit ihm ins Bett gehen«, meinte Ilka ganz ernst.

»Okay, und warum?«

»Um zu wissen, ob es sich lohnt, sich wirklich auf ihn einzulassen. Nun stell dir doch mal vor, du verliebst dich immer mehr in ihn, und alles wird immer wunderbarer und dann … die große Enttäuschung.«

Sex, damit man wusste, mit wem man es zu tun hatte. Nach dem Motto: Schlaf mit mir, und ich sage dir, wer du bist!

Ich verkniff mir den Kommentar, dass sie dann ja anscheinend bei ihrem Sex in den letzten Jahren nicht ganz bei der Sache gewesen sein konnte.

Ilkas Sorgen waren unnötig. Eine Woche später besuchte Micha mich wieder, und ich wusste: Er war der Richtige.

Nicht nur diesbezüglich hatte ich keinen Grund zu meckern. Ganz im Gegenteil. Ich hätte auch gar nicht so nervös um das Telefon herumschleichen müssen, denn er meldete sich schon am Dienstag, um zu fragen, wann wir uns wiedersehen. Keine Spielchen.

Auch seine Andeutungen, er könne gut kochen, waren nicht untertrieben. Er kochte so gut, dass ich mich nicht traute, mehr in der Küche zu machen als den Kaffee. Einziges Problem: Er kaufte ein, und er begann damit schon an seinem zweiten Wochenende bei mir. Er kaufte nicht das Übliche, so wie ich: zwei Liter Milch, Salat, Paprika, Brot und eventuell ein Stück Gouda. Nein. Er kaufte drei verschiedene Sorten Milch, drei verschiedene Sorten Paprika, etliches anderes Gemüse, Brot, Brötchen und Baguette und zwölf verschiedene Sorten Käse, als würden wir täglich eine Truppe ausgehungerter Flüchtlinge erwarten. Wo vorher Ordnung herrschte – er nannte es Leere –, waren jetzt die Regale so voll, dass man erst mal alles rausholen musste, sofern man verhindern wollte, dass bereits geöffnete Sahnebecher oder selbst gemachte Salatsoßen auskippten, bevor man irgendetwas fand.

So richtig passte mir das nicht, dass er einfach so in meine minimalistische Kühlschrankeinrichtung eingriff. Sobald er aus der Küche war, griff ich nach seinen Einkäufen und musste staunen, was es alles gab, das ich noch nicht kannte! Vermutlich alles Sachen aus seinem Feinkostladen, die sich ein Normalsterblicher nie kaufen würde. Käse mit Wasabi, Antipasti, bei denen man nicht sagen konnte, was es einmal gewesen war, bevor es Antipasti wurde. Obst, bei dem ich mich fragte, ob man es schälte oder mit Schale aß. Fleischspezialitäten, bei denen ich gar nicht wissen wollte, welches arme Tier ich da in der Hand hielt. Ich kam mir vor wie Alice im Wunderland.

Und noch etwas änderte sich schlagartig, nachdem er

mich ein paarmal besucht hatte: Mein Hund gehorchte. Ob er sie mit Froschschenkeln gefügig gemacht hatte, konnte ich nicht sagen. Fakt war: Sie benahm sich, als wäre sie bei der Bundeswehr groß geworden. Sie parierte!

Waltraud war, seit wir zusammenlebten, in der Lage, »Sitz« und »Platz« zu machen und – wenn sie gewollt hätte – zu sicher noch viel mehr. Aber sie hatte bisher auf stur geschaltet, wenn ich im Park die Hundepfeife rausholte und verlangte, dass sie sofort kam und nicht erst, wenn ihr danach war. Sie machte einen auf taubstummes armes Hündchen. Aber kaum war ein Mann im Haus, tat sie, als wäre sie in einer Hundeschule groß geworden und hätte alle Hundescheine abgelegt, die es gab.

Micha hatte Erfahrung mit verzogenen Vierbeinern. Seine Mutter kümmerte sich, seitdem die eigenen Kinder nicht mehr betütert werden mussten, um das Wohlergehen ihrer Möpse Hugo und Huberta.

Möpse, so erklärte er mir bei einem unserer Spaziergänge mit Waltraud, seien nur aus einem einzigen Grund auf dieser Welt: damit es ihnen gut ginge. Etwas anderes kümmerte den Mops nicht. Man sollte sie bespielen, kraulen, für sie da sein, und das Leben hatte ihnen bitte zu gefallen. Der Rest war sekundär, fand der Mops.

Dagegen war Waltraud wahrlich ein leichter Fall. Obwohl ich zuerst ein wenig beleidigt war, was Michas Autorität anbetraf. Schließlich pfiff ich ja wohl genauso in die Pfeife, wie er es tat. Letztendlich war ich aber doch froh, dass sie ihn als neuen Rudelführer ansah und es vorzog, ihm abends die Leine vor die Füße zu legen und nicht mehr mir. Vor allem wenn es mal wieder regnete.

Micha kam von Februar bis April jedes Wochenende aus Hannover und lud mir den Kühlschrank voll. Mein

Angebot, auch einmal zu ihm zu fahren, lehnte er kategorisch ab, was mich zuerst misstrauisch machte. Doch er meinte, Hamburg sei einfach die schönere Stadt und meine Wohnung auf alle Fälle der bessere Ort für ein paar Tage zu zweit beziehungsweise zu dritt.

»Du willst ja nur nicht, dass deine Frau und die Kinder von uns Wind bekommen«, alberte ich einmal und kniff ihm dabei in die Seite.

Da wurde er plötzlich ganz ernst, nahm meinen Kopf in seine Hände und sagte: »Es gibt nur eine Frau – und das bist du.«

Dann küsste er mich.

Wäre in dem Moment ein Regisseur aus meinem Kleiderschrank geschlüpft und hätte gesagt: »Okay, die Szene ist im Kasten!«, hätte ich mich nicht gewundert. Stattdessen wunderte ich mich über das, was hier los war, oder besser: über mich. Ich saß mitten in einem Liebesfilm und hatte auch noch die Hauptrolle. Konnte das sein?

Und der Film blieb ein Liebesfilm. Auch nach knapp drei Monaten. Keine Toten, keine Verletzten. Keine Unterbrechungen außer an den Wochentagen bis zum nächsten Freitagabend, an dem er wieder vor der Tür stand.

Durch den ganzen Liebesdusel hatte ich tatsächlich meine Freundinnen aus dem Blick verloren. Ich war wie von Sinnen, und die Mädels bekamen mich in der ganzen Zeit von Ende Januar bis Ende April kaum zu Gesicht. Allerdings sei zu meiner Verteidigung gesagt, dass sie auch alle mit sich selbst beschäftigt waren.

Als ich eines Abends Mitte April alleine auf dem Sofa saß und darüber nachdachte, wie schnell sich alles geändert und wie ich hier im letzten November noch gesessen und mir selbst leidgetan hatte, konnte ich es gar nicht fassen, wie gut es mir nun ging. Was für ein Glück, dass ich nach Dänemark gefahren war! Sonst würde ich hier immer noch mit Waltraud mein tristes WG-Leben führen und das Leben der anderen beobachten. Die anderen!

Mich überkam schlagartig der Wunsch, etwas gegen mein schlechtes Gewissen zu tun. Ich rief erst Ilka an, dann Hanne, dann meine Mutter und schließlich – nach zweieinhalb Stunden Telefonitis – auch noch Birgit.

Ich verspürte plötzlich den dringenden Wunsch nach Harmonie. Ich wollte diesem albernen Quatsch endlich ein Ende setzen und mich wieder mit ihr versöhnen. Erst hatte ich noch überlegt, die Nummer zu unterdrücken, aber das kam mir etwas übertrieben vor, also tat ich es dann nicht und tatsächlich: Sie ging ran.

»Na? Redest du wieder mit mir?«, fragte ich.

»Wieso sollte ich das denn nicht tun? Ich … ich weiß auch nicht. Kann sein, dass ich etwas überreagiert habe. Ja, das ist wohl so. Ich weiß ja eigentlich, dass es nicht dein Lieblingsthema ist. Zumal du ja auch keinen Freund hast, was sollen dich da Kinder interessieren, beziehungsweise das Kinderkriegen … Ich kann das verstehen. Tut mir leid. Echt.«

Sie freute sich darüber, meine Stimme zu hören, das merkte ich.

»Das muss es nicht. War wohl von uns beiden etwas übers Ziel hinausgeschossen. Ich würde dich jedenfalls gern mal wiedersehen.«

»Ich dich auch. Echt. Ich bin schon richtig auf Entzug!«

»Ach und übrigens: Es stimmt nicht, was du eben gesagt hast.«

»Was?«

»Dass ich keinen Freund habe. Ich habe einen«, sagte

ich und freute mich, als hätte ich bei der »Aktion Mensch« das Traumhaus gewonnen. Ich glaube, ich hatte es noch nie so ausgesprochen. Es klang klasse.

»Du hast einen Freund?«

Das klang weniger gut.

»Ja. Ich. Hab tatsächlich noch einen Deckel für'n Topf gefunden. Kurz vor dem Räumungsverkauf sozusagen.«

Birgit lachte. »Super! Seit wann denn?«

Ich erzählte von meinem Sommer auf dem Balkon, von Ilkas Sturzgeburt und meinem olympiareifen Einsatz, von Weihnachten in Dänemark, von Micha, von Waltraud, die plötzlich gehorchte, von meinem Kühlschrank, der platzte, von dem Kaffee, den er mir am Wochenende morgens ans Bett brachte, und von den »Drei Fragezeichen«, die ich seit Monaten kaum noch hörte.

Dann war mein Ohr heiß.

»Bist du noch dran?«, fragte ich.

»Ja, klar. Mensch, Charly. Ich freu mich für dich.«

So. Nun wäre es an der Zeit, sie zu fragen, wie es ihr ging.

»Und was hast du so getrieben?« Ich biss mir auf die Zunge. Falscher Ausdruck. Zumindest, wenn man wusste, dass sie es seit Monaten nur noch »nach Plan« trieb. Aber Birgit hatte es überhört.

Bei ihr war alles bestens, wie sie mir versicherte. Job tipptopp, Chef zufrieden, Kollegen nett, alles prima. Das zu erzählen dauerte genauso lange, wie eine Tasse kalten Kaffee zu trinken. Es ging sehr schnell.

»Und sonst?«

»Wie?«

»Das Leben vor und nach der Arbeit. Erinnerst du dich?«

»Ach, ja. Auch gut.«

»Birgit?!«

Birgit druckste erst rum und tat, als hätte sie keinen blassen Schimmer, worauf ich hinauswollte, bis ich ihr versicherte, es würde mich wirklich, wirklich, echt interessieren.

»Okay, wenn du es wissen willst.«

Nach der Ankündigung war ich plötzlich nicht mehr sicher.

»Das andere Leben verbringe ich zwischen Storchentee, Fruchtbarkeitsyoga und der Kinderwunschpraxis. Im Grunde könnte ich mich da häuslich einrichten, weil ich so oft da hinmuss. Entweder zum Ultraschall, zur Blutabnahme oder Punktion. Ich glaube sogar schon an Pendel und Vollmondwasser. Ich! Die sonst nur Statistiken traute, die ich selbst geschrieben habe. Jedenfalls sehen meine Arme inzwischen aus wie bei den Kindern vom Bahnhof Zoo. Aber das Schlimmste ist das Wartezimmer!«

»Warum das denn?«

»Na, egal ob du zum Hautarzt, Zahnarzt oder Urologen gehst, die anderen im Wartezimmer wissen ganz sicher *nicht*, was du hast. Hier wissen die anderen auf alle Fälle, was du hast! Nämlich kein Kind.«

Sie setzte scheinbar eine Tasse oder ein Glas an und nahm einen Schluck. Vermutlich Storchentee.

»Ich bin jetzt eine Zuchthenne. Immerhin eine gute, wie mir unser Arzt gerade wieder bestätigt hat. Lob ist doch etwas Feines. Ich produziere fleißig Eizellen. Überdurchschnittlich viele. Leider sind sie überdurchschnittlich schlecht zu verarbeiten. Die verstehen ihren Job nicht oder halten einfach nichts davon, mit so was wie Sperma eine Fusion einzugehen. Bisher jedenfalls nicht. Zumal sein Sperma auch nicht wirklich das Beste ist, was es auf dem Markt gibt. Zu träge, sagt der Biologe. Da kann man die Eizellen ja fast verstehen: Man muss ja auch wirklich nicht jeden reinlassen. Das ist jetzt jedenfalls unser letzter Versuch. Danach kauf ich mir einen Hund.«

Sie holte hörbar tief Luft und setzte wieder an.

»An mir fummeln inzwischen so viele Männer rum, wie in meinem ganzen Leben nicht. Und keiner von ihnen ist mein Mann. Erleichternd kommt allerdings hinzu, dass er nichts dagegen hatte. Ganz im Gegenteil. Manchmal guckt er sogar zu. Es ist ja für einen guten Zweck.«

Birgit lachte.

»Zwischenzeitlich hätte ich allerdings fast noch einen Samenspender gebraucht, weil mein Mann leider vor lauter Reagenzschälchen vergessen hatte, dass zum Kinderkriegen zwei gehören. Setzt mich an der Klinik ab und fährt wieder! Und während mir unter Vollnarkose meine Eizellen entnommen werden, schlürft er Latte macchiato im Balzac!«

Ich überlegte, was daran so schlimm war. »Okay, er hätte auf dich warten können, aber so schlimm find ich das, ehrlich gesagt, nun auch nicht. Ich weiß zwar nicht, wie lange so ein Eingriff dauert, aber hätte er da die ganze Zeit auf dem Gang warten sollen?«

»*Nein!* Er sollte sich in dem Zimmer mit den kleinen Plastikbechern einen Film angucken und dabei an was Schönes denken!«

Ups. Da war ja noch was.

»Immerhin hatte er sein Handy angelassen, sodass ihn die Schwestern noch rechtzeitig erreicht haben. Na ja, war ja dann letztendlich auch egal. Hat ja nicht geklappt. Aber, wie steht es noch in meinem Poesiealbum aus der

Grundschule: Schau nach vorne, nicht zurück, in der Zukunft liegt das Glück. Also, auf ein Neues!«

Ich wartete einen Moment. Mir fiel nichts Schlaues ein.

»Auf ein Neues!«, wiederholte ich, meinte aber nicht ihre bockigen Eier, sondern unsere Freundschaft und fragte, wann wir uns wiedersehen könnten.

Sie sagte, sie würde sich melden, wenn sie die nächste Abfahrt von der Hormonautobahn erreicht hätte.

Ich wünschte ihr viel Glück, was ich auch so meinte, dann legten wir auf.

Warum hatte ich sie nicht schon viel früher angerufen? Jetzt merkte ich erst, wie sehr ich sie doch eigentlich vermisst hatte.

❀

Freitagabend, es war der 29. April – ein Datum, das ich nie vergessen würde –, kam Micha. Mit Blumen und einem »total tollen Tropfen« aus Südafrika stand er vor der Tür, und ich dachte in dem Moment, als ich ihm aufmachte: Eigentlich könntest du ihm mal einen Schlüssel geben.

Während ich die Blumen frisch anschnitt, nachdem ich ihn abgeknutscht und er die Flasche geöffnet hatte, sagte er, er möchte mich etwas Wichtiges fragen.

Aha. Was konnte das sein? Ich überlegte. Dabei kam aber nichts raus. Meine Neugierde wuchs. Deshalb ließ ich die restlichen Rosen ohne frischen Anschnitt in die große Glasvase plumpsen und sah ihn erwartungsvoll an.

Er hatte es leider nicht ganz so eilig, nahm seelenruhig zwei Gläser aus der Vitrine im Wohnzimmer, hielt sie gegen das Licht, um zu überprüfen, wie viel Staub akzeptabel war, und polierte sie dann auch noch in aller Ruhe nach.

Hallo? Ich bin eine Frau! Ich bin neugierig! Schon vergessen? Ich schnaufte extra laut aus. Leider nicht laut genug. Also musste ich nachhelfen.

»Was möchtest du denn wissen?«

»Moment«, sagte er und polierte auch das andere Glas noch mal mit dem Küchenhandtuch über.

»So.«

Dann schenkte er uns ein und hielt mir das Glas hin.

»Und?«

»Also, jetzt kennen wir uns ja schon eine ganze Weile, und in unserem Alter weiß man ja inzwischen auch, was man will, deshalb wollte ich dich fragen, also, was hältst du davon, wenn ich … also, wenn wir … ich wollte sagen, möchtest du …?«

Möchte ich, was?

Lieber Gott! War das *der* Moment? Der *eine* Moment? Deshalb der tolle Tropfen! Wo waren die Kerzen? Wo die Rosen? Mein Deo versagte.

»Ja?«, fragte ich und wusste, ich würde gleich umkippen. Mir war flau. Ich ließ mich aufs Sofa sinken.

»Alles klar?«, fragte er und kniete sich vor mich.

Er kniete! Ich konnte nicht mehr. Mir kamen die Tränen. Hätte ich das geahnt! Was für Unterwäsche hatte ich an? Oh, nein. Schiesser, weiß.

»Charly?«

»Ja, alles bestens. Mir ging es noch nie so gut.«

»Also, ich wollte dich fragen, ob wir vielleicht …«

Ich nahm schnell einen Schluck. Jetzt ganz cool bleiben, Charly, ganz cool. Das musst du genießen, das passiert nur einmal im Leben – wenn alles gut geht.

»… zusammenziehen wollen. Wenn ich hier zu dir …?«

Jetzt nahm er einen Schluck.

»Zusammenziehen?«, fragte ich in einem Ton, als hätte er gefragt, ob ich Lust hätte, mit ihm zum Fastenwandern nach Usedom zu fahren. Völlig abwegig.

»Ja, also, ich kann natürlich auch in Hannover ... wenn dir das zu schnell ...«

Puh.

Eine Mischung aus Erleichterung, Belustigung über mich selbst und Scham überkam mich. Aber eines stand fest: Die weiße Schiesser-Wäsche kam sofort in die Tonne! Ab jetzt gab es nicht mehr zwei Fächer für Unterwäsche: die Montag-bis-Donnerstag-Schlüpfer – wenn er nicht da war – und die Wochenendwäsche für die Nächte *mit* ihm. Jetzt gab es nur noch ein Fach!

Ich konnte mir ein Lachen nicht verkneifen und gab ihm einen Kuss. Auf die Zehenspitzen musste ich mich ja nicht stellen, so wie sonst, schließlich kniete er ja vor mir.

»Voll gern!«

❀

Ich war überrascht – vor allem von der Tatsache, dass Micha sich bereits alles ganz genau überlegt hatte. Er hatte sogar schon eine Stelle in Hamburg. Klammheimlich gesucht und gefunden. So was!

Micha erklärte mir, seine Eltern hätten es gern gesehen, wenn er ihr Restaurant, das nur wenige Kilometer von ihrem Haus in der Nähe von Kiel entfernt lag – ein echter Landgasthof mit Rotkohl und selbst gemachten Semmelknödeln, in dem er seine halbe Kindheit verbracht hatte –, übernommen hätte, aber den Gefallen hatte er ihnen nicht getan. Da auch die Geschwister es ablehnten, dicke Bauern zu füttern und Korn am Fließband auszuschenken, war das Restaurant »Zur glücklichen Henne« vor ein paar Jahren verkauft worden.

Micha machte ein VWL-Studium, das ihn nicht immer interessierte, aber er zog es durch und bekam schließlich die Chance, bei einer Feinkostkette einzusteigen, die den Eltern eines Studienfreundes gehörte, der an Trüffel und Jacobsmuscheln kein Interesse hatte. Diesen Hintergrund hatte er seinen Eltern bis heute verschwiegen.

Die Eigentümer hatten jedenfalls vor, auch in Hamburg eine Niederlassung aufzumachen. Und genau die sollte Micha übernehmen.

Das war der schöne Teil dieses Wochenendes. Leider gab es am nächsten Abend auch noch einen anderen Teil – einen, der mich zum Nachdenken zwang.

Es fing mit einer dieser typischen Charly-sucht-mal-wieder-etwas-Aktionen an, die häufig in Verbindung mit schlechter Laune auftraten. Wer hatte schon gute Laune, wenn er etwas nicht fand, was er dringend brauchte. Und ich brauchte meine Pille wirklich dringend, denn ich war mindestens genauso müde wie Micha, der schon im Bett lag. Er hatte sein Buch beiseitegelegt, das kleine Licht auf dem Nachttisch ausgemacht und sich auf die Seite gedreht. Ein Indiz dafür, dass er mit dem Schäfchenzählen schon durch war.

»Mist. Das gibt es doch nicht«, schimpfte ich, während ich auf der Suche nach meiner Pillenpackung das Bad auf den Kopf stellte. Natürlich hatte ich sie genau wie immer neben den Zahnputzbecher gelegt. Aber da war sie eben jetzt nicht. Nicht daneben, nicht dahinter, nicht im Regal, im Schrank. Ich ging zu Micha und rüttelte an seiner Schulter.

»Micha? Micha, hast du meine Pille irgendwo gesehen?«

»Was ist?«, er drehte sich langsam auf den Rücken und blinzelte mich an.

»Ich finde meine verdammte Pille nicht. Weißt du, wo sie ist?«

»Keine Ahnung.«

Er drehte sich wieder zur Seite, schloss die Augen und murmelte: »Leg dich schlafen. Ist doch egal«, als ich aus dem Schlafzimmer ging.

Ich ging zurück ins Bad und suchte weiter. Unter dem Waschbecken, hinter dem kleinen Mülleimer fand ich die silberne Packung schließlich, und als ich mir die rosa Pille in den Mund steckte und runterschluckte, musste ich plötzlich daran denken, was Micha gesagt hatte: ist doch egal.

Ist doch egal. Immer wieder kam mir dieser Satz in den Sinn. Obwohl ich todmüde war, wollten diese drei Wörter einfach nicht aus meinem Kopf verschwinden.

Ist doch egal.

Was war egal? War es ihm egal, ob ich die Pille nahm? Und wenn ja, warum? War es ihm egal, dass ich sie einen Tag mal nicht nahm, weil er wusste, es hätte keine großen Auswirkungen? War es ihm egal, weil er einfach nur schlafen wollte und gar nicht richtig zugehört hatte? Er war doch sonst nicht so gleichgültig.

Premiere, dachte ich. Das war das erste Mal, dass ich eine Reaktion von ihm überhaupt nicht einschätzen konnte. Oder konnte ich *ihn* nicht einschätzen? War es das?

Ach, Quatsch. Jetzt ist aber mal gut, Charly, versuchte ich mich zu beruhigen, drehte und wendete mich aber trotzdem im Bett, bis ich keinen anderen Ausweg mehr wusste, als mir meinen iPod zu nehmen und »Die drei

Fragezeichen und das Geheimnis der Diva« zu hören. Es half.

Da es bei dieser einen Bemerkung blieb und keine weiteren folgten, beschloss ich am nächsten Morgen, das Grübeln darüber einzustellen. Manchmal neigen Frauen ja auch wirklich dazu, etwas zu viel zu interpretieren, wo es nichts zu interpretieren gab. Auf der anderen Seite …

Nein! Schluss damit!

Von dieser schlaflosen Nacht abgesehen konnte ich keine negativen Nebenwirkungen des Zusammenlebens feststellen, und so stürzten wir uns in die Suche nach einer schönen großen Altbauwohnung mit hohen Decken, Holzfußboden, Balkon, Badewanne, und das Ganze möglichst in Elbnähe und natürlich unter zweitausend Euro kalt. Pure Illusion.

Wir suchten ein paar Wochen lang, kauften haufenweise das *Abendblatt*, lasen jede Anzeige, auch die mit dem schwarzen Rand, recherchierten im Internet, fragten jeden, der uns über den Weg lief, und stellten schließlich fest: Die Chance, dass Waltraud plötzlich sprechen lernen und uns den Kaffee ans Bett bringen würde, wäre sehr viel höher, als eine Wohnung zu finden.

Und so entschieden wir uns schließlich – es war schon Ende Mai geworden – für einen Neuanstrich meiner bisherigen vier Wände als Zeichen für den Neuanfang.

Das Zeichen wurde, nach einem ersten kleinen Wortgefecht mitten im Baumarkt, hellgrau. So wie in den unzähligen Krimis aus Schweden, die ich liebte. Nicht nur wegen der grauen Wände in den Polizeistationen.

Vielleicht wäre es doch besser gewesen, ich hätte mir mal seine Einrichtung angesehen, dann hätte ich vermutlich vorher gewusst, dass das langweiligste Beige – er nannte es »Sand« – für ihn eine total »flippige Farbe« war. Den Kampf hatte ich jedenfalls gewonnen, auch wenn danach der halbe Baumarkt wusste, wie stur und dickköpfig ich sein konnte, wenn es um so lebenswichtige Dinge wie Farbe ging. Meinetwegen konnte er die Abstellkammer ja beige anstreichen, aber nicht mein, äh, unser Wohnzimmer.

❀

Am ersten Sonntag im Juni ignorierten wir das schöne, warme Wetter, was mir wirklich nicht leichtfiel, und machten uns daran, unsere Pläne in die Tat umzusetzen.

Mitten in unserer Streichaktion klingelte plötzlich sein Handy.

»Ach, wie schön! Toll. Herzlichen Glückwunsch.«

Kannte er jemanden, der gerade im Lotto gewonnen hatte? Und wenn ja, wer? Vielleicht war er in einer Tippgemeinschaft. Es schien sich um mindestens fünf Richtige zu handeln, so, wie er strahlte. Wurde nicht immer geraten, man sollte so etwas erst einmal für sich behalten und unauffällig weiterleben?

»Und? Hat sie so rote Haare, wie du befürchtet hast?«

Doch keine Million.

Er lachte. »Klar. Gern. Aber jetzt erhol dich erst mal. Ja. Genau. Und dann sehen wir uns ja schon bald beim Familienfest. Okay, mach ich, ja, grüß du auch.«

Glückwunsch? Rote Haare? Familienfest?

»Rosa. Sie heißt Rosa Luisa, und sie hat braune Haare. Anni hatte Angst, die Kleine könnte rote Haare haben, dann hätte sie sich einen anderen Namen ausdenken müssen, und sie wollte doch immer schon eine Tochter haben, die Rosa heißt. 3600 Gramm schwer ist sie und hat anscheinend das Temperament ihres Vaters geerbt. Unglaublich. Sie hat tatsächlich ihre eigene Geburt verschlafen. Die Hebamme hat gesagt, das habe sie noch nie erlebt. Ein Baby, das schlafend auf die Welt kommt.« Micha lachte los. »Klasse!«

Was?, überlegte ich. Was war klasse?

»Jetzt haben wir schon vier kleine Möllers!«

Wie konnte es sein, dass überall zu lesen war, die Geburtenrate ginge zurück?

»Und was ist das mit diesem Familienfest?«

»Ach, stimmt, das wollte ich dir ja auch noch sagen. Das machen wir immer einmal im Jahr im Sommer.«

Im Sommer? Wir hatten Anfang Juni, also fast Sommer, jedenfalls gefühlter Sommer!

»Dann lernst du endlich mal meine Eltern kennen und den Rest der Bande. Das wird bestimmt nett.«

»Wer ist denn ›der Rest der Bande‹?«

»Oh, das sind vermutlich, wenn alle kommen, meine Schwester Anni und ihr Mann Conrad, die werden sicher da sein, sie wohnen ja im Haus. Dann meine Geschwister Moritz, seine Freundin Sarah, Maximilian und Johannes. Vielleicht kommt auch noch Oma Lisa. Mal schauen. Na ja und die ganzen Kinder halt. Ach, und meine Eltern natürlich. Fast vergessen. Onkel Wilhelm und die anderen wissen noch nicht, ob sie es dieses Jahr schaffen, sie wollen wohl nach Namibia fliegen. Safari oder so. Na, wer's mag.« Er lachte.

Na ja und die ganzen Kinder halt. Wie viele waren »die ganzen«?

Ich musste an den letzten Geburtstag denken, den ich in meiner alten Wohnung gefeiert hatte, und bei dem ich eher das Gefühl hatte, auf einer Kinderparty gelandet zu sein.

»Und wann ist dieses Familientreffen genau?«

»In drei oder vier Wochen müsste das sein, glaube ich. Ich schau gleich mal nach, wenn ich in diesem Chaos mein Filofax gefunden habe.«

Als wir nach dem Streichen die Folien, die wir über die Möbel und alle anderen Gegenstände gelegt hatten, wieder entfernten, befanden sich drei Eimer Farbe an den Wänden und mindestens einer auf meinem Kopf. Vier linke Hände waren mindestens zwei zu viel. Ich sah aus wie das kleine Gespenst.

Micha sah mich fragend an, aber das lag weder an meinem äußeren Erscheinungsbild noch an der Frage, die sich einem sofort aufdrängte: Geht das jemals wieder ab, oder bleibt das jetzt so?

Anscheinend sah er zum ersten Mal die Lippenstiftstriche auf meinem Spiegel. Seinen inklusive.

»Was hast du denn da gezählt? Deine Typen im letzten Jahr?«

Ich hielt die Luft an. Oh Gott, konnte er hellsehen? Das wäre ja schrecklich! Ich musste mich stark zusammenreißen, um mir meine Verwunderung nicht anmerken zu lassen. Also, einfach unauffällig weiteratmen.

Micha knüllte die Folie zusammen. Dabei hatte er aber plötzlich einen Gesichtsausdruck, der neu war. Eine Mischung aus »Ist mir egal, wenn es so ist«, »Ich bin eifersüchtig, wenn es so ist« und »Baby, mach mir nichts vor, ich sehe es dir eh an deiner Nasenspitze an, wenn es so ist«.

»Ne, dafür hätte der Spiegel nicht gereicht«, konterte ich etwas zeitversetzt. »Das war nur der Versuch, etwas abzunehmen. Ein Strich, ein Kilo. War nicht so erfolgreich die Aktion, wie man sieht.«

Ich nahm den Ärmel meines Blaumanns und wischte die Lippenstiftstriche, so gut es ging, weg. Auf die Idee hätte ich auch schon früher kommen können.

Ich war verliebt, so viel stand fest. Auch wenn nach dieser Streichaktion eines klar war: Handwerklich begabt war er nicht. Beim nächsten Mal würde ich ihn in der Küche einschließen, das wäre für alle das Beste.

Aber dieses Gefühl blieb nicht alleine. Es gab noch ein anderes, und das hatte ganz und gar nichts mit Schmetterlingen im Bauch zu tun. Ganz im Gegenteil, eher mit Presslufthämmern.

Was, wenn ich wieder enttäuscht würde? Wenn das doch alles zu schnell ging? Vielleicht hätte es ja auch erst mal gereicht, wenn er in die Nähe gezogen wäre.

Was hatte er noch gesagt, als wir über das Zusammenziehen sprachen? *In unserem Alter weiß man doch, was man will.* Damit hatte er ja auch recht.

Hoffentlich ging das gut. Mein lieber Herr Gesangsverein.

Da klingelte es an der Tür.

Nanu? Wer konnte das denn sein?

Ich nahm den Hörer der Gegensprechanlage umständlich ab, schließlich wollte ich ihn nicht auch noch mit Farbe einschmieren und fragte: »Ja?«

In dem Moment klopfte es an der Tür. Ich hatte den Hörer noch nicht wieder richtig eingehängt, da öffnete Micha die Tür.

Marc! Dem Himmel sei Dank *mit* Kleidung.

»Huch!«, sagte mein erster Lippenstiftstrich, als er mich erblickte, und erinnerte mich daran, wie ich aussah. Dann schaute er an mir vorbei in Michas Richtung. »Ach, du hast Besuch.«

Daraufhin sah Micha mich an, als wollte er doch noch mal gern mit mir über die angebliche Diät sprechen.

Ich schluckte kurz und sagte dann: »Nein, das ist Micha. Mein Freund. Und er ist nicht zu Besuch, er wohnt hier.«

»Ah …«, kam von Marcs Seite.

Das war nicht viel, aber immerhin mehr als das, was von Micha kam. Der sagte rein gar nichts, drehte sich um und ging in die Küche. Ich sah ihm kurz hinterher.

»Na dann … Ich wollte nur mal kurz vorbeischauen, aber dann passt das wohl gerade nicht so gut. Ich bin vor einer Woche zurückgekommen, war ja ein Dreivierteljahr in London, und kaum saß ich im Taxi auf dem Weg vom Flughafen zurück in meine Wohnung, höre ich dich im Radio. Witzig, oder?«

Ja, total witzig, dachte ich und wusste, wem gerade vermutlich nicht zum Lachen zumute war.

Etwas zu laut, dafür dass Marc keinen halben Meter von mir entfernt stand, fragte ich, den Kopf Richtung Küche gedreht: »Ist Sophie denn dieses Wochenende gar nicht da? Deine *Freundin*?« Als wüsste er nicht, wie die Frau hieß, mit der er seit Jahren zusammen war.

»Nein, und die kommt auch nicht wieder, nachdem sie damals deine leere Pillenpackung gefunden hat«, sagte er – Gott sei Dank nicht ganz so laut, schüttelte den Kopf und ging.

Ich wollte noch etwas sagen, wusste aber nicht was. Daher flüsterte ich ihm nur ein »Sorry« hinterher, das er vermutlich nicht mehr hörte, und schloss die Tür.

Meine Pillenpackung? Herrje. Mich überkam ein schlechtes Gewissen. Sollte ich ihm hinterherlaufen? Alles noch mal in Ruhe erklären oder mich entschuldigen, sodass er es hört? Wofür? Weil ich mit ihm geschlafen hatte und nicht wusste, wo der Mülleimer war?

Quatsch.

Ich ging zu Micha in die Küche und erklärte, Marc sei ein alter Freund, zu dem ich lange keinen Kontakt hatte und der in festen Händen war. Notlüge, ging aber nicht anders, denn er behauptete zwar, alles sei gut, aber irgendwie hatte ich das Gefühl, dass es das nicht war.

Micha ging in den Flur, nahm eine seiner Kisten und fing an, seine Sachen auszupacken und ins Regal zu stellen.

❀

Am nächsten Morgen war alles vergessen, oder sagen wir mal: wieder gut. Fast alles. Denn es handelte sich hier schließlich um einen Montagmorgen. Und was für einen.

Nachdem ich den zweiten Kaffee intus hatte und gerade Richtung Dusche gehen wollte, entdeckte ich sie. Michas Familie! Mitten in meinem Flur.

Ich hatte am Abend gar nicht darauf geachtet, was er da aus der Kiste gekramt und aufs Regal gestellt hatte. Dazu war ich nach der Malaktion viel zu erschlagen gewesen. Ich hätte es vermutlich nicht einmal gemerkt, wenn ich in der Küche sitzend eingeschlafen und mein Kopf auf die Tischplatte gefallen wäre.

Jetzt sah ich es. Große dunkle Bilderrahmen mit fremden Menschen. Schwarz-Weiß-Fotografien. Wahrscheinlich seiner Eltern, Geschwister und ihrer Kinder, keine Ahnung. Zumindest tippte ich darauf, denn die Ähnlichkeit war unglaublich. Ich zählte: eins, zwei, drei, vier, fünf Bilderrahmen mit Menschen, die ich nicht kannte. Fünf! Nicht in Postkartengröße, sondern in Schreibblockgröße!

»Micha?«

»Ja«, kam es kaum hörbar unter der Bettdecke hervor.

»Was ist das?«

Die Bettdecke hob sich zehn Zentimeter. »Meine Familie.«

Die Bettdecke sank wieder herab.

Ich kam mir vor wie in der TV-Serie »Ich heirate eine Familie«. Mir hätte allerdings ein Mann gereicht.

»Ach, nee. Und was macht die hier auf dem Regal? Hast du keinen Platz mehr auf dem Schreibtisch im Büro? Oder eine freie Wand?«

Die Bettdecke hob sich wieder. »Die Bilderrahmen bring ich nachher noch an, war gestern Abend zu spät zum Bohren.«

»Bohren?«

»Ja. Das ist sicherer.«

Sicher war erstens: Dass meine Wand – ähm, unsere – danach aussehen würde wie ein Schweizer Käse, da eine Bohrmaschine kein Küchenutensil war und damit nicht für seine Hände geschaffen.

Der dunkle Spalt zwischen Matratze und Bettdecke wurde wieder geschlossen.

Erstens dachte ich nur, zweitens sagte ich: »Sicher ist, dass ich die nicht in meinem Flur hängen haben möchte. Über einen können wir ja reden, aber doch nicht fünf. Wozu hab ich mich denn gegen Tapete entschieden? Damit wir jetzt flächendeckend deine Verwandten hier aufhängen? Ich hab ja schließlich auch keinen Posterstarschnitt von meiner Mutter hier.«

Die Bettdecke hob sich. »Warum eigentlich nicht?«

»Warum? Weil sie es nicht bis in die *Bravo* geschafft hat.«

Ich ging kopfschüttelnd ins Bad. Ich war zu kaputt, um vor dem dritten Kaffee weiterzudiskutieren. Welcher Mann hängte denn Bilder seiner Familie auf?

Als ich aus der Dusche kam, lagen die Bilder übereinandergestapelt im Wohnzimmer auf dem Couchtisch. Micha gähnte.

»Wenn es sein muss, dann finden wir sicher auch noch einen Platz«, sagte ich beschwichtigend und hoffte, er würde mich so sehr lieben, dass er darauf verzichtete.

Ich stellte ihm einen Becher Kaffee mit Milch und Zucker hin. Warum hatten sie sich denn auch alle einzeln fotografieren lassen? Noch nie etwas von einem Gruppenbild gehört?

»Was hast du eigentlich für ein Problem damit? Warum existiert hier kein einziges Foto von deiner Familie?«

»Weil ich keine habe. Ich habe nur eine Mutter, und die muss ich nicht täglich sehen, weder in Papierform noch das Original.«

»Und warum nicht?«

Ich holte tief Luft. Sehr lange und sehr tief. Mehr ging nicht rein. Dann schnaubte ich alles wieder raus.

»Okay, machen wir es kurz. Ich muss zur Arbeit, nur so viel: Unser Verhältnis war nicht immer das einfachste. Liegt wahrscheinlich daran, dass mein Vater so früh gestorben ist. Danach hatte sie panische Angst davor, mir würde auch irgendetwas Schlimmes zustoßen, und ist keinen Zentimeter mehr von meiner Seite gewichen. Überall lauerten ihrer Meinung nach Gefahren. Wäre es nach ihr gegangen, hätte sie mich noch mit vierzehn zur Schule gebracht und am Zebrastreifen geguckt, ob auch wirklich alle Autos anhalten. Sie verfolgte mich wie mein eigener Schatten. Das war irgendwann nicht mehr zum Aushalten.

Davon abgesehen liegt das Problem wohl auch in der Kombi Mutter-Tochter. Damit sind wir angeblich kein Einzelfall, wurde mir gesagt. Und ich bin ganz froh darüber, jetzt ein einigermaßen entspanntes Verhältnis zu ihr zu haben. Das Geheimnis unseres Glücks ist: Je seltener wir uns sehen, umso seltener streiten wir uns. Der Plan geht prima auf, und das darf auch gern so bleiben.«

Danach fragte er nicht mehr weiter.

Das Wochenende war so anstrengend gewesen, dass aus einem Fremdwort noch eine echte körperliche Erfahrung wurde, auf die ich allerdings auch gern verzichtet hätte: Denn ich hatte Muskelkater. Zum ersten Mal. Wer hätte das gedacht? Alles tat weh. Alles. Von den Fingerkuppen bis in den kleinen Zeh, alles. Ich spürte Stellen, von denen ich vorher nicht gewusst hatte, dass sie Teil meines Körpers waren. Ich wünschte mir einen Zivi, der mich wusch und anzog. Aber die waren ja leider Gottes abgeschafft worden. Wie dumm.

Drei Tage Urlaub in einem Naherholungsgebiet wären auch okay gewesen. Ging aber nicht, schließlich wartete halb Hamburg darauf, von mir fröhlich durch den Vormittag geführt zu werden. Ein Witz. Wobei ich erschwerend feststellen musste: Lachen ging auch nicht. Nächstes Mal würde ich mir einen Maler nehmen. Wozu gab es die schließlich?

Als ich abends total erledigt nach Hause kam und gerade geistesabwesend in den Briefkasten sah, in der Hoffnung, der neue Impressionen-Katalog läge darin und würde mir den Abend versüßen oder irgendetwas anderes Belangloses, Buntes zum Blättern, kam Hanne die Treppe runter. In Latzhose.

Menschen, die Latzhosen trugen, hatten entweder keinen Geschmack oder waren schwanger. Andere Gründe gab es für so etwas nicht.

Ich sagte es ihr, bevor ich »Hallo« sagte. Nicht das mit dem Geschmack, das andere.

»Du bist schwanger.« Dabei vergaß ich, dass meine Hand gerade im geöffneten Briefkasten steckte.

»Du machst mir Angst«, sagte Hanne mit weit aufgerissenen Augen. »Kannst du jetzt hellsehen? Das sieht man doch kaum.« Sie starrte mich an wie die Kuh Yvonne. Gleichzeitig strich sie sich über den Bauch, um den aktuellen Stand der Rundung, die jetzt mehr als deutlich zu erkennen war, zu überprüfen. Mindestens Ende fünfter Monat. Hatte ich sie wirklich so lange nicht mehr gesehen? Stimmt, es war im Januar gewesen, also vor gut fünf Monaten.

»Die Hose.« Ich deutete mit der Hand, die nicht im Briefkasten steckte, auf ihre Latzhose.

»Was ist mit der Hose?«

»Die sieht … die verrät alles. Überleg mal, wann du die zuletzt anhattest«, grinste ich.

Sie sah an sich runter, dann zu mir hoch, beziehungsweise zu meiner Hand, und nickte Richtung Briefkasten.

Ich zog Hand samt Briefen raus und schloss die Klappe wieder.

»Und?«, fragte ich.

»Was und?«

»Freust du dich?«

»Klar.«

»Oh, das klingt ja nach echtem Jubel, der von Herzen kommt.«

»Na ja, ich dachte, das ist jetzt nicht unbedingt eine Nachricht, die du hören willst, vielleicht daher …«

Ich war also die falsche Ansprechpartnerin. Hatte ich das nicht schon einmal gehört?

»Denkst du echt, ich freue mich nicht für dich?«

Ich ging auf sie zu und nahm sie in den Arm. Was sollte ich dagegen haben, wenn ein zweites Kind kam? Nach dem ersten war der Zug ja eh schon abgefahren.

Sie erzählte von der großen »Überraschung«, als sie feststellte, dass sie schwanger war, von ihren Befürchtungen, die Wohnung würde doch langsam zu eng werden, von ihrer unbändigen, unerklärlichen Lust auf frisch gepressten Weizengrassaft, den es aktuell leider nur in einem einzigen Café in ganz Hamburg gab, und von ihrer langsam wachsenden Freude auf Nummer zwo.

»Wann kommt es denn?«

»Laut Flugplan in neunzehn Wochen.«

Dieses In-Wochen-Gerechne von Schwangeren! Das ging mir schon immer auf den Keks. Jedes Mal musste man heimlich im Kopf nachrechnen, was genau sie meinten, anstatt dass sie sagten: in zirka fünf Monaten. War doch ganz einfach. Oder alternativ könnten sie auch einfach das Datum nennen.

»Schon?!«

»Na ja, das ist Mitte Oktober.«

»Und warum hast du mir das alles nicht erzählt?«

Ich überlegte, ob mir damals beim Stollenreste-Essen Anfang Januar etwas hätte auffallen müssen – ob sie da komisch war.

»Hab ich doch gerade getan«, konterte sie.

»Ich meine nicht im Hausflur und durch Zufall, weil ich dich nun mal in Latzhose sehe, sondern einfach so?«

»Erstens bist du gerade mit Mr. Big beschäftigt, und außerdem ist es ja auch nicht unbedingt dein Lieblingsthema, oder?« Sie lächelte verschmitzt und sah Richtung Post.

»Liegt vielleicht daran, dass ich da ausnahmsweise mal nicht mitreden kann«, log ich und guckte schnell den Papierhaufen in meinen Händen durch. Handyrechnung, Festnetzrechnung, Werbung aus dem Babymarkt.

»Hier, das kannst du ja sicher besser gebrauchen als ich«, sagte ich und gab ihr die Werbung.

»Wer weiß?«, entgegnete sie.

»Wieso?«

Die Haustür öffnete sich, und die Italienerin aus dem fünften Stock marschierte mit mindestens acht Einkaufstüten schwer bepackt an uns vorbei, nachdem sie kurz gegrüßt hatte. Hanne und ich gingen einen Schritt beiseite und machten ihr Platz.

»Na, jetzt, wo dein Traumprinz bei dir eingezogen ist. Groß genug wäre die Wohnung doch. Oder will Micha kein Kind?«

»Micha?«, fragte ich, als wüsste ich nicht, wer das wäre.

Sie sah mich zu Recht an, als hätte ich Alzheimer im fortgeschrittenen Stadium.

»Ach, Micha. Der … keine Ahnung, vielleicht«, sagte ich und riss schnell den Umschlag der Handyrechnung auf.

»Oh, klasse. Nur Neunundvierzig Euro!«

Super Ablenkungsmanöver.

»Und? Was hast du noch vor?«, fragte ich, bevor sie nachhaken konnte, warum ich bisher noch nicht in Erfahrung gebracht hatte, ob mein »Lebensabschnittspartner«, wie meine Mutter zu sagen pflegte, an Nachwuchs interessiert war.

Hanne zeigte auf die Latzhose. »Alternativen besorgen.

Die geht echt gar nicht mehr. Vor allem nicht bei den Temperaturen da draußen. Ich brauche dringend ein paar weitere Sachen. Meine ganzen Schwangerschaftsklamotten vom letzten Mal sehen aus, als hätte ich sie aus einem Kleidersack vom Roten Kreuz. Hormone verändern anscheinend nicht nur die Geschmacksnerven im Mund. Egal, wenn du mal schwanger bist, hab ich auf alle Fälle etwas, was besser aussieht als das hier.« Sie lachte, nahm mich in den Arm und wollte gerade aus der Tür verschwinden, da fiel mir ein, was ich völlig vergessen hatte: »Hey, herzlichen Glückwunsch! Und das meine ich auch echt so. Weißt du denn eigentlich, was es wird?«

»Erst dachten wir, es wird noch ein Mädchen, aber bei der letzten Ultraschalluntersuchung sagte der Arzt, es handele sich wohl doch nicht um die Nabelschnur«, sie zeigte nach unten, »sondern um etwas, was nach der Geburt dran bleibt.«

»Na, dann.«

»Sag mal, machst du eigentlich Sonntag in zwei Wochen irgendwas?!«

Sonntag in zwei Wochen? Ich überlegte.

»Nein, eigentlich nicht.«

»Ach so«, meinte Hanne leicht enttäuscht, während mir ein Licht aufging, weshalb sie gefragt hatte: Der Sonntag, den sie meinte, war nicht irgendein Sonntag. Es war der 19. Juni und das hieß: Der Abstand bis zum 40. verringerte sich wieder um eine Zahl. Es war mein 37. Geburtstag. Während ich den Tag im letzten Jahr tipptopp verdrängt und verleugnet hatte, kam ich wohl dieses Mal nicht drum rum.

Aber nach einem Menschenauflauf war mir auch nicht. Der stand mir ja eh demnächst bevor – bei seinen Eltern.

Micha hatte mich schon an einem unserer ersten gemeinsamen Wochenenden nach meinem Sternzeichen und meinem Geburtstag gefragt. Und so wie ich ihn kannte, würde er sicher schon morgens mit geschmierten Brötchen am Bett stehen, die er vermutlich aus selbst geerntetem und gemahlenem Korn gebackenen hatte.

»Ich feiere wieder in drei Jahren, dann hab ich wenigstens einen Grund, mich richtig zu betrinken. Und bis dahin verzichte ich auf alle Grußkarten und Geschenke, dafür wünsche ich mir zum 40. die Augencreme von La Mer im Zehn-Liter-Eimer!«

Nachdem ich mich von Hanne verabschiedet hatte, stand ich noch eine Weile im Hauseingang. Sie war weg, aber die Frage war noch da. Und sie hatte verdammt noch mal recht.

Ich wusste überhaupt nicht, ob Micha sich Kinder wünschte. Ob er vielleicht dachte, mein größter Lebenstraum wäre ein Haus auf dem Land, acht Kinder mit einem Abstand von höchstens neun Monaten und ein großer Hühnerstall. Darüber hatten wir noch nicht gesprochen. Warum auch? Er hatte ja vor seinem Einzug keinen Fragebogen ausgefüllt.

Eigentlich keine schlechte Idee – nur leider zu spät. Und dann war da ja noch diese Bemerkung über die Pille, als ich sie gesucht hatte. Ein Indiz für den innigen Wunsch, seine Gene weiterzugeben? Mmhh …

Ich ging hoch.

❀

Eine Woche nach diesem gewissen Termin, über den Frauen ungern redeten und den Micha und ich ganz unspektakulär miteinander verbrachten, stand das besagte

Familienfest an, und wir fuhren nach Mönkeberg. Es war das letzte Wochenende im Juni und mein erstes bei seinen Eltern. In meinen Timer hatte ich ein großes rotes Kreuz gemacht und immer wieder die Tage gezählt.

Ich hatte das Gefühl, kurz vor der praktischen Prüfung zum Führerschein zu stehen. Dabei war es ja nur ein Besuch bei den Eltern meines Freundes inklusive Familienfest. Wenn schon, denn schon. Aber wer wusste schon, was letztendlich schlimmer war? Die blöde Prüfung hätte man wiederholen können, ein erstes Treffen mit den neuen Schwiegereltern nicht.

Was das Ganze nicht zwingend leichter machte, war dieses penetrante Bild vor meinem inneren Auge, das einfach nicht verschwinden wollte: ich inmitten eines Haufens von Kindern.

Micha war in Mönkeberg, direkt an der Kieler Förde aufgewachsen, liebte die Gegend, hatte dort seine Kindheit, seine Jugend verbracht. Alles, was er aus dieser Zeit erzählte, versetzte mich in Staunen, denn es klang so heil, so dankbar, so bilderbuchhaft. Er schwärmte von den Wäldern, in denen er früher regelmäßig laufen war, von seinen Freunden, die alle aus der gleichen Ecke kamen, von den gemeinsamen Partys am Strand, der sich in unmittelbarer Nähe befand, den Geschwistern, mit denen er viel Zeit verbracht hatte.

All das hatte ich nie gehabt. Kein Haus mit Garten, keine Eltern, die immer noch ineinander verliebt zu sein schienen, keine Geschwister, keine Erinnerungen, die mir heilig waren. Außer der einen Erinnerung an meinen fünften Geburtstag, an dem mein Vater mit mir und meinen fünf Freunden, die ich einladen durfte, zusammen in Trappenkamp auf dem Abenteuerspielplatz »Cowboy und

Indianer« gespielt hatte. Mein letzter Geburtstag mit meinem Vater.

Gegensätzlicher hätten unsere Leben nicht verlaufen können.

Ich war in einer Wohnung aufgewachsen. Einer schönen, wie ich als Kind fand, im Hochparterre mit großem Balkon zu einem Innenhof, in dem wir die meiste Zeit spielten. Manchmal kletterten wir heimlich auf die Balkone der anderen Wohnungen und guckten durch die Balkontüren in die Räume. Nicht einmal wurden wir dabei erwischt. Meine Mutter wunderte sich nur hin und wieder darüber, wie gut ich informiert war, was die Nachbarn betraf.

Während der Woche gab es Margarine, am Wochenende Butter. Im Sommer war es warm, im Winter lag Schnee. Die Geschenke unterm Weihnachtsbaum waren selbst gemacht: gestrickte Pullover, genähte Kleider, selten etwas Gekauftes. Dazu reichte die Witwenrente meiner Mutter nicht aus. Wenn andere Kinder, die von dem Unfall nichts wussten, fragten, wo mein Vater sei, sagte ich, er sei Akrobat in einem Zirkus und würde ständig rumreisen. Meiner Mutter und mir wollte er das nicht zumuten, daher warteten wir hier auf ihn.

Das war meine Erinnerung.

Ich hatte lange genug über akzeptable Ausreden nachgedacht, um nicht zu diesem Familienauflauf fahren zu müssen, doch es sah alles danach aus, als müsste ich da durch. Es nützte nichts. Letztendlich wusste ich ja nur zu gut, warum ich mich drücken wollte. Weil ich auf das treffen würde, was ich nicht hatte: eine Familie. Und das machte mir Angst.

Während der Fahrt dorthin schwiegen wir. Eine Stunde

und fünfzehn Minuten. Premiere. Als wir die Autobahn hinter uns gelassen hatten und Kiel Richtung Ostufer langsam verließen, öffnete ich das Fenster. Waltraud, die zwischen meinen Beinen saß, sprang mir auf den Schoß, um ihre Nase in den Fahrtwind zu stecken. Ihre langen Schlappohren flatterten hin und her wie Fahnen im warmen Wind.

»Warst du eigentlich schon mal segeln?«

»Segeln? Nee, bisher noch nicht.«

»Mein Vater hat ein Boot, mit dem er regelmäßig unterwegs ist, seitdem er nicht mehr arbeitet. Wenn du magst, können wir ja mal mit ihm zusammen rausfahren.«

Ein Boot. Aha. Das hatte Micha bisher, glaube ich, noch nicht erwähnt. Komisch. Bin ja mal gespannt, dachte ich, was da noch für Überraschungen kommen.

Die Straße verengte sich von vier Spuren auf zwei. Es wurde grüner. Aus Mehrfamilienhäusern wurden Einfamilienhäuser. Die Straße machte großzügige Bögen, führte leicht bergab, und schließlich bog Micha links in einen Waldweg.

»Das ist Mönkeberg!«, sagte er feierlich, während er aus dem Fenster sah, als wollte er sich vergewissern, dass alle Büsche und Bäume noch da standen, wo sie sich zuletzt befunden hatten.

Ich spürte, wie sehr er sich freute. Interessant, dachte ich. So kann es also auch gehen.

Nach ein paar hundert Metern endete das Wäldchen. Rechts und links von uns lagen jetzt leicht hügelige Rasenflächen. Meine Herren, wer hatte denn hier Rasen gemäht?, dachte ich und begriff erst, als ich das erste Sandloch entdeckte: eine Golfanlage.

»Die Bälle sind regelmäßig bei uns übers Haus und

dann in den Teich geflogen. Ich hab sie rausgefischt, gereinigt und verkauft. Das war richtig lukrativ«, meinte Micha, und ich versuchte mir nicht vorzustellen, was passierte, wenn man so einen Golfball an den Kopf bekäme. Kurz hinter den perfekten Golfrasenflächen standen wieder Häuser.

Vor einer alten Buchsbaumhecke, hinter der ein großer gelber Klinker aus den 70er-Jahren stand, hielt er an. Braune Holzfensterrahmen, anscheinend ausgebauter Dachboden, Garage, Carport inklusive Audi-Kombi. Und vermutlich irgendwo ein Apfelbäumchen – wie idyllisch.

Die Haustür öffnete sich. Eine schlanke, braun gebrannte, ältere Frau mit grau-weißem, hochgestecktem, dünnem Haar, Mitte sechzig vielleicht, der man ansah, wie attraktiv sie einmal gewesen sein musste, öffnete die Tür. Sie trug ein dunkelblaues Kostüm aus Wolle, und rechts und links zu ihren Füßen standen ihre Möpse, um den Hals je eine hellblaue und eine roséfarbene Schleife.

Ich sah an mir hinab.

Cargohose, braune Sandalen, weißes T-Shirt mit Strickjacke, dreckiger Hund.

»Warum hast du mir das nicht gesagt?«, fragte ich.

»Was?«

»Das«, erwiderte ich und zeigte unauffällig auf seine adrette Mutter, die aussah, als erwartete sie den Papst.

»Wenn ich das geahnt hätte, hätte ich mir auch ganz gerne etwas anderes angezogen«, zischte ich, bevor ich aus dem Wagen stieg.

»Be yourself. Everybody else is already taken«, meinte Micha nur.

»Danke. Da hilft auch Oscar Wilde nicht weiter. Außerdem klang das vor ein paar Stunden noch ganz anders.«

Da hatte er mir von seiner super entspannten Familie erzählt, wie locker es bei ihnen so zuging, und dass ich gar keine Bedenken habe müsse – alles Tütelkram. Aha.

Wir gingen die Stufen hinauf. Waltraud zog an der Leine. Die Möpse meiner Schwiegermutter hatten ihr Interesse geweckt.

»Ach, wie schön, dass wir uns jetzt endlich mal kennenlernen. Das wurde aber auch Zeit. Herzlich willkommen, Charly! Schön, dass Sie da sind!«

»Danke.« Ich gab ihr den Blumenstrauß, von dem ich im Wagen noch schnell die Plastikmanschette entfernt hatte, in der Hoffnung, sie würde nicht sofort erkennen, dass wir ihn eben erst an der Tankstelle besorgt hatten. Dann sah ich nach unten.

»Waltraud.«

Michas Mutter sah mich verdutzt an.

»Also, das ist Waltraud, wollte ich sagen. Mein Hund. Äh … unser Hund.«

Mist.

Was war denn mit mir los? Ich hatte mich während meiner beruflichen Laufbahn mit Oberbürgermeistern und Orchideenzüchtern genauso gut unterhalten wie mit Pilzsammlern und Prostituierten. Warum konnte ich meiner Schwiegermutter in spe denn nicht einfach »Guten Tag« oder »Danke für die Einladung« sagen? Machte man doch so, oder?

Sie rettete die Situation mit ihrer Freude über die Blumen, die, wie mir merkwürdigerweise jetzt erst auffiel, mit Glitzerspray besprüht worden waren. Rosa Nelken mit goldenem Glitzerspray. Ein Albtraum! Das war nicht nur kitschig, es war geschmacklos. Nein, hässlich. Außerdem sah es aus, als hätten wir Advent, nicht Ende Juni beziehungsweise fast schon Juli! Wäre ich nur selbst in die Tankstelle gegangen. Ich spürte die gute Durchblutung in meinem Gesicht.

Der Sohn wurde abgeknutscht, dann verschwand er wieder Richtung Auto. Er wollte noch irgendetwas holen. Was auch immer, es wäre mir lieber gewesen, er hätte sich neben mich gestellt und wäre keinen Schritt von meiner Seite gewichen. Ich wurde gebeten hereinzukommen, in die gute Stube.

Weit kam ich allerdings nicht. Hinter der Haustür befand sich ein großzügiger Flur, und eine Holztreppe führte an der linken Seite nach oben, in den ersten Stock. Zwei Kinder in karierten Hemden sausten herunter, sodass ich lieber einen Schritt beiseitetrat.

»Hallo!«, sagten sie synchron und reichten mir die Hand.

»Hallo«, sagte auch ich und streckte ihnen meine Hand entgegen.

»Bist du Charly?«

»Ja, das bin ich. Und wer bist …?«

»Du« war weg, bevor ich meine Frage zu Ende stellen konnte. Zeitgleich kam Michas Vater hinter uns ins Haus. Er musste im Garten gewesen sein. Was für eine Ähnlichkeit, wirklich unglaublich. In diesem Fall konnte man getrost auf einen Vaterschaftstest verzichten.

Hans hatte einen festen Händedruck.

»Charly. Na, dann kommen Sie mal rein.«

Er putzte sich kurz die Schuhe an der Matte ab, drückte Micha, der inzwischen wieder hinter mir stand, Waltrauds Leine in die Hand und führte mich durchs Haus, am Esszimmer, der Küche und ein paar verschlossenen Türen vorbei quer durchs Wohnzimmer, dessen Einrichtung vermutlich seit zwanzig oder dreißig Jahren gepflegt, aber nicht erneuert worden war, und hinten wieder raus auf die großzügige Terrasse.

Die Sonne schien nur schwach hinter ein paar Wolken, aber das tat nach den letzten heißen Tagen fast schon gut. An dem langen gedeckten Tisch waren beinahe alle Plätze besetzt. Ich grüßte höflich.

Eine attraktive Frau mit Baby im Arm, vermutlich Anni mit Rosa, reichte mir ihre Hand und fing zu meiner Verblüffung an, sich bei mir zu bedanken.

»Charly, entschuldige bitte, dass ich es noch nicht geschafft habe, ich wollte mich schon längst bei dir bedanken!«

Ich hielt ihre Hand, anstatt sie wieder loszulassen, und sah wahrscheinlich aus, als wäre ich aus einem Stück gegossen.

»Das macht doch nichts«, sagte ich schließlich.

Sie sah auf unsere Hände.

»Sorry«, schob ich noch hinterher und ließ sie los.

»Das Kleid ist wirklich süß, und guck mal, es passt genau.«

Ich sah sie an. Sie trug beige Shorts und eine Bluse. Beides drohte in den nächsten Sekunden zu platzen. Stämmig, wäre der richtige Ausdruck.

Ich schaute Micha fragend an. Der wies mit seinem Blick auf das Bündel in ihrem Arm.

Rosa!

»Ja, hübsch ist das … Also, ich meine, hübsch sieht das an ihr aus, wirklich, sitzt ja super«, stotterte ich, wobei das gelogen war. Das arme Kind verschwand fast in diesem geblümten Sack, der ein Kleid sein sollte. Vermutlich hatte sie es Rosa nur angezogen, um mir eine Freude zu machen. Ich fragte mich, warum ich nicht mitbekommen hatte, dass ich es ihr geschenkt hatte.

Ich sah mich um. Hatte ich hier sonst noch irgendwem etwas geschenkt? Neben Anni saß ihr Mann Conrad, dann kam Michas Bruder Moritz samt Freundin, sein jüngerer Bruder Maximilian und Johannes, der Älteste, mit Frau Britta. Ich tat, als könnte ich mir alles merken, nickte höflich und schüttelte Hände. Im Grunde waren sie ja auch alle alte Bekannte. Schließlich hingen sie ja seit Wochen in meiner Wohnung.

Draußen auf dem Rasen tobten die Kinder. Es mussten auch welche aus der Nachbarschaft dabei sein, irgendwie waren es zu viele. Aber welches Kind nun wem gehörte? Keine Ahnung. Ich fragte lieber nicht. Das hätte den Rahmen gesprengt. Meinen persönlichen, denn ich hatte jetzt schon Angst, alle Namen durcheinanderzubringen. Am liebsten hätte ich allen Namensschildchen verpasst. Ich konnte mir fantastisch Telefonnummern merken, Namen dagegen waren schon immer ein Problem.

Anni und Rosa würde ich mir, sofern sie das Kind nicht einer anderen in den Arm legte, merken können, aber für den Rest übernahm ich keine Garantie. Josephine Wilhelmine, Michas Mutter, wies mir meinen Platz zu, neben Anni, und fragte höflich, was ich trinken wolle. Sie war eine Dame, durch und durch. Und eine gute Gastgeberin.

Es gab Tee, grün, weiß, schwarz, rot. First Flush, second Flush. Nur von Kaffee sagte sie nichts. Ich nahm schwarz. Second Flush. Was auch immer das war. Ich wollte nicht dumm auffallen.

»Willst du keinen Cappuccino? Ich mach dir einen«, mischte Micha sich ein.

»Ach, keine Umstände, ich …«

Aber da war er schon in Richtung Küche verschwunden.

Michas Mutter setzte sich zu mir und fragte, seit wann ich Waltraud hätte, die inzwischen von der Leine gelassen worden war und gemeinsam mit Hugo, Huberta und den Kindern um die Bäume lief, nachdem sie sich von allen Seiten beschnüffelt hatten – die Hunde.

Sie wollte gerne wissen, wie unsere Wohnung so wäre, die sie gerne einmal sehen würde, und was ich beruflich genau täte. Micha hätte nur etwas von einem Radiosender gesagt.

Sie war eine wache, smarte Frau, vielleicht etwas skurril, da war ich mir nach den paar Minuten noch nicht ganz sicher, aber eines stand fest: Sie war zu meiner Erleichterung sympathisch. Und sie war anders als meine Mutter. Sie hatte so etwas Korrektes, Gerades an sich. Nicht dass meine Mutter vorbestraft war, sie war einfach anders. Jedenfalls sah Josephine Wilhelmine nicht aus, als würde sie die Böller Silvester selbst anzünden, geschweige denn fremde Männer zum Tango auffordern.

Nachdem mir Micha den Cappuccino gebracht hatte, erzählte sie mir mit einem Strahlen in den Augen von ihren Enkeln.

All das hier – sie zeigte auf das Haus, den Garten mit seinen Blumenbeeten und der kleinen Gartenlaube, an deren Fenstern gehäkelte Gardinen hingen, die Hollywoodschaukel – wäre nicht halb so schön ohne die Kinder, die das Leben erst lebenswert machten.

»Was nützt das schönste Haus, wenn darin keiner lacht?«, fragte sie und sah dabei in den Garten.

Hugo und Huberta hatten inzwischen aufgegeben und lagen unter einem der riesigen Rhododendronbüsche. Vermutlich waren sie für Spiele mit hyperaktiven Kindern einfach nicht gemacht.

»Mutter sein zu können, das ist ein Geschenk, auch wenn das viele vergessen und nur die Arbeit dabei sehen. Aber Großmutter sein ist wie eine Zugabe bei einem Konzert.«

Ich versuchte mir vorzustellen, auf was für Konzerte sie ging.

»Das hat wirklich nur Vorteile. Man kann alles noch einmal erleben, hat aber die Zeit, die früher oft fehlte, hat mehr Ruhe, da man sich nicht mehr aufteilen muss zwischen dem Beruf und den Kindern.«

Das klang ja fast ein wenig nach einem Werbespot für die Anschaffung einer eigenen Familie – und dem, was dazu gehörte.

Ich sah ihr auf den Mund und bildete mir ein, sie sagen zu hören: »Schaffen Sie sich jetzt Kind und Kombi an, und sparen Sie einmalig zwanzig Prozent! Nutzen Sie diese Chance. Sie können gleich hier unten rechts unterschreiben …«

Oh Gott, ich brauchte dringend ein kühles Getränk.

»Alles in Ordnung, Charly?«, hörte ich sie fragen.

Ich rieb mir kurz die Augen. »Ja, danke!«

Dann beugte sie sich etwas zu mir rüber und flüsterte: »Und das Allerbeste: Wenn es mir zu bunt wird, zieh ich mich einfach zurück und hänge das Schild an die Tür, auf dem ›Pssst!‹ steht. Das hab ich mir mal in einem Hotel gemopst. Und wenn das an der Türklinke hängt, denken alle, ich würde mich ausruhen oder schlafen. Sehr praktisch.«

Sie zwinkerte mir zu.

Pfiffig.

Ich sah mich um. Nette Menschen vor schöner Kulisse, und alle gut gelaunt. Es sah wirklich ein bisschen wie ein Fotoshooting für ein schwedisches Möbelhaus aus. Eine scheinbar glückliche Familie. Niemand schrie oder quengelte.

Sollte es so etwas tatsächlich geben?, fragte ich mich, als Micha sich zu mir setzte und seine Hand auf mein Bein legte. Es ging mir alles etwas zu schnell. Das war ein wenig zu viel Harmonie auf einem Haufen.

Seit dem Tod meines Vaters gab es so etwas nicht mehr für mich: mit der Familie zusammen sein, unbeschwert, glücklich. Nichts war danach mehr so, wie es hätte sein sollen – wie es hier war. Und auf einmal war all das zum Greifen nah, und es war mir zu viel.

Ich stand auf, fragte kurz nach dem WC und verschwand im Flur. Das fanden Hugo und Huberta nicht so lustig, die es sich inzwischen unter dem Tisch gemütlich gemacht hatten, um sich von den ungewohnten und in Mopskreisen vermutlich verpönten Anstrengungen im Garten zu erholen. Sie sprangen synchron auf und verfolgten mich kläffend, bis ich nach ein paar Metern stehen blieb, weil ich Angst hatte über sie zu stolpern oder gleich an Ort und Stelle angeknabbert zu werden.

»Keine Angst. Die tun nichts«, beruhigte mich Michas Mutter, die mir und den Möpsen in den Flur gefolgt war.

»Sieht aber gerade ganz anders aus«, erwiderte ich.

»Selbst wenn sie wollten. Sie können gar nicht richtig zubeißen.«

»Warum? Haben sie keine Zähne mehr?«, fragte ich und sah mitleidig zu ihnen runter.

»Doch, aber ihre Anatomie ermöglicht es ihnen nicht, fest zuzubeißen. Außerdem würden sie es auch so nicht tun. Der Mops an sich ist ein grundgutes Wesen. Hugo! Huberta! Kommt, kommt mal eben her. Hierher zu Mama!«

Die röchelnden Plattnasen tänzelten zurück zum Tisch.

»Die beiden hier haben wirklich nur eines im Sinn: Das Leben genießen, und zwar in vollen Zügen. Und das ist doch ein guter Ansatz, oder?«

Sie lächelte mich an.

»Ja, durchaus«, stimmte ich ihr zu und war froh, ohne Begleitung weiter Richtung WC gehen zu können.

Auf dem Weg entdeckte ich auf einer Kommode mehrere Bilderrahmen mit alten, teilweise vergilbten Fotos in Holzbilderrahmen. Es waren Bilder der Kinder, der Enkel, von Haus und Garten, aus Urlauben in Dänemark, des Restaurants, das sie jahrelang bewirtschaftet hatten.

Über dem Kaminsims hing ein Ölgemälde. Frau Möller mit ihren Lieblingen. Hugo und Huberta. Daneben stand: »Ein Leben ohne Mops ist möglich, aber sinnlos! (Loriot)«

Ich ging weiter zum WC. Genauso hatte unser Bad früher auch ausgesehen: hellrosa Fliesen, weiße Keramik, rosa Handtücher mit Blumenmuster, ein ovaler Spiegel, rechts und links weiße Kugellampen aus Milchglas. Selbst der Geruch war derselbe. Ich kam nicht drauf, was es war. Eine Seife? Ein Parfüm?

Zurück auf der Terrasse ließ ich mir ein Stück selbst gebackene Erdbeertorte auf den Teller legen, danach Tiramisu, kleine Waffeln, die Michas Neffen gebacken hatten, etwas Obstsalat und noch eine Waffel mit etwas Kirschkompott. Alles nur, um nicht zu viel reden zu müssen.

Kaum hatte ich den letzten Löffel in den Mund geschoben, fragte Anni mich, ob ich Rosa kurz halten könne, sie müsse mal eben etwas von oben holen.

Ich nickte mit vollgestopften Backen. Hilfe, was das für einen Eindruck machte. Ich benahm mich, als säße ich zum ersten Mal an einer gedeckten Kaffeetafel.

Rosa hatte in diesem Punkt etwas Ähnlichkeit mit mir. Ihre Pausbäckchen sahen aus, als hätte sie sich klammheimlich die restlichen Waffeln reingestopft. Sie lächelte mich an, griff nach meinem Zeigefinger und umklammerte ihn fest. Das Blut wich aus ihrem Finger. Aus meinem auch. Sie gurrte und gluckste, als wollte sie mir ganz dringend etwas erzählen. Ich sah zu Micha hoch, der uns beobachtete.

»Na, alles klar bei euch?«, fragte Anni, als sie sich wieder neben mich gesetzt hatte. »Da fühlt sich ja jemand offenbar sehr wohl. Dann kann ich ja noch eben den Kuchen zu Ende essen«, meinte sie und wandte sich der Erdbeertorte auf ihrem Teller zu.

Rosa sah mich an, als gäbe es nichts Spannenderes auf diesem Planeten als mein Gesicht oder meine Haare. Oder war es doch die Nase? Vermutlich.

Annis Teller war schon lange leer, als sie mich fragte, ob sie mir Rosa wieder abnehmen solle.

Ich schüttelte den Kopf. Rosa hatte gerade die Augen geschlossen, ihre Hand löste sich von meinem Finger und rutschte auf meine Beine. Wie eine Puppe lag sie da. Friedlich. Und irgendwie faszinierend. So ein Minimensch. Alles dran.

Wie du wohl mal aussiehst, wenn du groß bist? Hauptsache, die Bäckchen verschwinden, sonst wird das nix mit den Jungs. Ich sah auf ihre kleinen, prallen Beinchen, die unter dem geblümten Sack hervorlugten. Dellen, so weit das Auge reichte. Himmel. Ich wusste gar nicht, dass Babys schon Cellulite haben konnten. Jetzt verstand ich, warum es Mütter gab, die ständig zu Babymassagekursen rannten.

Ich musste nicht hochschauen, um zu wissen, was Micha tat. Ich spürte seinen Blick und ahnte seine Gedanken.

Nach drei Stunden war mein Hintern vom Sitzen platt und mein Bauch voll. Am liebsten hätte ich gefragt, wo hier das Gästezimmer war. Ich war nicht nur müde, ich war erschlagen.

Zum Glück sah Micha es mir an, oder es ging ihm ähnlich, und so brachen wir am frühen Abend auf. Die Abschiedszeremonie dauerte beinahe genauso lange wie der gesamte Besuch. Was allerdings nicht an der Vielzahl der Menschen lag, sondern an der Tatsache, dass drei wichtige Familienmitglieder fehlten: Hugo, Huberta und Waltraud.

Erst fing ich an zu rufen, dann Michas Mutter an zu pfeifen, und schließlich riefen und pfiffen alle und rannten durcheinander. Aber von den drei Vierbeinern fehlte jede Spur.

Hans schwor, nachdem seine Frau wetterte, er habe die Stelle im Zaun immer noch nicht geflickt, obwohl sie doch mehrmals darauf hingewiesen habe, es sei alles dicht. Die Hunde könnten nicht weit sein, sie müssten hier, im Haus oder eben im Garten sein.

Er behielt recht. Ihr Schmatzen verriet sie. Die drei steckten in der Speisekammer, deren Tür anscheinend jemand offen stehen gelassen hatte, was sofort zu einer heftigen Diskussion führte. Dort hatten sie sich gemeinsam über Leberwürste und Schokocreme hergemacht, die ihnen bis unter die Augenränder klebten. Was bei den

Möpsen keine Kunst war, da deren Mundwinkel ja geradezu in die Augenränder übergingen. Die Schleifen waren dreckig und verklebt, hingen schief und waren genauso reif für die Wanne wie der Rest der Hunde. Wer die verschweißten Packungen geöffnet hatte, war klar. Es gab ja schließlich nur einen Hund mit einem Kiefer, der tat, wozu der liebe Gott ihn geschaffen hatte. Waltraud.

Ein paar Minuten später saß sie mit angelegten Ohren und schlechtem Gewissen auf der Rückbank unseres Wagens, nachdem ich ordentlich mit ihr geschimpft hatte, obwohl ich eigentlich lieber losgelacht hätte. Trotzdem war es mir etwas unangenehm. Da versuchte ich einen möglichst guten Eindruck zu machen bei meinem ersten Besuch, und mein Hund benahm sich wie ein obdachloser Straßenköter, der fünf Wochen nichts Essbares zwischen die Zähne bekommen hatte.

»Und, war es nun so schlimm?«, fragte Micha auf dem Rückweg.

»Nö.«

❀

Als wollte irgendwer mit allen Mitteln verhindern, dass ich das Thema Vermehrung vergaß, stand ein paar Tage später Ilka mitten in der Nacht vor unserer Tür und klingelte Sturm. Wobei es hier eher um die Folgen der Vermehrung ging.

Die für eine laue Sommernacht viel zu warm eingepackte Karlotta in dem einen Arm, die Windeltasche über der Schulter, die Handtasche wie ein Erstklässler um den Hals vor der Brust hängend, versuchte sie sich irgendwie noch schnell ein paar Tränen wegzuwischen, als ich öffnete.

»Sag nichts!«, befahl sie in einem Bundeswehrton, der keine Fragen offenließ.

Ich ging einen Schritt beiseite und zeigte ins Wohnzimmer. Schweigend.

Ilka stapfte an mir vorbei ins Wohnzimmer, lief wütend und enttäuscht auf und ab, drückte mir schließlich Karlotta in den Arm, wodurch es sich leichter marschieren ließ, und erzählte, was ich schon vor Monaten geahnt hatte.

»Wie feige ist das denn bitte? Einfach seine Sachen nehmen, einen Zettel hinlegen und verschwinden! Und dann noch dieser Satz: *Du warst nicht da, als ich von der Arbeit kam, deshalb habe ich dir diesen Brief geschrieben*. So ein Schwachsinn! Und überhaupt: Was für eine Arbeit denn?«

Sie unterbrach ihren Monolog und kam auf mich zu. »Das ist doch kein Mehlsack. Komm mal her.« Sie nahm Karlotta und legte sie mir schräg in den Arm. »So!«

Ich hätte schwören können, dass sie vor einer Minute in meinem Mehlsackgriff genauso dagelegen hatte, kein bisschen anders als jetzt.

Ich setzte mich aufs Sofa und fühlte mich belagert: Ilka vor mir, Karlotta auf mir, Waltraud neben mir, bemüht, den Rest meines Schoßes für sich in Anspruch zu nehmen.

Micha erschien im Pyjama im Türrahmen.

»Alles okay?«

»Ja, alles okay«, murmelte ich.

»Nichts ist okay!«, protestierte Ilka.

»Er hat sich davongeschlichen und gehofft, ich wäre nicht zu Hause. Er wusste ganz genau, dass heute der Babymassagekurs ist!«

»Und jetzt?«, fragte Micha, weil er vermutlich nicht wusste, was er sonst hätte sagen können, weniger weil er eine Antwort erwartete.

Ilka zuckte mit den Schultern, setzte sich hin und schüttelte den Kopf.

Micha sah mich mit der Kleinen im Arm, legte den Kopf schräg und lächelte mich an. Warum strahlte er so?

»Kann ich auch mal?«

Er setzte sich neben mich aufs Sofa, griff behutsam und irgendwie gekonnt – nicht wie ich – nach dem schnarchenden Wollknäuel und sah in diesem Moment, wie er dort saß in seinem weißen Pyjama, schon fast selig aus. Nur noch ein Heiligenschein hätte dieses Bild perfektionieren können.

»Was soll ich denn Karlotta erzählen, wenn sie mich irgendwann fragt, wo ihr Erzeuger ist?«

Mit dieser Frage riss Ilka mich aus meinen Gedanken. »Was? Sorry, was meintest du?«

»Was ich ihr«, sie zeigte auf Karlotta, »sagen soll, wenn sie wissen will, wo ihr Vater ist? Der Zeitpunkt wird ja früher oder später kommen.« Ilka stemmte ihre Hände in die Hüfte. »Deine Mutter konnte ja wenigstens sagen, dass dein Vater tot ist, als du sie gefragt hast. Aber ich?«

Ich sah sie entsetzt an.

»War nicht so gemeint, aber ich hätte es gleich wissen müssen, dass er ein Idiot ist, auf den man sich nicht verlassen kann.«

Jetzt war Schweigen Gold.

Micha legte mir Karlotta wieder in den Arm, fragte, ob er uns etwas Gutes tun könne, und verzog sich dann lieber. Dies hier war ein klarer Fall von Frauengespräch. Das wusste er.

»Es hätte mir klar sein müssen, in dem Moment, als ich ihm erzählte, dass eine Kundin von Lars, meinem Friseur, einen Nervenzusammenbruch erlitten hatte, weil sie sich erst einen Hundewelpen angeschafft und dann gemerkt hatte, dass sie schwanger war. Und kaum war das Kind da, war sie am Ende. Beides war einfach zu viel. Stell dir das mal vor. Sie ist jetzt in der Psychiatrie!«

»Wieso hätte es dir da klar sein müssen?«

»Weil Max, als ich ihm die Geschichte erzählte, am Ende nur fragte: ›Echt? Und was ist jetzt mit dem Hund?‹«

Stunden später waren alle Taschentücher aufgebraucht. Mein Arm war inzwischen taub und eingeschlafen, und der Rest meines Körpers wollte es auch gern tun.

Ilka sah es mir an. Sie packte ihre Sachen, zog sich ihre Jacke über, nahm mir Karlotta aus dem tauben Arm und sagte erhobenen Kopfes: »Dem werde ich es zeigen. Soll mal nicht denken, ich werde ihm hinterherweinen!«

Mein Angebot zu bleiben und auf dem Sofa zu schlafen, lehnte sie dankend ab. Sie war Widder. Ein kleiner, zierlicher Widder, der nicht daran dachte aufzugeben, sich als Opfer zu sehen und sich irgendwo anders einzunisten – auch nicht bei der besten Freundin.

Dann waren die beiden wieder weg.

❀

Das Leben war ungerecht und gemein. Mag sein, dass ich mich deshalb so selten während der nächsten Wochen bei meinen Freundinnen meldete. Um ehrlich zu sein, fast den ganzen Juli über kein einziges Mal. Ich wollte sie vermutlich intuitiv nicht mit meinem Glück konfrontieren. Denn was Ilka in nächster Zeit nicht mehr haben würde, hatte ich jetzt zur Genüge: Pärchenabende.

Herrlich. Fehlte eigentlich nur noch, dass wir demnächst abends mit Freunden zusammen Bridge oder Skat spielten und ich eine Tupper-Party veranstaltete.

Oh Gott, was war aus mir geworden? Hatte ich mich nicht gerade noch lauthals beschwert, dass keiner mehr mit mir ausging?

Der Höhepunkt meiner Woche war nun ein Abend in einem schicken Restaurant, mit Vor- und Nachspeise und manchmal sogar Nebenwirkungen. Die von unserem Essen würden mir nur allzu gut in Erinnerung bleiben.

Ich hatte noch einen der letzten freien Tische im *Hirschen*, rechts in der Ecke, ergattert, sodass ich aus dem Fenster sehen konnte. Es war kurz vor acht. Die Tische draußen waren belegt, die Straßen voll, die Parkplätze belegt, die Menschen auf dem Weg von irgendwo nach irgendwo. Sie eilten am Hirschen vorbei. Manche blieben kurz an der Ecke des Gebäudes, an der sich der Eingang befand, stehen, sahen auf die Karte, unterhielten sich, kamen rein, erfuhren, dass alles besetzt war, und gingen wieder.

Ich lehnte mich zurück und ertappte mich dabei, mich mit meiner neu erworbenen Spießigkeit pudelwohl zu fühlen. Wenn ich nicht aufpasste, endete das Ganze doch noch in einem Endreihenhaus am Stadtrand.

Vincent, dem das Restaurant gehörte, kam zu mir. Wir kannten uns seit Jahren. Ich stand auf, er nahm mich – wie immer, wenn wir uns trafen – in den Arm, als wäre ich seine Mutter, die er dreißig Jahre nicht gesehen hatte. Wäre Vincent nicht jeden Tag hier, würde nicht jeden einzelnen Gast begrüßen, sich mit ihm unterhalten und ihm das Gefühl geben, er hätte heute extra für ihn das beste Essen Hamburgs kochen lassen, der Laden wäre einfach nicht der, der er ist, sondern einfach nur irgendein Restaurant.

In diesem Moment entdeckte ich Micha, der darauf

wartete, dass er über die Straße gehen konnte. So sah es zumindest aus. Er sah zu mir rüber und winkte mit der einen Hand. In der anderen hielt er etwas – Unterlagen, eine Zeitschrift, Blätter, keine Ahnung. Ein Auto hielt, er sah hoch, ging über das Kopfsteinpflaster. Irgendwie sah er genervt aus.

Waltraud zerrte an der Leine. Sie hatte ihren Rudelführer entdeckt, der sich durch den schmalen Gang zwischen den Tischen hindurchdrängelte, vorbei an Kellnern und einem Kinderwagen am Nebentisch. Er beugte sich zu ihr runter, streichelte sie, kam dann zu mir und küsste mich flüchtig.

»Alles gut?«, fragte ich.

»Ja. Eigentlich schon.«

»Und uneigentlich?«

»Ach nichts, ich hab nur Hunger. Hast du schon bestellt?«

»Nein, ich wollte auf dich warten.«

Ich schob die Karte zu ihm rüber. »Die Trüffelnudeln sind super. Oder hier …«, ich blätterte die Seite um, »die gebratenen Jakobsmuscheln auf Kartoffelpüree – auch klasse.«

Vincent kam wieder an den Tisch.

Ich zeigte auf Micha. »Darf ich vorstellen: Micha, Vincent. Vincent, Micha. Waltraud.«

Ich wollte witzig sein, war es aber anscheinend nicht. Micha gab ihm mit sichtlichem Desinteresse flüchtig die Hand, dann guckte er wieder in seine Karte. Der Hunger musste wirklich groß sein, so kurz angebunden kannte ich ihn gar nicht. Er bestellte ohne, hochzusehen. Keine Trüffelnudeln und keine Jakobsmuscheln, sondern Salat.

»Ich dachte, du hättest so einen Hunger«, kommentierte

ich, nachdem Vincent alles aufgeschrieben hatte und wieder verschwunden war.

»Ich mag so spät nichts Schweres mehr essen.«

Aha. Wegen der Bikinifigur, oder warum? Irgendwas stimmte nicht.

Am Nebentisch änderte sich auch gerade die Stimmung. Der Kinderwagen fing an zu quaken. Ich sah kurz rüber.

Die arme Frau, dachte ich. Jetzt werden die schönen Nudeln kalt.

»Hast du Stress mit den neuen Kollegen?«

»Nein.«

Stille.

»Was ist denn mit dir?«

Vincent brachte das Wasser.

Und da sah ich es. Diesen Blick, wie er ihn ansah. Er war eifersüchtig. Das war es.

»Falls es dich interessiert, Vincent ist ein Freund, ein glücklich verheirateter Freund mit einer zauberhaften Frau.«

»Und?«

»Und ich dachte, ich sag dir das lieber, bevor du auf dumme Ideen kommst.«

»Und diese Begrüßungszeremonie kriegt man hier zum Essen dazu?«

»Ja, dreh dich mal um.«

Zwei Tische hinter uns wurden zwei Damen begrüßt. Küsschen links, Küsschen rechts und noch mal gedrückt.

»Das macht er mit allen Gästen, die er besser kennt. Du kriegst nächstes Mal bestimmt auch einen Kuss.« Ich zwinkerte ihm zu.

»Na, dann.« Er sah an mir vorbei.

»Bist du eifersüchtig?« Ich stupste ihn mit dem Fuß unterm Tisch an.

»Bin ich nicht.«

»Bist du doch.«

»Bin ich nicht.«

»Doch.«

»Nein.«

Ich lachte ihn an. Ein paar Sekunden schaffte er es noch ernst zu gucken, dann lachte er auch.

»Vielleicht ein bisschen, so ein kleines bisschen?« Ich zeigte mit Zeigefinger und Daumen circa einen Zentimeter.

»Höchstens.«

»Hey, ist doch super. Dann weiß ich wenigstens, dass du wie ein Ritter um mich kämpfen würdest … falls mal wieder einer fragt, was ich essen will.«

»Super« war mehr als gelogen. »Lästig« oder »unschön« traf es schon besser. Ich betrachtete ihn und überlegte, was ich davon halten sollte. War mein Gefühl also doch richtig gewesen, dass er eifersüchtig war, als er beim Renovieren die Striche am Spiegel entdeckt hatte. Eifersüchtig auf Striche! Das konnte man ja keinem erzählen.

Doch nicht perfekt? Wie ärgerlich. Dabei hatte ich mich gerade heute Morgen noch gefreut, dass er sogar die Zahnpastatube, nachdem er sie benutzt hatte, wieder zudrehte und nicht wie … wie andere zweimal täglich offen liegen ließ, sodass immer alles herausquoll und festklebte, bis es steinhart war und ich es wegkratzen durfte.

»Weißt du, wie viele Typen ich täglich in den Arm nehme?« Micha sah mich an. »Einfach nur, weil ich sie begrüße? Deswegen kannst du doch ab jetzt nicht jedes Mal schlechte Laune bekommen. Davon kriegt man böse

Magengeschwüre, und dann liegst du nachher im Bett, und ich muss dich pflegen. Und das wird kein Spaß, das verspreche ich dir. Da gibt es nämlich nur Hühnersuppe aus der Tüte und sonntags mal einen Zwieback. Aber nur einen.«

Micha versuchte sich im Dackelblick und schob die Unterlippe vor, als würde er schmollen. »Nur einen?«

»Höchstens«, sagte ich übertrieben streng.

Das Essen kam.

»Guten Appetit!« Vincent stellte uns die Teller hin, fragte noch einmal, ob wir alles hätten, was wir bräuchten, und verschwand.

Die Frau am Nebentisch drehte sich zu uns um, während sie versuchte, ihre Brust rauszukramen, um ihr Baby zu stillen. Zumindest vermutete ich das. Warum wühlte man sonst im eigenen Ausschnitt rum?

Ich sah kurz zur Seite, wo sich eine Brust inzwischen den Weg an die frische Luft gebahnt hatte. Und was für eine! Himmel. Ich wäre wirklich jedem dankbar gewesen, der gekommen wäre und meinen Kopf von ihr weggedreht hätte, denn aus eigenem Antrieb heraus schaffte ich es nicht. Ich starrte auf ihre Brustwarze. Ich konnte nicht anders. Ich musste. Noch nie hatte ich eine so große Brustwarze gesehen. Ich hätte schwören können. Dabei hasste ich Menschen, die indiskret waren – so wie ich in diesem Moment.

Diese Brustwarze erinnerte mich an irgendwas. Aber was? Ach, stimmt. Die braunen Espresso-Untertassen meiner Mutter. Es fehlte nur der schmale, goldene Rand.

Das Bild vor mir verschwamm … Ich musste daran denken, wie ich im letzten Sommer – wie so oft – im Mary Sol gesessen und einen Espresso getrunken hatte. Eigentlich keine Situation, an die man noch Monate später denken musste, wäre da nicht dieses Kind gewesen. Dieses Kind war ein Junge, dem man sein Geschlecht nicht auf den ersten Blick ansehen konnte. Die langen blonden Locken hätten auch einem Mädchen gehören können.

Ich wollte gerade zahlen und schaute Richtung Tresen, um zu winken, da sah ich, wie er die Bluse seiner Mutter hochschob – ich gehe zumindest davon aus, dass sie das war –, die Brust in die Hand nahm und trank. Prost. Wie an einer Selbstbedienungsmilchbar. Er war mindestens vier Jahre alt. Die Mutter schaute nicht einmal hin, tat, als wäre nichts und unterhielt sich einfach weiter.

Ich stellte mir vor, wie ein wildfremder Mensch im Vorbeigehen kurz bei ihr anhielt, ihr die Bluse hochschob und auch einen Schluck nahm. Ich hätte wetten können, sie hätte es nicht einmal gemerkt. Es war nur niemand da zum Wetten. Wie das wohl schmeckte? Ich konnte mich einfach nicht mehr daran erinnern.

Fast hätte ich es jetzt doch noch erfahren, denn der Milchstrahl aus der Brust der Frau neben uns verfehlte meinen offen stehenden Mund nur um ein paar Zentimeter.

Ich wich erschrocken zurück. »Oh sorry«, entschuldigte sich die Frau.

»Nachher, wenn der Cappucino kommt, würde ich vielleicht noch mal auf das Angebot mit der Milch zurückkommen. Den machen sie hier nämlich grundsätzlich zu stark«, sagte ich lächelnd.

Nach dem Salat, einer Suppe und einem Käsegang war wieder alles gut – am Nebentisch und auch an unserem eigenen.

Ich stand auf und setzte mich neben Micha. Ein bisschen Eifersucht war doch gar nicht so übel, dachte ich und küsste ihn. Solange es bei einem bisschen blieb.

Das Wetter war so gut, dass wir beschlossen, zumindest ein Stück zu Fuß nach Hause zu gehen. Auch wenn es ja eigentlich gar nicht meine Art war, mich zu bewegen. Den Rest erledigte dann schließlich doch die S-Bahn. Aber bis dahin flanierte ich mit Micha an der Hand an der Alster entlang, als hätte ich eine neue Handtasche, die unbedingt der Öffentlichkeit gezeigt werden musste.

Insgeheim hoffte ich, Ole zu treffen, oder Marc oder wenigstens Ulrich oder diesen bekloppten Cousin von Phillip – wen auch immer. Sollten sie doch alle sehen, was für einen tollen Kerl ich hatte!

❀

Das Zusammenleben hinterließ allerdings auch Spuren, das war spätestens Anfang August klar, als ich meinen Kleiderschrank sortierte. Nach Dingen, die noch passten, und nach anderen Dingen, die es nicht mehr taten.

Denn wir gingen nicht nur regelmäßig essen, Micha kochte auch gut und gerne. Doch das ganze gute Zeug wollte ja im Körper auch noch in Energie umgewandelt werden. Leider. Und obwohl ich bisher dachte, mein Job würde mehr Energie verbrauchen, als mir lieb war, wurde ich eines Besseren belehrt: Man verbrauchte dabei keine einzige Kalorie! Zumindest dann nicht, wenn man vor einem Mikro stand und die Lippen und manchmal auch das Hirn bewegte und hin und wieder mit dem Zeigefinger der rechten Hand einen Regler hochschob oder einen Knopf drückte, um den nächsten Song abzuspielen.

Während Micha alle paar Tage für eine Stunde mit

Laufschuhen, einem albernen Schweißband aus den 80er-Jahren – das im Grunde ein Trennungsgrund gewesen wäre, so wie er damit aussah – und einer viel zu großen Jogginghose verschwand, saß ich mit zunehmend schlechtem Gewissen auf dem Sofa und kraulte Waltraud, wovon ich nachweislich keinen Muskelkater bekam, sondern nur noch mehr Pölsterchen auf den Rippen.

So hatte ich mir das nicht vorgestellt. Ich hatte ganz schön zugelegt. Der Abschied vom Singledasein besaß wirklich auch Nachteile, und gegen die wollte ich ankämpfen.

Da fiel mir ein, dass ich irgendwann mal aus einer meiner unzähligen *Brigitte*-Zeitschriften eine Kalorientabelle rausgetrennt hatte, die irgendwo in meinem Bücherregal sein musste.

Und tatsächlich. Nach ein paar Minuten fand ich sie. Meine eigene Ordnung faszinierte mich. Die Seiten mit den Angaben zu den einzelnen Lebensmitteln überflog ich nur, und schließlich landete ich dort, wo ich hinwollte: Was verbrennt man bei welcher Tätigkeit?

Nach weiteren drei Minuten war klar: Es ging nicht ohne Bewegung. Was mich allerdings echt erstaunte, war die Tatsache, dass man laut dieser Tabelle beim Abwaschen mehr Kalorien verbrannte als beim Sex. Vielleicht sollte ich einfach öfter mal den Geschirrspüler aus lassen und mit der Hand abwaschen.

Ich rief bei Hanne an, die sich mit allem auskannte, was eine gute Figur herbeizaubern sollte. Schließlich schaute sie regelmäßig »Wow!«, den Verkaufssender, bei dem man immer das Gefühl hatte, die Moderatoren bezahlten Unsummen dafür, dass man sie einmal vor die Kamera ließ. Hanne kannte alles, was angeblich mit minimalem Aufwand einen maximalen Effekt hervorrief. Einen Vorher-Nachher-Erfolg konnte ich bei ihr allerdings nie feststellen, was ich ihr natürlich nicht sagte. Und inzwischen war das ja auch egal.

»Flexi-Bar«, war ihre knappe Antwort. Im Hintergrund brummte irgendetwas.

»Ist dein Geschirrspüler kaputt?«

»Warum?«, fragte sie.

»Es klingt so.«

»Nein, das sind Walgesänge.«

Ich ersparte mir die Nachfrage, denn ich konnte mir die Antwort denken.

»Also, Flexi-Bar kann ich dir echt empfehlen.«

»Klingt wie ein Müsliriegel«, meinte ich und bekam schon wieder Hunger.

»Nein, das ist eine Stange, die vibriert. Echt der Hammer! Das musst du mal machen, davon wird man süchtig.«

»Hanne, ich meine es ernst mit dem Sport. Einen Vibrator kann ich mir auch alleine anschaffen.«

»Das ist kein Dildo! Das ist genau das Richtige für dich. Obwohl … nein, jetzt hab ich es. Das wäre wirklich gut für dich: Unterwasserfahrrad!«

Ich überlegte kurz, ob in ihre Badewanne ein Fahrrad hineinpasste.

»Das soll super für die Gelenke sein.«

Für die Gelenke? Hallo? War ich senil? Ich entschied mich für das Flexi-Bar-Ding.

Hanne versprach, es mir bei »Wow!« zu ordern, denn sie konnte dadurch Treuepunkte sammeln und sich dann endlich diese tolle neue Pfanne bestellen, bei der man kein Fett mehr brauchte und trotzdem nichts anbrannte.

Ein paar Tage später stand das Päckchen vor meiner Tür, beziehungsweise ein langes, eingewickeltes Etwas, samt DVD und Sportmatte. Da blieb es allerdings nicht stehen. Ich war großherzig und nahm es mit rein.

Bis Sonnabend sah ich es noch ein wenig argwöhnisch an, wie es so herumstand, in der Ecke unseres Schlafzimmers, dann packte ich es aus und machte mich daran, etwas für mich – oder für Micha? – zu tun.

»Einfach supertoll aussehen und sich supertoll fühlen«, stand auf dem Beipackzettel, der vor Risiken und Nebenwirkungen nicht warnte. Es wäre allerdings besser gewesen, wenn der Erfinder dieses Dings auch daran gedacht hätte – oder wenn eine Hausratversicherung gleich mit inbegriffen wäre.

Die »Schwing dich supertoll fit«-DVD lief keine drei Minuten, da lief bei mir schon der Schweiß. Himmel, diese Stange wollte alles Mögliche, aber verdammt noch mal nicht das, was ich wollte: wackeln. Meine Tiefenmuskulatur fühlte sich jedenfalls nicht angesprochen.

Während mich die blöde Kuh vom Flachbildschirm aus angrinste, als hätte sie von Anfang an geahnt, dass das mit uns nix wird, gab ich nicht auf. Ich stellte mich breitbeinig hin, hielt das Flexi-Bar-wackel-dich-supertoll-schön-Teil senkrecht vor mich und versuchte, es in Schwung zu bringen. Das Einzige, was wackelte, war ich. Dafür aber konsequent von den Zehenspitzen über den Po bis zum Kinn.

Waltraud zog den Schwanz ein und verkrümelte sich. Anscheinend gefiel ihr mein Anblick nicht. Ich holte tief Luft, konzentrierte mich noch einmal, nahm alle Kraft, die ich noch hatte – immerhin versuchte ich es schon seit mindestens zehn Minuten –, und gab der Stange Schwung.

Und tatsächlich. Sie setzte sich in Bewegung, allerdings bekam meine Tiefenmuskulatur davon nicht viel mit, denn sie schoss in Richtung Fernseher. Ohne mich.

Es knallte, Glas zersplitterte, ich nahm schützend die Arme vors Gesicht und duckte mich. Puff. Ende. Aus.

Das einzig Gute war: Die blöde Kuh grinste nicht mehr. Das hatte sie jetzt davon. Selbst schuld.

❀

»Du hast *was*?«, fragte Micha ungläubig, als ich versuchte, ihm zu erklären, warum wir den Tatort am nächsten Abend leider nicht sehen konnten.

»Ich habe versucht, Sport zu treiben.«

»Warum tust du denn so was?«

»Weil ich sonst eines Tages mit einem Kran aus dieser Wohnung gehievt werden muss, weil ich leider nicht mehr durch die Tür passe. Das kostet viel Geld und macht den armen Männern von der Freiwilligen Feuerwehr auch keinen Spaß.«

»Wer hat dir denn gesagt, dass du etwas gegen deine Rundungen unternehmen musst?«

»Ich.«

»Und ich finde die gar nicht so schlecht, deine Rundungen«, sagte er und zog mich aufs Sofa.

Damit war das Thema Sport jedenfalls erst mal vom Tisch, und ich ergab mich dem Pärchendasein mit all seinen Vor- und Nachteilen.

❀

Himmel, ging es mir gut. Viel zu gut. Nach wie vor!

Im Grunde genommen so gut, dass man sich hätte schämen müssen. Dafür gab es im Übrigen noch einen anderen triftigen Grund. Ich war wirklich exakt das geworden, was ich meinen Freundinnen seit Jahren vorwarf: eine treulose Tomate. Micha war mein neuer Freundeskreis. Und die ganze Wahrheit war: Ich war schlimmer als alle Muttis dieser Stadt zusammen.

Das wurde mir klar, als ich Ilkas SMS las. Es war eine freundliche Nachfrage, ob ich noch lebte, und wenn ja, dann würde sie mich gern mal wieder sehen – oder, um nicht gleich nach den Sternen zu greifen, zumindest mal sprechen. Sie hätte mich gerade durch Zufall beim Bäcker im Radio gehört und sich an mich erinnert.

Das war natürlich komplett übertrieben, typisch Ilka. Schließlich hatte ich sie ja gerade erst gesehen, vor … Wann war das noch?

Ich blätterte in meinem Filofax, und da stand es: Wir hatten uns genau vor eins, zwei, drei, vier … ich blätterte die Wochenseiten des Filofax rückwärts … vor ein paar … nein, meine Güte!

Es war sieben Wochen her, dass sie nachts mit Karlotta vor meiner Tür aufgetaucht war, nachdem Max sich vom Acker gemacht hatte. Unfassbar. Und ich hatte mich noch nicht einmal danach erkundigt, wie die Sache mit Max weitergegangen war.

Ich rief sie an und wollte mich umgehend mit ihr verabreden, aber das funktionierte nicht, denn Ilka war gerade dabei, ihre Sachen zu packen. Sie hatte vor, mit der Kleinen in eine Hütte in den Bergen zu fahren. In genau – sie sah anscheinend auf die Uhr – eineinhalb Stunden ging der Zug. UfA, nannte sich das. Urlaub für Alleinerziehende. Man lernte nie aus.

Lauter Frauen und Männer in ihrem Alter mit Kindern in keine Ahnung welchem Alter – auf einer Alm. Das wäre ja auch nicht so wichtig, meinte Ilka. Es ginge ja schließlich um die gute Bergluft, die Natur, die Tiere und die Gespräche, um den Erfahrungsaustausch mit den anderen.

Klar. Erfahrungsaustausch. Fragt sich nur, um welche Erfahrungen es da ging, dachte ich. Das klang doch irgendwie nach Singlebörse in den Bergen. Und das Ende August. Bei der Hitze! Da liefen dann sicher alle in knappen Hosen und Shirts rum und unterhielten sich über ihre Erfahrungen. Sicher. Und ich konnte übers Wasser gehen.

Ich wünschte viel Spaß, entschuldigte mich für meine Abtrünnigkeit und sagte ihr, ich würde mich freuen, wenn sie sich meldete, sobald sie Peter und den Zieglein Adiós gesagt habe.

Ein paar Tage später – ich war gerade allein in der Wohnung – hörte ich im Hausflur unten den Postboten. Er hatte so eine Reinschmeißtechnik, die jedem Schwerhörigen klarmachte: Jetzt ist die Post im Kasten! Ich wägte ab zwischen der Anstrengung, runter- und wieder raufzugehen, und meiner Neugierde.

Ich zog Michas Badelatschen an und schlurfte runter, in der Hoffnung, dass mich keiner sah. Das Ganze war anstrengender, als ich dachte – mit Gummilatschen, die sechs Nummern zu groß waren.

Immerhin war der Weg nicht umsonst gewesen. Ich schnappte mir den Haufen Papier und machte mich auf den Rückweg. Werbung, Werbung, die Telefonrechnung, ein Brief. Ich drehte ihn, um den Absender zu sehen. Meine Mutter.

Es war eine Einladung zu ihrem 60. Geburtstag, wie ich feststellen durfte, als ich wieder in der Wohnung war.

Zu meinem Entsetzen wollte sie nun plötzlich doch richtig groß feiern. Wäre es der 59. gewesen, hätte ich eine Migräne als Grund vorschieben können, nicht zu erscheinen, oder für den Fall, dass es sich um einen Wochentag gehandelt hätte, auch noch meine Sendung. Doch es war nicht der 59.

»Sie ist schon 60?«, fragte Micha abends.

»Sie wird 60.«

»Wow, das hätte ich nicht gedacht. Da hat sie sich aber gut gehalten. Das macht mir ja Hoffnung, wo du ihr doch sonst auch so ähnlich bist.« Er strich mit seiner Hand über meine Wange.

»*Ich*, ihr ähnlich?«

»Okay, du bist ihr überhaupt nicht ähnlich. Hast nicht dieses gewinnende Lächeln von ihr, diese schönen Haare, diese Sommersprossen ...«

»Schon gut.«

Meine Güte. Dabei hatte er sie damals auf dem Bahnhof doch nur flüchtig gesehen. Eigentlich hatte ich gedacht, er hätte nur Augen für mich gehabt ...

Ich sah auf die Karte mit der goldenen sechzig und drehte sie, bis es eine 09 war. Ich stellte mir die Kuchenberge vor, auf die sich alle stürzen würden, als hätte es seit Jahren keinen Kuchen mehr gegeben. Ich hörte die schrillen Stimmen von Tante Emmi und Ilse, sah die unzähligen Freundinnen meiner Mutter, ahnte ihre indiskreten Fragen, spürte ihre musternden Blicke, roch das schwere Parfüm, das einem das Atmen erschwerte. Mir wurde schon bei dem Gedanken an all das schlecht. Es nützte nichts.

»Ich glaube, wir müssen da hin.«

❀

Drei Wochen später war es so weit.

Die Sonne schien an diesem eigentlich ganz schönen 17. September, an dem wir nicht vorbeigekommen waren, und das war mein einziger Trost zwischen all den Torten, Tiramisu-Schälchen und Tanten, die mich ansahen, als sei ich die auferstandene Prinzessin Diana höchstpersönlich. Und dann diese Menge an Düften, eine Mischung aus den schlimmsten Gerüchen, die die Welt jenseits der 60 kannte! Dagegen war 4711 eine Wohltat! Was hätte ich darum gegeben die Luft anhalten zu können wie ein Nilpferd oder ein Pottwal.

»Ach, Charly! Wie reizend«, flötete Ursel, die beste Freundin meiner Mutter, und streichelte meine Wange, ohne dass ich darum gebeten hatte.

Hallo? Ich werde in drei Jahren vierzig! Nicht vier!

»Wie du dich verändert hast. Und auch wenn du es nicht hören willst: Du siehst ihr so was von ähnlich. Mit jedem Jahr mehr, also zum Verwechseln ähnlich. Und das ist dein neuer Freund? Ja, wir haben schon gehört. Das ist ja schön, dass das auch noch geklappt hat. War ja nicht immer leicht, gell? Na, dann toi, toi, toi, dass es mit den Kindern auch noch klappt.«

Ich hatte mir Kopfschmerzen gewünscht, als letzte Möglichkeit, noch absagen zu können – was man niemals tun sollte, denn nun hatte ich tatsächlich welche.

Ich schlich mich aus dem überfüllten Wohnzimmer. Im Flur auf der Anrichte standen lila Blumensträuße, die irgendjemand mit silbernem Glanzspray übersprüht hatte – vermutlich von der gleichen Tankstelle, wie die, die wir gerade erst für meine Schwiegermutter gekauft hatten –, neben orangeroten Rosen, von denen ich gar nicht wusste, dass es eine solche Züchtung gab. Das Sofa im Gästezimmer war besetzt von beigen Strickjacken mit goldenen Knöpfen und getigerten Blusen.

Ich schlich zurück in den Flur, wo ich sofort einen Schritt zur Seite machen musste, denn es näherte sich im Eiltempo ein Käsekuchen auf zwei Beinen. Ich wollte hier weg.

Wo war eigentlich Micha? Und Waltraud? Ich stellte mir vor, wie die Arme mit Keksen aus großen blauen Blechdosen gefüttert wurde und ich sie am nächsten Tag zum Tiernotarzt bringen durfte.

Es war inzwischen voller als auf einem türkischen Basar. Ich kam mir vor, als wäre ich mit einer Zeitmaschine dreißig Jahre zurückgereist. Davon abgesehen, dass ich keinen bunten, geringelten Nicki trug und die meisten Freundinnen meiner Mutter damals keine grauen Haare mit lila Tönung hatten, war alles wie immer: Laut lachende Weiber aßen Torten, tranken Cognac und knutschten mich ab und betätschelten mich, als wäre ich ihr Schoßhund.

Am schlimmsten war es damals nach dem Unfall meines Vaters gewesen. Da saßen sie wochenlang in unserem Wohnzimmer. Die eine Hälfte tätschelte meine Mutter, die andere mich. Irgendwann hatte ich sie so weit, dass sie freiwillig gingen. Ich hatte einfach behauptet, mir in der Schule auf der Toilette eine ansteckende Krankheit geholt zu haben.

Mein Kopf drohte zu platzen. Warum hatte ich den Vorrat an Aspirin in meiner Handtasche nicht wieder aufgefüllt? Verdammt. Ich kämpfte mich bis zum Badezimmer durch. Besetzt. Es gab nur noch eine Chance. Das Schlafzimmer. Da lag doch seit Jahrzehnten diese kleine Pillendose auf dem Nachttisch.

Einen Moment zögerte ich, dann öffnete ich die Tür. Es

war dunkel. Die schweren Vorhänge waren zugezogen, vermutlich damit sich der Raum nicht so stark erwärmte. Ich machte Licht. Links stand das große weiße Doppelbett, daneben der kleine Nachttisch mit dem Pillendöschen. Leer. Mist.

Ich sah mich im Raum um. Hinter dem Bett an der Wand stand der zum Rest passende weiß lackierte Schrank. Seit ich denken konnte, hatte sich an diesem Anblick nichts geändert. Die Einrichtung war mindestens vierzig Jahre alt.

Ich hatte nie verstanden, warum meine Mutter sich nach Vaters Tod nicht ein neues Bett, ein Einzelbett, gekauft hatte. Stattdessen lag sie jede Nacht neben seiner leeren Matratze.

Ich setzte mich auf seine Hälfte.

Auf dem Regal neben dem Fenster standen alte Bilderrahmen mit noch älteren Fotos. Meine Mutter in einer gepunkteten Bluse mit spitzem, langem Kragen, Schlaghose und Hornbrille, am Arm meines Vaters, der eine Pfeife im Mund hatte. Daneben ein Foto meiner Oma, mit geblümter Schürze, vor ihrem Gartenhäuschen sitzend. Glücklich. Dann ich. Bei meiner Einschulung. Unglücklich. Der Ranzen hinter mir hing schief nach links auf meinem Rücken, die Schultüte schief nach rechts. Als hätten sie sich abgesprochen. Vielleicht sollte ich meiner Mutter einfach mal ein aktuelles Foto von mir schenken.

In der Kommode unter dem Regal befand sich früher in der obersten Schublade eine kleine Porzellanschüssel mit süßen Sachen. Lakritze, Lollis, Gummibärchen. Wenn ich die Hausaufgaben gemacht oder eine besonders gute Note nach Hause gebracht hatte, durfte ich an die Schublade gehen und mir etwas daraus nehmen.

Ich stand auf, ging zwei Schritte auf die Kommode zu und kniete mich vor sie hin. Dann zog ich die »heilige Schublade« auf. Die Porzellanschüssel war weg. An ihrer Stelle lagen winzige gestrickte Schühchen, die kaum mehr als vier oder fünf Zentimeter lang waren, eine ebenso winzige Mütze, Strampler und Nickihöschen mit Gummibündchen.

Ich sprang mit einem Satz hoch.

Eine Nachricht, die ich vor ein paar Wochen irgendwo gelesen hatte, schoss mir in den Kopf: *72-jährige Italienerin bringt gesunden Jungen zur Welt!*

Ich suchte meine Mutter.

Sie stand, einen Teller mit Kuchen in der Hand, eine Gabel in der anderen, draußen in der Sonne.

Ich platzte mitten ins Gespräch.

»Mama, kommst du bitte mal mit?«

Ich zog an ihrem Ärmel wie das kleine ungeduldige Kind, das ich einmal gewesen war.

»Was ist denn?«

»Komm bitte mal mit. Jetzt.«

Sie zuckte mit den Schultern, legte die Gabel auf den Teller und stellte beides weg. Dann folgte sie mir.

»Was hast du denn?«

Ich zog sie hinter mir her durch die Küche, den Flur bis in ihr Schlafzimmer. Hinter uns schloss ich die Tür.

»Was ist das?« Ich deutete auf die Babywäsche.

»Das ist die Erstlingsausstattung.«

»Für welches Kind?«

»Na, für dein Kind!«

»Ich habe aber kein Kind, Mama.«

Ich breitete die Arme aus und zeigte um mich herum. »Oder siehst du hier irgendwo ein Kind?«

»Nein. Leider nicht.«

»Was soll das denn heißen?«

»Sie setzte sich auf die Bettkante, nahm den Strampler in die Hände und betrachtete ihn wie ein seltsames Objekt.«

»Das soll heißen, dass du dir gar nicht vorstellen kannst, was ich durchmache!« Sie ließ die Arme fallen. Der Strampler lag auf ihrem Schoß. Zerknüllt.

Ich war sprachlos. Was, bitte schön, machte meine Mutter durch, wovon ich nichts wusste? Litt sie darunter, dass sie vor fünfzehn Jahren in die Wechseljahre gekommen war und keine Kinder mehr bekommen konnte?

»Weißt du eigentlich, wie es ist, wenn man sich mit seinen Freundinnen trifft und alle von ihren süßen Enkeln erzählen? Wie groß sie sind, wie sie die ersten Schritte gemacht haben, wie sie das erste Mal ›Oma‹ gesagt haben? Weißt du, wie es ist, wenn man dabeisitzt und zum Zuhören verdammt ist, nie mitreden kann? Wenn man immer nur hört, wie glücklich die anderen sind. Das kannst du dir gar nicht vorstellen, Charly!« Sie holte tief Luft. »Und wenn ich dann mal etwas von dir als kleinem Kind zum Besten gebe, hört niemand zu, weil das olle Kamellen sind, schon hundertmal erzählt, und du eben nicht mehr klein und niedlich bist.«

Ich sah sie an, als wäre sie eine fremde Frau. »Soll ich mich jetzt bei dir dafür entschuldigen, dass ich kein Kind habe?«

»Nein, aber vielleicht kommt ja jetzt, wo du endlich den Richtigen gefunden hast, bald mal ein Enkelchen.« Sie legte die Wäsche zurück in die Kommode und schob sie zu.

Das klang ja, als hätte sie es gern mit rosa Schleife um den Hals unterm Christbaum liegen.

»Und was machst du eigentlich in meinem Schlafzimmer?« Sie sah mich kurz an, schüttelte den Kopf und ging.

Ich konnte es nicht fassen und setzte mich aufs Bett. Auf seine Hälfte.

Auf der Rückfahrt war ich immer noch völlig konsterniert.

»Was ist denn los?«, fragte Micha schließlich.

»Meine Mutter wird gemobbt, und ich bin schuld!«

»Von wem wird sie gemobbt?«

»Von ihren Freundinnen.«

»Und warum?«

»Weil sie immer noch nicht Oma ist. Alle haben Enkelkinder, nur meine Mutter nicht.«

Und dann kam der Satz, der mir den Rest gab. Micha legte seinen Arm um mich und flüsterte: »Na, dann lass uns doch einfach direkt nach Hause fahren und das ändern.«

Ich bremste mitten auf der Stresemannstraße, dort, wo keine Ampel war.

»Bitte?«

Hinter uns hupten mehrere Wagen.

»Was hast du denn?«

»Was ich habe? Ich habe kein Kind. Das habe ich. Und das ist auch gut so – dachte ich zumindest bis gerade eben.«

Das Hupen wurde penetranter.

»Okay, wir fahren jetzt einfach weiter. Das könnte einen Stau verhindern, und dann sprechen wir in Ruhe darüber.«

Zu Hause wurde es trotz Ruhe, zumindest der äußeren, nicht viel besser.

Michael kam nicht nur aus einer Familie mit – für mich

als Einzelkind – unverhältnismäßig vielen Kindern, sondern war außerdem der Meinung, Kinder gehörten zum Leben mit dazu wie der Kaffee zum Frühstück und »Die drei Fragezeichen« zum Einschlafen.

Und zu meinem Leben gehörte jetzt die Erkenntnis, was er damals nachts, bevor wir zusammengezogen waren, gemeint hatte, als er sagte: »Ist doch egal.«

Denn der ganze Satz hieß offenbar: Ist doch egal, dann wirst du halt schwanger, und wir bekommen Nachwuchs, den ich mir schon so lange wünsche.

»Was hast du denn für ein Problem mit Kindern?«, fragte er mich, als wir eine halbe Stunde später das Thema wieder aufnahmen.

»Ich? Ich habe gar kein Problem mit Kindern. Ich möchte nur gerade keines haben.«

»Und warum nicht?«

»Weil ich nicht das Gefühl habe, dass etwas in meinem Leben fehlt. Es ist doch alles gut so, wie es ist, oder? Fehlt dir etwas?«

Ich hielt die Luft an.

Micha ließ sich Zeit. Wir hatten uns in die Küche an den Tisch gesetzt. Dieses Thema war nichts fürs Kuschelsofa. Er sah von mir weg, aus dem Fenster, in Richtung Hinterhof.

»Im Moment nicht, aber irgendwann schon. Ehrlich gesagt, war es mir immer klar, dass ich eines Tages Kinder haben werde. Das habe ich bisher nie infrage gestellt.« Er machte eine Pause. »Kinder sind etwas ganz Besonderes. Sie geben einem eine völlig andere Sicht auf die Dinge.«

»Ja, das kann man wohl so sagen«, murmelte ich und hob meinen Becher an.

»Was meinst du damit?«

Ich nahm einen Schluck Kakao, setzte den Becher wieder ab.

»Ist dir schon mal aufgefallen, dass das Leben *mit* Kind ein anderes ist als *ohne* Kind? Das ist eine knallharte Belastungsprobe. Mehr als die Hälfte aller Paare trennen sich im ersten Jahr – nicht vom Baby, sondern voneinander. Mag sein, dass sich manch einer durch ein Kind erst komplett fühlt.«

Micha sah mich an, als hätte er eine Fremde vor sich sitzen, die wirres Zeug redete.

»In den letzten Jahren habe ich nicht nur dank meiner Freundinnen, sondern auch durch die Teilnahme am öffentlichen Leben mehr als genug Erfahrungen sammeln dürfen – ungewollt. Ich will das alles nicht, was ich da gesehen habe. Ich will kein anderes Leben. Ich will dieses!«

»Ich will gar nicht behaupten, es würde sich nichts ändern. Klar ändern sich ein paar Sachen, aber das muss doch nicht schlimm sein. Ja, und in den ersten Wochen kann es bestimmt auch mal etwas anstrengend sein. Da muss man sich außerdem erst mal neu finden, als Familie, aber irgendwann spielt sich das doch ein. Meine Kollegin erwartet gerade ihr drittes, da habe ich noch nie ein Wort der Verzweiflung gehört. Und meine Schwester ist auch glücklich mit ihren zwei Kindern. Vielleicht haben deine Freundinnen auch einfach Pech gehabt in ein paar Punkten.«

Das konnte man wohl so sagen. Aber darum ging es jetzt nicht.

»Deine Schwester lebt auch mit deinen Eltern in einem Haus und kann ihre Kinder jederzeit eine Etage nach unten schicken, wenn ihr alles zu viel wird. Das ist aber nicht der Normalzustand. Wenn Hanne ihre Kinder mal loswerden will und eine Etage nach unten schickt, stehen sie auf der Straße. Das macht keinen guten Eindruck.«

Und überhaupt, da kam mir noch ein ganz anderer Gedanke: Wer sollte sich um das Kind kümmern? Wer es bekommen würde, war klar, aber wer machte den Rest? Da gab es ja noch ein paar Jahre zu füllen, bevor so ein Kind auszog.

»Möchtest du eigentlich deinen Job aufgeben und Windeln wechseln? Oder erwartest du das dann von mir?«

Micha sah aus, als würde ich gleich die Schüssel aus dem Bad holen müssen. Er war eine Nuance zu blass um die Mundpartie. Aber er behielt brav alles bei sich bis auf seine Fragen.

»Als du Karlotta neulich nachts im Arm hattest, hast du da gar nichts empfunden? Was hast du denn da gedacht?«

»Da habe ich mich nur gefragt, warum ich Ilka nicht noch deutlicher klargemacht habe, dass Max ein Egoist ist und sie sich das mit der Schwangerschaft ernsthaft überlegen sollte.«

Ich trank den Rest. War das zu hart?

»Um dich zu beruhigen: Ja, ich finde Babys auch süß und niedlich. Natürlich. Das ist ja auch nicht das Thema. Ich habe sicher auch keinen Gendefekt, sondern nur einen Höllenrespekt vor dem, was dann kommt. Da kommt nämlich nicht nur ein Kind, da kommen schlaflose Nächte und Abende, an denen wir erst einmal nicht im Restaurant sitzen, um nur *ein* Beispiel zu nennen. Dann gibt es Urlaube in Familienhotels statt auf den Fidschis, in denen man dem Kind hinterherläuft statt …«

Mir fiel nichts ein.

Mist.

»Statt sich auf der Liege am Pool zu entspannen. Von so

einer Geburt mal ganz abgesehen ... Achtundvierzig Stunden Wehen und dann doch ein Kaiserschnitt. All diese Geschichten habe ich mir in den letzten Jahren bis ins letzte Detail anhören dürfen. Vermutlich hätte ich das nicht tun sollen. Ich will weder PDA noch eine Saugglocke oder einen Dammschnitt. Glaub mir, das ist was anderes als einen Hund zu kriegen.«

Waltraud legte ihre Schnauze auf meinen Schoß und sah mich mit ihren großen Kulleraugen an. Wenigstens sie schien meinen Standpunkt zu teilen.

»Das hast du mir nie so gesagt.«

»Was habe ich dir nie so gesagt?«, fragte ich.

»Wie du über eigene Kinder denkst.«

»Du hast ja auch nicht gefragt.«

Stille.

Diese Stille war nicht angenehm. Sie war erdrückend. Mich überkam plötzlich die Panik, dass das hier ein größeres Problem war.

»Vielleicht fehlt mir einfach das Ich-muss-jetzt-sofort-ein-Kind-kriegen-Gen, mag sein.« Ich streichelte Waltraud und sah sie die ganze Zeit an, während ich sprach, als unterhielte ich mich mit ihr. »Vielleicht will ich auch einfach nicht so werden wie die, über die ich mich wundere. Vielleicht hab ich ja auch ein Problem mit Veränderungen. Kann alles sein. Mein Chef hat mal gesagt, als ich einen Vorschlag zu einer Änderung im Programm machte: ›Warum sollen wir an der Sendung etwas ändern? Die Quoten stimmen doch!‹ Und irgendwie hat er recht, finde ich.«

Himmel hilf! Was war denn nun kaputt? Jetzt mussten mir auch noch Tränen übers Gesicht laufen. Na, herrlich. Ich wischte sie weg, bevor er sie entdecken konnte. So was Albernes.

Ich hatte Angst, durch ein Baby könnte unsere Beziehung den Bach runtergehen, und jetzt tat sie es gerade, weil ich das dachte.

Kinder sind etwas ganz Besonderes. Sie geben einem eine ganz neue Sicht auf die Dinge. Ich habe das nie infrage gestellt …

Gab es eine Lösung für so etwas?

Wenn zwei ein Auto haben wollen, der eine in Blau, der andere in Gelb, was machte man da? Ein grünes kaufen?

Mein Grübeln brachte mich nicht weiter.

»Und nun?«, fragte ich, nicht weil ich eine Antwort erwartete, sondern weil einer von uns etwas sagen musste. Und ich war an der Reihe.

Micha sah aus dem Fenster, als würde da irgendwo die Antwort stehen.

»Meine Geschwister wollten früher unbedingt einen Hund. Jahrelang nervten sie damit. Mein Vater wollte partout keinen im Haus haben. Sie nervten trotzdem, und schließlich kauften meine Eltern einen Rauhaardackel. Kaum war der Hund da, hatte die ersten Male in die Ecke gemacht und ein Paar neue Schuhe von meinem Bruder kaputtgebissen, ließ das Interesse nach.«

Aha, dachte ich und überlegte, wer ich in der Geschichte war. Der Dackel?

»Und was glaubst du, wer war innerhalb kürzester Zeit so in diesen Hund vernarrt, dass er ihn nachts mit ins Bett nahm?«

»Keine Ahnung. Du?«

»Nein. Mein Vater. Die beiden gingen ohne einander keinen Schritt mehr und benahmen sich, als hätte man sie nach der Geburt getrennt.«

Ich stand einfach auf und fing wie ferngesteuert an, aufzuräumen und Staub zu wischen. Das war das Einzige, was jetzt half. Die Probleme wegwischen.

Was wollte er mir denn damit sagen? Dass man sich an ein Kind gewöhnen konnte? Vielleicht würde ich ja wirklich eines lieben Tages Lust auf ein Kind haben, wer wusste das schon? Ich mochte ja auch früher keinen Roquefort und heute esse ich ihn. Aber warum musste ich mir denn jetzt darüber im Klaren sein? Man konnte ja fast das Gefühl bekommen, nicht normal zu sein. Hatten sich denn alle gegen mich verschworen? *Ohne* Kind war ja wie *mit* Makel.

Irgendwann stand auch Micha auf, nahm sich die Hundeleine und ging mit Waltraud raus. Über das Thema Kinderwunsch sprachen wir nicht mehr. Zumindest nicht an diesem Tag.

Trotzdem klangen Michas Worte wie ein Mantra in meinem Kopf nach. Tagelang. Immer wieder. Meine einzige Hoffnung lag darin, das Thema einfach totzuschweigen, solange es ging.

❀

Und dann kam Willi. Anfang Oktober.

Willi war eine Hausgeburt. Und Willi hielt sich weder an seinen Flugplan, denn er kam zehn Tage zu früh, noch an meinen Plan, das Thema Nachwuchs zu verdrängen, solange es ging. Damit war Schluss, und zwar exakt am 1.10. um 1:10 Uhr. Ein Perfektionist – Willi.

Wir hatten es uns gerade mit »Dem Biss der Bestie« – »Die drei Fragezeichen«, Folge 146 – im Bett gemütlich gemacht, als ich dieses Geräusch hörte. Ich war mir erst nicht sicher, was es war, denn es klang, als würde jemand im Nebenzimmer ein Schwein schlachten.

»Hast du das auch gehört?«, fragte ich Micha, der inzwischen senkrecht im Bett saß.

»Allerdings.«

Wir warteten einen Moment, es blieb still. Dann legten wir uns wieder hin.

Ich wollte gerade auf »Play« drücken, da hörten wir es wieder, das Geräusch. Diesmal setzte ich mich gerade im Bett hin.

Ich stand auf, nahm meinen Kapuzenpulli, schloss die Wohnungstür auf und hoffte, das Geräusch so besser orten zu können.

Da war es wieder.

Schrecklich.

Das ist Hanne, schoss es mir durch den Kopf. Ich rannte ohne nachzudenken barfuß zu ihr runter und klingelte.

Erst nach dem dritten Mal wurde die Tür geöffnet. Phillip sah mich an, als hätte er mich noch nie gesehen.

»Alles okay bei euch?«, fragte ich.

»Nein, also ja, Hanne behauptet das zumindest, die Hebamme auch, aber ich bin gerade nicht ganz sicher. Willst du reinkommen? Ich kann uns einen Tee machen.«

»Phillip, du wirst gerade Vater! Da trinkt man nicht mit den Nachbarn Tee.«

»Nein?«

»Nein!«

Ich schickte ihn wieder rein, was er nicht gerne hörte, und wünschte … ja, was denn? »Viel Kraft. Ja, und wenn ich etwas tun kann, du weißt schon …«

Sie hätten gerade Abendbrot essen wollen, als die Fruchtblase geplatzt sei, erzählte er noch schnell, völlig aufgelöst. Als die Hebamme, die auf der Elbchaussee im Stau stecken geblieben war, endlich ankam, war die Geburt schon so weit fortgeschritten, dass es keine Alternative gab.

»Früher wurden alle Kinder zu Hause geboren«, behauptete ich und versuchte, ihm Mut zu machen, was mir nicht so recht gelang.

Da schrie Hanne wieder.

»Wenn ich etwas tun kann … du weißt ja, wo wir wohnen«, sagte ich und hoffte, er würde es in der Aufregung vergessen, falls es so weit käme.

Draußen fing es an zu regnen, nein, zu schütten. Als ich wieder im Schlafzimmer war, donnerte es, und ich schloss das Fenster.

Nur ein paar Meter schräg unter mir lag meine Freundin und drückte ihr Kind in die Welt. Adrenalinkick nannte man das wohl, jedenfalls hielt es mich vom Schlafen ab.

Ich setzte mich im Schneidersitz aufs Bett.

»Und?«, fragte Micha.

»Hannes Baby hat sich überlegt, dass heute ein guter Tag ist, um auf die Welt zu kommen. Um genau zu sein, jetzt. In ihrem Wohnzimmer.«

Draußen donnerte es immer schlimmer. Für ein paar Sekunden wurde es vor dem Fenster so hell, dass man die Äste des Baumes sehen konnte, der einige Meter von der Hauswand entfernt stand. Sie bewegten sich hin und her, als würde jemand den Baum kräftig durchschütteln.

»Ist doch toll, eine Hausgeburt. Wenn es keine Komplikationen gibt, ist das für sie und das Baby bestimmt am entspanntesten.«

»Am entspanntesten? Ich liege zwar nicht in den Wehen, aber allein der Gedanke, auf meinem schönen Sofa zu entbinden, erzeugt alles andere als Entspannung in meiner Magengegend. Vom Rest mal ganz abgesehen.«

»Warum das denn? Früher haben alle Frauen ihre Kinder zu Hause bekommen.«

Den Satz hatte ich doch gerade erst gehört…

»Ein paar Straßen weiter ist doch auch ein Geburtshaus, da wird es sicher auch nicht anders ablaufen als bei Hanne im Wohnzimmer. Vielleicht haben die noch bequemere Betten oder so, aber letztendlich ist das doch schöner als in einem gekachelten weißen Raum in einer Klinik.«

»Oh, ich wusste gar nichts von deinen Qualitäten als Geburtshelfer.«

Keine Antwort. Er wollte das Thema scheinbar schnell abhaken, um sich wieder hinzulegen.

Zu früh gefreut.

Er strich mir über den Bauch und küsste mich auf die Wange.

Was sollte das denn werden, wenn es fertig war?

Dann drehte er sich weg und schlief ein. Puh.

❀

Weil Hanne sicher mehr als genug Strampler und Spieluhren hatte, stellte ich ihr gleich am Montag einen großen Korb mit Obst, Saft, Schokolade, einer Gratulationskarte und Massageöl vor die Tür, in der Hoffnung, ihr Mann würde sie nach der Anstrengung mal massieren.

Dem war allerdings ganz und gar nicht so, wie sich schon nach kurzer Zeit rausstellte.

Um genau zu sein, nach exakt zwei Wochen. Es war Montag, das allein war schlimm genug. Und dann musste ich auch noch auf dem Weg nach draußen zum einhundertfünfundachtzigsten Mal über Michas Schuhe stolpern. Ich fluchte laut. Als ich damit fertig war, hörte ich

Hannes Gebrüll. Worum es genau ging, war mir nicht klar. Ihr vermutlich auch nicht. Aber ich hätte schwören können, dass sie lauter brüllte als bei der Geburt.

Ausgerechnet in dem Moment, als ich vor ihrer Tür stand, wurde diese aufgerissen, und ein blauer Müllsack landete direkt vor meinen Füßen.

»Oh, sorry!«

Hanne hielt die Babyschale des Kinderwagens in der Hand und schaukelte sie umständlich hin und her. Ihre Haare waren ungewaschen, ihre Augen verquollen. Die Babyschale quakte.

»So schlimm?«, fragte ich.

»Schlimmer.«

»Du Arme! Darf ich trotzdem mal kurz …?«

Ich zeigte auf den Kleinen, der irgendwo zwischen den Decken und Tüchern liegen musste. Sein Organ verriet ihn.

»Klar.«

Hanne stellte die Schale ab, was Willi anscheinend so sehr irritierte, dass er vor Schreck kurz aufhörte zu brüllen.

Bisher hatte ich immer den Eindruck, alle Babys sähen gleich aus. Falsch! Willi war anders. Er sah aus wie sein Vater, nur zu heiß gewaschen. Lustig. Und dann passierte das Unfassbare: Er hörte auf zu quaken, fixierte mich mit seinem Blick und zog den Mundwinkel hoch, den rechten, als würde er das Gleiche denken, was ich eben gedacht hatte: Lustig. Womit er sicher richtiglag, so wie meine Locken schon wieder abstanden.

Aber das war nicht das Unfassbare. Ich kniete mich zu ihm runter. Auch das war nicht wirklich unfassbar, aber dann passierte es: Ich entdeckte seine Winzfinger und packte zu, er strahlte mich an und da hörte ich es: »Och, ist der süüüß!«

Süß? Ich zuckte zusammen und sah mich ruckartig um. Keiner da. Außer Hanne. Und Willi, der Wurm.

Hatte ich das eben gesagt?

»Alles gut?«, fragte Hanne und sah mich an, als hörte ich Stimmen und bräuchte dringend Hilfe. Dabei war sie das doch, die Hilfe benötigte.

»Ja, ich … ich kann gern nachher vorbeischauen und dir etwas helfen. Ich muss nur mal eben rausgehen und danach kurz duschen.«

»Das würde ich auch gern mal.« Sie drehte den Kopf von mir weg in Richtung ihres Wohnzimmers, anscheinend war Phillip da.

»Aber dafür muss ich ja erst einmal jemanden finden, *der mir das Kind abnimmt!*«

Hanne hatte seit Willis Geburt nicht mehr als zwei Stunden am Stück die Augen zugemacht, wie sie mir daraufhin erzählte. Ihr Jüngster verstand den Sinn der Nacht nicht und wollte lieber bespielt werden – oder an die Brust, das war auch okay für ihn. Nur nicht für Hanne.

Natürlich hatte sie sich das Kind gewünscht. Sie hatte sich aber nicht gewünscht, dass ihr Mann sich so benahm, als hätten sie einen neuen DVD-Player in der Wohnung. Er führte das Leben weiter, welches er auch schon vor der Geburt ihres ersten Sohnes geführt hatte. Er traf seine Kumpel, ging joggen und verpasste kein Spiel des FC St. Pauli.

Nur sie verpasste alles, was zum Leben gehörte. Und dass sie sich damit nicht abfinden wollte, hörte ich in den folgenden Wochen in regelmäßigen Abständen. Einer der wenigen Nachteile von Altbauwohnungen: Alle durften an deinem Leben teilhaben, weil die Wände einfach zu dünn waren.

Teller gingen zu Bruch, oder Tassen, so genau konnte ich es nicht sagen. Jedenfalls klang es nach Geschirr, und da sie mir nichts von einem Polterabend erzählt hatte, war es ernst. Schließlich stand sogar ein Koffer vor der Tür, den Phillip vermutlich nicht selbst gepackt hatte. Nach einer längeren Aussprache wurde der jedoch – samt dazugehörigem Mann – wieder in die Wohnung gelassen.

❀

Fast zeitgleich mit Hannes Tiefflug, gab es bei mir jemanden, der in die Luft ging. Micha.

Am selben Tag noch, an dem ich Hanne im Treppenhaus getroffen hatte, hatte sich sein Rechner spontan überlegt, den Geist aufzugeben. So was kam vor. Ich gab ihm also am Abend meinen, da er dringend etwas Geschäftliches erledigen musste.

Aber dann passierte etwas, was nicht vorkommen sollte. Micha saß keine zehn Minuten an meinem Laptop, da wurde es auf einmal sehr privat. Er hatte alte Mails von mir entdeckt, die ich unter dem Namen »TRUELOVE« in einem Ordner auf dem Desktop gespeichert hatte.

Es waren Mails aus der Zeit weit nach dem Unaussprechlichen und weit vor Micha. Das Ganze war also Pillepalle, oder sagen wir mal: der Versuch, einen Bestseller zu schreiben. Ich fand die Mails, die ich mir mit ein paar Typen aus dem Internet geschrieben hatte, teilweise so was von amüsant, dass ich mir dachte: Wenn das meine Bauchmuskulatur trainierte, dann klappte das vielleicht auch bei anderen. Klappte leider nicht.

Micha war ganz und gar nicht nach lachen zumute, das sah ich sofort. »Möchtest du mir was dazu sagen?«

Ich sah auf den Bildschirm. Er beugte sich zu mir runter und las laut vor: »Deine Mails sind der Höhepunkt meiner Tage, vielleicht bist du ja auch bald der Höhepunkt meiner Nächte?«

Ich prustete los. »Bitte? Wo steht das?«

»Da!« Er zeigte auf eine Zeile, ganz oben.

»Himmel, wie kitschig. Das ist ja schlimm! Komisch, die hab ich ganz anders in Erinnerung.«

Warum war mir das denn nicht vorher aufgefallen? Damit würde ich »Gut gegen Nordwind« kaum Konkurrenz machen können.

»Und?«

»Was, und?«

»Und warst du sein Höhepunkt?« Micha war leichenblass. Stand ihm nicht gut.

»Natürlich nicht. Mein Gott, wir haben uns E-Mails geschrieben.«

»Und die musstest du aufheben, weil es ja nichts Ernstes war. Verstehe.«

Hallo? Was ging ihn das an? Und warum war er denn so zickig? Ich war hier doch das Mädchen.

Ach ja, fast vergessen, da war ja noch was: Eifersucht. Ein anderer Makel wäre mir echt lieber gewesen. Dagegen war eine offene Zahnpastatube ja ein Klacks. Wortwörtlich.

»Ist das hier ein Verhör? Ich bin mir ehrlich gesagt keiner Schuld bewusst. Ich war solo, und ja, ich habe im Internet fremden Männern geschrieben. Soll ich jetzt zur Beichte gehen? Ich habe mich gelangweilt. Das ist ja wohl kein Verbrechen, oder? Was hast du denn gemacht, bevor du mich kennengelernt hast? Würde mich auch mal interessieren! Ich gehe nicht davon aus, dass du meinetwegen ein Kloster verlassen hast.«

Und warum las er überhaupt meine Mails?

Waltraud, die bis zu diesem Zeitpunkt neben meinen Füßen vorm Sofa gelegen hatte, stand auf, sah uns an und verzog sich. Micha machte es ihr nach. Er ging, nicht aus der Wohnung, aus dem Wohnzimmer.

Was war das denn jetzt bitte? Nach ein paar Minuten Schockstarre stand ich auf und ging durch den Flur, um zu sehen, wohin er sich verkrochen hatte. Aha, in die Küche.

»Alles klar?«, fragte ich.

Keine Reaktion.

»Was ist denn los mit dir? Hast du dir mal das Datum der letzten Mail angeguckt? Das war lange vor deiner Zeit. Außerdem kannst du mir auch gerne vertrauen und musst nicht meine Briefe lesen. Ich vertraue dir doch auch. Ich würde überhaupt nicht auf die Idee kommen …«

»Du hast ja auch nicht deine Verlobte mit deinem besten Freund vier Wochen vor der Hochzeit im Urlaub nachts im Pool erwischt.«

Ups.

Im Pool. Das war nicht schön. Aber dass ich nicht wusste, dass er schon einmal fast geheiratet hätte, war auch nicht viel besser. Ich musste mich setzen.

»Das … wieso hast du mir das denn nicht erzählt? Wann war das?«

»Das ist ja auch nichts, womit man angeben möchte.«

»Ne, aber interessiert hätte es mich schon. Ich hab dir ja auch erzählt, dass ich nicht immer alleine gelebt habe. Und so grundverschieden sind unsere Traumata ja nun auch nicht. Sie war zwar nicht meine beste Freundin, aber es war mein Bett.« Ich verschränkte die Arme. »Und mein Freund.«

Er war betrogen worden, von der Frau, die er liebte, die er heiraten wollte, mit der er Kinder kriegen wollte. Und das von seinem besten Freund, der ihm schon im Kindergarten ständig das rote Bobbycar weggenommen hatte, das er so liebte.

Da hätte er es schon kapieren müssen, erzählte er nach und nach. Eifersucht sei nichts, beteuerte er, was man ihm mit in die Wiege gelegt habe. Diese Verlustangst sei erst seit diesem Erlebnis sein Begleiter. Sein lästiger Begleiter.

Inzwischen hatten seine Exverlobte und sein Exfreund sogar Nachwuchs, vermutlich auch einen Bausparvertrag, und waren glücklich, bis dass der Tod sie trennte und so weiter. Und er? Er tat sich eine ziemlich lange Zeit selbst leid und lebte dann einfach irgendwie weiter – nicht immer ausschließlich unglücklich, aber auch nicht mehr so glücklich, wie er mal gewesen war. Bis wir uns trafen.

»Sorry«, fing er an, »es ist einfach so … Ich hab Angst, es könnte jemand dazwischenkommen und mir alles nehmen. Ich will nicht wieder alles verlieren: dich.«

»Es kommt aber keiner. Der Einzige, der alles kaputtmachen kann, bist du, wenn du so blöde Ideen hast und alten Kram liest, der nichts zu bedeuten hat.«

Er schwieg.

»Außerdem finde ich das ehrlich gesagt gar nicht so schlimm.«

»Was?«, fragte er und drehte tatsächlich den Kopf zu mir um.

»Dass sie mit deinem Freund … Also im Grunde bin ich ihr sogar dankbar dafür. Und ihm, dass er mitgemacht hat.«

»Spinnst du jetzt völlig?«

»Nein. Stell dir doch mal vor, das wäre nicht passiert. Dann würden wir beide jetzt nicht hier sitzen, und ich wäre nicht so glücklich, dass ich dich hab! Ich sollte ihr einen großen Blumenstrauß schicken. Welche Blumen mag sie denn besonders gerne?«

Micha fing an zu schmunzeln. »Sonnenblumen.«

»Okay, dann Sonnenblumen. Wird gemacht!«

Ich drehte mich zu ihm um und küsste ihn auf die Wange.

»Außerdem würde ich dich gar nicht mehr gehen lassen. Sonst müsste ich mich ja von Tütensuppe ernähren, bis ich alt und runzelig bin.«

Ich kniff ihn in die Seite.

»Du brauchst mich also zum Kochen?«

»Klar, wozu denn sonst? Ich hab ja jetzt schon Angst, dass du vor mir stirbst und ich dann wieder selber kochen muss. Am besten schreibst du mir noch schnell ein paar Rezepte auf, die idiotensicher sind.«

»Oder ich koche vor und friere ein.«

»Oder so!«

Micha stellte sich vor mich und sah mir in die Augen.

»Abgemacht, dann musst du nur noch auf eine Tupperparty gehen, damit ich genug Behälter hab.«

»Kein Problem. Tupperpartys sind genau mein Ding!«

❀

Und weil ein langweiliges Leben auch nicht schön wäre, passierte zwei Tage später gleich das nächste Ereignis, das ich so schnell nicht vergessen würde. Wie denn auch?

Wie die grundgute Maria schwanger wurde, darüber gibt es ja unterschiedliche Ansichten, aber wie Waltraud das geschafft hatte, war mir ein pures Rätsel. Als gäbe es einen ansteckenden Virus in unserem Haus, der die Runde machte. Erst Hanne, jetzt Waltraud …

Die Tatsache, dass sie bei dem nassen, ekelhaften Oktober-Schmuddelwetter da draußen Spaß gehabt hatte, ohne dass ich etwas davon mitbekommen hatte, konsternierte mich noch mehr als die Aussicht auf eine neue Familienkonstellation.

»Ja, das ist mehr als eindeutig«, meinte der Tierarzt und zeigte mit dem Gummihandschuh auf das Ultraschallbild. »Haben Sie denn Erfahrung mit Welpen?«

»Nicht wirklich.«

»Gut, in zweiunddreißig Tagen haben Sie sie.«

In zweiunddreißig Tagen. Das war in … Moment … einem Monat! Ich war geschockt. »Das muss ein Irrtum sein. Können Sie nicht noch mal nachschauen?«

Ich zeigte auf den Bildschirm und auf das, was aussah wie die Wettervorhersage für die nächsten drei Tage. Schließlich tat ich das, was ich immer tat, wenn ich die Wahrheit nicht wahrhaben wollte. Ich versuchte, sie wegzusabbeln. Reden gegen die Realität. Ging leider immer nur eine Weile gut.

»Wie kann das angehen? Ich meine, wieso in zweiunddreißig Tagen? Bei Frauen dauert es doch auch neun Monate. Und Waltraud bekommt immerhin sechs Welpen, wenn wir da eben richtig gezählt haben. Das müsste dann doch eigentlich länger dauern …«

Ich musste mich setzen.

»Wasser?«, fragte der Arzt.

»Nein, Whisky wäre besser.«

»Zweiundsechzig bis dreiundsechzig Tage dauert eine Schwangerschaft vom Tag des Deckens bis zur Geburt. Ihre Hündin …«

»Waltraud. Sie heißt Waltraud.«

Ich fasste mir an die Stirn. Fieber. Ich hatte Fieber. Mit Sicherheit war es das. Ich hatte einen bösen Traum und würde gleich schweißnass aufwachen. Bestimmt.

»Also. Waltraud ist über den dreißigsten Tag hinaus, sonst hätten wir gar kein Ultraschallbild machen können. Das ist erst in diesem Stadium möglich.«

»Okay, und was heißt das jetzt? Dass ich meinen Jahresurlaub nehmen und nachts Fläschchen geben muss?«

Er lachte, während er Waltraud vom Untersuchungstisch hob. »Das denke ich nicht. Urlaub wäre gut, aber das muss nicht gleich der ganze Jahresurlaub sein. Kennen Sie denn niemanden, der in der nächsten Zeit mit Ihnen gemeinsam nach Waltraud schauen kann? Sie wird vermutlich schon bald träger und verschmuster werden.«

Kannte ich jemanden? Nein, kannte ich nicht. Obwohl. Doch! Meine Schwiegermutter. Ich musste sofort in Kiel anrufen.

Vermutlich war es sogar ihr Mops gewesen, der Waltraud in der Speisekammer vernascht hatte. Von wegen draußen – bei dem Wetter! Da hatte man beziehungsweise Hund doch gar keine Lust auf Sex. Oder? Vermutlich hatte die arme Huberta auch noch zuschauen müssen. So was! Nicht auszumalen, wie die Kleinen aussehen würden. Mutter Wollknäuel, Vater röchelnde Wurst auf vier Beinen. Aber wie war er da oben überhaupt rangekommen?

Wobei die Rechnung natürlich nicht aufging. Unser Besuch war schließlich mehr als zweiunddreißig Tage her. Das Familienfest war doch im Juni gewesen, lag also … ich zählte an den Fingern ab … fast schon vier Monate zurück. Sollte Hugo doch unschuldig sein?

Ich grübelte. Was war vor zweiunddreißig Tagen? Keine

Ahnung. Obwohl, doch! Micha war zwischendurch einmal zu seinen Eltern gefahren, nur kurz, um seiner Mutter einen Entsafter zurückzubringen, den er sich mal geliehen hatte und für den es in unserer Küche keinen Platz gab. Da hatte er Waltraud doch mitgenommen und mit den Hunden einen kurzen Spaziergang am Strand gemacht.

Na, herzlichen Glückwunsch! Da hatte er wohl mal kurz nicht aufgepasst.

Kaum fiel die Praxistür hinter uns zu, rief ich Micha an.

»Du glaubst es nicht.«

Mist. Schlechter Empfang.

»Was hast du gesagt?«

»Du glaubst es nicht! Waltraud ist schwanger!«

»Du bist schwanger?«

»Nein. Nicht ich. W-A-L-T-R-A-U-D.«

»Hallo?« Micha klang, als würde er in eine Blechgießkanne sprechen.

»Warte mal, ich hab hier keinen Empfang. Ich muss mal eben rausgehen.«

Ich hörte noch: »Das ist ja großartig«, dann war er weg. Tüüüt.

Na prima.

Als ich vor dem Haus stand, drückte ich auf Wahlwiederholung, aber er ging nicht mehr ran. Ich versuchte es noch zweimal. Vergebens. Komisch. Ich wählte die Nummer seiner Assistentin.

»Hallo, hier ist Charly. Ist Michael zu sprechen?«

»Nein, tut mir leid, der hat gerade das Büro verlassen. Sah sehr eilig aus, obwohl im Kalender gar kein Termin steht.«

»Oh, danke. Ich glaube, ich weiß, wo er ist. Einen schönen Abend noch.«

»Danke, Ihnen auch.«

Auf dem Weg zu unserer Wohnung machte ich einen Fehler. Die Ampel an der Kreuzung Bernadottestraße hatte auf Rot umgeschaltet, als ich gerade über die Straße gehen wollte. Ich blieb abrupt stehen, was nicht smart war, wie sich herausstellte, denn eine junge Mutter – die ihren Zwerg auf dem Arm trug! – hatte nicht so schnell geschaltet wie die Ampel und fuhr mir ihre Karre in die Hacken.

Ich schrie kurz auf. Die Frau entschuldigte sich, fragte, ob es gehe.

Nein, es geht nicht, dachte ich.

Warum schiebt man eine leere Karre? Und dann auch noch mit *dem* Tempo? Wozu wurden die Dinger erfunden? Ich hielt mich am Laternenmast fest und griff an meine Fessel. Vielleicht sollte ich mir Bomberstiefel besorgen.

Ich humpelte total übertrieben weiter, nur um ihr ein schlechtes Gewissen zu machen.

Was für ein Tag.

Und kaum standen wir vor der Tür, ging das Abenteuer Alltag weiter. Waltraud legte schon beim Anblick der Treppe einen spontanen Streik ein. Sie sah es nicht ein, die Stufen bis zur Wohnung selbst hochzugehen. Als hätte sie gehört, was der Arzt gesagt hatte. Ich hätte schwören können, dass sie vor dem Termin noch quietschvergnügt gewesen war, als wäre sie Sekunden zuvor einem Jungbrunnen entsprungen. Obwohl sie zugegebenermaßen in letzter Zeit hin und wieder etwas merkwürdig gewesen und ich deshalb mit ihr zum Arzt gegangen war. Der Grund dafür war ja nun geklärt. Jetzt musste nur noch etwas anderes geklärt werden.

Und das würde, so wie es aussah, nicht leicht werden. Eine Unmenge altrosafarbene Rosen standen in meiner weißen kniehohen Vase auf dem Couchtisch, daneben Micha.

»Das ist jetzt vielleicht ein bisschen klischeemäßig, aber mir fiel so schnell nichts anderes ein.« Er strahlte wie ein Honigkuchenpferd und kam auf mich zu, um mich in den Arm zu nehmen und mich zu küssen.

»Eine Wurst hätte es auch getan«, murmelte ich, als er mich endlich wieder losließ.

Aber er hörte mich gar nicht. »Ich kann es irgendwie noch gar nicht glauben.«

»Ich auch nicht, aber bevor wir uns gleich um die Wette freuen, muss ich etwas richtigstellen.«

»Ja?«

»Waltraud ist schwanger, nicht ich.«

Das Lächeln wich aus seinem Gesicht, von oben nach unten, bis sein Gesicht glatt war. Keine Falte, zumindest keine Lachfalte, war mehr zu sehen.

»Aber du hast doch …«

»Ich habe gesagt, dass Waltraud schwanger sei. Mein Empfang war nur so schlecht, und als ich draußen war und dich noch mal angerufen habe, bist du nicht mehr rangegangen.«

»Dein Empfang war schlecht …«, sagte er. Es klang aber, als hätte er Empfängnis sagen wollen, und er sah aus, als hätte ich ihm gerade mitgeteilt, dass ich mich in eine Frau verliebt hätte und morgen ausziehen würde.

»Hey, ich war auch erst mal geschockt, aber das wird schon. Ich ruf mal deine Mutter an. Vielleicht kann sie ja als Geburtshelferin einspringen.«

Für eine Frau mit zwei Möpsen, einer Horde Kindern und Enkeln, die früher ein Restaurant mit einem Haufen Angestellten und Auszubildenden geleitet hatte, und mit großem Haus und Garten musste eine Hundegeburt doch die pure Erholung sein, dachte ich mir.

Micha dachte derweil an etwas anderes.

»Was?«, fragte er und sah mich an, als hätte ich gerade von Deutsch in Türkisch gewechselt.

»Deine Mutter, du erinnerst dich? Die Frau, die dich zur Welt gebracht hat. Die kann doch bestimmt helfen, oder?«

Er sah wieder mit gesenktem Kopf auf den Boden. »Ich hab echt gedacht, wir kriegen ein Kind«, kam es schließlich aus ihm heraus.

»Wir?«

Das war es. Das war das Problem. Nicht dass Waltraud schwanger war, sondern dass ich es nicht war. Er wünschte sich ein Kind.

Und ich? Ich war so eine schlechte Freundin, dass ich ihm diesen Wunsch verwehrte. Es war inzwischen nicht mehr so, dass ich den Gedanken völlig abwegig fand. Mit Sicherheit wäre ich nicht von der Köhlbrandbrücke gesprungen, wenn das heute *mein* Schwangerschaftstest gewesen wäre. Aber ich verspürte eben auch kein Verlangen danach schwanger zu werden.

Sollte ich ihm zuliebe ein Kind bekommen? Ja, vielleicht sollte ich das tun. In etwas mehr als zwei Monaten war es mal wieder so weit, mit Weihnachtsbaum und Fest der Liebe. Als Weihnachtsgeschenk diesmal also kein neues Filofax, sondern ein Kind? Dann müsste ich mir keine Gedanken mehr machen, was ich ihm kaufe. Wie praktisch. Und so individuell!

Mir kam ein fürchterlicher Gedanke.

Würde er mich verlassen, um eine andere zu finden, die diesen Wunsch nach einem Baby mit ihm teilte? Die ihm diesen Gefallen tat?

Ich hatte Magenschmerzen. Gastritis. Vermutlich würde gleich eine akute Verschlimmerung des Gesamtzustandes hinzukommen, so wie es aussah. Magendurchbruch, so etwas konnte schneller kommen, als der Großteil der Menschheit annahm.

»Micha, ich …«

»Ich weiß. Du willst kein Kind. Das hab ich schon verstanden.«

»Das habe ich doch gar nicht gesagt …«

Er stand auf, griff nach seinem Telefon, das auf dem Couchtisch lag, und sah mich direkt an.

»Ich hatte mich auch schon gewundert, als du anriefst. Schön blöd von mir.« Er schüttelte den Kopf. »Wie konnte ich ernsthaft daran glauben, dass du … dass du von mir ein Kind willst.«

»Das hat doch nichts mit *dir* zu tun. Ich würde es auch nicht von Prinz William wollen.«

Stille.

»Micha, ich habe einfach dieses Gefühl nicht. Es fehlt mir einfach. Keine Ahnung, ob so was nachwachsen kann. Es ist jedenfalls nicht da. Noch nicht. Was kann ich denn dafür?«

»Gar nichts, Charly. Überhaupt nichts. Aber ich kann auch nichts dafür, dass dieses Gefühl bei mir vorhanden ist. Und ich glaube auch nicht, dass es sich zurückbildet, bevor es sich bei dir entwickelt. Vielleicht kommen wir da einfach nicht zusammen.«

Autsch.

Als er die Haustür hinter sich zuzog, ließ ich mich aufs Sofa plumpsen.

Das saß.

Kurz nach Mitternacht kam er zurück. Ich lag seit Stunden im Bett und drehte mich von rechts nach links, auf den Rücken und wieder zurück.

Micha ging ins Wohnzimmer. Ich stand auf. So ging das nicht. Er hatte sich gerade aufs Sofa gelegt.

»Und nun?«, fragte ich.

Er schwieg. Minuten vergingen, und mir fiel nichts Schlaues ein. Das fühlte sich alles nicht gut an.

»Lass uns doch noch einmal in Ruhe darüber sprechen. Morgen Abend. Okay?«, sagte ich und dachte: Was für ein Schwachsinn! Als würde das irgendwas ändern.

Er schwieg.

Mir fiel eine Textzeile aus einem Song von Juli ein: *Was soll man auch schon sagen, wenn man das Wichtigste verliert?*

Er meinte es ernst, nickte nur kurz und drehte sich dann weg.

Als ich allein im Bett lag, sagte ich leise: »Gute Nacht.« So wie jeden Abend.

❀

Ob ich wollte oder nicht, das Thema verfolgte mich. Gleich am nächsten Morgen war es wieder da, in Form eines Buggys. Er hatte schon seit Tagen vor unserem Haus gestanden und scheinbar hatte niemand mehr Interesse an diesem ollen Ding – außer Waltraud. Das alles andere als neue Modell hatte von der Sonne ausgeblichenen dunkelblauen Stoff und ein leicht verrostetes silberfarbenes Metallgestell. Aber das war es wohl kaum, was Waltraud faszinierte, sondern eher die Möglichkeiten, die sich ihr boten: geschoben zu werden.

Mit einem Satz saß sie drin, und egal, was ich tat und

wie oft ich ihr mit Wurst- und Hinter-den-Ohren-kraulen-Entzug drohte, sie blieb sitzen.

Nun gut. Meinetwegen. Macht sich halt die ganze Stadt über mich lustig. Ich musste zur Arbeit, und zwar genau jetzt.

Ich nahm die blöde Karre und schob sie samt Hund, in der Hoffnung, auf dem Weg zur S-Bahn nicht allzu viele Menschen zu treffen, was natürlich ausgemachter Schwachsinn war.

Zehn Minuten später stand ich vor der Treppe am Bahnhofsgebäude, die eine Ebene tiefer zur S-Bahn führte und die ich tagtäglich mit Waltraud morgens runter und nachmittags wieder raufging. Mit zwei Beinen und vier Pfoten war das kein Problem. Aber jetzt?

Klar gab es eine Rolltreppe, aber die führte nicht runter, sondern hoch. Was hatte sich der Erfinder denn dabei gedacht? Weil man morgens noch fit war und nach der Arbeit nicht mehr alleine hochkam, oder was?

»So, Waltraud. Schluss mit Lustig. Komm, hopp. Den Rest musst du gehen.«

Das sah sie anders.

Während inzwischen mehrere Menschen grinsend an uns vorbeigegangen waren und uns anscheinend amüsant fanden, sah ich auf die Uhr und wusste: Gleich fängt Grusel-Günther an, hektisch den Flur auf und ab zu gehen. Denn »Aufwachen und lachen« ohne mich war für ihn wie Golfspielen ohne Schläger. Oder so ähnlich. Denn das hieß im Klartext: Er musste ran.

»So, Waltraud, ich würde auch lieber geschoben werden, aber an diesem Hindernis kommen wir nicht vorbei. Zumindest nicht samt Buggy.«

Kaum hatte ich das letzte Wort ausgesprochen, stand

wie von Zauberhand dort hingestellt ein Mann neben mir, Ende dreißig, mit Aktenkoffer, und fragte, ob er mal eben mit anpacken solle.

In Anbetracht der Tatsache, dass es den Hörern von 99,9 vermutlich egal war, ob ich einen faulen, trächtigen Hund hatte und vor einer Rolltreppe stand, die in die falsche Richtung führte, mitsamt einem rostigen Buggy, für den man sich schämen müsste, nahm ich das Angebot an.

Während ich auf dem Weg zur Arbeit kaum beachtet worden war, änderte sich das im Sender mit dem Öffnen der Tür. Man sah mich an, als hätte ich jetzt endgültig den Verstand verloren.

»Hat sie was mit der Pfote?«, fragte Grusel-Günther.

»Nein, mit der Gebärmutter«, antwortete ich und stürzte ins Studio.

»Und welches arme Kind muss jetzt zu Fuß gehen?«, rief er mir noch hinterher. Als wäre er jemand, der so etwas wie Mitgefühl in seinem Repertoire hätte.

»Keines«, rief ich genervt zurück.

❀

Nach der Sendung wurde gefeiert. Nicht, weil sie endlich vorbei war, sondern weil unser Sender zum x-ten Mal in Folge zum erfolgreichsten Privatsender des Jahres gekürt worden war. Günther fühlte sich sichtlich wohl in seiner Chefrolle und gab großzügig Sekt und Schnittchen aus. Und warum auch immer, ich machte den entscheidenden Fehler und schenkte mir Orangensaft ein.

»Na, gibt es etwas, was du mir sagen möchtest?« Günther zwinkerte mir zu und kickte mir leicht in die Seite, als wären wir total dicke Kumpel und hätten uns gegen den Rest der Welt verschworen.

Ich begriff nicht. »Herzlichen Glückwunsch?!«, antwortete ich unsicher.

»Das meine ich nicht. Aber vielleicht sollte ich das zu *dir* sagen, oder?« Er zeigte auf mein Glas.

»Warum? Weil ich es jetzt ohne Alkohol durch die Sendung schaffe?«, witzelte ich.

»Na, komm. Du bist verliebt, das sieht man dir ja schon lange an. Ihr wohnt zusammen, du bist – na? – Mitte dreißig? Du hast dir sogar schon eine Karre angeschafft und …«, er schenkte mir Saft nach, »du trinkst keinen Sekt. Deutlicher geht es wohl kaum.« Er beugte sich zu mir rüber, als hätten wir ein Geheimnis. »Ich kann es ja verstehen, wenn du es noch nicht an die große Glocke hängen willst. Aber sag mir rechtzeitig Bescheid, damit ich dann für Ersatz sorgen kann, okay?« Er lächelte mich an, legte die Hand aufmunternd auf meine Schulter und flüsterte: »He, ich freu mich für dich. Klasse, echt.«

Und zack, kickte er mir noch mal in die Seite.

Ich kickte mit dem Ellenbogen zurück und flüsterte: »He, ich mich auch. Aber falls es dich beruhigt: Ich trinke keinen Sekt, weil ich noch einen Kater von gestern Abend habe.« Das war gelogen, aber half. »Und das hier«, ich deutete auf das, was sich oberhalb meiner zu engen Hüfthose befand, »ist nichts anderes als das Ergebnis von zu viel Mascarpone in zu kurzer Zeit.«

Ich stellte mein Glas ab. Dass in letzter Zeit gerne mal Blicke auf meinen Bauch statt in meine Augen gerichtet wurden und bei der Einnahme einer Aspirin ein Hinweis von Kolleginnen auf die Nebenwirkungen kam, nach denen kein Mensch gefragt hatte – okay! Aber dass jetzt schon Safttrinken falsch interpretiert wurde!

Kaum hatte ich mich umgedreht und war gegangen,

hatte ich plötzlich doch ein Kind – zumindest leihweise.

Mein Handy piepste. Eine SMS von Ilka.

Kannst du Samstagvormittag die Kleine ein paar Stunden nehmen? Muss mich auf ein Bewerbungsgespräch vorbereiten.

Als hätten sie sich alle abgesprochen.

Ja, tippte ich kurz zurück, obwohl ich daran zweifelte, dass das eine gute Idee war.

Micha saß in der Küche, als ich nach einem erneuten Hindernislauf – »Karre schieben« sollte eine olympische Disziplin werden! – nach der Arbeit in die Wohnung kam.

Ich war völlig hinüber. Ich sollte Waltraud mal auf die Waage stellen. War mir bisher gar nicht aufgefallen, wie viel sie wog. Die letzten Stufen musste ich sie sogar hochtragen, sonst hätte ich ohne Hund weiterleben müssen.

Ich sah auf die Uhr. Viertel nach vier. So früh war er sonst nie zu Hause.

»Na?«

»Na.«

Oder ohne Hund und Mann? Die Stimmung war jedenfalls schlimmer als kurz vor der Einäscherung meines Vaters.

Ich legte meine Tasche in die Ecke und setzte mich zu Micha. Auf dem Tisch standen zwei Flaschen Bionade.

»Magst du?«

»Ja, gern.«

Er öffnete eine Flasche und reichte sie mir. Dann griff er mit der Hand an seinen Nacken und knetete die Stelle.

»Willst du jetzt immer auf dem ollen Sofa schlafen, oder kommst du wieder zurück«, fragte ich schmollend.

»Charly …«

Oh Gott, klang so ein Abschied?

»Mach es kurz, dann tut es nicht so weh«, unterbrach ich ihn und tat gefasst, obwohl ich alles andere als das war. Ich befand mich eher kurz vor Eintreten der Schockstarre.

»Vielleicht sollten wir beide noch einmal in Ruhe darüber nachdenken, was ein Kind oder eben kein Kind für uns bedeutet.«

Mein Herz blieb stehen.

»Wie weit würde man gehen, dem anderen zuliebe? Und ist das dann wirklich das Leben, das man führen will oder das man sich so vorgestellt hat?«

»Du willst eine Pause. Eine – wie sagt man so schön – Auszeit?«

Das war der Anfang vom Ende.

»So würde ich es nicht nennen, aber lass uns doch, wie gesagt, noch einmal darüber nachdenken. Ich tue es, und du kannst es ja auch noch einmal machen.«

»Und dann? Dann verzichtest du vielleicht auf ein Kind, mir zuliebe, guckst bei jedem Spaziergang in jeden Kinderwagen, der uns entgegenrollt, und hörst mir im Café nicht zu, weil neben uns ein süßer Dreijähriger lustige Sachen erzählt? Und dann verliebst du dich in ein paar Jahren in eine jüngere Frau, die ein Kind will, und bist weg. Nein, danke. Dann lass es uns jetzt beenden.«

Das hatte ich so gar nicht sagen wollen.

»Ich kenne die Lösung auch nicht, aber ich will jetzt auch nicht einfach aufgeben.«

Aha.

»Meine Eltern wollen, dass ich ihnen beim Dach etwas helfe. Da ist irgendwo ein Marder, und nun sollen die Lücken mit Draht versperrt werden.« Er machte eine kurze Pause. »Ich fahre nachher hin und komme dann Sonntagabend wieder, dann haben wir beide etwas Abstand. Okay?«

Okay?! Dach? Marder? Wie konnte man sich denn in so kurzer Zeit so einen Blödsinn ausdenken?

»Dann kannst du auch gleich deine Mutter fragen, ob sie den Geburtshelferjob übernehmen will. Sag ihr auch gleich, dass ich dafür nicht gemacht bin, dann kann sie sich den Rest denken.«

»Woher willst du denn wissen, dass du dafür nicht gemacht bist?«

Ich war wie betäubt. Eine Dreiviertelstunde später war er weg.

❀

Allein sein, weil man allein war, war das eine. Aber allein sein, obwohl man eigentlich nicht allein war, war etwas anderes. Und dieses Alleinsein war nicht zum Aushalten. Ich musste mit irgendwem reden. Waltraud sah mich mit ihren Knopfaugen an, aber das half mir jetzt auch nicht weiter.

Ich nahm mein Telefon und klingelte alle einmal durch. Bei der einen war besetzt, bei der anderen ging nach x-mal Klingeln die Mailbox an, und bei der Nächsten war das Handy gleich ganz ausgeschaltet. Sehr konsequent.

Ich verharrte ein paar Minuten bewegungslos, als würde ich Modell sitzen für einen Porträtzeichenkurs an der Volkshochschule. Ich rührte mich keinen Millimeter. Dann holte ich tief Luft, stand auf und ging in die Küche. Das half meistens. Die Küche hatte fast immer eine Lösung parat, beziehungsweise der Kühlschrank.

Ich machte mir einen Kakao, holte mir die Flasche

Rum, die noch von meinem letzten Geburtstag übrig war, aus dem Küchenschrank, kippte den Rest hinein, setzte mich aufs Sofa und nahm mir mein Filofax. Dann blätterte ich alle Seiten des Adressteils durch, angefangen bei A.

Wahnsinn, wie viele Leute ich mal gekannt hatte. Ich nahm einen großen Schluck aus dem Becher. Mein Bauch wurde warm.

Dann kam ich bei L an. Leo! Leo hieß eigentlich Leonie, und ich hatte sie so lange nicht gesehen und nicht gesprochen, dass ich auf Anhieb gar nicht sagen konnte, wann das letzte Mal war. Schon vor ein paar Jahren hatte sie sich von der heterosexuellen Gemeinschaft verabschiedet, und um ein Zeichen für diesen Neuanfang zu setzen, hatte sie sich von zwei Dingen getrennt: von ihrem Heimathafen Hamburg und von dem »nie« am Ende ihres Namens. Sie meinte, sonst würde es nie klappen. Nun wohnte sie also mit einem neuen Namen in einer neuen Stadt.

Ich spürte eine große Erleichterung, als sie den Hörer nach dem vierten Klingeln abnahm und auch nicht so klang, als würde es ihr gerade nicht passen. Sie erzählte mir mit ihrem trockenen Humor, den ich so an ihr schätzte, dass sie immer noch keinen Job als Bühnenbildnerin gefunden habe, wie anders Berlin doch sei, und erst die Menschen.

Doch als ich ihr gerade vorschlagen wollte, dass ich auch gern mal ein Hauptstadtwochenende einlegen könnte, passierte das Unfassbare.

»Charly, um ehrlich zu sein, so gut geht es mir eigentlich gar nicht … Was soll's? Dir kann ich es ja sagen.«

»Was ist denn los, Leo?«

»Ach, es ist wegen des Spenders. Zwei Jahre lang haben wir nach einem geeigneten Spender gesucht und dann …«

Spender? Oh Gott. Meine Freundin sitzt in Berlin, ist todkrank, ich weiß davon nichts und sitze stattdessen in meiner Wohnung und bemitleide mich selbst!

Ich stellte den Kakao auf den Wohnzimmertisch, setzte mich kerzengerade auf und nahm mir vor, dass ich mir auf der Stelle einen Organspendeausweis zulegen würde.

Ich unterbrach sie. »Du brauchst einen Spender? Was … wenn ich fragen darf … was ist denn mit dir?«

»Natürlich brauchen wir einen Spender. Wie soll es denn sonst gehen, Charly? Oder hast du eine andere Idee?«

Hatte ich eine andere Idee? Ich hatte keine. Ich stand unter Schock. Beide brauchten einen Spender! Ich konnte es nicht fassen.

»Wir haben so lange gesucht, und dann hatten wir endlich einen auf der Party von Frank und Felix getroffen. Du weißt doch, die beiden hier aus dem Haus. Ich hab doch schon mal von den beiden erzählt.«

»Du hast auf einer Party einen Spender gefunden? Woher wusstest du denn, dass er ein Spender ist?«

»Ich habe ihn gefragt.«

»Du hast ihn gefragt? Einfach so?«

»Na ja, einfach so natürlich nicht. Wir haben ihn erst mal eine Weile beobachtet. Aber er war perfekt! Das sah man sofort. Schlau, schön und schon vergeben. Er war natürlich etwas irritiert, als wir ihn fragten, aber es ging ja auch wirklich nur um sein Erbgut. Mehr nicht. Keine Alimente. Gar nichts. Nur sein Erbgut.«

Sein Erbgut? Ich brauchte einen Moment, bis ich begriff. Sie wollte keine Organe, sie wollte sein …

»Du hast auf einer Party einen wildfremden Mann nach seinem Sper… Also du bist einfach auf ihn zugegangen und hast ihn gefragt, ob er … du weißt schon, dich schwängert?«

»Nicht mich. Lisa.«

»Dann eben Lisa. Wen ist ja auch schon fast egal. Ich weiß ja nicht, ob das bei euch Lesben normal ist, aber bei uns Heteros fragt man eigentlich nach ein paar Gläsern und einem netten Small Talk nach der Telefonnummer, verabredet sich vielleicht oder hat meinetwegen noch einen One-Night-Stand. Aber du kannst doch nicht irgendwen fragen, ob er bereit ist, deine Freundin zu schwängern?«

»Doch. Kann ich. Hat er ja auch gemacht.«

»Auf der Party?«

»Charly. Sei doch mal ernst.«

»Ich war in meinem ganzen Leben noch nie so ernst. Und? Hat er gleich Ja gesagt?«

»Nicht gleich. Erst dachte er, wir wollten ihn veräppeln. Dann dachte er an einen Dreier, und dann fragte er, ob er etwas von unseren Drogen abhaben könne. Ich habe ihm dann noch mal erklärt, worum es uns gehe, und dass wir nicht zu einer Samenbank gehen wollten. Ich glaube, er hat es letztendlich aus Mitleid getan.«

»Sex aus Mitleid. Kenn ich.«

»Um Gottes willen. Natürlich keinen Sex, Charly.«

»Was denn dann?«

»Wir haben Persona gekauft, und außerdem hat Lisa jeden Morgen die Temperatur gemessen, und als wir uns sicher waren, dass sie an diesem Tag ihren Eisprung hat, haben wir Björn angerufen.«

»Und er hat sich auf sein Rad geschwungen und ist mal kurz bei euch vorbeigefahren, um sein Erbgut abzugeben?«

»Ja. Fast. Allerdings hat er die U-Bahn genommen. Die

ersten beiden Male kam er noch mit dem Auto, aber da wurde er zweimal geblitzt. Und für die Parkplatzsuche hat er mehr Zeit gebraucht als für die Fahrt. Und das will schon was heißen, weil er nämlich in Potsdam wohnt.«

»In Potsdam? Mein Gott, wie lang ist der Arme denn zu euch gefahren? Und dann soll er auch noch Lust haben … Oh je!«

»Irgendwie tat er mir ja auch leid.«

»Und warum hat es nicht geklappt? Es hat doch nicht geklappt, oder?«

»Nein. Leider nicht. Es war wohl jedes Mal der falsche Zeitpunkt. Zu früh oder zu spät oder was weiß ich. Und nach dem achten Versuch mochte er nicht mehr.«

»Acht Mal habt ihr das gemacht … ich meine, hat er das mitgemacht? Mann, der muss euch ja wirklich gern gehabt haben.«

»Ja.«

»Wie habt ihr es denn jetzt eigentlich … also ich meine, wenn er nicht mit Lisa …?«

»Ganz einfach: Er ist ins Bad gegangen und hat an etwas Schönes gedacht und uns das Ergebnis seiner Überlegung in einem kleinen Gefäß auf der Heizung stehen lassen. Das haben wir Lisa dann eingespritzt.«

»Wir?«

»Lisa und ich. Was dachtest du denn?«

»Nichts. Und was macht ihr jetzt?«

»Weiß ich nicht. Keine Ahnung. Das macht mich total fertig. Und Lisa erst. Drei Jahre, das ist echt verdammt lang. Und sie wird im Frühjahr doch schon 38.« Sie holte tief Luft. »Und dann geht man einkaufen und trifft unterwegs lauter Mütter mit Kinderwagen. Die kommen einem wie Kampftruppen entgegen. Und so reden sie auch mit ihren Kindern und wissen es gar nicht zu schätzen, dass sie ein echtes Geschenk in der Karre umherfahren. Die pöbeln ihre Kleinen an, da wird einem übel. Also mir zumindest. Jeder Idiot darf in diesem Land ein Kind in die Welt setzen – oder gleich sechs. Und wir?«

Ja, und wir? Gute Frage. Wir mussten dringend das Thema wechseln.

Ich verordnete ihr ein Wochenende auf Usedom oder dem Darß, ein Hotel irgendwo an einem der schönen Strände, mit direktem Meerblick. Erholung statt Erbguttransplantationen. Dann nahm ich den letzten Schluck aus meinem Becher. Er war inzwischen kalt geworden.

Das durfte doch alles nicht mehr wahr sein! Da hatte ich extra, um mich abzulenken, mal bei einer Freundin angerufen, bei der ich fest davon überzeugt war, dass sie hundertprozentig immun war gegen jegliches Muttergefühl, und jetzt musste ich auch noch feststellen, dass sie komplett infiziert war. Selbst eine sexuelle Umorientierung bot also überhaupt keinen Schutz vor diesem offenbar universellen Virus.

Mist, so konnte ich nicht auf andere Gedanken kommen!

In dieser Nacht schlief ich so gut wie gar nicht. Michas Abwesenheit war so stark spürbar, dass ich kurz davor war, mir ein Taxi zu bestellen, um nach Kiel zu fahren. Und dann noch dieses absurde Telefonat.

Ich drehte mich hin und her, hatte weder Lust auf Justus Jonas, Peter Shaw und Bob Andrews noch auf sonst irgendwen oder irgendwas – außer Micha.

Was war eigentlich los mit mir? Da hatte ich so lange auf den Richtigen gewartet! Jetzt war der Richtige gerade mal ein Dreivierteljahr da, der Mann, mit dem das Leben wieder lustig war, und schon war er kurz davor, den Rückzug anzutreten. Und ich? Ich war cool, bockig und tat, als ginge es hier um die Frage, welche Marmelade auf den Tisch kommt – nicht in Bezug auf die Nachwuchsfrage, sondern in Bezug auf ihn, auf uns. Etwas mehr Einsatz, etwas mehr Kampfgeist sollte ich schon zeigen. Für ihn musste es ja so aussehen, als wäre es mir egal, wie lange er noch den Marder verjagte. War es aber nicht. Lieber würde ich auf Alu kauen, als noch eine Nacht meines Lebens ohne ihn zu verbringen. Jawohl!

Und wenn … wenn ich ein Kind bekäme? Wäre das die Lösung? Vielleicht besaß ich ja doch das Muttergen und wusste es nur nicht? Aber wie konnte man so was rausfinden? Gab es vielleicht einen Gentest, der einem sagte, ob man zu so was taugte oder nicht? Ich konnte ja schlecht ein Kind bekommen, feststellen, dass ich dieses Gen nicht hatte, und es dann im Tierheim abgeben oder wo auch immer. So ein Kind konnte man nicht testen und dann zurückgeben.

Ich setzte mich im Bett auf, das Kissen im Rücken, und sah aus dem dunklen Zimmer nach draußen. So ließ es sich besser denken.

Und wenn ich dabei blieb, dass ich kein Kind wollte? Wobei ein Kind ja nun auch wirklich kein Weltuntergang war. Ich sollte ja hier nicht sämtliche Organe spenden, ich sollte Leben spenden. Und auch etwas davon behalten – möglichst.

Ich kam nicht weiter.

»This is the end, my only friend … the end«, sang Jim Morrison in meinem Kopf, ohne dass ich ihn darum gebeten hatte.

Ich nahm mein iPhone und schickte ihm: *Ich liebe dich*. Etwas Intelligenteres fiel mir nicht ein.

Und in den gefühlten dreißig Minuten, die ich doch kurz einschlief, träumte ich, er wäre gar nicht zu seinen Eltern gefahren, sondern heimlich nach Berlin, um Leo ihren Herzenswunsch zu erfüllen … und sich seinen.

Ein halber Liter Kaffee reichte am nächsten Morgen nicht, um aus mir einen einigermaßen funktionstüchtigen Menschen zu machen. Es hatte keinen Sinn. Ich meldete mich krank. Eine Zehnerkarte für den nächstbesten Psychologen hätte vielleicht helfen können, aber selbst zum Reden war ich zu müde – und das hieß was.

Nachdem ich im Sender angerufen und erzählt hatte, ich würde über der Kloschüssel hängen, legte ich mich um kurz vor sieben wieder ins Bett. Und dabei blieb es auch.

Wie eine pubertierende Vierzehnjährige schielte ich in regelmäßigen Abständen, wenn ich kurz aufwachte, auf mein Handy, in der Hoffnung, Micha würde sich mal melden. Tat er aber nicht. Zumindest nicht persönlich.

Immerhin schickte er eine MMS. Ein Foto von Hugo und Huberta, im Körbchen liegend. Na, wenn die wüsste. Huberta meine ich.

Zwei Spaziergänge mit Waltraud um den Block, das waren meine einzigen Tätigkeiten an diesem Tag.

Erst am nächsten Morgen, nach einer Dusche, die ich dringend nötig hatte, und zwei XXL-Latte-macchiato hatte ich wieder das Gefühl, ich selbst zu sein.

Zumindest bis Ilka vor der Tür stand. Ach, Gott, es war ja Samstag. Die SMS hatte ich völlig verdrängt.

Karlotta schlief nicht, als sie samt Wickeltasche, Fläschchen, Schnullertuch und einer überdimensional dicken »Krabbeldecke« auf meinem Sofa abgesetzt wurde, was mir ernsthaft Sorgen bereitete. Mit schlafenden Kindern kannte ich mich aus, bei wachen hingegen musste man sich auf alles gefasst machen. Vor allem musste man interpretieren können, und das war die größte aller Herausforderungen. Schließlich konnte sie sich – wie Ilka behauptete – schon »total gut mitteilen« für ihre vierzehn Monate. Blöd nur, dass ihre Mutter die Einzige war, die diese Mitteilungen verstand. Mir blieb eher die Rolle der Ratenden oder Ratlosen bei dem, was Karlotta da von sich ließ.

»Rogaga! Rogaga!«, sagte sie voller Begeisterung und mit der tiefen Überzeugung, mir gerade eine sehr wichtige Botschaft überbracht zu haben.

»Motorrad. Sie meint ein Motorrad. Wir haben eben eins gesehen«, übersetzte Ilka.

Aha. Das konnte ja was werden. Sie kam voll nach ihrem Vater.

Hoffentlich hatte Ilka ihrer Tochter schon *mitgeteilt*, dass sie gleich die Wohnung verlassen würde – ohne sie. Denn wir wissen ja alle: Ankündigung ist schon mal die halbe Miete!

»Wie war's eigentlich in den Bergen?«

»Oh Gott. Frag bitte nicht …«

»Ok, ich frag nicht.«

Ups. Doch nicht den richtigen ›Ziegenpeter‹ gefunden? Also weiter im Text.

»Du musst im Grunde gar nichts machen. Setz sie auf die Decke, sie macht schon ihr Ding.«

Davon war ich überzeugt. Ilka sah auf ihre Armbanduhr: »Um elf dann den Brei. Das Gläschen ist hier, heute bekommt sie Pastinake.«

Pasti… was? Das klang wie eine Drohung oder irgendein Nachkriegsgemüse. Das arme Kind.

Ilka kramte ein Glas aus der Tasche und stellte es auf

den Couchtisch. Eine weiße Paste war darin. Pastinakenpaste. Bäh. Ich würde ihr nachher erst mal etwas Ordentliches machen.

»Die Flasche ist … Moment, hier. Und dann einfach bis da«, sie zeigte auf einen Strich auf der Plastikflasche, »mit abgekochtem Wasser auffüllen. Am besten, bevor du sie ihr gibst, kurz den Pulstest machen.«

»Den Pulstest?«

Oh Gott, was sollte ich tun, wenn etwas mit ihrem Puls nicht stimmte? Wann war mein letzter Erste-Hilfe-Kurs?

»Du lässt die warme, fertige Milch einfach über dein Handgelenk laufen, da etwa, wo man den Puls misst. Wenn die Temperatur okay ist, gibst du ihr die Flasche. Das Gleiche mit dem Brei.«

Ich sollte mir den Brei auf den Arm schmieren?

»Das wird schon. Sonst ruf halt an. Ich beeil mich. Wo ist eigentlich Micha?«

»Das Dach seiner Eltern reparieren«, erklärte ich und versuchte dabei möglichst glaubwürdig zu erscheinen, um jegliche Fragen zu vermeiden.

Dann gab sie Karlotta einen Kuss, drückte mich und verschwand.

Karlotta lächelte mich mit ihren sechs Mäusezähnchen an. Entweder hatte sie nicht mitbekommen, was hier gerade passierte, oder es tangierte sie nicht wirklich. Erstaunlich.

Ich nahm sie auf den Arm, so, wie Micha es gemacht hatte – vor etwas mehr als einem Jahr –, und stellte fest: Das ging nicht mehr. Dazu hatte sie jetzt gefühlte zwölf Kilo zu viel auf den Rippchen. Ob das normal war für ein Baby mit vierzehn Monaten? Keine Ahnung. Ich setzte mich aufs Sofa und sie auf meinen Schoß.

Die Augen, der Mund – genau wie Max.

»Du Arme siehst aus wie der Papa. Aber das verwächst sich bestimmt noch.«

Von einer Sekunde auf die andere zog sie die Mundwinkel nach unten, machte eine Schnute, als hätte sie mich verstanden, und bekam eine ganz neue Gesichtsfarbe. Dunkelrot.

Da half alles Wiegen, gut Zureden und Entschuldigen nicht. Karlotta war mit der Gesamtsituation unzufrieden, und daraus machte sie kein Geheimnis.

Der Schnuller! Wo war der Schnuller?

Ich nahm die Wickeltasche und wühlte einarmig darin rum. Meine Güte. Was so ein kleiner Mensch alles brauchte. Ich kippte die Tasche aus, alles andere dauerte zu lange.

Endlich fand ich das kleine Plastikstück. Der Erfinder des Schnullers sollte den Friedensnobelpreis erhalten. Sie hatte das Ding noch nicht einmal im Mund, da wurde es schlagartig leise. Puh.

Ich setzte Karlotta auf ihre Krabbeldecke, in der Hoffnung, sie möge damit einverstanden sein. Es wurde nicht protestiert.

Der Begriff »Krabbeldecke« war, meiner Meinung nach, völliger Blödsinn. Kinder, die schon krabbeln konnten, würden es sicher nicht auf dieser ein mal ein Meter kleinen Decke tun. Es war eher eine »Ablagefläche«, und zwar eine unpraktische, wie sich schnell herausstellte. Denn die Ablagefläche hatte keine Räder, um Karlotta darauf durch die Wohnung zu rollen, und sobald ich den Raum verließ, um – Entschuldigung – auf die Toilette zu gehen, veränderte sich ihre Gesichtsfarbe wieder, und es war vorbei mit der Ruhe.

Okay, dann half wahrscheinlich nur eins: spazieren gehen. Nicht dass ich wild auf Bewegung war, aber Kinder schlafen am besten im Kinderwagen oder im Auto ein, so viel wusste ich immerhin.

Ich ging ans Fenster und schaute in den Himmel. Es war nicht gerade Starwetter, aber für einen Oktobertag in Hamburg doch noch ganz manierlich, zumindest kam nichts Nasses von oben runter. Das war doch schon mal was.

Ich packte den ganzen Tütelkram ein, nahm Karlotta auf den Arm und ging, mit gefühlten dreißig Kilo mehr als vor einer halben Stunde, durchs Treppenhaus nach unten.

Waltraud sah mich an, als wollte sie sagen: Und wer bitte schön nimmt mich auf den Arm? Sie fing an zu fiepen und legte den Kopf schief.

»Du kannst alleine die Treppe runtergehen, meine Liebe, auch wenn du schwanger bist. Runter kriegst du es bestimmt noch hin.«

Waltraud war zu Tode beleidigt. Nicht weil ich sie nicht trug, sondern weil ihre Karre stehen blieb und ich stattdessen Karlotta chauffierte. Da musste sie durch. Ich besaß schließlich keine Zwillingskarre.

Zumindest Karlotta war zufrieden, sobald der Kinderwagen wackelte. Wir fuhren an die Ecke, zum Portugiesen, ich bestellte mir einen Galão, der Wagen stand, Karlotta maulte.

Obwohl es draußen deutlich frischer und ungemütlicher war, als es der Blick aus dem Fenster eben verraten hatte, rief ich der Bedienung hinterm Tresen »To go!« zu, und plötzlich wurde mir klar, dass diese Schnabeltassen aus Pappe eine Mutter erfunden haben musste.

Ich befestigte Waltrauds Leine am Kinderwagen, schob mit einer Hand und hielt mit der anderen den Becher, als mein Handy klingelte. Reflexartig ließ ich den Kinderwagen los und griff nach meinem Telefon. In der Sekunde rollte der Wagen samt Hund und Kind weiter Richtung Straße, die ich zwar überqueren wollte, allerdings nicht getrennt vom Kinderwagen.

Von links kam ein Kleintransporter. Ich schmiss mein Handy weg, machte einen Satz nach vorne und griff mit der freien Hand nach dem Kinderwagen, gerade am Ende des Bordsteins. Karlotta sah mir direkt in die Augen – von Frau zu Frau. Ich zog sie zurück auf den Bürgersteig, der Kleintransporter bremste mit quietschenden Reifen. Irgendjemand schrie hysterisch auf. Und das war nicht ich.

Mir blieb das Herz stehen.

Der Fahrer des Kleintransporters schüttelte den Kopf, ich zog den Kinderwagen ein Stück vom Bordstein weg, trat auf die Fußbremse, um ihn einen Augenblick loslassen zu können und bückte mich nach meinem Handy, dabei goss ich den Kaffee erst über Waltrauds Fell und dann über meinen Mantel. Hilfe.

Ich wollte doch einfach nur mal kurz spazieren gehen. Wie machten denn andere Mütter das? Waren die danach auch alle schweißnass und mit den Nerven am Ende oder ihre Kinder überrollt? Dass Micha das alles nicht einsehen wollte …

An der nächsten freien Parkbank auf dem Spielplatz Ecke Arnoldstraße nahm ich Karlotta aus dem Wagen. Ich hatte das große Bedürfnis, mich zu vergewissern, dass sie alles gut überstanden hatte. Alles dran. Prima.

Waltraud legte sich unter die Bank und leckte sich ihr Latte-macchiato-Fell ab.

Ich hielt die Kleine fachgerecht im Arm, schön in die Decke gehüllt, und betrachtete sie. Wenn Micha mich jetzt sehen würde, dachte ich, wurde aber schnell von weiteren Gedanken dieser Art abgehalten.

Eine Frau mit ohrenbetäubend hoher Stimme hielt ihren Kopf über Karlotta. »Oh, Gott, ist die süüüß!«, quietschte sie.

Ihr kleiner Sohn, der alles andere als süß war, stand stumm daneben. Er steckte in einem Ganzkörpergummianzug und hielt rechts und links Schaufeln in den Händen, als wollte er in den Krieg ziehen.

Ich nickte und sah Karlotta an. »Stimmt. Findet die Mutter auch.«

Mein Handy klingelte wieder.

Ilka. Zufälle gab's.

»Na, ich wollte nur kurz fragen, ob alles gut ist? Ich hatte eben schon mal angerufen, aber da hab ich nur so komische Geräusche gehört …«

»Alles bestens«, unterbrach ich sie. »Mach du mal deine Bewerbung. Hier ist alles tipptopp«, sagte ich und überlegte, wie man Kaffeeflecken rausbekam – aus Hundefell.

»Super, dann bis nachher!«

Nachdem ich aufgelegt hatte, drückte ich auf das Kamerasymbol auf meinem iPhone und machte Bilder von Karlotta, die ich inzwischen auf meine Oberschenkel gesetzt hatte. Wohin auch sonst.

Mein Nacken fühlte sich an, als wäre er aus Granit. Ich versuchte, mich zu entspannen. Schließlich war doch alles gut. Karlotta hatte anscheinend nichts gegen die Situation einzuwenden, aber irgendwie erwartete ich die ganze Zeit die nächste Katastrophe. Doch die blieb aus. Hatte ich ein völlig falsches Bild von Kleinkindern? Warum erwartete ich immer sekündlich einen Weltuntergang?

In dem Moment wackelte der Kinderwagen neben mir

derart, dass er drohte umzukippen. Waltraud war auf die Bank gesprungen und von da aus mit einem alles andere als grazilen Satz direkt in die Karre des Kinderwagens.

»Waltraud!«, schimpfte ich, nahm Karlotta in den Arm und sprang von der Bank auf.

Ein älterer Mann, der mehrere anscheinend viel zu schwere Plastiktüten trug, blieb kurz stehen, sah uns an, schüttelte den Kopf.

»Menschenskinders. Das arme Ding. Wie kann man seinem Kind nur so was antun! Waltraud! Was denken sich die Leute nur dabei?« Dann ging er, immer noch kopfschüttelnd, weiter.

Recht hatte er, aber das arme Ding war bisher mit seinem Namen zufrieden gewesen, und der arme Hund würde seinen Platz auf der Stelle räumen.

»Hopp!«, sagte ich.

Ich hielt Karlotta im Arm und sah Waltraud dabei streng an, in der Hoffnung, sie würde den Wagen freiwillig wieder verlassen. Tat sie aber nicht. Stattdessen duckte sie sich und machte sich flach, als hätten wir Fliegeralarm.

»Eins, zwei … und los!«, drohte ich ihr.

Na, super. Kaum war der Mann aus dem Haus, hört der Hund nicht mehr.

Eine junge Mutter, die vermutlich mit dreizehn das erste Kind bekommen hatte – anders konnte ich es mir nicht erklären, wie man mit vier Kindern aussehen konnte, als hätte man gerade eine Thalassokur hinter sich –, kam auf uns zu. Sie hatte trotz all der Schwangerschaften eine bessere Figur als alle Frauen, die ich kannte – was sie mir automatisch unsympathisch machte.

»Da verlangen Sie aber etwas viel. In dem Alter konnten meine gerade mal laufen.«

Ach, mit knapp vierzehn Monaten? Das sprach nicht unbedingt für sie.

Ich versuchte sie zu ignorieren – ihre Figur – und erwiderte: »Meine anderen acht haben in dem Alter die ersten Medaillen der Klasse 1 der Förderungsgruppe für leistungsorientierten Sport nach Hause gebracht.«

Dann nahm ich den Wagen und kippte ihn so lange, bis Waltraud rausplumpste.

»War ein Scherz!«, sagte ich noch, um ihre armen Kinder vor jeglichem Drill zu bewahren.

Dann gingen wir.

Als ich wieder allein abends im Bett die Fotos von Karlotta – auf meinen Oberschenkeln, im Querformat, im Hochformat, im Kinderwagen, auf dem Rücken, auf dem Bauch mit gestrecktem Kopf, in meinem Arm – noch einmal ansah, musste ich feststellen, dass die Kleine nicht einfach nur süß war. Sie war ja zum Auffressen süß.

Und ich war auch ein bisschen, ein ganz kleines bisschen, stolz auf mich. So übel war ich doch gar nicht als Ersatzmama – von dem kleinen Fastunglück mal abgesehen, das selbstverständlich ein Geheimnis zwischen uns Frauen bleiben würde.

Bevor ich mich hinlegte, googelte ich noch nach Kaffeebecherhaltern für Kinderwagen. Was es da alles gab! Ich entschied mich für den Bugaboo-Becherhalter. Schlicht schwarz. Da konnte man nichts falsch machen. Den konnte ich dann sowohl an Waltrauds Karre anbringen als auch bei meinem nächsten Einsatz mit Karlotta. Perfekt.

❀

Der Sonntag fühlte sich an, als hätte er mehr Stunden als alle anderen Tage zusammen. So lang war er schon seit

Ewigkeiten nicht mehr gewesen. Zumindest nicht so extrem. Im Grunde seit zehn Monaten nicht – seit ich Micha kannte. Er hatte es geschafft, dass der Sonntag und ich Frieden schließen konnten und sogar gute Freunde geworden waren. Doch das war jetzt vorbei. Ich hasste ihn. Nicht nur weil er wieder so unerträglich lang war, sondern weil ich wusste, dass Micha erst am Abend wiederkommen würde. Das machte es noch schlimmer. Die Stunden wollten nicht vergehen, sosehr ich auch versuchte, sie rumzukriegen. Selbst schlafen klappte nicht. Damit hatte ich früher oft drei Stunden oder mehr auf einen Schlag erledigt.

Ich klingelte bei Hanne. Keiner da. Ich rief Ilka an, die mich sofort wegdrückte und eine SMS schickte: *Sie schläft gerade.*

Aha. Und warum kann man dann nicht telefonieren? Sie lebte doch nicht in einer Einraumwohnung. Mütter!

Mir blieb nur eine Möglichkeit: fernsehen.

Das ertrug allerdings auch kein Mensch. Mir schoss der Gedanke durch den Kopf, dass das hier eventuell bald schon wieder der »Normalzustand« in meinem Leben sein könnte. Ich, allein, sorry, mit Waltraud und zig Welpen auf dem Sofa. Nicht weil Micha gerade Dächer reparierte, sondern weil er ausgezogen war. Dass bald schon Schluss sein könnte mit aufwachen und lachen – zumindest in Charly Schönbergs seit einem knappen Jahr existierendem Privatleben.

Alles, nur das nicht!

Ich machte den Fernseher wieder aus, legte mich aufs Sofa, nahm das Kissen und legte es – ohne mir dabei etwas zu denken – auf meinen Bauch und umklammerte es. Als ich realisierte, was ich da machte, nahm ich es und stopfte es unter mein T-Shirt. Ich sah aus, als wäre ich kurz vor der Niederkunft. Umständlich erhob ich mich und ging zu meinem großen Spiegel.

Aha, so sah ich also mit rundem Bauch aus. Ich drehte mich und betrachtete mein Spiegelbild von der Seite. Stand mir ganz gut. Ich stemmte die Hände in die Hüfte – wie Schwangere es immer taten – und ging von links nach rechts und von rechts nach links am Spiegel entlang. Im Entengang. Dann griff ich nach meinen Brüsten und drückte sie zusammen, bis es aussah, als hätte ich nicht nur Milchdrüsen, die ihre Arbeit aufnehmen wollten, sondern auch in Silikon investiert. Gar nicht übel, so ein Dekolleté. Ich ließ los, und schwupps, weg war der Traum aller Männer. Flachbusig wanderte ich zurück zum Sofa und legte mich hin. Auf den Rücken.

Ich steckte mir die Kopfhörer meines iPods in die Ohren und hörte »Die drei Fragezeichen«. Und siehe da: Es klappte doch noch mit dem Einschlafen.

Im Halbschlaf spürte ich, wie sich die Sitzfläche des Sofas bewegte, und ich stellte mir mit geschlossenen Augen vor, wie Waltraud mir gleich übers Gesicht lecken oder irgendetwas anderes anstellen würde, nur um mich darauf hinzuweisen, dass ihr gleich die Blase platzte.

»Ich geh gleich mit dir raus, Dickerchen, kleinen Moment noch.«

Ich räkelte mich, gähnte, öffnete leicht die Augen. Waltraud war gar nicht da. Ich schoss in Sekundenschnelle in die Senkrechte.

Micha saß neben mir.

»Huch, da bist du ja schon«, rutschte es mir raus.

Schon? Endlich.

Er sah auf das Kissen, das unter meinem T-Shirt hervorquoll. Oh Gott. Ich zog es heraus, legte es hinter meinen Rücken und räusperte mich. Fehlte nur noch, dass ich sagte: Ach, da ist es ja, hab ich schon die ganze Zeit gesucht…

»Hast du Hunger? Ich wollte uns etwas kochen.«

»Ja«, sagte ich noch völlig benommen, ohne zu wissen, ob ich Hunger hatte. Ich wusste nur eines: Ich war heilfroh, dass er wieder da war!

Ich wollte noch kurz mit Waltraud um den Block, während Micha uns in der Küche etwas brutzelte, aber das war leichter gesagt als getan. Davon abgesehen, dass Waltraud sich wahrlich schon mal lebhafter über das Angebot rauszugehen gefreut hatte, war sie scheinbar auf der Suche. Nur wonach? Oder war das ein Ablenkungsmanöver? Die Launen einer Schwangeren? Okay, es regnete in Strömen, und auch meine Motivation hielt sich in Grenzen.

»Sie sucht die Socken«, rief ein Hellseher aus der Küche.

Aha. Ich stand also an der geöffneten Wohnungstür, während mein Hund Socken suchte. Konnte man auch keinem erzählen.

Schließlich hatte ich die Faxen dicke und wollte gerade wieder die Tür schließen, nachdem ich Waltraud unzählige Male gerufen hatte. Da kam sie mit meinen Socken im Maul an und legte sie mir vor die Füße. Ich sah sie erstaunt an.

»Das sind ihre Kinder. Die musst du einpacken, sonst geht sie sicher nicht raus«, erklärte mir der hellsehende Hundeversteher aus der Küche.

»Aha. Ich muss also mit alten Socken an die Elbe gehen. Mal was anderes«, murmelte ich und stopfte mir die Socken rechts und links in die Jackentasche.

»Das sind keine Socken. Das sind ihre K-I-N-D-E-R«,

rief er noch einmal aus der Küche, als hätte ich es beim ersten Mal nicht verstanden.

Den Transport in ihrem Buggy wollte ich ihr eigentlich verweigern. Die Aktion mit den Socken reichte mir. Wer von uns war hier eigentlich neurotisch? Es klappte genau dreieinhalb Minuten, dann gab ich ihrem herzerweichenden Dackelblick nach. Ich wäre die inkonsequenteste Mutter Norddeutschlands, falls es jemals dazu käme.

»Die denken doch alle, ich bin plemplem, Waltraud. Ich hab kein Kind, schiebe aber dafür meinen Hund samt Socken durch die Gegend. Außerdem: Bei so wenig Bewegung besteht bei dir akute Thrombosegefahr.«

Waltraud legte ihre Schnauze auf die Sitzfläche und tat, als redete ich mit mir selbst.

»Na gut, meine Liebe, aber zum Pinkeln kommst du bitte selbst aus der Karre. Oder meinst du, ich halte dich noch gegen den Baum?«

Eine Dreiviertelstunde später saßen wir zusammen in der Küche. Micha, ich und unser Problem.

»Und?«, fragte er.

»Hat super geschmeckt. Echt. Gut, dass du wieder da bist. Nicht nur wegen des Kochens.«

Ich lächelte ihn an, während ich mir den Mund mit der Serviette abwischte und hoffte, kein Grünzeug zwischen den Zähnen zu haben, wozu ich leider neigte – dem Pferdegebiss sei Dank.

»Du musst mir unbedingt mal zeigen, wie du das mit dem Bärlauchpesto machst. Wo hast du denn noch die Pinienkerne gefunden? Ich dachte, wir hätten gar keine mehr.«

»Das meinte ich nicht.«

»Der Wein?«
»Charly!«
»Schon gut.«
Ich legte mein Besteck hin.
»Kannst du dir vorstellen, mir noch etwas Zeit zu geben?«
Er sah mich an. Ich hielt die Luft an und zählte … drei, vier, fünf, sechs. Jetzt musste er etwas sagen, sonst wäre es doof.
»Ja, das kann ich.«
Puh. Gefühlte hundertfünfzig Kilo Pinienkerne fielen von meinen Schultern.

❀

Um mir selbst das Gefühl zu geben, ein guter Mensch zu sein, rief ich zwei Tage später nachmittags nach der Arbeit Michas Mutter an. Ich hatte das dringende Bedürfnis, ein paar Schleimpunkte zu sammeln. Wer wusste schon, was Micha bei seinem Besuch erzählt hatte. Außerdem brauchte ich ihre Hilfe. Waltrauds Zustand beunruhigte mich mit jedem Zentimeter mehr, den ihr Bauch rechts und links in die Breite wuchs.

Entweder hatte Micha kein Sterbenswörtchen über unseren Brennpunkt von sich gegeben, oder Josephine Wilhelmine war eine gute Schauspielerin.

Nach den üblichen »Was macht das Leben so, ist es bei euch auch so nasskalt, und wie die Zeit doch vergeht«-Themen berichtete ich von der anstehenden Niederkunft und outete mich als komplett unwissend, in der Hoffnung, sie würde sich gleich ins Auto setzen und mit der Umgestaltung meines Wohnzimmers in einen artgerechten Kreißsaal beginnen.

Stattdessen fragte sie nach dem Vater, oder sagen wir mal lieber: Erzeuger. Und da es sich merkwürdigerweise so anfühlte, als handelte es sich hier um meine Schwangerschaft, war es mir irgendwie unangenehm, sagen zu müssen, dass ich es nicht mitbekommen hätte, also dass ich … du weißt schon … und daher nicht sagen könnte, wer es war. Meinen Verdacht behielt ich für mich. Das wäre ja sozusagen Inzucht. Innerhalb der Familie.

»Es sind sozusagen Überraschungseier«, erklärte ich und überlegte, warum ich mir selbst bisher so wenig Gedanken darüber gemacht hatte, was da am Ende wortwörtlich bei rauskommen würde. Ob die Rechnung aufging, dass ihr Hugo der Vater der Kinder meiner Waltraud war, stand in den Sternen, von der Anatomie mal ganz abgesehen. Es hätte unser Verhältnis, also das von Josephine Wilhelmine und mir, auch nur unnötig kompliziert gemacht. Es reichte ja fürs Erste, dass ich so was wie ihre Schwiegertochter war, da musste sie ja nicht noch die Oma für die Kinder meines Hundes werden oder so ähnlich.

Josephine Wilhelmine war – wie ich ja schon vermutet hatte – ein Hundelexikon auf zwei Beinen. Hätte ich das alles gegoogelt, hätte es drei Tage gedauert. Während dieses Wissenstsunamis dachte ich kurzzeitig, ob es eventuell Sinn machte, auf Lautsprecher zu stellen und ein Diktiergerät mitlaufen zu lassen. Merken könnte ich mir das alles eh nicht. Aus alldem, was sie mir binnen kürzester Zeit erklärte, hätte man eine neue Folge von »Was ist Was« machen können. Als Hörbuch.

Vermutlich hatte sie ihre eigenen Kinder zwischen zwei Gängen, die sie für ihre Gäste in ihrem Restaurant »Zur glücklichen Henne« brutzelte, zur Welt gebracht. Mal eben. So wirkte alles, was Josephine Wilhelmine tat, wie von leichter Hand und anscheinend ohne einen Ansatz von Anstrengung. Das war mir schon bei unserem Besuch aufgefallen, als sie aus ihrem Alltag berichtete, ihrem Leben, der Familie. Mal eben ein Restaurant geleitet, mal eben Kinder großgezogen, mal eben die Familie eingeladen und ein paar Torten selbst gemacht. Ach, Kind, das macht doch keine Arbeit. Mal eben die Enkelkinder beruhigt, die drohten, sich gegenseitig die Haare abzuschneiden, oder sich mit Kochlöffeln gegenseitig verprügelten – die Süßen.

Nach knapp zwei Stunden hatte ich ein glühendes Ohr und nahm mir vor, doch wieder auf Schnurtelefon umzustellen. So praktisch schnurlos auch war, aber ich hätte schwören können, hinter meinem Ohr einen Tumor zu spüren.

Ich wünschte ihr noch einen schönen Abend, bedankte mich für ihre Anleitung zur Welpengeburt und lud sie ein, uns zu besuchen. Am besten bald.

»Gerne, gerne«, sagte sie mit hörbarer Freude in der Stimme. Dann sagte sie Tschüss, und ich solle Micha grüßen, und bis bald. Mal eben verabschiedet.

Kaum hatte ich aufgelegt, klingelte es an der Tür. Der DHL-Mann schnaufte, als hätte er Zementsäcke hochgetragen, dabei war es doch nur mein Becherhalter. Ich unterschrieb, wünschte noch einen schönen Tag und riss mein Päckchen auf. Super Erfindung.

Ich nötigte Waltraud, noch eine Runde mit mir durch den Park zu fahren, schließlich wollte ich sofort meine neue Errungenschaft ausprobieren.

Und da entdeckte ich sie: die Profis unter den Kinderwagenschiebern. Während mein Becherhalter vermutlich schon als »old school« abgestempelt wurde, gab es etwas,

was alles übertraf: die eingebauten Handschuhe. Man musste weder verhungern noch verdursten oder erfrieren, nur weil man ein Kind hatte. Toll. Da gab es doch tatsächlich dicke, warme Fellhandschuhe, die so an der Stange befestigt waren, dass man nur noch reinschlüpfen und losschieben musste. Definitiv etwas verfrüht, auch wenn schon wieder seit mindestens drei oder vier Wochen die Spekulatius in den Supermarktregalen lagen. De facto war dieser 25. Oktober lau, nass, ungemütlich, aber nicht kalt. Also waren die Handschuhe heute komplett übertrieben, aber wen interessierte das? Ich würde gleich zu Hause googeln, wo es die Dinger gab.

❀

Da ich klar geäußert hatte, nicht schwanger zu sein, war ich von meinem Chef für eine wichtige Mission einberufen worden. Und die – wann auch immer er sich das ausgedacht hatte – sollte gleich am nächsten Freitag umgesetzt werden. Seiner Kreativität und der Vorfreude auf die Adventszeit sei Dank. Allerdings ließ mich die Mission im ersten Moment schockgefrieren.

Ich sollte nicht nur hörbar, sondern auch sichtbar das Aushängeschild des Senders sein, so seine knappe Erklärung. Keine Ahnung, welche Werbeagentur er mit dieser schönen Aufgabe betraut hatte, aber nachdem ich erfahren hatte, was ich tun sollte, wäre ich doch fast lieber schwanger gewesen.

Ich durfte mir ein blinkendes Rentiergeweih auf den Kopf setzen, in ein knappes rotes Minikleid mit weitem Ausschnitt schlüpfen und mich in roten Lackstiefeln in einen Haufen Kunstschnee stellen. Ein Traum. Als ich mich selbst im Spiegel betrachtete, fragte ich mich, ob ich auf der Reeperbahn arbeitete oder doch in der Morningshow eines Radiosenders. Ich war mir nicht mehr sicher. So musste sich die Katzenberger fühlen.

Nach drei Stunden Fotoshooting war ich jedenfalls reif zum Abschuss. Dem Himmel sei Dank, dass es bei mir nicht zum Topmodel gereicht hatte und dass Freitag war.

Mein Handy klingelte, als ich gerade wieder zu Charly Schönberg ohne Geweih zurückmutierte. Es war Micha.

»Na, was machst du?«

»Ich versuche gerade, den letzten Schnee aus meinen Haaren zu bekommen.«

»Schnee?«

»Ja, Kunstschnee. Leider sehr anhänglich das Zeug, vor allem wenn man Locken hat. Und du?«

»Ich sitze im Auto und wollte dich abholen.«

»Hast du denn schon Schluss?«

»Ja, heute war nichts los. Und da hab ich mir gedacht, ich überrasche mal meine Freundin.«

Und das tat er. Denn er saß nicht allein im Auto. Auf der Rückbank stand einer meiner kleinen Koffer, und im Kofferraum lag ein weiterer von Michael. Das sah nicht nach dem insgeheim immer noch befürchteten Auszug aus.

»Was hast du denn vor?«, fragte ich ihn erstaunt, nachdem ich eingestiegen war.

»*Wir* haben etwas vor. Wir fahren nach Kopenhagen.«

»Nach Kopenhagen? Jetzt?«

»Ja, jetzt«, sagte er ganz selbstverständlich.

»Und unsere schwangere Mitbewohnerin?«

»Die liegt bei Hanne auf dem Sofa und wird von einer Horde Kinder mit Lakritzstangen gefüttert«, sagte er lachend.

Fünf Stunden später waren wir in der Indre By, der Innenstadt.

Keine Ahnung, wie lange oder wann Micha das alles geplant hatte. Oder hatte seine Mutter ihm den Tipp gegeben? Jedenfalls hatte er wirklich an alles gedacht. Sogar die neuen Folgen der »Drei Fragezeichen« lagen im Koffer, auch wenn wir nicht dazu kamen, sie zu hören.

❀

Nach einer kurzen Nacht und einem langen Frühstück bummelten wir durch diese wunderschöne Stadt. Mir drängte sich sofort die Frage auf, warum es fast vier Jahrzehnte gedauert hatte, bis ich hierhergefahren war. Artig bewunderte und bestaunte ich alles kulturgeschichtlich und historisch Bedeutsame und Neue – trotz des Dauerregens, dem Einzigen, was uns nicht neu war.

Wir legten eine Pause im Café Victor ein, danach hatte ich Energie für die wirklich wichtigen Dinge im Leben einer Frau: Ich zog Micha unauffällig Richtung Fußgängerzone.

»Nimm mir meine EC-Karte weg, und die Kreditkarte auch. Bitte! Jetzt, sofort!«, stöhnte ich vor einem der vielen schönen Geschäfte und überlegte angestrengt, wann Größe 36 zuletzt gepasst hatte und ob das Kleid auch in L so wirkte?

»Geh doch mal rein, und probier was an«, forderte Micha mich auf, was nur daran liegen konnte, dass er kurzsichtig war oder das Preisschild nicht gesehen hatte. Ich zog ihn weiter.

In dem Geschäft daneben gab es zwar auch nichts in meiner Größe, aber ich ging trotzdem rein, denn ich hatte das Gefühl durch eine Zeitmaschine in die 70er-Jahre versetzt worden zu sein: Kindermode, Babysachen, Spielzeug, sogar Tapete wie damals. Ich konnte es nicht fassen.

Micha wartete draußen. Vielleicht fand ich ja etwas für Rosa oder Karlotta, sagte ich zu ihm, bevor er noch auf dumme Gedanken kam.

»Kann ich Ihnen helfen, oder schauen Sie sich nur um?«, fragte mich eine dunkelhaarige Frau in akzentfreiem Deutsch, die ganz und gar nicht dänisch aussah, mir aber dafür meine Herkunft sofort ansah, was mich nachdenklich stimmte. Was war an mir typisch deutsch?

»Ich suche etwas für ein Mädchen.«

»Wie alt ist es denn?«

»Das eine ist … so ungefähr ein paar Wochen … oder Monate, glaube ich. Das andere ist eineinhalb. Und dann haben wir noch ein ganz frisch geschlüpftes.«

Sie sah an mir herab und musterte mich, dabei suchte ich doch gar nichts für mich selbst.

»Aha. Und wissen Sie, welche Größe es trägt?«

»Die Größe? Ja, das ist so eine Sache.«

Ich zeigte mit den Händen einen Abstand von einer Hüftbreite. Meine Hüftbreite. »So vielleicht.«

Sie kam auf mich zu, ging an mir vorbei zu einer Stange mit Babykleidung und zeigte auf die Sachen. »Dann müsste das hier das Richtige sein, aber besser wäre es natürlich, wenn Sie die genaue Größe wüssten. Ich kenn das aber auch. Meine Lütte wächst so schnell, da bin ich mir auch nie sicher, was sie gerade trägt.«

Fünfundvierzig Minuten später war ich dann doch in der Lage, das »Mitnehmen-Wollen« auf drei Teile zu reduzieren: ein gestricktes Jäckchen für Rosa, Lederpuschen für Karlotta und eine kleine Michel-aus-Lönneberga-Mütze für Willi.

Die Verkäuferin wies mich daraufhin, dass es auch die Möglichkeit gab, den Namen auf die Mütze zu sticken.

Ich schüttelte den Kopf und dankte. Um Gottes willen. Es musste ja nun nicht jeder lesen, wie dieses arme Kind hieß. Dann kaufte ich noch einen kleinen Nicki-Strampler, an dem ich einfach nicht vorbeigehen konnte. Der passte vermutlich keinem der drei, aber das nächste Baby kam mit Sicherheit.

Im Grunde genommen hätten wir uns vor diesem Spontantrip nach Dänemark einen Kombi kaufen müssen samt Anhänger. Als am späten Sonntagnachmittag endlich alle Tüten mit neu erworbenen Klamotten, Küchenutensilien und einer traumhaft schönen Lampe für den Esstisch sowie unsere Koffer im Auto verstaut waren, fragte ich mich, ob ich lieber die Bahn nehmen oder trampen sollte.

❀

Zurück in Hamburg schien zur Überraschung mal die Sonne. Und wäre man einfach nur nach dem Wetter gegangen, man hätte auch Ostereier verstecken können, statt so ganz langsam – schließlich war es schon Ende Oktober – mal an den bevorstehenden Weihnachtsrummel und den dazugehörigen Geschenke-Einkauf-Marathon zu denken.

Micha musste für ein paar Tage geschäftlich nach Berlin, und ich stürzte mich in meine Arbeit.

Ilka freute sich über die Lederpuschen für Karlotta, aber noch mehr freute sie sich über die Post, die sie bekam: Eine Zusage für den Job in einer Kita, für den sie sich beworben hatte. Und das Beste: Sie konnte Karlotta sogar mitnehmen und dort in der »Wichtelgruppe« unterbringen.

Hanne hatte eine Leih-Oma gefunden, die ihr jetzt dreimal in der Woche half, und sah nicht nur deshalb plötzlich wieder aus wie eine ganz normale Frau. Im Gegensatz zu ihrem Sohn, der nicht im Entferntesten Ähnlichkeit mit Michel aus Lönneberga hatte – eher mit einem Sumoringer.

»Wow. Hast du einen Lover, oder machst du bei Frauentausch mit?«, fragte ich sie, als wir uns im Treppenhaus trafen und sie mir in einem knielangen schwarzen Kleid, Stiefeln und einem wunderschönen Wollmantel entgegenkam.

Bestimmt Marc O'Polo. Das erkannte ich sofort und war der zweite Grund, überrascht zu sein. Hanne war nie markenfixiert. Ganz im Gegenteil.

»Männertausch wäre mir lieber«, sagte sie und stellte ihre Einkaufstüten ab. »Das hat mir mein Göttergatte geschenkt. Er meinte wohl, etwas an meinem häuslichen Auftreten optimieren zu müssen.«

»Wie kam er denn *darauf*?«, fragte ich ironisch.

»Ich habe halt keine Lust, aufgetakelt durch die Wohnung zu rennen, mit Pumps und in irgendwelchen Röhrenjeans, die bei jedem Bücken meinen halben Hintern an die frische Luft befördern. Und wenn er abends nach Hause kommt, liege ich meist schon auf dem Sofa, hab es mir bequem gemacht und gucke ›Zuhause im Glück‹ oder ›Bauer sucht Frau‹. Muss ich dabei etwa aussehen wie Germany's next Topmodel?«

Nein, musste sie nicht. Aber was mich noch mehr beruhigte als die Tatsache, dass sie ihre Hosen nicht mehr mit Gummibändern zuhielt, war die verborgene Nachricht: Sie und Phillip hatten sich anscheinend wieder versöhnt.

❀

Es gab Dinge im Leben, die konnte man nicht verleugnen.

Dazu gehörten an diesem Tag die drei Tatsachen, dass Donnerstag, November und Waltraud nicht mehr rund, sondern quadratisch war. Sie sah aus, als hätte sie einen Dackel verschluckt – der Breite nach. Kein Wunder, ihr Stichtag stand ja auch kurz bevor … nur noch acht Tage!

Ich bekam hektische Flecken im Gesicht bei dem Gedanken. Was war, wenn die Kleinen früher kamen und ich gerade nicht da war? Wenn sie schon vor dem 62. Tag rauswollten?

Da ich Waltraud nicht mehr alleine im Wohnzimmer schlafen lassen wollte, richtete ich ihr eine gemütliche Kissenecke auf meiner Bettseite ein.

»Ihr Hund bringt die Welpen auch alleine zur Welt, da können Sie sich drauf verlassen. Entspannen Sie sich«, hatte der Tierarzt bei der letzten Untersuchung gesagt. »Sie brauchen Schlaf. Was wollen Sie denn machen, wenn Sie selbst mal ein Kind bekommen?«

Gute Frage.

Der Stichtag rückte immer näher. Ich hielt es nicht mehr aus und rief Michas Mutter an, obwohl ich leicht gehemmt war, ausgerechnet ihr, die so was ja mal eben im Handumdrehen machte, zu gestehen, dass ich schon vor Eintreten der Wehen komplett überfordert war.

»Wäre es vielleicht möglich, dass wir unser Treffen etwas vor- und gerne auch etwas in die Länge ziehen? Also, es ist so: Waltraud, also … sie entbindet ja demnächst, und unser Sofa, also … das ist wirklich bequem … Ich kann dir auch ein Zimmer in der Pension am Park buchen, wenn du magst … sonst …«, stotterte ich und hatte das Gefühl, es wäre mein erster Tag mit einer neuen Zunge.

Schlafentzug hatte den Verlust jeglicher Kontrolle zur

Folge: über die Artikulation, die Feinmotorik, die Emotionen – die passenden in solchen Momenten.

Deshalb fing ich auch fast vor Glück an zu weinen, als Josephine Wilhelmine sagte, sie hätte zwar eigentlich andere Pläne gehabt, sie würde sich aber gleich auf den Weg machen. Wie gut, wenn man einen Mann hatte, der seine Mutter mochte, dachte ich. Ansonsten hätte ich jetzt vermutlich eine Diskussion, warum das nun sein musste und wie lange sie bliebe.

Und tatsächlich ließ sie alles stehen und liegen – sogar Hugo und Huberta, was ich ihr hoch anrechnete – und stand zwei Tage später, am Samstagvormittag samt Trolley bei uns vor der Tür. Wann war ich zuletzt so unendlich dankbar über Familienbesuch gewesen? Es musste sich hier um eine Premiere handeln.

Ich war wirklich beeindruckt von ihrer Energie, schließlich war sie keine zwanzig mehr, sondern Anfang siebzig, was man ihr weder ansah noch anmerkte. Diese Frau hatte mit Betreten unserer Wohnung, die sie sehr schön fand, wie sie immer wieder betonte, die Fäden in der Hand. Sie quartierte sich bei uns im Wohnzimmer ein und übernahm die Wochenbettstation.

Und das war gut so. Ich konnte durchatmen.

Unser Wohnzimmer glich jetzt zwar eher einem Geburtshaus als allem anderen, aber das sollte mir recht sein, solange ich mal wieder ein Auge zumachen konnte und nicht im Viertelstundentakt aufwachte und nachsah, wie es Waltraud ging.

Auf dem Wohnzimmertisch stand nun ein Fläschchen, auf dem »Easy Whelp« stand, daneben lagen ein Haufen Handtücher, eine Tube mit irgendeiner Creme, ein Thermometer.

Bevor ich mich abends hinlegte, fragte ich noch einmal, ob alles okay wäre.

»Ja, ich denke, es geht bald los«, sagte Michas Mutter und streichelte Waltraud dabei.

»Sie hat schon Wehen.«

Oh Gott, Wehen! Das war doch zu früh, mindestens ein paar Tage! Oder war ich jetzt nicht mehr in der Lage zu zählen? Was wäre passiert, wenn Josephine Wilhelmine, die ich heimlich nur noch Jowi nannte, erst morgen gekommen wäre? Gar nicht auszudenken ... Und wie, bitte schön, sollte ich jetzt ein Auge zumachen? Vermutlich gar nicht.

Doch Jowi beruhigte mich mit ihrer »Ich hab das alles im Griff«-Art. In solch einem Momente konnte ich sie vor mir sehen, wie sie damals in der »Glücklichen Henne« alle Mitarbeiter bestimmt, aber freundlich angewiesen hatte, was zu tun war. Widerspruch zwecklos. Mit dieser Frau wollte man gar nicht diskutieren, weil man wusste, dass es für alle Anwesenden das Beste war, wenn man tat, was sie sagte.

»Legt ihr euch mal hin. Das schaffen wir schon, oder, Waltraud?«, sagte sie, legte ihre Twinset-Strickjacke ordentlich gefaltet auf die Armlehne des Sofas, knipste die Leselampe ein und richtete sich mit ihren Büchern, ihrer eigenen Wolldecke, die sie mitgebracht hatte, und ihrer Teekanne häuslich ein. »Bei einsetzender Wehenschwäche oder Erschöpfung gebe ich ihr einfach Caulophyllum D6 und Secale cornutum D6 im viertel- oder halbstündigen Wechsel. Das wirkt Wunder.«

Caulo... was? Man sah mir das Fragezeichen anscheinend an.

Sie zeigte auf die kleinen braunen Fläschchen, die auf der Fensterbank standen. »Homöopathische Kügelchen.«

»Ah … gut.« Ich tat wissend. Ob es auch Kügelchen gab, um besser einzuschlafen?

Ich wünschte beiden eine ruhige Nacht, meinte aber eigentlich mich selbst und ging zu Micha ins Bett.

Es war exakt vier Uhr zwanzig, als ich es quieken hörte, und ich war mir sicher, dass es weder Waltraud noch ihre Hebamme war, und auch nicht die Freundin des Nachbarn über uns.

Ich sprang mit einem Satz aus dem Bett.

Es war Nummer eins! Und wir hatten etwas gemeinsam. Wir bekamen beide die Augen nicht auf. Wobei ich letztendlich doch schneller war als er. Er war so was von klein, nass, schwarz, hatte tatsächlich alles dran, was so ein Hund haben musste, ein Rüde. Ich hätte vor lauter Staunen fast vergessen, dass er kein Einzelkind war.

Wie unter Hypnose krempelte ich die Ärmel meines Pyjamas hoch, kniete mich vor Waltraud und vergaß dabei sogar, mich über mich selbst zu wundern. Dazu blieb auch gar keine Zeit. Schwupps, kam mir Nummer zwei entgegen. Das Winzhündchen war so klein und mindestens so leicht wie mein iPod. Es war etwas heller, wobei man das vermutlich erst richtig sagen konnte, wenn die Würmer trocken waren, und vor allem wenn diese gräuliche, glibberige Verpackungshülle, in denen die Kleinen rausgeschwuppst kamen, erst mal weg war. Es sah aus, als kämen sie in einem Kondom zur Welt.

Nummer drei ließ sich jedenfalls Zeit und uns damit auch. Ich schickte Micha zum Kaffeekochen und starrte voller Stolz auf meine Waltraud, während Jowi mich beobachtete. Ich spürte ihren Blick.

»So kleine Lebewesen … faszinierend, oder?«, fragte sie, und ich gab ihr mit einem zustimmenden Kopfnicken recht. Zu mehr war ich nicht imstande. Ich hatte das Gefühl, meine Hormone spielten verrückt. Fehlte nur noch, dass mir gleich die Milch einschoss.

In dem Moment, als ich mich umdrehte, um meine Kamera aus dem Regal zu holen, kam Nummer vier auf die Welt. Ein bisschen größer, trotzdem ein Winzling und der lauteste Quieker im Korb. Ein Rüde. War ja klar.

Dann kamen schnell hintereinander, als hätten sie sich abgesprochen, Nummer fünf und sechs. Eine Mädchengang. Ich konnte nicht mehr, ich schniefte.

Micha stand mit drei Bechern Kaffee vor mir.

»Guck mal!«, forderte ich ihn auf. »Oh Gott, guck doch mal, wie niedlich die sind.«

Während man bei Neugeborenen eigentlich immer sagte, die Natur hätte es so eingerichtet, dass sie erst mal dem Vater ähneln, damit dieser sie annahm, konnte man hier auf rein gar nichts tippen. Wer auch immer der Vater war, würde wohl ewig Waltrauds Geheimnis bleiben – zumindest so lange, bis die Würmer etwas größer waren. War es Hugo, würde man es natürlich an der Nasenspitze erkennen, der nicht vorhandenen.

Fakt war, drei hatten gekräuseltes Fell, der Rest war glatt. Und die glatten Welpen hatten etwas, was doch auf Hugo hinwies: Sie waren recht hell, besaßen aber um Schnauze und Pfoten eine dunkle Färbung!

Als wir das feststellten, trafen sich unsere Blicke – Jowis und meiner. Ich zuckte die Achseln. Was sollte ich auch sonst tun? Süß waren sie ja trotzdem.

❀

Staunen wurde zu meinem neuen Hobby. Ich war im Welpenrausch, und am liebsten hätte ich sofort Urlaub eingereicht. Der Gedanke hätte mir auch mal früher kommen können.

»Die Kleinen öffnen in drei Wochen ihre Augen, bis dahin passiert nicht viel, was du verpassen könntest. Sie können weder hören noch sehen und kaum riechen. Ab dem 18. Tag wird es interessant«, tröstete mich meine Schwiegermutter.

Ich kaufte einen Malkasten, pinselte der Reihe nach allen Welpen einen Fuß in unterschiedlichen Farben an und drückte ihre Pfote dann auf einen weißen DIN-A4-Pappkarton, den ich im Flur aufhängte. Als ich das fertige Kunstwerk betrachtete, wurde mir schlagartig klar, dass dies der klare Beweis war, dass ich drauf und dran war, komisch zu werden.

»Interessant ist vor allem die Frage, wer die Lütten alle nehmen wird«, meinte Micha eine knappe Woche später, nachdem seine Mutter mit einer Pralinenschachtel und einem großen Blumenstrauß abgereist war.

»Wie?«, fragte ich, während ich am Korb kniete und die alleinerziehende Mutter streichelte, als hätte ich den IQ einer Nacktschnecke.

»Na, wer die Welpen nimmt. Oder willst du sie alle behalten? Damit würde nicht nur unser Vermieter ein Problem haben, sondern auch der Tierschutzbund.«

»Wie kommst du denn jetzt darauf? Meinst du Phillip hat nach der Geburt von Willi gefragt, wann der vorhat auszuziehen? Also echt.«

Männer.

Ich hatte noch nicht eine Sekunde darüber nachgedacht, was mit den Welpen passieren sollte. Auf alle Fälle wollte ich für Waltraud einen behalten, beziehungsweise für mich, denn ich entwickelte plötzlich so etwas wie

»Familiensinn«, wenn auch nur für meine Hundefamilie, aber immerhin.

Ich machte Fotos von den Kleinen und verschickte sie per Mail an alle Menschen, die mir jemals ihre Anschrift gegeben hatten, egal ob Steuerberater oder Gynäkologe.

Alle waren sich einig: sehr niedlich, aber leider entweder keinen Platz oder keine Zeit oder beides.

Jowi war sich sicher, es würden sich noch Adoptiveltern finden, notfalls würde sie die fünf Freunde erst mal mit zu sich nehmen. Das wäre für jeden anderen Menschen in meiner Lage ein guter Grund gewesen, ihr das alte Bundesverdienstkreuz meines Großvaters zu schenken, das noch irgendwo auf dem Boden in einer der vielen Kisten liegen musste.

Statt laut »Ja, danke« zu schreien und ihr – in Gedanken – um den Hals zu fallen, dachte ich: »Nein, niemals«, und fühlte mich, als wollte man mir von Amts wegen meine Kinder wegnehmen. Ich bedankte mich für die angebotene Hilfe und faselte irgendetwas von »das schaffe ich schon« und »mal sehen, da ergibt sich schon was«. Nur was?

❀

Meine eigene Fortpflanzungsfrage und ihre Frist waren, seit Michas Mutter bei uns war, nicht mehr angesprochen worden. Ob er ihr doch etwas erzählt hatte, als er das Dach repariert hatte? Ich hätte es zu gern gewusst.

Hin und wieder, wenn ich in meinem Schrank das Päckchen mit dem Nicki-Strampler aus Kopenhagen sah, dachte ich schon mal an Rosa oder Karlotta und an ein eigenes Kind und versuchte mir vorzustellen, wie es sein würde. Aber nie länger als fünf Minuten. Höchstens. Maximal zehn.

Am besten wäre es, ich würde jemanden finden, dem ich diesen Strampler schenken konnte. Jahrelang erhielt ich in regelmäßigen Abständen die »Wir sind stolz und dankbar«-Karten mit farbigen Fußabdrücken von schrumpeligen Neugeborenen oder alternativ Fotos der Mütter mit dunklen Augenrändern und einem Knäuel im Arm – und jetzt?

Jetzt gab es andere Dinge, die mich beschäftigten. Von Waltraud und ihren Welpen mal abgesehen, die mich ordentlich auf Trab hielten, auch mit geschlossenen Augen.

Am ersten Adventssamstag war klar: Entweder hatte ich beim Briefing nicht aufmerksam zugehört oder etwas in der Mail von Grusel-Günther übersehen, denn was mit dem Foto von mir im Rentierkostüm passieren sollte, war an mir vorbeigegangen. Eine Werbekampagne für die Weihnachtszeit, klar, aber wo sie präsentiert werden sollte, hatte ich nicht erfragt. Vermutlich auf Flyern oder auf der Homepage von 99,9. Pustekuchen!

Micha war beim Sport, und ich saß auf dem Sofa und schmuste mit Nummer drei, den ich inzwischen Pelle getauft hatte, solange er noch da war. Denn Josephine würde nun doch kommen, um die Rasselbande abzuholen und bei sich zu betreuen, damit ich mich zwischendurch mal wieder auf meinen anderen Job – den beim Radio – konzentrieren konnte.

Und sie würde nicht irgendwann kommen, sondern heute. Ich hatte Micha im Verdacht, sie gefragt zu haben, denn ich hatte es nicht getan. Warum auch? Ich entwickelte hier gerade mehr als ein Muttergefühl, eher einen Haufen Muttergefühle. Und was tat er? Erstickte sie im Keim.

Ich war alles andere als begeistert von der Idee, die Kleinen abzugeben, wusste aber auch keine Alternative, außer meinen Job zu kündigen – den bei 99,9.

Nun musste der arme Hund also meine Ad-hoc-Beschmusung über sich ergehen lassen.

»Wir sehen uns ja bald wieder, musst nicht traurig sein«, flüsterte ich ihm in sein kleines Minischlappohr, das ich leicht angehoben hatte, damit er mich besser verstand. Dabei gab es hier nur eine Person, die nachweislich traurig war, und das war nicht Pelle.

Es klingelte.

Oh Gott, schon? Wollte Jowi nicht erst nachmittags kommen? Oder hatte ich das falsch verstanden? Wenn man bei mir überhaupt noch von Verstand sprechen konnte, so wie ich mich seit der Geburt der Hunde benahm.

Jowi sollte ja nun nicht unbedingt auch noch meine feuchten Augen sehen. Reflexartig nahm ich den armen Pelle und wischte mir mit ihm über die Augen, als wäre er ein Tempotaschentuch. Hilfe.

»Alles gut bei euch?«

Ich zog, kaum hörbar, die Nase etwas hoch, sagte, es sei alles bestens, und bat sie rein.

Michas Vater, Hans, musste noch kurz etwas in der Ottenser Hauptstraße besorgen und würde in einer Stunde zurück sein, um sie abzuholen, sie alle. Meine ganze Hundefamilie. Vielleicht sollte ich es doch ein bisschen positiver sehen. Es war ja eine Art Familienzusammenführung. Vielleicht waren es ja doch Hugos Kinder. Ob er sie akzeptieren würde? Und Huberta? Oh Gott, die Arme. Die Geliebte und ihre Kinder im eigenen Haus. Na, danke.

Josephine packte gerade den Kuchen aus, den sie – mal eben – für uns gebacken hatte, als Hanne anrief. Dass sie es war, sah ich auf dem Display. An ihrer Stimme hätte ich sie im Leben nicht erkannt, denn Hanne sagte nichts. Sie machte Geräusche. Komische Geräusche.

Erst dachte ich, sie würde nach Luft ringen, weil jemand sie würgte, doch dann hörte ich es: Es war wohl so etwas wie ein Lachen. Das Einzige, was ich in regelmäßigen Abständen von ein paar Sekunden verstand, war: »Du …« Pause. »Du …« Pause. »Du …« Dann wieder hysterisches Lachen.

»Ja, ich. Was ist denn mit mir?«

»Du siehst zum Schießen aus!«

Ich sah an mir herab. Ausgebeulte Jogginghose, Kapuzenpulli, Wollsocken. Woher wusste sie das?

»Wie kannst du das sehen?«

Sie holte tief Luft, atmete einige Male hörbar ein und aus und versuchte, wieder Herrin ihrer Atmung zu werden.

»Weil ich vor dir stehe.«

Ich sah mich um, stand auf, sah aus dem Fenster in das Haus gegenüber, in dem sie nicht wohnte.

»Hanne. Bist du betrunken? Ich bin mir ziemlich sicher, dass du nicht vor mir stehst.«

»Doch. Direkt. Hier, am Altonaer Bahnhof. Aber mal ehrlich. Wer hatte denn bitte diese Idee? Das ist ja …« Ich hörte sie nicht mehr, sie rang wieder nach Luft und japste.

Idee?

Oh nein! Bitte nicht.

Ich legte Pelle zu seinen Geschwistern, rannte in den Flur, schlüpfte in meine Schuhe, riss die dicke Daunenjacke vom Haken, rief nur noch: »Bin gleich wieder da!«, und lief Richtung Bahnhof, so schnell es ging ohne Kondition und mit Glatteis, das wir seit gestern hatten.

Der Busbahnhof war voll. An jeder Haltestelle standen mehrere Busse, Menschen stiegen ein und aus. Ich ging zwischen zwei Bussen durch und blieb wie versteinert stehen. Es waren die roten Lackstiefel, die ich auf dem Plakat zuerst erkannte, zwischen all den Leuten.

»Entschuldigung, könnte ich mal eben? Danke.« Ich drängelte mich bis zu dem Plakat durch. Dann zog ich wie hypnotisiert die Kapuze meines Pullis über den Kopf.

Das Plakat befand sich hinter einer Glasscheibe, neben den Abfahrtzeiten, sonst hätte ich es hier und jetzt abgerissen.

Ho, ho, ho! 99,9 – Aufwachen und lachen! Und tolle Sachen machen: Mit dem 1000-Euro-Weihnachtsgutschein! Rufen Sie jetzt an, stand in dicker roter Schrift über dem leuchtenden Geweih, das ich auf meinem Kopf trug.

Ich sah mich noch kurz nach Hanne um, entdeckte sie aber nirgends, zog an den Bändern der Kapuze, bis nur noch mein Mund und meine Nase rausguckten, und ging zurück. In Zukunft würde ich mir zuerst das Kleingedruckte in Grusel-Günthers E-Mails durchlesen. Dann erst den Rest.

❀

Natürlich war dies nicht das einzige Plakat. Die ganze Freie und Hansestadt Hamburg wusste jetzt, dass Rot nicht jedem stand, vor allem keine roten Lackstiefel.

Ich wollte hier weg. Und zwar sofort und so lange, bis die Plakate verschwunden waren. Bei Grusel-Günther war besetzt. Sein Glück.

Ich rief Micha an. Bei irgendwem musste ich jetzt Dampf ablassen.

»Ich wollte es dir erst heute Abend sagen, aber …«, fing

Micha an, nachdem ich ihm alles erzählt hatte, »an mir fuhr vorhin ein Lkw vorbei, auf dem du abgebildet warst.«

»Sehr witzig! Darüber kann ich jetzt echt nicht lachen.« Stille.

»Wirklich. Glaub mir. Aber ich muss sagen, du siehst super aus! Ich war richtig stolz auf dich. Meine Frau, auf einem Lkw. Wer kann das schon behaupten?«

Ich sagte gar nichts mehr.

»Pass auf, ich hol uns etwas Leckeres aus dem Geschäft, und dann komm ich heim, und wir essen alle zusammen und machen es uns gemütlich. Okay?«

Ich hatte keinen Hunger, und nach »gemütlich« war mir auch nicht – eher nach einer Kalaschnikow.

»Hast du bestimmte Wünsche, oder soll ich dich mit etwas überraschen?«

»Von Überraschungen habe ich erst einmal genug. Und ja, ich habe Wünsche: einen Auftragskiller, der seinen Job gut macht.«

Als ich wieder vor unserem Hauseingang stand, versuchte Hans gerade einzuparken, was hier ein echtes Kunststück war. Ich stellte mich hinter ihn und winkte ihn in die viel zu kleine Parklücke.

Eine Stunde später, nachdem wir doch noch gemütlich Jowis Kuchenkreation, Kekse und Kaffee verputzt hatten und Körbchen und Hündchen verstaut waren, war alles aus.

Ich war zu Tode betrübt. Heulen, weil ein großer Hund und ein paar kleine für eine Weile Ferien auf dem Lande machten, war sicher albern, aber nicht zu verhindern. Hans nahm mich noch einmal in den Arm.

»Es ist doch nicht für immer.«

Josephine gab mir noch einen Kuss rechts und links. Ich nahm alle Hunde noch einmal in den Arm, knutschte sie und erklärte, es sei das Beste für sie, und versprach, wir würden uns bald wiedersehen. Dann fuhren sie ab.

»Huch, was ist denn nun kaputt?«, fragte Micha eine halbe Stunde später, als er mich inmitten eines Tempotaschentuchhaufens vor dem Sofa sitzend fand.

»Meine Kleinen …«, kam es stockend aus mir raus, »sind weg.« Ich fühlte mich, als hätte man mir ein Körperteil amputiert.

Er tröstete mich mit Mango-Chili-Salat, Hähnchen in Knoblauch, Schmetterlingsnudeln mit Pesto und Pinienkernen, Mousse au Chocolat und einem – Achtung, kitschig – »Ich liebe dich«-XXL-Lebkuchenherz, das er was weiß ich woher hatte. Zum krönenden Abschluss schenkte er mir noch ein Foto der ganzen Rasselbande. Ich hatte keine Ahnung, wann er das gemacht hatte.

Waltraud sah mich jetzt aus einem silbernen Bilderrahmen an, treudoof wie immer, und an ihren Zitzen saugten ihre Kleinen, die übrigens kein Auge für den Fotografen hatten. Ganz davon abgesehen, dass die noch geschlossen waren.

Und dazu noch der Ärger mit den Plakaten. Das war zu viel!

Ich sollte mich daran gewöhnen, in den eigenen Räumen zu essen, dachte ich mir. Günther sei Dank, denn Restaurantbesuche würden in den nächsten Wochen ausfallen, zumindest so lange, bis es neue Plakate an den Litfasssäulen gab. Außerdem beschloss ich, nur noch ins Kino zu gehen, wenn das Licht aus war und die Werbung vorbei.

Sicher war sicher. Ich wollte mich nicht auch noch in der Regionalwerbung vorm Hauptfilm sehen.

»Das ganze Leben ist ein Quiz – und wir sind nur die Kandidaten, das ganze Leben ist ein Quiz …«, trällerte es in meinem Kopf, dabei war mir echt nicht nach Witzigkeit.

Nichts gegen Micha, aber schon am nächsten Abend nach diesem dramatischen Tag half nur noch eins: eine Freundin.

Es klingelte exakt ein Mal, dann war Birgit dran. Als hätte sie neben ihrem Telefon gesessen und gewartet, dass ich anriefe. Dabei war doch gleich heilige Tatort-Zeit, in der man grundsätzlich nicht ans Telefon ging.

»Wie sieht es bei dir morgen in der Mittagspause aus? Lass uns doch beim M.I.P. auf ein Sandwich treffen.«

❀

Kurz vor eins, die Montagmittag-Konferenz war ausnahmsweise pünktlich beendet worden, stand ich am Tresen bei Fatima und bestellte mir frisch gepressten O-Saft und ein Ziegenkäse-Croissant, als die alte Glastür aufgedrückt wurde und Birgit mit einem dicken Mantel, Mütze und einem breiten Lächeln hereinspaziert kam.

Sie riss die Arme auseinander und umarmte mich. »Ach, Mensch, schön dich wiederzusehen!«

Ich wollte antworten, was aber nicht ging, da ich damit beschäftigt war, ihre vereinzelten langen Haare, die nicht so wie der Rest unter der Mütze steckten, aus meinem Gesicht zu wischen. Ich löste mich langsam aus ihrer Umarmung und strich mir noch ein paarmal übers Gesicht.

»Und was macht das Leben so mit dir?«, fragte sie fröhlich. »Ich hab dich gesehen, also das Plakat, am Jungfernstieg, da wo …«

»Da auch? Bitte lass uns über etwas anderes sprechen. Ganz schlechtes Thema …«

Wir nahmen unsere Sachen und gingen durch das schmale Café, dessen wenige Regale mit Utensilien aus Fatimas portugiesischer Heimat gefüllt waren: bunte Porzellanhähne, Folkloretänzerinnen, Postkarten, Landesflagge. Ganz hinten, wo noch ein paar Plätze frei waren, setzten wir uns an einen der kleinen Tische.

Ich erzählte ihr von Waltraud, von dem Morgen, als ich sie in der Kinderkarre in den Sender schieben musste, von Jowis Einsatz und natürlich voller Stolz von unserem, also ich meine, ihrem Nachwuchs. Und von meiner Sehnsucht, seitdem die pelzige Familie vorgestern nach Kiel gefahren war.

»Also, versteh mich nicht falsch, ich will dich ja mit dem Thema nicht nerven, aber dein Einsatz bei Ilka und jetzt bei Waltraud, das klingt ja, als hätte sich da was bei dir geregt.« Sie sah durch den engen Gang des Cafés Richtung Ausgang, den man nur erahnen konnte, so voll war es inzwischen. »Bist du doch noch auf den Geschmack gekommen? Nicht dass du noch vor mir ein Kind bekommst.«

»Ein Thunfischsandwich, ein Galão, O-Saft!«, rief Fatimas Tochter über die Köpfe der anderen hinweg zu uns rüber.

Birgit stand auf.

Geregt? Geschmack? Was soll sich denn da geregt haben?

Nachdem sie unsere Getränke und Sandwichs erfolgreich zwischen den stehenden Gästen hindurch zu uns an den kleinen Tisch balanciert, alles abgestellt und sich wieder gesetzt hatte, versuchte ich das Thema zu wechseln – was nicht glückte. Zumindest nicht lange.

»Will Micha eigentlich Kinder? Oder will er etwa auch keine?«, fragte sie, während sie den Strohhalm in den Mund steckte und von ihrem frisch gepressten O-Saft trank.

Ich tat so, als könnte ich nicht antworten, da ich gerade den Mund voll hatte.

Konnten wir uns denn nicht über das Wetter unterhalten? Früher hatten wir doch auch andere Themen gehabt. Worüber hatten wir denn da gesprochen? Außerdem verstand mich hier anscheinend jeder falsch. Wer hatte denn gesagt, dass ich niemals in meinem ganzen Leben ein Kind wollte? Oder hatte ich das so gesagt?

»Tja, das ist so eine Sache«, fing ich schließlich an, als der Teller leer war und meine Ausrede, nicht antworten zu können, dadurch nicht mehr zog.

»Er schon, ich … keine Ahnung … hab gerade eine Galgenfrist bekommen.«

»Galgenfrist?«

»Ja, ich muss mir wohl mal ernsthaft Gedanken machen, aber bisher hab ich mich erfolgreich davor gedrückt.«

»Immerhin höre ich da kein entschiedenes Nein mehr von dir. Das klingt doch alles schon etwas anders als vor einer Weile.«

Ich überlegte, was ich damals an der Elbe gesagt hatte, als sich unsere Wege für eine Weile getrennt hatten.

Sie steckte sich ihren letzten Happen Sandwich in den Mund. »Ich weiß«, fing sie mit vollem Mund an zu erzählen, »du hältst von so was nicht viel, aber ich sag es dir jetzt trotzdem. Eine Bekannte von … ist ja auch egal, kennst du eh nicht. Also Marlene, eine Bekannte einer Frau, die ich kürzlich kennengelernt habe, legt Karten. Sag jetzt nichts.«

Sie hielt mir ihre Hand entgegen, als wollte sie jegliche

Reaktion stoppen, dabei saß ich ganz ruhig da und bewegte mich keinen Zentimeter.

»Also, ich gebe dir einfach mal ihre Nummer, und dann kannst du dir ja mal überlegen, ob du hingehst. Grüß schön von mir, die Frau ist echt klasse. Du wirst schon sehen.«

»Und warum sollte mir eine Kartenlegerin eine Frage beantworten können, die ich mir selber nicht beantworten kann?«

»Keine Ahnung, aber einen Versuch ist es wohl wert. Alleine kommst du ja anscheinend auch nicht weiter. Vielleicht hast du eine Blockade und kommst nicht an die Antwort ran. Quäl dich nicht länger. Das kostet nur fünfzig Euro, und danach hast du die Antwort.«

»Fünfzig Euro?«

»Sie spendet das Geld an das Tierheim in der Süderstraße.«

»Und warum unterstützt *du* die armen Tiere nicht?« Sie sah mich fragend an. »Warum gehst du nicht zu ihr und lässt dir die Karten legen?«

»Ich war schon da.« Sie grinste und zog sich ihre Jacke an.

»Und?«

»Das erzähle ich dir nächstes Mal«, sagte sie, packte ihre Tasche und zwinkerte mir zu.

»Das meinst du jetzt nicht ernst! Das ist Folter! Bitte, mach wenigstens eine Andeutung. Oder … bist du etwa schwanger?«

»Nein, bin ich nicht. Noch nicht!«

»Das ist fies«, protestierte ich.

»Was? Dass ich nicht schwanger bin? Stimmt. Da gebe ich dir recht.«

»Nein, dass du es mir nicht sagst.«

»Ich sag es dir, aber nicht jetzt. Ich muss los, Süße. Wirklich.«

Und schwupps, weg war sie. Vorher bekam ich aber noch die obligatorischen Küsse, rechts und links, und das gute Gefühl, dass wirklich alles wieder gut war zwischen uns.

❀

Zwei Wochen vor Weihnachten schickte mir die heilige Jowi ein aktuelles Gruppenbild der kleinen Hundefamilie. Wir hatten in den letzten beiden Wochen seit dem Exodus Waltrauds und ihrer Kleinen fast täglich telefoniert – Josephine und ich –, da ich an nichts anderes mehr denken konnte, was ich ihr gegenüber natürlich nicht zugab. Meist dachte ich mir irgendeinen Grund aus, und sei es nur, um nach dem Wetter in Kiel und Umgebung zu fragen. Als hätte ich keine Wetter-App.

Jowi war keine Freundin von Digitalfotos und E-Mails, daher hatte ich bisher kein Foto erhalten. Und eine Filmentwicklung dauerte in Mönkeberg anscheinend etwas länger als in Hamburg.

Aber nun war es da, das Bild meiner wunderbaren Waltraud inmitten ihrer Wollknäuel, die nichts von der Idee hielten, still zu sitzen und zur Kamera zu gucken. Bei ihrem Anblick bildete ich mir ein, ernst zu nehmende Symptome für einen kalten Entzug zu zeigen.

Auf einen Vaterschaftstest konnten wir jedenfalls getrost verzichten. Es war klar wie Klößchenbrühe. Wie auch immer er es hinbekommen hatte, Hugo war fremdgegangen!

Das interessierte seine Kinder nicht. Zwei schliefen – übereinander –, einer schien einen harten Kampf mit dem

Schwanz seines Geschwisterchens auszufechten, und von einem sah man nur das Hinterteil. Das Vorderteil hatte vor dem Auslösen beschlossen, den Korb zu verlassen.

Es fehlten also zwei. Ich war etwas beunruhigt und wollte gleich anrufen und nachfragen. Oder war das übertrieben? Mmh …

Die Kleinen waren – Waltrauds Genen sei Dank – unfassbar süß! Okay, die Beinlänge und vor allem die Beinform verrieten, woher der Rest stammte … aber diese Augen! Treudoof wie die Mama. Lediglich einer von der ganzen Rasselbande – zumindest von dem Teil, den ich auf dem Bild sehen konnte – hatte den berühmten Glupschaugen-Froschblick des Vaters.

Was soll's? In jeder Familie gab es Kinder, die so aussahen, dass nur eine Mutter sie lieben konnte.

Ich nahm das Foto und suchte einen passenden Rahmen. Dann stellte ich das Bild auf den Couchtisch.

Da sich doch tatsächlich mehrere Menschen an uns erinnert hatten, obwohl wir so treulose Tomaten waren, lag ein ganzer Stoß Weihnachtskarten auf dem Sideboard.

Ich spannte eine Schnur quer durch den Flur und befestigte alle Karten mit Holzwäscheklammern daran. Einen Weihnachtswunsch konnte ich allerdings nicht dort aufhängen. Es war der von Anni, die mich anrief, um mit mir über den 24. Dezember zu sprechen, den wir alle gemeinsam bei ihren Eltern im Haus feiern wollten.

Als ich gerade dachte, jetzt hätten wir alle W-Fragen geklärt (wer wem was schenkt, wann es losgeht und wann wir was essen), kam sie auf ein anderes Ereignis zu sprechen und klang plötzlich noch feierlicher als eh schon.

»Also, wir – Conrad und ich – haben uns Gedanken gemacht über die Taufe von Rosa, im Januar.«

Das ist schön, dachte ich – aber meine Meinung änderte sich schnell, als sie weitersprach.

»Und da sind wir zu dem Entschluss gekommen, dich zu fragen, ob du nicht Patin werden möchtest. Micha ist ja schon Pate von unserem Großen, und da ihr ja noch keine Kinder habt, dachten wir uns, das wäre doch ganz schön. Was meinst du?«

Ja, was meinte ich? Eine Frage, für die ich gern den Telefonjoker gewählt hätte, um Marlene anzurufen.

Da fiel mir die Antwort ein.

»Oh, das ist sehr nett, ich bin nur gar nicht in der Kirche, von daher wird das vermutlich leider nichts.« Puh.

»Ach, das ist sicher kein Problem. Nils, Conrads Freund, der auch Pate wird, ist hier in unserer Gemeinde aktiv, und meiner Meinung nach reicht es, wenn einer von beiden in der Kirche ist.«

»Ja, dann … dann mache ich das natürlich gern«, log ich.

Ich war zweimal in meinem Leben in einer Kirche gewesen. Einmal im Bauch meiner Mutter, als sie kurz vor meiner Geburt heiratete, und einmal bei der Beerdigung meines Vaters fünf Jahre später. Und das Einzige, woran ich mich noch erinnern konnte, war mein Onkel Manfred, der im langen schwarzen Regenmantel vor der Kirchentür stand und von allen möglichen Leuten die Hand geschüttelt bekam, weil sie dachten, er wäre der Pastor.

Patin. Ich. Was für eine merkwürdige Vorstellung. Und überhaupt: Wie waren sie ausgerechnet auf mich gekommen? Völlig absurd. Weil Micha der Patenonkel von ihrem Sohn war? War das ein Grund? Wir kannten uns doch kaum. Also, Anni und ich. Woher wollte sie wissen, dass ich die Richtige für diesen Job war? Und was bedeutete das denn überhaupt, Patin zu sein? Ich hatte doch gar keinen Eignungstest absolviert. Und woher wollte sie wissen, dass Micha und ich ein Leben lang zusammenbleiben würden? Wusste sie etwas, was ich nicht wusste? Oder hatte sie sich gedacht, wo ich doch kein Kind habe, da … aus Mitleid?

Vielleicht war es ja wirklich eine ganz gute Idee. Je länger ich darüber nachdachte, umso mehr Gefallen fand ich an dem Gedanken, ein Kind zum Ausprobieren zu haben, das man wieder abgeben konnte, wenn man genug hatte. Das war's doch!

Hanne kannte sich sicher mit so etwas aus. Was eine Patin machte, wie ich mich zu verhalten hatte während der Taufe, und vor allem in den Jahren danach. Die Taufe an sich würde ich schon überstehen, aber was tat eine Patin als solche?

Hanne hatte – zu meiner Überraschung – sturmfreie Bude. Mann und Kinder waren auf dem Weihnachtsmarkt, gebrannte Mandeln essen.

»Passt es dir denn wirklich, oder willst du lieber die freie Zeit genießen?«, fragte ich, als sie die Tür mit Gurkenmaske im Gesicht öffnete.

»Ne, komm rein, ich mach mal eben den Salat runter. Geh doch schon mal ins Wohnzimmer.«

Wohnzimmer? Hier sah es eher aus wie der Indoor-Spielplatz einer Kita. Überall lagen Bauklötze und Puzzleteile, in der Ecke stand ein Kaufmannsladen und ein Puppenwagen samt Inhalt, und auf dem Boden lagen graue Plastikschienen einer Eisenbahn. Ich stieg darüber und kämpfte mich zum Sofa durch.

Aua! Mist! Ich war auf etwas Spitzes getreten. Ich sah nach unten. Dass ein einziger Legostein solche Schmerzen verursachen konnte! Himmel. Ich humpelte weiter.

»Willst du etwas trinken?«, rief Hanne aus dem Bad.

»Gerne.«

Mit zwei Bechern heißem Fliederbeersaft kam Hanne kurze Zeit später auf mich zu, ohne einmal auf den Boden zu gucken und ohne irgendetwas, das herumlag, mit ihren Füßen umzustoßen, geschweige denn darüber zu stolpern oder sich zu verletzen. Gekonnt.

Sie sah zum ersten Mal seit Langem entspannt aus. Oma Altona sei Dank.

»Meine Güte, das wurde aber auch Zeit. Ich liebe meine Kinder ja wirklich, aber so ein kurzer zeitlicher Abstand zwischen zwei Kindern ist auch nichts für Feiglinge. Irgendwann hatte ich das Gefühl, entweder würde gerade einer in mir drin stecken oder an mir drankleben.« Sie nahm einen Schluck Saft. Mit weinrotem Bart lehnte sie sich zurück und fragte: »Und, was ist bei dir so los?«

Ich zeigte mit meinem Finger Richtung Lippen. Sie verstand und wischte sich mit der Handfläche über den Mund.

»Davon abgesehen, dass mein Bild an jeder Bushaltestelle hängt und ich selbst durchhänge, weil ich meine Hundefamilie vermisse, ist alles gut.«

»Sag mal, schmeckt dir der Fliederbeersaft?«, fragte sie mich.

»Nein.«

Wir fingen an, synchron zu lachen.

»Ich glaube, ich werde Patin«, sagte ich und lenkte das Gespräch unsanft in eine andere Richtung.

»Du?«

»Ja. Ich. Ist das so ungewöhnlich?«

»Na ja, weiß nicht. Eigentlich nicht. Wer ist denn auf die schöne Idee gekommen? Das kann ja nur jemand sein, der dich entweder noch nicht so gut kennt oder die Hoffnung noch nicht aufgegeben hat.«

»Ersteres. Anni, Michaels Schwester, und ihr Mann Conrad hatten die glorreiche Idee. Was sollte ich denn da sagen? Nein wäre vermutlich unangebracht. Außerdem … die Kleine ist echt so süß. Die hat mich fast zum Schmelzen gebracht. Im Grunde genommen passen wir perfekt zusammen. Sobald sie in meinem Arm liegt, schläft sie ein. Was will man mehr?«

»Na, da ist sie ja nicht die Erste.« Hanne stupste mir gegen den Oberschenkel. »Ich hol uns mal eben was Anständiges zu trinken, das hier ist ja grauenhaft«, sagte sie, stand auf, nahm mir meinen Becher ab und verschwand.

»Soso, die Kleine ist also richtig süß, und ihr passt perfekt zusammen«, meinte Hanne mit einem gewissen Unterton, den ich versuchte zu überhören, als sie mit zwei Gläsern Rotwein zurückkam. »Das sind ja ganz neue Töne. Gibt es etwas, was ich noch nicht weiß?«

»Was denn?«, fragte ich und tat dabei ahnungslos.

»Na komm, das klingt ja, als hättet ihr schon mal über eine Eigenproduktion nachgedacht. Mir kannst du nichts vormachen!«

»Ich habe lediglich gesagt, ich finde sie süß. Mehr nicht. Außerdem habe ich ja nie behauptet, eine Verfechterin der Sterilisation zu sein.«

Die Wohnungstür wurde aufgeschlossen. Eine Zuckerwatte, ein Zwieback und ein Punsch-to-go, verteilt auf mehreren Beinen, kamen herein. Die Zuckerwatte und der Zwieback mussten dringend ins Bett, wie sich schnell rausstellte.

Wir verabredeten uns für acht Uhr im neuen Jahr zu

einem Frauenabend. Den Tag hatten wir noch nicht festgelegt, aber davon gab es ja allerhand.

❀

Das Fest der Liebe machte mich dieses Jahr doch tatsächlich sanftmütig vor lauter Glück, Liebe oder was auch immer. Ich wurde jedenfalls langsam wirklich wunderlich. Immerhin merkte ich es noch.

Charly Schönberg, die im letzten Jahr noch allen Liebenden aus dem Weg gegangen war und eine Pärchenphobie entwickelt hatte, backte Kekse. Nicht irgendwelche. In Herzform! Und damit nicht genug. Ich packte sie in Zellophantütchen, so wie ich es in der *Brigitte* gesehen hatte, wickelte noch eine rote Schleife drum, und jetzt kommt's: Ich verschenkte sie an alle, die ich mochte. Und auch das waren dieses Jahr mehr als im vergangenen. Diese Aktion sprengte meinen persönlichen Rekord an Weihnachtsgefühl, Sanftmut und Nächstenliebe.

Der ganze Monat war das komplette Gegenprogramm zu dem letzten Weihnachtsfest. Ob es an all den Lichterketten, der weihnachtlichen Musik in den Einkaufsstraßen oder an zu viel Punsch auf den Weihnachtsmärkten lag, blieb ungeklärt. Auf alle Fälle durchzog eine Gute-Laune-Welle nicht nur mich, sondern die ganze Stadt, so schien es mir. Vom üblichen vorweihnachtlichen Stress war in diesem Jahr kaum eine Spur. Es schneite sogar manchmal.

Grusel-Günther kam in regelmäßigen Abständen mit Marzipankartoffelbergen auf kitschigen goldenen Plastiktellern vorbei. Meine Mutter flog mit ihrer alten Busenfreundin Ursel nach Fuerte in irgendeinen Club mit lustigen Spielchen, Meerblick und netten Trainern.

Und Hanne hatte unser letzter Abend so gut gefallen,

dass sie fragte, ob wir nicht mal zusammen ein Frauenwochenende auf Sylt machen wollten. Nur wir beide. So wie früher. Sie habe in irgendeiner Zeitschrift so ein tolles Hotel direkt am Strand entdeckt, das sei genau das Richtige für uns.

Ich kam aus dem Staunen gar nicht mehr raus.

Sogar Ilka konnte wieder lachen. Sie hatte sich in einen alleinerziehenden Vater eines Kindes aus ihrer Gruppe verliebt – glücklicherweise er sich auch in sie. Den würde ich demnächst mal unter die Lupe nehmen, sofern ich den 24. Dezember überleben sollte. Denn wir würden ihn gemeinsam mit Michas Großfamilie in Mönkeberg feiern. Ich war wirklich nicht mehr ich selbst.

Heiligabend hin oder her. In Wahrheit freute ich mich nur aus einem Grund darauf: weil ich endlich Waltraud und die Kleinen wiedersehen würde.

Micha wollte unbedingt etwas zum Festessen beisteuern, und so standen wir nach mehr als zwei Stunden Fahrt durch eine Schneelandschaft mit Entenpastete unterm Arm vor der Tür seiner Eltern.

Kaum waren wir im Haus, wurde uns alles abgenommen: das Gepäck, die Tüten mit den Geschenken, die Mäntel, und wir wurden gefragt, was wir trinken und ob wir singen wollten. Ich kam mir vor wie in einem dieser amerikanischen Filme über Familienfeste an Weihnachten, in denen meist erst alles eitel Sonnenschein war und dann eine Katastrophe die nächste jagte. Letzteres beunruhigte mich.

Waltraud hatte ich eine rote Schleife mitgebracht, die ich ihr nach einer feuchten Begrüßungszeremonie um den Hals band. Ich wollte nicht, dass sie sich neben den röchelnden Leberwürsten mit ihren blauen und rosa

Schleifchen, die um uns rumtänzelten, nackt und unwohl fühlte.

Zu allem Überfluss hatte ihnen Josephine Wilhelmine auch noch kleine Glöckchen an die Schleifen gebunden. Nicht zum Aushalten! Wenn mir das schon nach fünf Minuten den letzten Nerv raubte, wie mochte es da den Würsten gehen, die sie tragen mussten?

Waltraud war von dem Gebimmel weniger beeindruckt als ich und führte mich voller Stolz zu ihren Kindern. Ich kniete mich vor den Korb und hätte mich am liebsten gleich mit reingelegt. Waltraud stieg hinein und wartete anscheinend darauf, dass ich sie für diese großartige Leistung lobte. Und das tat ich.

Ich wusste gar nicht, wen ich zuerst aus dem Körbchen nehmen sollte. Einer war süßer als der andere! Ich würde auf Hundezüchterin umschulen. Sofort.

Leider war die Ähnlichkeit mit Hugo inzwischen nicht nur bei einem der Lütten zu sehen, aber Liebe machte eben doch blind – zumindest Mutterliebe. Und irgendwie musste ich ja zugeben, dass ich fast schon so ein Gefühl entwickelte.

Ich kriegte mich gar nicht mehr ein und vergaß sowohl den Grund, weshalb wir eigentlich hier waren, als auch die Tatsache, dass ich zur Feier des Tages einen knielangen Rock angezogen hatte. Ich setzte mich an die Wand gelehnt auf den Boden neben meine Kleinen und versuchte, mit meinen zwei Händen alle gleichzeitig zu streicheln und zu beschmusen.

Hugo und Huberta schienen eine offene Beziehung zu führen, wie man so schön sagte. Sie lebten in einer Art Kommune, zumindest interpretierte ich das, was ich sah, so. Während Hugo erhobenen Hauptes neben dem Korb mit seinen Kindern und seiner Zweitfrau stand, als ginge es darum, sie zu beschützen, legte sich Huberta zu meinem Erstaunen mit in den Korb und leckte die Kleinen ab, als wären es ihre eigenen!

Wo gab es denn so was? Oder war sie eigentlich lesbisch und heilfroh, dass Waltraud ihr den Mann vom Hals hielt? Wie auch immer, ich hatte Hochachtung vor Huberta. Diese Möpse führten ein modernes Leben. So oder so.

Wen interessierte da schon, dass Weihnachten war? Ach ja, Michas Eltern.

Als Hans plötzlich neben mir stand und fragte, ob ich käme, war der Rock vor lauter Hin- und Hergerutsche inzwischen nicht mehr knielang, sondern eher hüftkurz. Ich stand wenig elegant auf, legte die Würmer zurück zu Waltraud, zog den Rock wieder auf seine ursprüngliche Länge runter und folgte ihm.

Ich wurde ins Kaminzimmer geschoben, wo ein riesiger, mit rotem und silbernem Allerlei behängter Weihnachtsbaum stand, der so groß war, dass ich mich fragte, ob sie kurz mal das Dach angehoben hatten, um ihn hier aufstellen zu können.

Auf alle Fälle hatte hier alles seine Ordnung, so viel stand fest. Das sah ich, als wir schließlich weiter ins Esszimmer gingen. Die Tische waren mit einem Perfektionismus geschmückt, der mir völlig fehlte. Die Plätze waren vergeben, nicht irgendwie, sondern mit System: Micha und ich saßen am Tisch der »Kinderlosen«. Ich kam mir etwas abgeschoben vor, so ganz am Ende der Tafel, beinahe als wäre Kinderlosigkeit eine ansteckende Krankheit.

Ganz vorn saßen Michas Eltern nebeneinander, dann seine Schwester Anni mit Mann und Kindern, sein Bruder

Johannes mit Frau und Kindern, und ihnen gegenüber Moritz und Sarah, die entweder zu viele Bratäpfel gegessen hatte oder schwanger war. Dann kamen wir und neben uns sein kinderloser Bruder Maximilian. Das war es.

Anni kam mit der vergnügten Rosa auf dem Arm zu mir, um sich für das Strickjäckchen zu bedanken. Dieses Mal wusste ich, was sie meinte.

Ich fragte, ob ich Rosa halten dürfe. Anni legte sie mir in den Arm und rückte ihren schweren Holzstuhl an meinen ran. Micha unterhielt sich mit seinem Vater, alles wuselte durcheinander.

Nach dem Essen, als wir anfingen, die Geschenke auszupacken, war Schluss mit der Ordnung. Auch mit der in meinen Gefühlen, denn ich merkte plötzlich, dass ich einen dicken Kloß im Hals hatte.

War ich eigentlich noch ich selbst?

Vermutlich war es das Weihnachtsfest an sich, das schuld war, oder irgendwer hatte mir heimlich etwas in mein Getränk gerührt. Nächste Woche, nein, morgen früh nach dem Aufwachen würde ich über mich selbst lachen können.

Anni philosophierte über den »richtigen Zeitpunkt«, um Kinder zu bekommen, den es nachweislich nicht gab, und über die Frage, wie viele Kinder optimal waren.

Und da traf es mich wie ein Blitz: die Erkenntnis, dass es mich nicht störte. Es nervte mich nicht! Ich hörte zu, sogar interessiert! Und dabei blieb es nicht: Ich gab meinen Senf dazu. Endlich konnte ich mein gesammeltes Wissen der letzten Jahre, das ich am Rande irgendwelcher Sandkisten oder Wickeltische unfreiwillig gesammelt hatte, zum Besten geben. Ich gehörte dazu!

Es sprudelte aus mir heraus, als hätte ich die letzten

Jahre ein Pflaster auf dem Mund gehabt, das mir endlich jemand abgerissen hatte.

Was aber das Ganze noch toppte, war etwas, was mir keiner ansehen konnte: Ich fand es sogar interessant, als Anni mir erzählte, wie sie es schaffte, nicht nur ohne Nervenzusammenbruch ihre beiden Kinder großzuziehen und sie nebenbei auch noch zu lieben, sondern es auch noch zu genießen und sich jeden Tag über ihre Sprösslinge zu freuen. So etwas gab es! Und sie wünschte sich sogar noch ein weiteres Kind. Wahnsinn.

Ich fühlte mich tatsächlich wohl. Hier zwischen all diesen gut gelaunten Menschen, den fröhlich lärmenden Kindern, Hunden, Welpen und mit diesem Baby in meinem Arm.

Ich! Charly Schönberg.

War das der Anfang? Hatte es bei all den anderen auch so angefangen? War das die »tickende Uhr«? Ein Zeichen?

Ich musste plötzlich und für die anderen Anwesenden nicht ganz nachvollziehbar lachen, schüttelte den Kopf, sah auf Rosa und sagte ohne sichtbaren Zusammenhang laut: »So ein Quatsch! Das gibt es doch nicht.«

An die Reihenfolge mit dem Denken und dem anschließenden Reden konnte ich mich immer noch nicht jedes Mal halten. Leider.

Alle drehten sich zu mir um, als hätte jemand die Musik ausgedreht. Man erwartete anscheinend eine Erklärung von mir.

»So ein Quatsch«, wiederholte ich. Mein Hirn lief auf Hochtouren. »So ein Quatsch, du darfst ja noch gar keinen Zucker bekommen!« Ich sah auf die Kekse in der silbernen Schale auf dem Tisch. »Das lassen wir mal lieber! Aber ich …«

Ich beugte mich vor, griff in die silberne Schale, steckte mir schnell einen in den Mund und lächelte.

Puh.

Der Spuk war erst einmal vorbei, als wir am übernächsten Abend zurück in Hamburg vor unserem knapp ein Meter großen Weihnachtsbaum saßen und uns unsere Geschenke überreichten.

Wir hatten uns absichtlich nicht vor der versammelten Mannschaft etwas schenken wollen. Dafür wollten wir alleine sein. Und das waren wir jetzt.

Micha freute sich über den Kochkurs in unserer Wohnung, zu dem ich den befreundeten Koch von Grusel-Günther nicht lange hatte überreden müssen. Sie würden zusammen im »Frische Paradies« am Hafen Fisch kaufen, ihn zubereiten, und abends würden wir alle gemeinsam essen.

Dann gab er mir mein Geschenk. Ich bekam Herzrasen, denn es war anscheinend, der Form der Packung nach zu urteilen, ein Ring. Und was für einer!

»Probier mal, ob er passt. Ich habe einen von deinen Ringen genommen und dem Goldschmied gegeben. Hast du ja, Gott sei Dank, nicht gemerkt. Ich hatte schon Angst, du würdest mich fragen, ob ich wisse, wo der Ring sei.«

Er passte. Und er war wunderschön. Groß, kräftig und mit einem geschliffenen grünen Stein in der Mitte. Ein Unikat, das er extra für mich hatte anfertigen lassen. Ich wusste gar nicht, was ich sagen sollte. So etwas hatte ich noch nie geschenkt bekommen.

»Wow! Danke. Er ist einfach wunderschön! So etwas habe ich gar nicht erwartet.«

Jetzt cool bleiben, Charly, ganz cool bleiben und vor allem alles dafür tun, dass er dir den Schrecken nicht ansieht. Da gibt es nur eine Möglichkeit: küssen.

❀

Als ich unsere Sachen, die wir mit in Mönkeberg gehabt hatten, auspackte, alles wegsortieren wollte und dabei meinen Kleiderschrank öffnete, fiel mein Blick wieder auf das Päckchen aus Kopenhagen. Ich nahm es, packte den Strampler aus, legte ihn aufs Bett und betrachtete ihn. Auf diesem riesigen Doppelbett wirkte er noch viel kleiner, als er eh schon war. So winzig. Ich nahm das Papier, knüllte es zusammen und warf es weg. Den Strampler legte ich zurück in den Schrank.

Micha hatte es sich inzwischen auf dem Sofa gemütlich gemacht. Ich schaltete das Licht aus, legte mich zu ihm, und wir starrten auf die Lichterkette an unserem kleinen Baum, der auf einem Beistelltisch stand.

Ich musste an Michas Neffen denken, die vor dem riesigen Weihnachtsbaum gehockt und ganz aufgeregt ihre Geschenke ausgepackt hatten. Dann hatten sie sich bei ihren Eltern bedankt, weil sie inzwischen wussten, wer all die schönen Sachen dort hingelegt hatte. Sofort danach hatten sie sich auf Micha gestürzt, um ihm alles zu zeigen. Er war nicht irgendein Onkel. Er war ihr Lieblingsonkel, auch wenn sie es so nicht sagten. Ich sah Micha wieder vor mir, wie er völlig ins Spiel versunken zwischen den Kindern saß.

»Woran denkst du?«, fragte Micha.

»Ich habe an Berge aus rotem Geschenkpapier gedacht, und an begeisterte kleine Zweibeiner. Und Vierbeiner.«

»Und? War es so schlimm wie befürchtet?«

»Nein, auf keinen Fall. Ich fand es ganz schön. Echt.«

»Guck, hab ich doch gesagt. Und die Lütten sind doch auch super, oder? Wie die sich gefreut haben. Ich finde das großartig. Kinder können sich noch richtig freuen. Wenn die etwas machen, dann immer mit hundert Prozent. Hundert Prozent Freude, hundert Prozent Traurigkeit. Die gehen ganz und gar in einer Sache auf. Klasse.«

Er nahm einen Schluck, drehte seinen Kopf zu mir.

Ich sagte nichts. Ich dachte an Rosa, wie sie in meinem Arm gelegen hatte, an Anni, die wie immer ganz entspannt und glücklich wirkte, an Conrad, der mir ohne Aufforderung Rosa abnahm, um ihr die Flasche zu geben und sie zu wickeln und sich sowieso ganz rührend um seine Kinder kümmerte, so wie alle in dieser Familie. Ich dachte an Michas Mutter, die ihre Rolle genoss, an die Kinder, die die ganze Zeit um uns rumwuselten. An diese schöne Stimmung.

Wann hatte ich zuletzt so ein Weihnachtsfest erlebt? Vermutlich noch nie. Ich konnte mich jedenfalls nicht daran erinnern.

Dafür erinnerte ich mich gleich am nächsten Morgen an die Telefonnummer der wundersamen Marlene – der Frau, die mir angeblich alle Fragen beantworten konnte. Nachdem ich den Zettel mit ihrer Telefonnummer mindestens sechsmal aus meinem Daunenmantel genommen, damit durch die Wohnung gegangen war und ihn dann wieder zurück in die Tasche gesteckt hatte, rief ich sie an.

Was hatte ich schließlich zu verlieren? Im Grunde konnte ich nur gewinnen, versuchte ich mir einzureden.

Sobald der Weihnachtsblues und mit ihm diese ganze Harmonie erst einmal vorbei wäre, würde Micha sich wieder an seinen Wunsch zur Weitergabe seines Erbgutes erinnern. Also. Wenn ich schon nicht wirklich wusste, was ich wollte, warum fragte ich nicht jemand anderes um Rat. Musste ja keiner wissen.

Marlene war eine moderne Hellseherin. Wir verabredeten uns per WhatsApp für die erste Januarwoche. In weiser Voraussicht erst für Mittwoch.

Bis dahin war ich mit anderem beschäftigt, als mir die Karten legen zu lassen: Kater bekämpfen!

Unsere erste Silvesterparty, die wir zusammen auf dem Kiez, erst im Schmidts Tivoli und dann noch in manch einer Bar verbracht hatten, war schlimmer als alles, was ich jemals am 31. Dezember erlebt hatte. Zumindest was das Mixen von Getränken anging. Schlimm. Und dumm. Oder vertrug man im Alter einfach nicht mehr so viel? Ich hatte jedenfalls einen Jahrhundertkater. Man hätte mich ohne Probleme als Versuchskaninchen benutzen können. Drei Tage lang. Ich war fest davon überzeugt, mindestens die Hälfte aller noch vorhandenen Gehirnzellen in jener Nacht verloren zu haben. Und ich hoffte, dass es allen anderen auch so ging, wenigstens denen, die mich in der Thai-Bar beim Karaokesingen beziehungsweise – krakeelen gehört hatten.

❀

Mittwoch war ich immerhin wieder in der Lage, zu Marlene zu fahren, auch wenn meine Stimme sich immer noch anhörte, als hätte ich Lachgas eingeatmet.

Mein Hirn hatte vermutlich einen Schaden davongetragen, mein Gehör leider nicht. Und eines stand fest: Marlenes Stimme war noch schlimmer als meine. Meine würde ja, vermutlich eines schönen Tages, wieder normal sein. Ihre nicht. Und erschwerend kam hinzu: Ihre Stimme passte nicht zum Rest.

Ich war völlig perplex, als sie ihre Haustür öffnete. Sie klang wie eine kleine Maus, war aber das genaue Gegenteil. Na, da hatten sich ja zwei gefunden!

Sie hatte, was ihre Stimme betraf, einen Hauch von Verona Dingensbummens. Wie hieß die noch gleich? Dawerden-Sie-geholfen-Piepsstimmen-Veronika. Sollte mir recht sein, Hauptsache sie half mir – wirklich.

Ich war kurz davor, mich zu entschuldigen, weil ich dachte, ich hätte auf die falsche Klingel gedrückt. Vor mir stand eine Frau, die mindestens einen Kopf größer war als ich, wobei ich mit über einem Meter siebzig durchaus nicht klein war. Sie hatte ketchuprote Haare, die sie hochgesteckt trug, so dass man nicht sagen konnte, wie lang sie waren. Ihre Arme waren bis zu den Handgelenken tätowiert, was sofort ins Auge fiel, da sie die Ärmel ihrer schwarzen Strickjacke leicht hochgeschoben hatte.

Egal, was sie mir gesagt hätte, ich hätte es sofort befolgt. Keine Frage. Solche Frauen hatten doch normalerweise verrauchte, dunkle, kratzige Stimmen mit einem Hauch von Joe Cocker.

Sie trug eine schwarze Lederhose und schwarze Chucks. Um ihren Hals hing eine großgliedrige silberne Kette mit einem Totenkopf als Anhänger, dessen Augen funkelten. Ich überlegte, ob ihr Freund daran hin und wieder eine Leine befestigte, um mit ihr Gassi zu gehen.

»Hi, da bist du ja. Komm rein«, piepste sie mit ihrer dünnen Stimme und machte einen Schritt zurück.

Vielleicht war sie ja auch an dem Abend in der Thai-Bar gewesen? Ich konnte mich nicht erinnern.

Gab es bei Frauen auch so etwas wie einen Stimmbruch? In dem Alter?

Ihr Wohnzimmer brachte mich erneut zum Staunen.

Sie sammelte Porzellankatzen. Etwas Kitschigeres hatte ich in meinem gesamten Leben noch nicht gesehen. Auf den Holzregalen, dem weißen Sideboard, dem Fensterbrett, überall standen oder lagen sie, in Braun, Weiß, Schwarz und getigert. Nur die auf dem Sofa war echt.

»Fräulein, mach mal Platz«, befahl sie, und das Fräulein sprang von der Sitzfläche des alten cognacfarbenen Ledersofas.

Meinte sie das mit den Katzen ernst, oder stand sie einfach auf Kitsch? Auf alle Fälle meinte sie es mit mir ernst.

»Setz dich«, sagte sie und schob sich selbst einen der schweren Ledersessel näher an den flachen Glastisch heran.

Ihre Hüfte war breit, ihr Busen groß, ihr Herz anscheinend auch.

»Ich unterstütze die Vermittlung von Katzen aus Spanien an Familien oder Leute hier in Hamburg. Nachdem ich mal im Urlaub einen Müllsack mit weggeworfenen Katzenkindern im Straßengraben gefunden habe, kann ich nicht mehr anders. Na ja«, sie sah sich um, »und an denen da konnte ich auch nicht vorbeigehen.«

Sie goss uns Wasser aus einem Glaskrug, der auf dem Tisch stand, in zwei Gläser mit Zitronenscheiben.

»So, und nun zu dir.«

Sie griff sich in die Seitentasche ihrer Strickjacke und holte ein Set Karten raus, legte den Stapel vor sich hin und strich den Haufen mit der Hand glatt, sodass die Karten wie ein Fächer vor ihr lagen.

»Zieh eine Karte«, sagte sie und sah mich an.

Ohne nachzudenken zog ich eine Karte, die sich genau in der Mitte befand. Sie nahm mir die Karte ab, drehte sie um und legte sie auf den Tisch.

»Aha, hab ich mir doch gleich gedacht.«

»Was denn?«, fragte ich neugierig. Nicht dass ich an diesen Humbug glaubte …

»Es geht um eine Entscheidung.«

»Bitte?«

»Warum bist du so überrascht? Deshalb bist du doch zu mir gekommen, oder etwa nicht?«, sagte sie und lächelte so wissend, dass ich mich nicht mehr wohlfühlte.

»Diese Karte wurde früher ›Die Entscheidung‹ genannt. Heute heißt sie ›Die Liebenden‹. Es geht um die Absage an die bisherige Lebensform und das Bekenntnis zu der einen Liebe. Was auch immer deine Frage ist, diese Karte bedeutet das große, vorbehaltlose Ja.«

Zufall, nichts als reiner Zufall. Sie würde mir vermutlich zu jeder Karte irgendetwas sagen, was gerade passen könnte. Und dafür sollte ich fünfzig Euro zahlen.

»Du hast es weit gebracht. Mit dem Job bist du einigermaßen zufrieden. Klar, den hast du dir ja auch genau so bestellt. Dein Partner, ja, der ist ein Teil dieser großen Liebe, zu ihm hast du schon Ja gesagt, ohne Vorbehalte, aber es gibt etwas, was mit dieser Liebe zusammenhängt, und du …«, sie drehte Karte für Karte in einer nicht nachvollziehbaren Reihenfolge um, »musst dich nicht nur entscheiden, du musst dir auch überlegen, warum dir diese Entscheidung so schwerfällt.«

Sie schob alle Karten zusammen und machte wieder einen Haufen daraus. Dann saß sie einfach nur da und sah mich an. Ich war kurz davor ihrem Blick auszuweichen, schaffte es aber doch, mich an ihrem rechten Auge festzusaugen.

»Ach, es geht um Kinder«, unterbrach sie die Stille, und ich war mir in diesem Moment sicher, dass sie einen Knopf im Ohr hatte, über den sie all diese Information erhielt. Absurd.

»Kinder sind ein Geschenk. Warum hast du Angst davor? Oder ist es keine Angst?« Sie betrachtete mich, als läge die Antwort wie ein Schleier über meinem Gesicht. »Ist es Eifersucht?« Sie atmete schwer ein und aus. »Du glaubst, er könnte dich nur wollen, wenn du ein Kind willst? Da kennst du ihn aber schlecht.« Das Fräulein sprang ihr auf den Schoß.

Sobald ich hier raus war, würde ich Birgit anrufen. Was fiel ihr ein, einer wildfremden Frau meine intimsten Probleme zu stecken? Vermutlich hatte sie ihr sogar Geld gegeben. Bestechung!

Vermutlich war Marlene in Wahrheit die Putzfrau von Birgit, die in ihrem gesamten Leben noch kein einziges Mal Karten gelegt und den Auftrag bekommen hatte, mir mal den Kopf zu waschen, damit Birgit nicht alleine den Kinderwagen um die Alster schieben musste. Mit Becherhalter und integrierten Handschuhen an der Stange. Na warte, wenn ich die erwische.

Marlene strich der Katze über den Rücken, die dankbar schnurrte.

»Er liebt dich. Er würde auch bei dir bleiben, wenn du dich nicht für ein Kind entscheiden würdest, denn er hat sich schon entschieden. Für dich!«

»Und das steht alles in den Karten?«, fragte ich argwöhnisch.

»Quatsch, natürlich nicht. Du glaubst doch nicht im Ernst, dass ich aus diesen Karten irgendetwas ablesen kann.«

Wusste ich es doch!

»Die lege ich den Leuten immer nur hin, damit sie was Buntes zum Angucken haben.«

Jetzt verstand ich gar nichts mehr.

»Ich kann auch meine Glaskugel rausholen, wenn du willst.« Sie stand lachend auf, ging zum Regal, bückte sich und holte eine Glaskugel raus, die sie zwischen uns auf den Tisch stellte. »Für ganz schwierige Fälle«, sagte sie und hielt sich den Bauch vor Lachen. »Den ganzen Humbug brauche ich nicht. Ich sehe den Leuten alles an, die brauchen nicht einmal mit mir zu reden.«

»Wie geht das?«

»Wenn ich das wüsste. Keine Ahnung. Es ist einfach so.« Sie nahm einen Schluck Wasser. »So eine Fähigkeit hat nicht nur Vorteile. Es gibt auch eine ganze Menge, was ich lieber nicht wissen will, aber ich sehe es … Das ist nicht immer schön, das kannst du mir glauben.« Sie trank noch einen Schluck. »Und nun mach dich mal frei von deinen ganzen Vorurteilen, und du wirst schon sehen, wie einfach alles ist, wenn man den alten Müll, den ganzen Ballast erst mal über Bord gekippt hat.« Sie sah sich im Raum um. »Es hat seine Gründe, warum hier Porzellankatzen in den Regalen sitzen und keine Kinder. Ich bin sicher die Letzte, die dich überreden wird, schwanger zu werden. Ich kann dir nur sagen, was ich sehe.«

»Und was siehst du?«

Sie lächelte. »Das erzähle ich dir beim nächsten Mal. Du hältst mich ja eh schon für verrückt.«

Allerdings.

❀

Bald darauf zeigte ich erste Anzeichen für Altersvergesslichkeit. Ich suchte das Rezept für meine Pille. Dass ich eines besaß, war alles, was ich noch wusste. Wo es lag, konnte ich leider nicht mehr sagen.

Es war Mitte Januar.

Draußen sorgte eine Unmenge Schnee für Chaos, und drinnen wühlte ich mich durch das Chaos meines Schreibtisches.

Es war weg. Einfach nicht auffindbar. Normalerweise forderte ich immer schon ein neues Rezept an, wenn ich die letzte Packung bis zur Hälfte aufgebraucht hatte. Normalerweise. Das hatte ich doch dieses Mal auch getan. Oder?

Es war Freitagnachmittag. Eine Stunde lang würde die Praxis vielleicht noch geöffnet sein. Ich suchte weiter. Morgen früh musste ich mit der neuen Packung anfangen. Das gab es doch gar nicht.

Die Apothekerin kannte mich, sie würde vielleicht auch ein Auge zudrücken, und ich könnte das Rezept nachreichen. Wie lange hatte die Apotheke überhaupt auf? Im Flur, in meiner Tasche, auf meinem Schreibtisch – nichts. Zumindest kein kleiner rosa Zettel.

Ich griff zum Hörer und wählte die Nummer meiner Frauenärztin.

Es klingelte.

Irgendwann hörte das Klingeln auf, und ich hörte Musik, vermutlich Café del Mar. Ich nahm das Telefon und setzte mich aufs Bett. Dann war das Lied zu Ende, und es erklangen Walgesänge. Ich schlief gleich ein.

Mein Blick wanderte zum offenen Kleiderschrank, in den ich gerade frische Wäsche einsortiert hatte. Da lag er, der Strampler. Ich erkannte ihn an der Farbe. Sand. Wie oft hatte ich ihn in den letzten Wochen heimlich rausgeholt und betrachtet?

Gerade als ich auflegen wollte, nahm eine der Arzthelferinnen ab. »Gemeinschaftspraxis Dr. Wolfram und Bieber, Herz, Guten Tag. Was kann ich für Sie tun?«

Ich wollte etwas sagen, tat es aber nicht.

»Hallo?«

»Ja«, antwortete ich knapp.

»Wer ist denn da?«

Ich holte Luft. »Charly … ähm … Charlotte Schönberg.«

»Und Ihr Geburtsdatum, bitte.«

»Mein Geburtstag? Das ist der 19.6.1974«

1974. Oh Gott. Jung ist etwas anderes. Es würde nicht mehr lange dauern, und ich würde meinen 40. Geburtstag feiern! Vierzig. Hilfe!

Mir fiel ein, was Birgit gesagt hatte. *»Die Zeit ist demnächst abgelaufen!«*

»Danke, dann hole ich mal kurz Ihre Akte, Frau Schönberg«, sagte die Sprechstundengehilfin und legte den Hörer weg.

Plötzlich hörte ich Michas Stimme: *»Mir war immer klar, dass ich eines Tages Kinder haben werde! Daran hab ich nie gezweifelt.«*

Der Hörer wurde wieder aufgenommen.

»So, da habe ich sie. Und was kann ich für Sie tun, Frau Schönberg?«

Mir kam Karlotta in den Sinn, Rosa, die meinen Finger nicht mehr loslassen wollte, ich dachte an den Strampler …

»Frau Schönberg, sind Sie noch dran? Was kann ich denn für Sie tun?«

»Ja, sorry. Ich … ich glaube, es hat sich gerade erledigt.«

»Aha …«

»Ja, ich brauche nichts.« Ich fing an zu lachen. »Danke. Und einen schönen Feierabend noch.«

Ich legte auf.

In dieser Sekunde überkam mich ein Lachanfall, als hätte ich frisches Gras geraucht. In der Pfeife, versteht sich, ohne Tabak. Hatte ich allerdings nicht.

Hätte mich in diesem Moment jemand gesehen, oder wäre es irgendwo im Café oder besser noch mitten in der Fußgängerzone passiert, jemand hätte vermutlich einen Arzt gerufen. Zu Recht.

Erst war es nur ein Prusten, das mir wenigstens erlaubte, alle paar Sekunden Luft zu holen. Aber das war nur der Anfang. Ich lachte Tränen, rutschte vom Sofa, während ich spürte, wie sich mein Mascara verflüssigte und Richtung Kinn lief. Vor Bauchschmerzen krabbelte ich in den Vierfüßlerstand und landete schließlich japsend wieder in der Hocke, weil ich zu ersticken drohte.

Ich versuchte, die Situation durch einigermaßen regelmäßiges Ein- und Ausatmen wieder in den Griff zu bekommen, aber es war nichts zu machen. Ich befand mich im Ausnahmezustand.

EPILOG

Ich hatte mich seit Tagen auf dieses Treffen gefreut. Nicht nur weil es hieß, die Zeit würde schneller vergehen, sondern auch weil ich dringend einen Tapetenwechsel brauchte. Wir hatten uns zur Abwechslung mal wieder im Café Paris verabredet, obwohl Micha ja meinte, ich solle Birgit doch zu uns einladen, er könne gerne etwas kochen.

Hallo? Ich wollte mit meiner Freundin quatschen. Das ging nicht, wenn nebenan ein Mann am Herd stand. Außerdem ging mir seine mütterliche Art zwischendurch echt auf die Nerven. Wenn es nach ihm ginge, läge ich bräsig wie ein gestrandeter Pottwal auf dem Sofa – angekettet – und ließe mich von ihm mästen. Dabei hatte ich inzwischen Maße, die jenseits von Gut und Böse waren.

Also reservierte ich einen Tisch und saß, pünktlich um 17 Uhr am Freitag vorne links an einem der kleinen Bistrotische.

Ich sah mich um. Irgendwie roch es hier nach Rauch. Dabei war das doch seit hundert Jahren verboten. Merkwürdig, ich hätte schwören können, dass direkt hinter mir jemand saß und paffte. Vermutlich ein Raucher, der seine Klamotten dringend lüften sollte. Oder reinigen. So ein penetranter Gestank! Steckten die Leute ihre Klamotten eigentlich nie in die Waschmaschine? Wozu wurde das Ding denn erfunden?

Da sah ich Birgit durch die Fensterscheibe auf das Café zukommen. Eigentlich also ein ganz normaler Freitagnachmittag. Bis zu diesem Moment.

Birgit stand gerade vor mir, um mich zu begrüßen, ich quälte mich mit meinen gefühlten sieben Tonnen vom Stuhl hoch, beugte mich zu ihr rüber, um sie zu umarmen, da passierte es: Es wurde nass. Nicht draußen, sondern drinnen. Ein Schwall Wasser lief an meinen Beinen runter, als würde ich im Stehen pinkeln. Hier, mitten im Café. Weil mir gerade danach war.

Das glaube ich jetzt nicht, war mein erster Gedanke. Überall, aber doch nicht hier! Nicht jetzt! Ich setzte mich wieder. In meine eigene Pfütze.

Birgit hatte sich inzwischen auch gesetzt und quasselte los.

»Birgit …«, doch Birgit erzählte und erzählte. Ich versuchte es noch mal.

»Birgit, ich …«, keine Chance.

Dann eben etwas lauter.

»Birgit!«

Alle drehten sich zu uns um. Alle.

Birgit sah mich völlig entsetzt an, als wäre ich nicht ganz dicht. War ich ja im Grunde auch nicht. Ich war ausgelaufen. Komplett.

»Was ist denn? Alles gut?«, fragte sie sichtlich beunruhigt.

»Nein, nichts ist gut. Ich muss hier weg. Und zwar möglichst unauffällig«, zischte ich und versuchte sie auf mein Feuchtigkeitsproblem aufmerksam zu machen.

»Warum denn … ich bin doch gerade erst angekommen. Gefällt es dir hier nicht? Ist es zu voll oder zu eng?«, sie sah die Frau am Nebentisch vorwurfsvoll an, die sich mit ihren zig Einkaufstüten und zwei Hunden breitgemacht hatte. Im Gegensatz zu meiner Freundin hatten die übrigens inzwischen mitbekommen, das etwas unterhalb meines Stuhles war, das da nicht hingehörte und zogen wie wild an ihren rosa Leinen.

»Mir ist es nicht zu eng, aber der da drinnen wird's gerade zu eng!«, ich zeigte auf meinen Bauch.

»Charly!«, schrie Birgit, als wüsste ich nicht, wie ich heiße.

Ich kramte mein Handy raus, dann drückte ich erst auf »Favoriten«, dann auf Michas Nummer.

»Soll ich irgendwas tun?«, fragte sie mich in der Sekunde, als Micha abnahm.

»Hi, ich glaube, es wäre ganz gut, wenn du dich mal auf den Weg machen würdest … Nein, nicht ins Cafè … Ja, ich denke schon.« Ich holte tief Luft. »Micha, mach mich nicht wahnsinnig! … Ja, das weißt du doch!«

Die Leute um uns rum hörten zu. Ich war wohl immer noch etwas zu laut, wobei meine Lautstärke zu den Themen gehörte, die mich in diesem Moment absolut nicht interessierten.

»Um Gottes willen. Sag nicht … Oh, Gott, wirklich? Jetzt?«, fragte Birgit, die inzwischen größere Kulleraugen hatte, als die Kühe auf dem Bauernhof, auf dem ich früher manchmal meine Ferien verbracht hatte.

»Ja, Micha. Das, wo wir zusammen waren … Ja, das, wo es im Kreißsaal auch die Wanne gibt … Nein, nicht morgen früh. Jetzt!«

Oh Gott, wie sollte das bloß werden, wenn er jetzt

schon so neben sich stand. Betreutes Wohnen – ich sah es schon kommen.

Während Birgit mich ansah, als bräuchte ich dringend eine Sauerstoffmaske, kam der Kellner mit den Karten.

»Kann isch Ihnen schon etwas bringen?«, fragte er höflich.

»Ja, eine Flasche Champagner. To go!«, schrie ich ihn an und setzte noch einmal nach: »Und ein Taxi ins Marienkrankenhaus, *sofort*!«

Danken möchte ich …

… meiner Mutter, in der Hoffnung, dass sie es sieht – dort, wo sie jetzt ist. Sie hatte sich so sehr auf dieses Buch gefreut.

Du hast immer an mich geglaubt. Danke, Mama!

❀

Außerdem danke ich der besten Schwiegermutter der Welt: Jutta. Du hast so viel für mich getan hat, dass es mehr Seiten füllen würde, als das Buch bereits hat. Danke für alles!

Ich danke Nina Arrowsmith und ihrem super Team in der Arrowsmith Agency, die meinen Text aus einem Berg Manuskripten herauszog, las und mir diesen tollen Verlag vermittelte.

Vielen Dank an Anne Tente vom Heyne-Verlag/Random House, die mir tief in die Augen sah und auf ihr Gefühl hörte. Und natürlich Anke Göbel, meiner Lektorin. Danke für die freundschaftliche Unterstützung!

Enno danke ich, weil er immer noch mit mir verheiratet ist. Ich liebe dich!

Und natürlich euch, Mädels: Jana – meiner Lieblingsschwester –, Lena, Anne, Kissi, Anja B., Julia, Annekathrin, Annkathrin, Isa, Simone, Insa M., Insa M. P., Mareike K.,

Anja L., Bettina, Maren G., Maren B., Maria, Jessica J., Wiebke, Tina W., Jette G., Jessica M., Jessica W., Nina, Kerstin, Birte, Hilke, Ildiko, J., Iris … Was wäre das Leben ohne euch? Nix!

BEST SELLER